歪

捜査一課・澤村慶司

堂場瞬一

角川文庫
18247

目次

第一部　黒い十字路

1

あいつが死んで、誰か損をする人間がいるのか？

日向毅郎《ひゅうがたけお》は、押し入れに頭を突っこんだまま悪態をついた。まさか、勝手にこの中をいじったんじゃないだろうな。安直な隠し場所として、押し入れを選んでしまったことを悔いる。未《いま》だに人の部屋を勝手に掃除している母親に対して、軽い憎しみさえ覚えた。金を見つけて、懐に入れたとしたら……。

「冗談じゃないぞ……」

衣装ケースの奥に入れておいた封筒が見当たらない。そうか、冬物じゃなくて、夏物と一緒にしておいたんだ、と急に思い出す。Tシャツや膝丈《ひざたけ》のハーフパンツを引っ張り出し、衣装ケースの底に張りついていた封筒をようやく発見した。中を確認して、安堵《あんど》の吐息を漏らす。深呼吸。怒るな、怒るな。この金さえあれば、二度と家族に会う必要もないのだから。一々感情を乱すのは馬鹿馬鹿しい。

封筒をデイパックに突っ込み、ようやく一息ついた。部屋の中をぐるりと見回す。

十年以上、自室として使っていた部屋。デスクは古び、椅子は座るとぎしぎし異音を立てる。板張りの床から、凍るような冷たさが伝わってくるのも昔と同じだ。

この部屋の居心地がいいと感じたことは、一度もない。一刻も早く抜け出したい——その思いが、部屋ではなくこの家、さらに街そのものに向けられていると気づいたのは、中学生になった頃だっただろうか。数年後に脱出願望は成就し、これからはさらに実家との縁が薄くなる。いや、完全に切るつもりだ。そしてまったく新しい人生を始める——決して前向きなものではないにしても。

椅子に腰かけ、頬杖《ほおづえ》をつく。大学受験の時に使っていた英和辞典が、まだデスクに置きっ放しだった。散々使い倒し、ページがよれて、元よりかなり厚くなってしまっている。中学校から高校にかけて、必死で英語を勉強したのは、今考えると非常に大きい。ある程度英語が話せるようになったおかげで、日本に縛られずに生きていけるのだ。

腕を伸ばし、カーテンを開ける。窓から見える隣家の柿の木は、積もり続けた雪のせいで、枝の太さが二倍、三倍に見える。この冬は、過去二十五年間で最も寒く、雪が多いらしい。確かに、あの柿の枝にこんなに雪が積もったのは、見たことがなかった。こんな街で生まれ育ち、毎日隣家の柿の木ばかり見て過ごせば、いい加減嫌になるよな、と一人納得する。四年前までの生活は、今となっては信じられないほど侘《わび》しいものだった。

窓ガラスから寒さが伝わり、思わず身震いする。夕方が近づき、部屋にいても、寒さは背骨を揺らすほど強烈だった。温かい車の中に戻りたい。これから綱渡りの日々が少しだけ続くが、あの車の中にいる限り、自分は安全だと信じていた。手首を捻《ひね》って腕時計を見る。午後四時十分……デスクに乗った目覚まし時計が、四時二十分を指しているのに気づき、そちらの時刻を直す。昔から、この時計は進みがちだった。

さて、そろそろ出かけよう。今すぐ出発すれば、夜には長浦《ながうら》市へ戻れる。あそこで用を済ませたら、今度こそ本格的に出発の準備だ。荷物はほとんどない。身一つでいいのだ。金さえあれば、後は何とでもなる。

軋《きし》む階段を下りると、母親の登喜子《ときこ》がリビングルームで茶を飲んでいた。

「あなた、ご飯は？」のろのろと顔を上げ、つまらなそうに訊《たず》ねる。

「いらない。すぐに東京へ戻らないといけないんだ」

「来たばかりじゃない」

「色々忙しいんだ」

登喜子が疑わしげな視線を向けてきたのが、どうにも鬱陶《うっとう》しい。こんなに老けていたかな、と一瞬不思議に思う。この街を出て、長浦市内の大学に入ってからほぼ四年、その間、数えるほどしか会っていないが、会う度に早回しで年齢を重ねてきたような感じがする。髪は薄く茶色に染めているのだが、根元だけが白くなっているのが気に障った。きちんと染め続けて手入れしていないと、こんな風になってしまう。この髪で歩けば、近所中に「金がない」と宣伝して歩いているのも同じだ。

「お父さんにも会って行きなさいよ」

「時間がないんだ」

「お父さん、五時半には帰って来るから」

公務員はこれだから……毎日毎日、市役所から定時に帰って来る生活パターンは、日向が子どもの頃からまったく変わらない。そんな仕事、何が面白いのだろう。子ども心にもそう思ったが、今も同じ気持ちだった。時間に余裕があるのに趣味らしい趣味も持たず、家に帰ると軽く晩酌して食事を済ませ、後はだらだらとテレビの前で過ごすだけの毎日。自分だったら、一日たりとも耐えられない。父親に合わせている母親も母親だ。両親の人生の目的とは何なのだろう。今はまだ、弟が東京の大学に入ったばかりだから、社会に送り出すまでは、という気の張りがあるかもしれない。だがいつか、子どももいなくなる。その後の人生を考えることがあるのだろうか。

「悪いけど、また来るよ。仕事の準備で忙しくてさ」

「大丈夫なの、その仕事って」登喜子が、どこか恨めしそうに言った。「変な水商売なんかじゃないでしょうね」

「まさか」日向は乾いた笑い声を上げた。いつの間にか、様々な笑いを自在に使えるようになってしまった。「ただの喫茶店だよ。大学の先輩に任されただけだから」

「そう？」登喜子はまだ疑わしそうだった。「そういう仕事って、安定してるの？」

「だって、全部で二十もあるチェーン店なんだぜ？　ちゃんとした会社組織になってるんだから、心配いらない。心配なら、見に来てみればいいじゃないか」来るはずがないと見越しての軽い挑発だった。両親は、この街を決して離れない。県境を越えることすら、面倒に思っている節がある。こんな街に執着する気持ちが、日向にはまったく理解できなかった。

「あなたがそう言うなら……」案の定、母親が歯切れの悪い反応を示す。

「じゃあ、行くから」

「あの車、どうしたの？」母親が突然話題を変えた。

「車って？」日向は惚《とぼ》けた。

「あの凄《すご》い車。あんなのが家の前に停まってたんじゃ……」

「だから、すぐ行くって」日向は怒りと面倒臭さを抑えながら言った。「あの車は、先輩から借りただけだから。それにああいう車を持ってる先輩がやってるんだから、ちゃんとした会社だって分かるだろう？」

自分にある種の才能――嘘をつく才能があると分かったのはいつだろう。母親はそれ以上、文句を言わなかった。

表に停めてあるベンツのＣＬＳは、中古で七百万円した。流麗なボディラインが魅力的で、一目惚《ぼ》れしたのだが、鯨のように巨大でやたらと目立つ。特にこの街のような田舎では。左ハンドルというだけで、胡散《うさん》臭い目で見られるような街なのだ。だからこそすぐに、長浦市へ帰りたかった。それより何より、早く車に戻りたい。たっぷりしたシートに、明るい茶色のウッドとベージュの革を使った内装。最近のベンツは造りが雑になったというが、座ればさすがに安心感が違う。あの車こそ、自分にとって安住の地だ。

「行くのはいいけど、危ないわよ」

「何が」

「雪」

確かに雪は降っているが……確かめるために、日向は家の外に出た。途端に大粒の雪が顔に当たり、視界が白くなる。ここへ来た時は、まだちらちらと舞う程度だったのに、既に道路は薄《うっす》らと白くなり始めていた。激しく水が流れる側溝の脇には、古い汚い雪が一メートルほどの高さに残って、生垣のようになっている。思わず舌打ちした。ベンツはFRで、タイヤも夏用だから、この雪はまずい。

まったく、クソみたいな田舎だ。

両腕で体を抱くようにしながら、家の中に戻る。石油ストーブで温められた部屋の熱気が襲いかかってきて、一気に体が解凍された感じがした。

「明日《あした》の朝には雪は止むみたいよ。だから、今夜は泊まっていきなさい」

「ちょっと急ぎの用事があるんだ……仕事の関係で」

「事故でも起こしたら、何にもならないでしょう」母親が淡々と言った。テーブルに両手をついて立ち上がり、少しだけ口調を強めて繰り返す。「とにかく、今夜は泊まっていきなさい」

日向は頭の中で素早く計算した。明日の夜、遅くとも明後日《あさって》の朝には、長浦市にいなければならない。母親の予告通り、明け方に雪が降り止んで、路面状態がよければ、午後には長浦へ戻れるだろう。朝になれば除雪車が動くはずだし、それまで待つべきか……どうしようもない母親の言うことも、一つぐらいは当たるかもしれない。この街の気候についてはよく知っているわけだし。わざわざ雪用のタイヤを買って履き替えるのも馬鹿馬鹿しい。

「じゃあ、泊まるよ……ちょっと出てくる」家にいる時間は、なるべく少なくしたい。

「どこへ？」

一々聞かないでくれ。うんざりして溜息《ためいき》が出そうになったが、何とか呑《の》みこむ。

「お茶」

「お茶ぐらい、家で飲めばいいじゃない」

「あそこへ行くんだ、『ミラノ』へ」

「あ、そう」不機嫌そうに言って、登喜子がキッチンに引っこんでしまった。

何が気に食わないのか……気に食わないのはこっちも一緒だが。日向は、逃走資金のベースになる二百万円が入ったデイパックを大事に抱えて、家を出た。

実家の周辺は、まったく様子が変わっていない。街全体が、年齢を重ねるのさえ諦《あきら》めてしまったようにも見える。四年前にここを出た時と景色がほとんど変わっていないことに、日向は改めて驚いた。実家の前には床屋。その横には、いつ開いているのか分からない中華料理屋がある。道路の左側を流れる側溝からは、冷たい水の音がかすかに聞こえた。夏場はほとんど涸《か》れているのに、冬になると歩道ぎりぎりまで水面が上がってくる。道路の雪をここへ捨てているのだ。

この街に降る雪は、いつも重たく湿っている。北海道辺りだと、さらさらしているから傘も必要ないというが、ここでは降り始めたら傘は必須《ひっす》だった。ただし今日は用意がないので、ダウンジャケットのフードを被《かぶ》って、頭に雪が積もるのを防ぐ。風が強く、横から顔に張りつく雪が鬱陶しかった。

人気《ひとけ》のない道路を横切り、側溝を覗《のぞ》きこむ。鴨か何かだろうか、水鳥が一羽、オブジェのように水に浮いていた。黒い石垣、黒い水、黒い鳥……汚れた白い雪とのコントラストは、素っ気無いことこの上ない。風景全体が、白から黒に至る灰色のグラデーションだ。

顔を上げ、色の少ない世界で唯一といっていいほどの、鮮やかな青を見つける。駐車場を示す「P」の看板。あそこは……滑りやすい足下に気をつけながら——雪道の歩き方を未《いま》だに覚えているのが不快だった——急ぎ足で向かうと、記憶にあった家は消えていた。ここは、小学校、中学校と一年下の学年だった代田《だいた》の家があった場所である。引っ越してしまったのか、あるいは別の理由なのか、家はいつの間にか駐車場に変わっていた。空っぽの駐車場を見ると、元の敷地は相当広かったと分かる。

何も変わらないように見えるこの街も、少しずつ変わっているわけか。まあ、どうでもいいことだが……仮にこの街がなくなっても、俺には何の関係もない。

裏道には、あちこちに分厚く雪が積もっている。確かに日向の記憶にある中では、こんなに雪が多かった年はない。それに、とにかく寒かった。いつもは、冬でもそれほど風が吹くこともないのだが、今日は始終冷たい風が体を痛めつける。フードもほとんど役にたたない。肩をすぼめ、前屈《かが》みになって、風に突き刺さるように歩いて行くしかなかった。

駅前まで出ると見晴らしがよくなり、少し風が弱まった。

駅、か。JRのローカル線のこの駅を使ったことは、ほとんどない。高校は市内にあって自転車で通っていたし、どこかへ出かける時は車というのが、田舎町の鉄則だから。それに、一時間に上り下りとも一本しかないような鉄道など、使い物にならない。

駅舎は数年前——日向が高校生の頃に改築され、外見だけは綺麗《きれい》になった。レンガ造りの瀟洒《しょうしゃ》な建物で、横には観光案内所が併設されているが、中は依然として古いローカル駅の雰囲気そのままである。まったく唐突に、中を覗いてみる気になって、足を運んだ。

自動ドアが開くと、さっと空気が流れ出してくる。さほど暖房は効いておらず、外気温と変わらない風が頬を撫《な》でていくだけだった。一歩足を踏み入れると、何となく暗い。ちょうちん形の照明が淡い光を投げかけるだけで、ホームの方から入ってくる外光は弱々しかった。待合室の中にいるのは、年寄りと高校生ばかり。高校生も騒ぐこともなく、ストーブの周りのベンチにばらばらに座って、一様に携帯電話に視線を落としていた。一人だけ、眼鏡をかけた男が参考書を読んでいたが、視線に熱が籠《こも》っていない。一生この街に縛りつけられるか、せいぜい近くの街の職場と家の往復だけで終わる人生を、日向は嫌悪する。覇気のある、あるいは夢を持っている人間は、そういう気配を自然に発しているものだが、駅舎の中に熱は一切感じられなかった。

売店を冷やかし、東京の一日遅れで並んだ週刊誌を眺めてから、駅を出る。何でこんなところに入ってしまったのか、自分でも分からなかった。暇潰《ひまつぶ》しだ、暇潰し……家にいたくないだけなのだ。

駅前には、高い建物が一切ない。せいぜい三階建て。町おこしの素材としても有名になったラーメン屋が、何軒か並んでいる。

日向はこのラーメンが嫌いだった。

澄んだ醬油《しょうゆ》味のスープに太打ちの麵《めん》という組み合わせは、少し中華っぽいうどん、という感じなのだ。さっぱりし過ぎているせいか、どの店も大量のチャーシューで油を補っている。一方、大学の四年間を過ごした長浦市には、「嬌亭《きょうてい》系」と言われる独特の濃厚なラーメンがある。とんこつ醬油味で、オリジナルは「嬌亭」という老舗《しにせ》。弟子たちが暖簾《のれん》分けで味を広げていったのだが、日向は一度食べただけでひどく気に入った。独特の獣臭さと濃い醬油の味わいが、いかにも「しっかり食べている」という感覚を満足させる。

その味とも、しばらくお別れだ。今度はどの街で、どんなラーメンに出会うことになるだろう。あるいは、ラーメンではなく、まったく別の麵、食べ物かもしれないが。

駅前の道路を渡り、昔よく入った喫茶店「ミラノ」に足を踏み入れる。茶色い三角屋根、レンガの壁に這《は》う蔦《つた》というクラシカルなつくりの喫茶店で、店のマッチには「創業昭和三十九年」と刷りこんである。自分の親が子どもの頃からある店。五十年近く続いているのが信じられなかった。

そもそも何でも、だらだらと継続していくことが。

金は短い期間で儲《もう》けて、さっさと引くに限る。

重いドアを開けると、ベルが澄んだ音を立てた。これも昔と変わらない――昔といっても、たかだか四年前だが。高校生の頃、金に余裕がある時には、よくここに入りびたっていたものだ。友人と語り合うわけでもなく、店に備えつけの新聞をひたすら読み続けていた。今日は、当時の習慣を再生するつもりでいた。時間潰しに、新聞ほど適したものはない。

時間が中途半端なせいか、店内には他に客がいなかった。それはそれで居心地が悪いのだが、一度入ってしまったのだから、すぐに出るわけにもいかない。レジの隣にあるラックから地元紙を抜いて、窓際の席に座った。

エアコンの暖気も、ここまでは届かない。ダウンジャケットは着たままにして、新聞を広げた。何だか、どうでもいい記事ばかりが目につく。地元紙っていうのは、こんな感じだったか……薄っぺらく、通信社配信の記事が、地元の記事を圧倒していた。

顔に見覚えのあるマスターが、水を持ってきた。メニューを見もせず、ブレンドを頼む。マスターが引っこんだ後で値段を確認すると、五百五十円だった。高校時代より、五十円値上がりしている。こんな田舎町の喫茶店としては、結構高い方ではないか。

カウンターの向こうでコーヒーの用意をしているマスターが、時折ちらちらとこちらを窺《うかが》っている。たぶん向こうも、俺を覚えているのだろう。日向は印象を曖昧《あいまい》にするために、シャツの胸ポケットにさしていた眼鏡をかけた。眼鏡をかけるのは車を運転する時だけで、新聞を読むには邪魔になるのだが、自分がここにいた事実を覚えていて欲しくなかった。

失敗だ、と悟る。

本当は、こんなところをうろついている場合ではないのだ。家に隠していた金を回収して、誰にも顔を見られないうちに、さっさと街を離れるべきだったのだ。雪がひどくなったにしても、行けるところまで行って、そこで泊まってもよかった。しかし、注文してからいきなり帰ってしまうのは不自然で、かえって強い印象を残すだろう。さっさとコーヒーを飲んで、帰ろう。あとは車の中に籠って、時間を潰していればいい。

すぐに出てきたコーヒーは、記憶にあるより上等な味だった。最近はチェーンのカフェでしかコーヒーを飲まず、こういう昔ながらの喫茶店に入る機会はほとんどない。高校生の時からこんな美味《うま》いコーヒーを飲んでいたら、自然に口が奢《おご》るわけだよな、と苦笑する。

煙草に火を点《つ》け、窓に向かって煙を吐き出す。ガラスにぶつかった煙が上に立ち昇り、薄れていった。コーヒーを一口。ふと思いついて、普段は入れない砂糖を加えてみた。茶色い結晶状のコーヒーシュガー。これがなかなか溶けないで、最後は残るんだよな……薄甘くなったコーヒーを啜《すす》りながら、ぼんやりと時が過ぎるのを待つ。

ふいに、ひどく疲れているのを自覚した。顔を擦《こす》ってみたが、汚れがそのまま手につくてくる感じがする。それは疲れるはずだよな、と自分を納得させた。決して気疲れではなく、純粋に肉体的な疲労だが。

一つの仕事を畳むとなると、いろいろ大変なのだと改めて思い知る。雇っていた人間に十分言い含め、たっぷり金を摑《つか》ませた上で野に放つ。報償もなしだと、そいつらがいつか、自分の敵になる可能性もあるからだ。事務所の契約を解除して、備品を全部処分し、金の流れも完全に絶つ——こういう作業は終わっていたが、まだ一番大事なことが済んでいなかった。最後の金の回収。できるだけ多くの金を手元に集めなければ。これからは、いくら金があってもあり過ぎることはないのだ。

コーヒーを飲み干し、窓の外に目をやる。雪の粒はますます大きくなり、視界は極めて悪くなっていた。駅前の道路はそれなりの交通量があるのだが、それでも雪は瞬く間に積もり始めた。経験的に、それほど積もるわけではないと分かっているのだが、今年は違うようだ。十二月から、寒波がすっぽり東北地方一帯を覆っている。

どうせならこのまま、街全体が雪で埋もれてしまえばいいのに。自分の足跡が、自然に消えてしまうのが一番ではないか。

だがそれが望めない以上、自分の手で何とかするしかない。

主に逃げる、という手段によって。

「その仕事は、大丈夫なのか」夕食の席でずっと黙っていた父親の大介《だいすけ》が、いきなり口を開いた。

「大丈夫って、何が」日向はお茶で口を洗ってから訊《き》き直した。父親の顔は見ない。

「喫茶店は、水商売だろうが」

「ちゃんとした会社だから。牛丼のチェーンと同じだよ。本社採用で、店を一軒任されることになるんだ。仕入れやフランチャイズの開拓は、全部本社の方でやるんだけど、一年ぐらいでそっちに異動になるんじゃないかな。店を任されたのは、現場を覚えるための修業なんだ」

「お前の先輩の社長は、信用できる人間なのか」

「信用できなかったら、働かないよ」日向がわざとらしい笑みを浮かべた。「よく知ってる人だし、ずっとそこでバイトしてたから、システムも分かってる。ゼロから始めるより、ずっといい」

「しかし、お前が喫茶店とはね」どこか呆《あき》れたような口調で父親が言った。「そういうのは向いてないと思ったが」

「そういうのって？」

「接客業」

「別に、都会の喫茶店はそんなに接客するわけじゃないから。客なんて、コーヒーを飲んで三十分で出て行くだけだよ」

「よく分からんな」父親が溜息《ためいき》をついた。

そもそもが真っ赤な嘘なのだが、日向はこのやり取りを少しだけ楽しみ始めていた。両親は基本的に人を——息子を疑うことを知らない。適当なことを喋《しゃべ》っているだけなのに、向こうが本気で心配しているのがおかしくてならなかった。ただし、いつまでもこんな会話は続けていられない。ボロを出すつもりはなかったが、つい余計なことを喋らないとも限らないのだ。

「四月からなんだな」やけに気にして、父親が念を押す。

「四月になる前、卒業式が終わったら、すぐに働き始めるよ。入社式とかがあるわけじゃないし、人手も足りないんだ」

「入社式もやらないような小さな会社なのか」

「大きくはないね。でも、入社式なんて、金と場所の無駄だよ」

「けじめとして大事だろうが」

「仕事を早く覚える方が大事だから」

この話はこれで終わり。食事もあらかた食べ終えた。箸《はし》を置いたところで、今度は母親の登喜子が口を開いた。

「代田さんの家がなくなってたの、分かった?」

「ああ、駐車場になってたね」

「お父さんが失業して、家を引き払ったのよ。今、仙台にいるらしいわ」

「そうなんだ」

「息子さん、東京の大学に行ってるけど、どうしたのかしらね」

「さあ」

「こっちの友だちから、何か話は聞いてないの?」

「聞かないなあ。無責任に人の噂話をするような奴、いないから」

正確には、「自分には友だちはいないから」だ。四年前に故郷を出た時に、高校時代までの友人たちとは完全に縁を切った。東京の大学に通っている連中は、時に「県人会」のような集まりを開いているようだが、日向は一度も顔を出したことがない。誘いを受けるのさえ面倒で、三年前には携帯電話を変えてしまったほどだ。それ以来、かつての知り合いとの連絡は、完全に途絶えている。

「不景気だからね……」母親が溜息をつく。考えてみれば母親は昔から、いつも溜息ばかりついていたような気がする。「どこの家も大変なのよ」

「まあ、お前は働き口があっただけ、よかったか」父親が納得したようにうなずく。

「しかし、ずっとその仕事をするつもりなのか」

「始めてもいないのに、分からないよ」日向は肩をすくめた。「面白ければ、そのうち自分で店を持つかもしれないし」

「そんなに簡単に喫茶店なんか出せないだろう。長浦は地代も高い」

「そうだね。将来のことはまだ、何も分からないな」

馬鹿馬鹿しい。嘘をつき続けることに、いい加減うんざりしてきた。将来を考えもせずに仕事をしているのは、自分ではなく父親ではないか。十年一日、同じような仕事ばかり。異動もほとんどないから、毎日目を瞑《つぶ》っていてもできるようになった仕事を、だらだらとこなしているだけだろう。俺が経営者だったら、こういう人間はさっさと切り捨てる、と日向は思った。現状維持だけで新しい利益を生み出さず、ただ給料をもらっているような人間はいらない。

湯呑《ゆの》みを置いて立ち上がる。

「もういいの？」母親が心配そうに訊《たず》ねてきた。

「ああ。明日《あした》は、できるだけ早く出るから。朝には雪もやんでるだろう」

「少しぐらい、ゆっくりしていけばいいのに」

「いろいろ忙しくてね……明日は勝手に出て行くから、食事はいらないよ」

そうはいっても、母親は五時に起き出して朝食か弁当を用意するだろう。それを無視して出かける方法は……。

弁当だったら、素直に受け取ろう。途中で捨てればいい。

二度と会うことのない可能性が高い、両親。別れは惜しくない。むしろ、会わずに済むかと思うとほっとする。そう、これはちょっとしたイレギュラーの結果なのだが、日向は前向きに受け止めることにしていた。あのまま何もなく、新しい仕事を始めていたら、まだ親や故郷との細いつながりがあったかもしれない。

リセットするのに最高のチャンスを摑んだのだ。それだけは間違いない。

2

「お弁当。途中で食べたら」

予想通り、母親は弁当を用意していた。日向は表面だけの笑みを浮かべて弁当を受け取り、車に乗りこんだ。結局雪は夜半までには降り止み、心配していたほどは積もっていない。車を出すための雪かきも必要なかった。暖機運転も抜かして、すぐに車を発進させる。ダッシュボードの時計を見ると、まだ朝の六時だった。途中で首都高速の朝の渋滞に巻きこまれなければ、十時頃には長浦市に着くだろう。余裕はたっぷりある。自分の家には戻れないから、ホテルに部屋を取って、金を回収する拠点にするつもりだった。

一見雪が積もっていないように見えても、朝は道路が凍結していることがある。日向は逸《はや》る気持ちを抑えて、慎重にアクセルを踏んだ。大通りに出てしまえば凍結を心配する必要はないだろうが……ベンツのV8エンジンは、性能の一パーセントも出さない低速走行に文句を言ったが、どろどろと唸《うな》るような低いエンジン音は、聞いているだけでも楽しい。

ちらりとバックミラーを覗《のぞ》くと、母親がカーディガン一枚の軽装で見送っていた。あんな格好だと風邪を引くのに……まあ、いいか。これが息子の姿の見納めだ。好きなだけ見送っていればいい。

日向は、助手席に置いたデイパックをぽんぽん、と軽く叩《たた》いた。中には二百万。これから手に入る予定の一千万円と合わせて、当面の逃亡資金、その後に新しく人生をやり直すためにも、十分な額だろう。日向は酒も呑まない。女も買わない。下らない遊びで金を浪費する習慣はなかった。唯一自分に許している贅沢《ぜいたく》は、この車と時計、煙草ぐらいのものだが、たかが知れている。

ラジオをつけ、交通情報のチャンネルに合わせる。付近の道路状況が分かってくると、日向は思わず眉《まゆ》をひそめた。雪は止んでいるのに、高速道路がまだチェーン規制になっている。まずいな……もちろん、一般道を走って行くこともできるが、それだと長浦まで何時間かかるか分からない。

思案どころだな、と悩む。行けるところまで一般道を通って、どこかで高速に乗るか、あるいはチェーン規制が解除されるのを待つか……取り敢《あ》えず走ろう、と決めた。少しでも長浦市に近づく——この街から離れたい。いずれにせよ、太平洋側へ向かい、途中から南下するルートになる。

この県は、海沿いと山側で大きく表情が違う。日向の実家がある山側の方は、冬にはかなり深い雪に見舞われるが、海沿いではほとんど雪は降らない。その分風が強く、気温は低いことが多いのだが。東北道は県の中央部、比較的雪が多い地域を走り抜ける。もっともそれも、県境までだ。この県から抜け出しさえすれば、後は関東地方の乾いた冬が待っている。東北道を使わない場合、一般道を走って二時間か三時間で県境を越えるはずだ。高速にチェーン規制がかかっているといっても、さほど雪は深くない様子だから、難儀することもあるまい。

当面の問題は、コーヒーがないことだ。この辺にはスターバックスなどあるわけもなく、そこそこ美味《うま》いコーヒーを旅の友にできない。コンビニで、煮詰まったようなコーヒーでも買うか。それでもないよりはましだ。

一度駅前まで出て、そこから市街地を抜け、郊外を東西に走る国道に入る——そのルートで行こうと決めて、駅前の道路にベンツを停めた。この辺りで、自分で車を運転したことはほとんどないから、ナビをセットしなくてはいけない。こんな田舎で動くのだろうかと懸念したが、すぐにGPSは全地球をカバーしているのだと気づく。田舎にいると、発想まで田舎臭くなって困るな……苦笑しながら、取り敢えず県境までのルートを検索した。セットし終え、助手席に無造作に置いた弁当の包みに目をやる。こんなもの、いつまでも持っているわけにはいかない。別段腹が減っているわけでもないし、捨てるなら早いうちがいい。駅舎の中には確かゴミ箱もあったはずである。ついでに缶コーヒーでも買って、長いドライブに備えよう。

日向はディパックを引っ張り出し、一度車のエンジンを切ってから外に出た。人のいない場所でも、エンジンをかけっ放しにしておいたら、車を盗まれないとも限らない。

凍りついたような寒気が、全身を鋭く刺激した。こんなに寒かったか……高い建物がない吹きさらしの場所なので、風が特に強いようだ。思わず肩を丸め、フードを被《かぶ》って駅舎に突進する。駅前のロータリーに、雪で作った石灯籠《いしどうろう》が二基あるのに気づいた。昨日はなかったはずだが、あれから誰かが作ったのだろうか。やけにリアルで、灰色ならば本物の灯籠に見えたかもしれない。

自動ドアが開くのももどかしく、駅舎の中に突進した。ほとんど暖房は入っていないが、それでも風が遮断された分、少しだけ暖かく感じる。ほっとしたが……クソ、自動販売機がない。朝早いのでKIOSKも開いていなかった。仕方ない。弁当は捨てて、どこかでコーヒーを仕入れよう。

そう考えてゴミ箱を探し始めた瞬間、ここにいるはずもない人間の姿を見つけて、日向は凍りついた。井沢真菜《いざわまな》。卒業後には、二度と会うことなどあるまいと思っていた、高校の同級生だ。

向こうもこちらに気づいたのか、ゆっくりと顔を上げた。

何だか疲れている。

真菜は、高校生にしては大人っぽい感じがして、周りからは少し浮いていた。というより、自分の周りに薄い膜を張り巡らして、他人を寄せつけないようにしている感じだった。友人、と呼べるような存在はほとんどいなかったはずだ。美人だから男子の間では人気が高かったが、誰かとつき合っていたという話も聞いたことがない。当時、まことしやかに流れていた噂は、結構年上の恋人がいるらしい、というものだった。

その噂がもっともらしく思えるほど、彼女には落ち着いた雰囲気が漂っていた。

どうする？　声をかけるか無視するか。急ぐ身だし、彼女もどこかへ行く途中だろう。それに何より、この街の人間とこれ以上かかわり合いをもつのは面倒だった。過去はいつでも足枷《あしかせ》になる。無視して行ってしまおうか……しかし、一瞬だけ見た真菜の表情が気になった。虚無的というか、生きるのを諦《あきら》めたような感じ。これが駅舎でなく、踏切や断崖《だんがい》で会ったとしたら、彼女は自殺するつもりだ、と即座に判断しただろう。

真菜がふらりと立ち上がる。こちらへ近づいて来るのを、日向はぼんやりと眺めているしかできなかった。

「日向君？」

少し低い、落ち着いた声。そういえば、二人きりで話したことはほとんどなかったな、と思い出す。いつも、遠くから見ているだけだった。

「井沢だよね？」

「そう。井沢真菜」名前なら知ってるよ。日向は軽口を辛うじて呑《の》みこんだ。左手に持った弁当の存在が、やけに間抜けに感じられる。「こんなところで何してるんだ？」

この質問が、自分の間抜けさに拍車をかけたように感じられた。しかし真菜は、感情を窺《うかが》わせるような表情は消している。本当に疲れているようだ。この年——二十二歳にしては大人びた顔つきだが、化粧っ気はなく、顔色はよくない。元々顎《あご》の細い、ハート形の顔は、高校生の頃に比べて少し痩《や》せたようで、やつれてすら見える。腰まである黒いダウンジャケットに、細身のジーンズ。裾《すそ》はブーツの中にたくしこんでいる。荷物は、二泊ぐらいの旅行には堪えられそうなトートバッグ一つだった。

「日向君は？」

「ああ、ちょっと実家に」

「私も」

「JRに乗るんだ」こんな早い時間に？　どこへ？

「そうしようかと思ったんだけど……」うつむく。マスカラは盛っていないようだが、それでも長いまつげが瞬いた。

「お金がなかったの」

意外な告白に、日向は心の中で首を傾げた。実家に帰って来て金がない？　なければ親から貰《もら》えばいいではないか。何か事情があるな、とは思ったが、この場で突っこむ気にはなれなかった。

「ＡＴＭは？」

この街にもコンビニエンスストアぐらいはあり、そこならＡＴＭで金を下ろせる。しかし真菜は、かすかに肩をすくめるだけだった。残高はゼロ、とか？　こんな所で時間を潰《つぶ》していても、金が湧いてくるわけではないのに。金を貸そうか、ともう少しで口に出しそうになった。しかしここは、もう少し話を聞いてみたい。急ぐ身ではあるのだが、好奇心が焦りを上回った。口を開こうと思った瞬間、向こうが先に質問を発した。

「日向君もＪＲ？」

「いや、車なんだ」

「本当に？」真菜がぱっと顔を上げた。地獄で仏、といった感じ。目は潤んでさえいる。

「ああ。これから長浦へ帰る」

「長浦に住んでるの？」目の輝きが増した。

「四年間、ずっとね」

「私もそうなんだ」

「何か？」

「へえ」気のない返事をしながら、日向は胸の奥で何かがうずき出すのを感じた。彼女とずっと同じ街に住んでいた？　長浦市は海から山まで広い。海辺と、山手の住宅街はまったく別の街のように見える。だが、真菜が同じ街にいたという事実は、日向の胸を温めた。女など何とでもなるのだが……彼女は特別な存在なのだ、と意識する。かつては見ているしかなかった、遠い存在。それが今、「金がない」という極めて俗物的な理由で、駅に足止めされている。発作的に、デイパックに手を突っこんで札束を取り出し、何枚か抜いて渡そうかと思った。まさか……そんなことをしたら、いかにも怪しい。

「あの、悪いんだけど……」自分から言い出すのがひどく恥ずかしい様子で、真菜の声は消え入りそうだった。

「乗っていけよ」全部聞かないうちから、日向は言っていた。「どうせ方向は同じだし、一人より二人の方がいいから。高速がチェーン規制で通れないから、下を行くしかないんだ。本当は、一人で何時間もどうしようかと思ってたんだよ」

「いいの？」

「いいよ。長浦のどの辺り？」

「福住町《ふくずみちょう》」

「ああ、北の方だよね」頭の中で長浦市の地図を広げる。福住町は海——本来の長浦市の市街地からは離れた場所にあり、私鉄沿線の住宅地として発展した。若い家族に人気の高い、お洒落《しゃれ》感の強い街である。しかし彼女は、どうしてそんな所に住んでいるのだろう。そもそも今、何をしているのか。東京の大学に入ったという話は聞いていたが、だったら都心部からかなり離れた福住町に住むのは合点がいかない。だいたいあの辺には大学がないから、学生向けの安いワンルームマンションなどは少ないはずだ。

「日向君は？」

「臨港町《りんこうちょう》」ある意味、港町である長浦の「顔」だ。

「いいところよね」

「海が近いだけだよ」

「臨港町と福住町だったら、結構離れてるけど……」

「ここから東京ってほど離れてるわけではない」自分でも不思議なことに、日向は薄く笑っていた。愛想笑いでも作り笑いでもない、自然な笑い。こんな風に笑うことなど、久しくなかったはずだ。「よければ、どうぞ。外に車を停めてあるから」

「ごめんね」

「別に、いいよ。こっちこそ、話し相手がいた方が助かる。先は長いからね」

結局弁当を捨てる暇はなかったなと思いながら、日向は真菜を誘って駅を出た。彼女のために、助手席のドアを開ける。真菜はシートに腰を下ろす前に、素早くダウンジャケットを脱いで膝《ひざ》の上で丸めた。顔を上げると、向かいの「ミラノ」の前に自動販売機があるのに気づく。最初からあそこでコーヒーを買っておけば……しかしそうしていたら、真菜に会うことはなかったのだ、と思い直す。助手席のドアを閉める前に、「ちょっと待っててくれ」と声をかけて、道路を横断した。自分用にコーヒーを、彼女にはお茶を買って、車に戻る。デイパックは後部座席に放り投げたが、弁当の処置に困った。運転席に座ってから、エンジンをかけないまま、しばし固まる。

「どうかした？」心配そうに真菜が訊《たず》ねる。

「いや……あのさ、弁当、食べないか？」

「弁当？」

「母親が持たせてくれたんだけど、何か食欲がなくてさ。昨夜、食べ過ぎたんだ」

「いい？」

素直に反応したので驚く。顔を知らない仲ではないが、話すのはほとんど初めてだ。それなのに、あっさり弁当を受け取る……彼女の精神状態が少しだけ心配になった。こんな風に、簡単に人を受け入れる女なのだろうか。

「昨夜から食べてないの」うつむいたまま、恥ずかしそうに言った。

「実家にいたのに？」

「喧嘩《けんか》して、出てきちゃったから」

「まさか、夜、ずっと駅にいたわけじゃないよね？」夜半まで雪が降り続き、相当冷えていたはずである。

「いろいろ」

説明を拒否し、真菜が日向の顔を見た。一瞬だけ目が合ったが、日向はすぐに顔を正面に向けた。黙って弁当とお茶を差し出す。

「無駄にならなくてよかった」

「ありがとう」

少しかすれた声で、真菜が礼を言った。こんな声だったかな、と少しだけ疑問に思う。昔はもっと澄んだ、高い声を出していたような気がするのだが……煙草だ、と気づいた。

「煙草が吸いたいなら、グラブボックスに入ってる」

「いいの？」

「非常用だけど」

「それじゃ悪いわ」

「自分の分はあるから」日向はグレイのダウンジャケットのポケットから煙草を取り出し、一本くわえた。エンジンを始動させると、エアコンから流れ出す温風を浴びて、真菜の緊張が少しだけ解《ほぐ》れたようだった。前屈《かが》みになってグラブボックスを開け、煙草を取り出す。彼女が一本くわえるのを見て、ライターを渡してやった。ほんの少し触れた指先は、ひどく冷たい。

「すごいライター、使ってるのね」

すごくはない。ダンヒルだが、金張りというわけではないのだから。それでも四万か五万はしただろうか。

「先輩に貰ったんだ。その先輩、ホストをやっててさ、お客さんからいろいろ貢ぎ物があるらしいよ。それの横流し」相変わらずの嘘が、すらすらと口を突いて出てくる。

「そういう人とつき合いがあるんだ」

「大学にはいろいろな人がいるからね」

真菜が煙草に火を点《つ》ける。ゆっくりと吸いこむ音が、はっきり聞こえた。煙草を吸い慣れ、ニコチンがないと死にそうになる人間特有の、深い吸い方。

「ありがとう。この車、禁煙じゃないわよね？」

「大丈夫。俺も吸うから」

真菜が窓を細く開ける。煙が外へ出て、代わりに寒気が車内に忍びこんだ。二人で煙草をふかすと、窓を全開にしなくてはいけないなと思い、日向はしばらく煙草を控えることにした。

真菜は体を捻《ひね》って、ダウンジャケットを後部座席に置いた。体がよじれ、体の線が露《あらわ》になる。形のよい胸が、白いタートルネックのセーターを押し上げているのがくっきりと見えた。何だか誘ってるみたいだな、と日向は苦笑する。まあ、それでもいいが。長浦市までは長い道のりだ。その途中で何があってもおかしくはない。もしも彼女が、義理堅い人間であったなら。長浦市までのタクシー代として……馬鹿馬鹿しい。日向は首を捻って、妄想を頭から追い出した。物事は、すべからくシンプルであるべきだと思う。不確定要素が入りこむと、予定が狂うのだ。

もちろん、真菜を拾っただけで、大きな不確定要素を抱えたことになるのだが。

日向はシフトレバーを「D」に入れ、ゆっくりと車を発進させた。低速域ではV8エンジンは本来の迫力にはほど遠く、車内は拍子抜けするほど静かである。かたり、と音がしたので横を見ると、真菜がお茶のペットボトルをリングに置いたところだった。膝の上で弁当の包みを広げる。

「食べちゃっていい？」

「もちろん」

彼女がプラスチック容器の蓋《ふた》を取った途端、かすかなニンニクの臭いが流れ出した。余計な物を入れやがって、と日向は舌打ちをした。これは間違いなく、鶏《とり》の唐揚げだ。母親は、唐揚げの下味をつける時に、必ずニンニクを加える。揚げると臭いが増幅されて、食べ終えてもしばらくは口中からニンニク臭さが消えない。しかし真菜は気にならないようで、「美味《おい》しい」と素直に言って弁当を食べ続けた。まあ、本人がいいと言うなら問題ないか。臭いを逃がすために窓を開けたいという欲求と戦いながら、日向はしばらく運転に専念した。

やがて、プラスチック容器の蓋を閉める音がした。さすがに量が多かったのだろうと横を見ると、完全に食べ切っている。男性並みの食欲に驚いて目を見開くと、真菜がかすかに耳を赤く染めた。

「お腹空《す》いてたから。ごめんね」

「いや、いい……それ、後ろに置いておいてくれる？」

真菜がまた体を捻り、プラスチック容器を後部座席に置いた。先ほどよりも、胸の形が露にくっきりと目立つ感じがする。

お茶を一口。煙草をもう一本。それで真菜はようやく落ち着いたようで、小さく溜息《ためいき》をつきながら窓を上げた。ニンニク臭さは既に消えている。どうやら今日の味つけは薄目だったようだ。

「日向君、すごい車に乗ってるのね」

「そう？」

「だって、ベンツでしょう？」

「中古だよ」

「学生なのに、すごいね」

「一生懸命バイトしたから」

「そんなに分のいいバイト、あるんだ」

「まあね」彼女は少しだけ喋《しゃべ》り過ぎる、と思った。嘘をつき通すのは難しくないが、そのうち疲れてくる。そうなった時に、些細《ささい》なことから完全な嘘に破れ目が生じる恐れもあるのだ。

「この春で卒業？」

「ああ」

「就職は？」

「先輩の紹介で、喫茶店をやることになった」

「そうなんだ。凄《すご》いね、就職がこんなに大変な時期なのに」

「バイトの延長みたいな感じだよ」

「今やってるバイトって、喫茶店なの？」

「まあね」

ふと、嫌な妄想に襲われる。彼女は、俺を待ち伏せしていたのではないか？　俺の動向を監視し、駅でピックアップするように仕向けた。何らかの目的があって……いや、それはあり得ない。こっちは車だし、向こうは徒歩だったはずだ。誰か相棒でもいない限り、先回りも追跡もできない。

「ちょっと違うけどね。その先輩、多角経営だから」日向は無難に説明した。

「そうなんだ」納得したのか、真菜はそれ以上追及しようとはしなかった。

「それで、井沢は？」

「私？」どうしてそんなことを聞くんだ、とでも言いたげな口調だった。

「だって、俺の方だけ話してるじゃないか。不公平だよ」

「ああ、ごめん……今何をしてるかって話？」

「そう」

「特に何もしてないわ。適当に、いろいろバイト」

「東京の大学に行ったんじゃなかったっけ？」

「辞めたの」さらりとした口調だった。

「そうなんだ」

「いろいろあって」

その「いろいろ」に、妙な重みを感じた。日向も、同じ年代の人間に比べれば相当多くの経験を積んでいると思っていたが、彼女の「いろいろ」はどこか違う。日向は、にわかに好奇心を刺激された。

「まさか、結婚してたりして」

「どうかな」

真菜が言葉をぼかす。隠しているというより、謎掛けを楽しんでいる様子だった。しかし、左手薬指に指輪はなかったはずで……だいたい、実家に一人で行くということ自体、何かおかしい。結婚していて、喧嘩《けんか》でもして家を出てきたのか。それで実家を頼ってきたものの、「お前が我慢すればいいんだ」と怒られ、また飛び出してしまった、とか。想像が勝手に走るに任せたが、我ながら陳腐なシナリオだと思う。実際には、彼女はもっと複雑な事情を抱えているのではないか、と勘が告げていた。

それを言うなら自分も同じだが。薄氷を踏み続けた、ここ二年ほどの日々を思い出す。記憶は、つい一月ほど前の出来事に飛んでいた。

3

「もしもし？　こちら長浦中央署の佐々岡《ささおか》と申します。浅田《あさだ》さんのお宅でいらっしゃいますか？　浅田孝也《たかや》君のお宅？　そうですか。実は、申し上げにくいんですが、孝也君がJRの電車の中で痴漢をしまして……はい、そうです。痴漢です。駅の方から連絡がきましてね、今、身柄がこちらにあるんですが……ええ、いや、逮捕したわけじゃありません。微妙なところでしてね。はい、向こうの——被害者の女性の方なんですが、示談にしてもいいと言ってるんですよ。そうなんです。孝也君、大学生でしょう？　将来ある身ですから、被害者の方も、逮捕は望んでいませんので」

電話で話している高塚《たかつか》は、デスクの上に両足を上げていた。気に食わない。蹴飛《けと》ばして、だらしない態度を叱りつけてやってもいいのだが、この男がチームのエースであるのは間違いなく、機嫌を損ねるわけにはいかなかった。それに、だらしない格好をしていても、喋り方は的確だ。いかにも現職の警官らしい、ざっくばらんだが正確な口調。姿を見さえしなければ、真摯《しんし》ささえ感じられる。

「そうなんです。それでご相談なんですけどね、さっきも言いましたが、相手の女性は示談でもいいと言っているんですよ。被害者が逮捕を望んでいない以上、警察としても無理はしたくないんですがね。どうですか？　ええ、そうです。示談。お金です。向こうの女性は百万円でと言っているんですが、どうですか？」

　白けた顔つきで、高塚が相手に聞こえないよう大口を開けて欠伸《あくび》をした。腰穿《ば》きしているカーゴパンツに、緩い長袖《ながそで》のTシャツ。右手で煙草をいじっているが、火を点《つ》けようとはしない。ゆっくりと表情が歪《ゆが》む。受話器を耳と肩に挟んだまま、器用に肩をすくめた。それを見て、横に立っていた立石《たていし》が、すかさず携帯電話を奪い取る。

「もしもし？　お電話代わりました。私、弁護士の牧《まき》と申します。はい、『牧場』の『牧』です。被害に遭われた女性に相談を受けて、今警察の方に……そうです。今、警察の佐々岡さんが言われた通りなんですが、ここだけの話、女性の方も大事にしたくないと言ってるんですよ」こちらは高塚とは打って変わって、きっちりした喋り方だ。若い、有能な弁護士。「そういうわけですので、示談という方向でご検討いただけませんでしょうか。ええ、私も孝也さんには会いましたが、好青年ですよね。些細なことで将来を棒に振ることはないと思いますが、いかがですか？　ええ、それでよろしければ」

　立石がにやりと笑い、親指と人指し指で丸印を作った。煙草を吸っていた高塚が、面倒臭そうに一枚のメモを立石に渡す。立石が、「では、今からこちらの女性の、銀行の口座番号を申し上げますので」と丁寧な口調で告げた。

「出し子に連絡してくれ」日向は声を潜めて高塚に指示した。

「誰がいい？」

「杉田《すぎた》だな」日向は腕時計に視線を落とした。午後二時……まだ間に合う。この件は、今日中にケリをつけたい。

高塚が自分の携帯電話を取り上げ、部屋を出て行った。立石が話している相手に聞こえてはならない。立石は相変わらず、熱心な弁護士らしい口調で話していた。口座番号を教え、銀行の窓口ではなくATMを使い、振り込み時に表示されるメッセージ——振り込め詐欺を防止するための確認だ——を無視して手順を進めるよう、入念に説明する。今日中に振り込みを確認したいので、午後三時までに必ず入金するように、と念押しした。

毎度のことだが見事なものだな、と日向は舌を巻いた。高塚と立石の組み合わせは完《かん》璧《ぺき》だ。警察官と弁護士。いかにもそれっぽく聞こえる喋り方は、相手を簡単に落としてしまう。

立石が電話をそっと置き、にやりと笑った。ネクタイなしのスーツ姿。サラリーマンが仕事を終えて寛《くつろ》いでいるようでもある。今年三十歳になると聞いたことがあるが、見た目はもっと老けて見えた。

「百万、ゲット」軽い口調で言った。

「お疲れ」

ねぎらった瞬間に、高塚が戻って来た。

「杉田を待機させたよ」

「よし、じゃあ、次に行こう」

「ちょっと休憩させてくれ」立石が部屋の隅にある冷蔵庫を開け、缶コーヒーを取り出した。だいたいいつも、一日に三本は飲んでいる。それなのに、まったく太る気配がないのが不思議だった。コーヒーを一口飲むと、立石がああ、と溜息をついて喉《のど》を擦《さす》った。

「喋りっ放しで疲れるね」

「これでも楽な方だぜ。行き当たりばったりで電話をかけてたら、もっと喋らなくちゃいけない」高塚が言った。

「そうだな」立石が同意する。「きちんと準備。シナリオも用意。こっちの方が断然効率がいい」

これが日向たちのやり方だった。事前の調査に入念に時間をかけることで、騙《だま》す相手を信用させる。アトランダムに電話して、たまたま信じる年寄りを見つけるのは大変だ。むしろターゲットを絞り、家族構成を調べてからピンポイントで狙った方が、成功する確率は高い。「ご主人が」とか「息子さんが」とか言うよりも、具体的に名前を挙げた方が、信用されやすいのだ。それに、人の家の情報を丸裸にするのは、それほど大変ではない。

「昔はもっと大変だったんじゃないか、オッサン」高塚が立石をからかった。この男はまだ二十歳――自称だが――で、立石をいつも年寄り扱いしている。

「そりゃそうだ」立石は気にする様子もなく、昔話を披露した。「電話帳を上から下へ順番にかけていって、だいたい九割はいきなり電話を切られるからねえ。そういう時の精神的なショックは結構大きいんだ」

「あんたでもショックを受けるんだ」馬鹿にしたように言って、高塚がようやく煙草に火を点ける。

「俺は高塚先生と違って、デリケートな神経の持ち主なんでね」

「よく言うよ。この商売、十年もやってるんだろう？　こんなことを長く続けてるなんて、ろくでもない人間の証拠じゃないか」

「お互い様ってところかね」にやりと笑い、立石が顔の前に漂ってきた煙を手で払いのける。「ま、仲良くいきましょうや、相棒」

「相棒なんて呼ぶんじゃねえよ、オッサン」

「まあまあ」日向は二人の口喧嘩に割って入った。誰かを相手に電話する時は名コンビなのだが、そうでない時はやたらと衝突している。「もう、この仕事もそう長くないんだから。最後まで上手《うま》く金儲《かねもう》けして終わろうよ」

「あんた、やめてからどうすんの？」立石が不躾《ぶしつけ》に訊《たず》ねてきた。

「まあ、いろいろ」本当は決まっているのだが、この男たちに明かす必要はない。このグループは、この瞬間にしか存在していないのだ。過去も未来もない。だから日向は、ほぼ二年間つき合ってきた立石や高塚の過去を、詳しくは知らない。立石は「もう十年も振り込め詐欺をやっている」としばしば口にするのだが、それが本当かどうかを証明する気も手段もなかった。とにかく今は、彼らの話術が自分の助けになっている、というだけの話である。こんな関係は、長く続けるものではないし、別れた後は二度と会う必要もない。いや、会わない方がいい。

「それより、杉田の方、金の面倒みてやってくれよ」日向は高塚に向かって言った。

「幾ら？」

日向は顔の横で、右手をぱっと広げて見せた。

「五万か……高過ぎるんじゃないか？」高塚が顔を歪める。「あんな男には、三万で十分だろう。あんた、出し過ぎだよ」

「出し子が一番危ないんだ。写真を晒《さら》されたりするからな。パクられた時に、余計なことを言わないための投資だと思えばいい。口止め料の先払いだ」

「いくら金を渡したって、あの男には黙ってるような根性はないぜ」高塚が唇を歪めて笑った。「ちょっと揺さぶられれば、すぐに吐いちまうよ。そんな男に金を払うのは、どぶに捨てるのと一緒だぜ」

「念のためだよ、念のため」

「まあ、いいけどな……リーダーはあんただし、俺はこの後、日本におさらばするから」

「タイか？」立石が合いの手を入れた。

「寒いところは嫌いだからね。ほとぼりが冷めるまで、向こうにいるよ」

「どうせ金がなくなって帰って来るんだろうがね」立石が皮肉をぶつける。

「向こうで商売してもいいな。タイって、お人よしが多そうじゃないか」

「タイ語、喋《しゃべ》れるのか?」

「そんなの、日本語を喋れる奴を探せばいいんだよ」

「そいつに騙されないようにな」

「一々煩《うるさ》いんだよ、オッサンは」

「二人とも、いい加減にしてくれ」日向はうんざりして言った。「今月はまだノルマを達成していない。何としても今日中にあと一件、引っかけてくれ」

日に百五十万。それだけ騙し取らないと、あらゆることが回らなくなるのだ。この事務所の家賃と維持費。雇っている男たちへの支払い。上へ渡す金。日向自身も、蓄えが必要だった。この仕事を畳む前に、ある程度まとまった金が欲しい。次の仕事は決まってはいるが、軌道に乗るまでは安心できないのだ。それに金は、いくらあっても困るものではない。

「俺はちょっと出てくる。二時間ぐらいで戻るけど、後は頼むよ」

「あいよ」

高塚がだるそうに言って、立石の手からコーヒーの缶を奪った。まだ中身が入っているのに、灰皿代わりに煙草を入れてしまう。じゅっという音を聞いて、立石が顔をしかめた。

「育ちが悪い奴はどうしようもないね」

「そりゃどうも」高塚は開き直った。「事実は事実だから、別に何とも思わないぜ」

いい加減にしろ、と割って入ることもできたが、無視した。口喧嘩《くちげんか》がしたければ、やればいい。一日中ここに籠《こも》っていると、どうしてもストレスが溜《た》まるのだ、少しぐらい怒鳴りあってガス抜きした方がいい。

日向は薄いコートを羽織り、薄暗いビルの階段を下りた。二年前から借りている事務所は、ビルの三階にある。壁にクラックが入っているような古いビルで、事務所もエアコンさえろくに効かないひどい部屋だったが、居心地のよい場所にするために金をかけても仕方がない。電話とパソコン、それにデスクさえあれば仕事はできるのだ。

道路を横断し、ふと無意識のうちに振り返る。二年間、ここでずいぶん金を儲けさせてもらった。あと一息。その後自分は、もっと大きく安全な庇護《ひご》の下に入る。それが合法的……かどうかは微妙だ。境界線上の仕事なのは間違いないのだが、今よりはずっと安全だろう。そこでまた金を儲けたら、さらに儲かる手段、自分の手で稼ぐ方法を考えたい。金を稼ぐのは楽だし楽しいことだが、大きい額に挑戦するとなれば、多大な努力を払わなければならない。どこまで儲けられるか、自分の限界に挑戦してみるつもりだった。

あとは、上手くあいつらとの関係を切るだけだ。ぐだぐだと続くと、表沙汰《おもてざた》になる心配もある。後腐れなく断ち切るためにも、やはり金が必要だ。

今使っている人間は、金をＡＴＭで引き出す役目の出し子を含めて、十人ほど。出し子は一種のバイトだから出入りがあるが、他の人間はこの二年間、ずっとつき合ってきた連中だ。しかし、全体でどれだけの収入があるかは、日向にしか分からないようにしている。全体像が明らかになれば、「もっと寄越せ」と言ってくるのが普通の人間の感覚だ。

風が冷たくなっていた。間もなく年が変わる。今年の十二月は例年に比べて寒く、久しぶりのまともな冬、という感じだった。そろそろダウンジャケットを出さないとな、と思いながら、日向はタクシーを拾った。このビルは長浦市の中でも少しだけ辺鄙《へんぴ》な場所にあり、最寄り駅までは歩いて十五分ほどかかる。どこかへ行くには、タクシーに乗ってしまった方が早い。

末田《すえた》と会う公園には、約束の時間の十分前に着いた。彼も既に来ているだろう。どこかに隠れて、約束の時間まで様子を見守っているはずだ。県警の現職の刑事であるあの男は、それぐらいの用心はする。しかし日向は、そんなことはまったく気にしていない様子を装い、ベンチに腰かけた。港に面した公園は、季節に関係なく風が流れており、今は身を切られるほど冷たい。コートのボタンを全部留め、コートの一番上のボタンを開けて手を突っこんで背中を丸めた。そんな姿勢は一分も続かず、ポケットに両手を突っこみ、ワイシャツの胸ポケットから煙草を取り出してくわえた。火を点《つ》け、もう一度背中を丸めて、ゆっくりと煙を肺に入れる。

やがて背後の空気が動き、末田が来たのが分かった。時計を見るまでもなく、時間通りだろう。末田が横に腰を下ろし、ベンチがぎしりと音を立てた。ちらりと横を見ると、細い足を組み、港の方をじっと見ている。煙草の煙が流れていくと、顔をしかめた。

「公園の中は禁煙だぞ」

「忘れてました」携帯灰皿を取り出し、煙草を揉《も》み消す。長浦市は公共の場所での喫煙に煩い街で、基本的には全て禁煙になっている。まずいな、と反省した。目をつけられるようなことはすべきではない。

日向はコートのポケットから封筒を取り出し、ベンチに置いた。末田の手が素早く伸び、封筒を拾い上げる。自分の背広の内ポケットにしまうまで、流れるような動きだった。

末田は五十歳ぐらい。痩《や》せた小柄な男で、短く刈り上げた髪にはかなり白い物が混じっている。常に頭の中で皮肉を考えているように、唇の右側だけが小さく持ち上がっていた。県警捜査二課の巡査部長で、言ってみればほとんどヒラの刑事だが、年齢を重ねているせいもあり、課内にある程度の影響力はあるようだ。この男を押さえておくことで、様々な効果が期待できる——あるいは何も起こらないと安心できる。毎月十万円は、公務員にとっては嬉《うれ》しい小遣いだろう。

「そろそろやめるつもりです」

「ほう。引き際かね」

「そうですね。何事も、調子に乗ってやり過ぎるとろくなことがない」

「あんたは若いのに、その辺はしっかりしてるね。大したもんだ」末田が愛想笑いを浮かべる。

「恐縮です」馬鹿馬鹿しい、形式的なやり取り。だが末田とは、特に話すこともないのだ。話さずとも、互いの目的は分かっている。

「あんた、何歳だっけ？」

「二十五です」自分の正体を知られないように、身分はでっち上げてある。向こうはとっくに調べ上げているだろうが。

「こういう商売、長いのか？」

「まあ、ぼちぼちですね」

露骨に探りを入れてくるが、日向はのらりくらりとかわした。末田が本当に欲しいのは、毎月十万円の小遣いではなく情報だろう。こちらの尻尾《しっぽ》を摑《つか》んでしまえば、いつまでも金づるとして使える——それが本音のはずだ。もちろん日向としては、それだけは避けたかった。最後の最後で保険とするためには、自分の正体だけは知られてはいけない。

「何でこんな商売、始めたの」

「悪い先輩がいましてね」

「悪いという自覚はあるんだ」

「当然です」

「あんたみたいな人は、そんな風には考えないかと思ってたけど」

「そんなことはないですよ」日向は柔らかく笑ってみせた。港の方を向いたままなので、末田がそれを見たかどうかは分からない。ただし、相手が見ているかどうかに関係なく、いつも笑っているつもりでいた。余裕のある笑みは、本音を隠してくれる。

「ずいぶん儲《もう》けたんだろう」

「どうでしょうね」

「税務署には言えない話だからなあ」末田が頭の後ろで両手を組んだ。「税務署はずいぶん、税金を取り損ねていると思うよ。表沙汰にならない金が日本でどれだけ流れているか……一説によると五兆円ぐらいになるっていう話がある」

「ドラッグ関係を合法化すれば、相当の税金が入ってきますね」

末田が声を上げて笑った。目だけは笑っていない、と日向には分かる。そういう男なのだ。

「馬鹿なこと言いなさんな。日本では、そんなの、無理だよ」

「煙草程度の害しかないでしょう」

「煙草は長年かかって健康の問題が出てくるが、ドラッグは即座、だ。それでどれだけ事件が起きてるか、あんたも知らないわけじゃあるまい」

「いろいろ話は聞いています。ですから、外での使用は禁止すればいいんじゃないですか？　使える場所を特定して、そこに閉じこめればいいんです」

「ドラッグハウスか」

その言葉の使い方は間違っている、と思った。アメリカで、麻薬ディーラーが使うアジトを指して言う言葉なのだ。強固な防壁を張り巡らし、ライバル陣営の襲撃や警察の強制捜査に備えるためのものである。

「その中で人が死んでも、大して問題にはならないでしょう」

「年齢制限はどうする」

「二十歳から、ですかね。煙草と一緒でいいんじゃないですか」

「あんたの発想は面白いねえ」末田が乾いた声で笑う。

日向は、そろそろこの男との会話が鬱陶《うっとう》しくなり始めていた。会うのはあくまで金――保険だ――を渡すためであり、無駄口を叩《たた》くのは時間の無駄である。何かあれば、例えば県警の中で自分たちに興味を持つ人間が出てきたとかいう最悪の情報がない限り、話している価値はない。だが末田の話は、いつでも長くなりがちだった。日向から何か引き出してやろうとしているのもあるだろうが、むしろ暇潰《ひまつぶ》しをしている感じもある。

こういうのも、そろそろお終《しま》いだ。

日向は、この件を告げるかどうか、ずっと悩んでいた。「やめます」と言った時、末田がどんな反応を示すかが想像できなかったから。金づるを失ったと思い、「それなら立件しよう」と考えるのか、あるいはさっさと自分を忘れて、新しい金鉱を探すのか。前者ではない、と自分を納得させようとした。末田も金を受け取っている以上、自分との関係が表沙汰《おもてざた》になるのを恐れるだろう。だったら、それなりに事情を告げて別れる方がいい。

「実は、もう会えなくなります」

「ほう。引っ越しかい？」とぼけた質問をぶつけてきた。

「そんなものです。あと一、二回はお会いできると思いますが」

「そうかい。本当に卒業する気なんだね？」

日向は内心の驚きを必死で押し隠した。卒業——確かに日向は、三月に大学の卒業を控えている。末田は、自分が大学生だと知っているのだろうか。危惧《きぐ》している通り、こちらの情報は丸裸になっているのかもしれない。答えないでいると、末田が涼しい口調で続けた。

「こういう商売からは、いつかは卒業しなくちゃいけないもんだよな」

そういう意味での卒業か。日向は握り締めていた両手をそっと開いた。寒いので汗ばんではいないが、掌《てのひら》は真っ赤になっている。

「そうですか？」

「一度上手《うま》くいくと、いつまでもずるずると続けたくなるもんだろう。だけどそんなことをしてると、いつかは失敗するんだよ。俺たちが目をつけるってだけじゃないぞ？　マル暴の連中だって、何だかんだと首を突っこんでくる」

「そうですね」その辺の対策も万全だが、わざわざ末田に教える必要はない。「ご心配いただいて、恐縮です」

「ま、足を洗ったら堅気の商売を始めるんだな」末田が立ち上がる。風がコートの裾《すそ》を翻した。襟を立てながら、日向を見下ろす。粘つくような視線だった。「身辺には気をつけろよ。俺みたいな刑事ばかりじゃないし」

無言でうなずいた。「ばかりじゃない」？　馬鹿言うな。あんたが特殊過ぎるんだ。ここの県警は、昔からいろいろと問題を抱えてきたが、それでも大多数の警察官はまともな人間だろう。日向は末田ほどニヒルにはなりきれなかったし、彼の言い分が脅しに過ぎないことは分かっていた。自分がどういう人間なのか分からなければ、追跡を恐れる必要はない。長浦は大きな街だし、路線が違えば街の顔は完全に変わる。偶然出くわす確率は皆無に近いだろう。それに、この後で末田に会っても、にこやかに笑って挨拶《あいさつ》すればいいだけだ。あるいは完全に無視するか。

立ち去る末田の背中を見送った。毎回彼と会うこの公園は、県警本部のすぐ近くである。足下の方が逆に目立たないということもあるのだろうが、彼の神経の太さには恐れ入る。あるいは、何かを恐れる用心深ささえ失ってしまっているのかもしれないが。

「よう、どうだ」

いつもの挨拶。日向は「ぼちぼちです」と答えて、ソファに滑りこんだ。JR長浦駅近くにあるクラブは、開店したばかりで、客の姿はほとんどない。しかし本多《ほんだ》は、用心深く個室を選んでいた。ここは完全に密室になるので、店員にも話を聞かれる心配はない。彼と会う時はいつもここだった。日向にとっては、少しだけ居心地の悪い場所である。日向は酒を呑《の》まないのに、本多は強い酒を水のように呑むのだ。そして呑むといつも話が長く、くどくなる。ただしこの男を怒らせるのは得策ではないから、いつも愛想よくつき合っていた。当面は、自分の命運を握る男なのだ。

本多は百八十センチ近い長身で、好んで体にぴったり合った服を着る。趣味が筋トレで、鍛えた体を見せびらかすのが大好きなのだ。今日も袖丈《そでたけ》の短いTシャツを着て、不自然に膨らませた二の腕を誇示している。綺麗《きれい》な逆三角形の体型は確かに見事だが、顔がその印象を損ねていた。どれだけ殴り合いをしてきたか分からないが、左右のバランスがおかしいのだ。右目だけがいつも大きく開いている。右の頬にも力が入らないような感じで、口の右側が少しだけ垂れていた。左の耳は完全に潰れ、その残骸《ざんがい》が張りついているのだった。

「何、呑む？」

「ウーロン茶で」

「相変わらず酒は駄目か」本多が皮肉に唇を歪《ゆが》める。

「すみません」

本多が、低いテーブルの上のボタンを叩き、店員を呼びつけた。日向にウーロン茶を、自分にはウォッカをボトルで持ってくるよう、言いつける。それと、チェイサー用の水。

本多はいつも、小さなグラスでウォッカを喉《のど》の奥に放りこむように呑む。その後で、ゆっくり味わうように水を啜《すす》るのだ。滅茶苦茶《めちゃくちゃ》な飲み方で、肝臓がダメージを負っているのは間違いない。まだ三十歳そこそこなのだが、顔は常に土気色で、むくんでいることも珍しくなかった。

店員が飲み物を持ってくると、本多はすかさず部屋の温度を上げるように命じた。いつもそうだ。半袖のTシャツ一枚でいたいがために、エアコンの設定温度を上げさせる。エコの流れに一人で抵抗しているわけだ、と皮肉に思った。すぐに部屋が暖かくなったので、日向もコートを脱ぐ。

本多が顔の前にグラスを掲げ、乾杯の仕草をする。仕草だけ。本多は異様な潔癖性で、他人のグラスと自分のグラスが触れ合うのさえ嫌がる。口をつける前でも同じことだ。それが分かっている日向は、いつも彼に倣って、顔の前でグラスを掲げるだけだった。首をがくりと後ろに折るように、勢いよく酒を喉に放りこんでから、本多が美味《うま》そうに水を飲んだ。煙草に火を点《つ》けると、「で、どんな具合だ？」と訊《たず》ねる。

「ノルマは何とか達成できそうです」

「結構だね。お前の取り分は、ちゃんとキープしてあるんだろうな」

「何とか。そんなに大した額じゃないですが」実家の押し入れで眠っている二百万円に思いを馳《は》せる。この仕事を始めてからしばらくして、利益の中から別に吸い上げておいたものだ。本多は知らないが、知っても何も言わないだろう。彼自身、日向に「ある程度は懐に入れておけ」とそそのかしているのだから。

本多という男のことは、今でもよく分からない。自分をこの仕事に引きずりこんだ人間。決められた金さえ流れていれば、文句は言わない。そして、仕事のこと以外は話そうとしなかった。暴力団とつながりがあることは、本人も認めていたが、それを話したのは自分に対する脅しだろう。

ビジネスのやり方は単純だった。

詐欺のノウハウは本多が教え、日向は実行部隊を組織する。毎月騙《だま》し取った額の三割を本多に上納する。それで本多は日向を守り、仕事がしやすいようにいろいろと取りはからってくれた。末田を紹介したのも本多である。現職のお巡りを買収しておけば、必ず役にたつから、と。今のところ具体的な効果があったわけではないが、日向も保険をかけるつもりで末田に投資していた。自分が本多に貢いだ金が暴力団に流れていることは容易に想像できたが、確かめたことはない。ああいう連中とは、関係がなければないに越したことはないのだ。

「使ってる連中はどうだ？　誰か、裏切って口を割りそうな奴は？」

「いないと思います。たっぷり金を摑《つか》ませてますし……相場の二割増しぐらいですかね」

「いいんじゃないかな。だけどそれじゃ、お前の取り分が少なくなるだろう」

「金を握ってるのは俺ですから。何とでも調整できますよ」

「よし。じゃあ、この件はこれまで。今まで通り上手く続けて、予定通りに終了させてくれ。それで、四月からのことなんだが……」

既に何度も繰り返された話だが、日向は一言も聞き逃さないように意識を集中させた。

本多は、自分の名前は表に出ないようにしながら、幾つかの店を実質的に経営している。出会い系の喫茶店、ネットカフェなどの風俗店だ。四月からは、ネットカフェの一軒を日向に任せようとしている。これは完全に合法な商売であり、今度は帳簿もきちんとやらなくてはいけない。利益は……詐欺で儲《もう》けるよりははるかに少なくなるだろう。だがそれでも、日向は構わなかった。これは次へのステップになる。いろいろと商売のやり方を覚えて、いずれ自分がもっと大金を儲ける時の参考にするのだ。取り分けておいた金が、その時の軍資金になるはずである。銀行に預けるわけにもいかず、自分のマンションに置いておくのも不安だったので実家に隠したが、両親はよもや、自分の家にそんな大金があるとは思いもしないだろう。もしかしたら、実家の普通預金の残高よりも多いかもしれない。

「お前に任せるネットカフェだけど、安曇町《あずみちょう》に新規オープンする店にしたから」

「安曇町のどの辺ですか？」

「駅前だ。今は空いてるが、元々でかいキャバクラが入ってた店なんだ。二月から内装工事に入る」

「いい場所ですね」

「あそこは学生が多いから、いい商売になるぜ。二十四時間営業で」

「はい」

「これでお前も、まっとうな商売を学べるわけだ」乾いた声で笑い、本多がまた酒を喉に放りこんだ。

本多自身、まともな商売人の道を模索してはいるようだ。今やっている詐欺などの非合法なビジネスから完全に手を引き、合法的な風俗関係でやっていくつもりらしい。税金さえきちんと納めて、時々警察に頭を下げておけば、誰にも文句を言われない商売だ。綱渡りのように犯罪に手を染めているのに疲れたのか、何か別のことを考えているのかは分からない。

「それと、全部の商売を束ねる会社を作ることにしたから」

「じゃあ、本当に社長ですね」今までも本多を「社長」と呼ぶ人間はいたし、名刺の肩書きもそうなっている。その方が仕事がしやすいからだ。だが彼は、その言葉を聞く度に苦々しげな表情を浮かべたものである。詐欺の親玉がどうして社長か、とでも言いたそうだった。

「そういうことになる。それでお前、副社長を頼むな」

「副社長、ですか？　ネットカフェ以外に？」意外な申し出に、日向は首を傾げた。

「馬鹿、人数合わせだよ」本多が笑い飛ばす。「役員が揃ってないと、会社登記できないだろうが。そのためだ。実際には、面倒なことはさせない。自分の店だけ、きちんとやっておけばいいから」

「まさか、自分が会社員になるとは思ってもいませんでした」

一瞬間を置いて、本多が笑いを爆発させた。体を折って笑い転げ、最後は目尻《めじり》に浮いた涙を指先で拭《ぬぐ》う。

「一度ぐらい、サラリーマンを経験しておくのもいいかもしれないぜ。四月から給料を貰《もら》うのは間違いないんだから」

「そうですね」彼に合わせて愛想笑いをしながら、日向は心の中で、まったく別のことを考えていた。この男も、結局は踏み台だ。いろいろと裏の世界の事情ややり方を教えてもらったから、教師とも言える存在だが、基本的には小さな男である。金のことしか考えていない。それだけではつまらないではないか。何かもっと大きなこと——それが何かは自分でも分からなかったが、日向はどこまでも行くつもりだった。行けるところまで突っ走る。

本多は所詮《しょせん》、小悪党だ。いつかは失敗して、塀の向こう側に落ちる。それを避けるために、まともな商売に専念しようとしているのだろうが、懐に入ってくる金の少なさに、いずれは啞然《あぜん》とするだろう。そうしたらまた、悪の道に舞い戻るに違いない。その時は、彼の近くにいないのが肝心だ。沈む船の側にいたら、渦に巻きこまれて自分も沈没してしまう。

話を合わせ、時に笑って見せながら、日向は内心辟易《へきえき》していた。

四月からの仕事……できるだけ早く、そこから離れなくては。自分一人で仕事を始めるベースを作る。この男の太い腕から逃れる手段を考えないと、いつかは破滅するような気がしてならない。

4

降り止んでいた雪が、いつの間にかまた降り出していた。道路を白く染めるほどではないが、運転には気を遣う。二トン近くあるこの車は、一度滑り始めたら停まらないだろう。

日向が神経をすり減らしているのに対し、真菜は助手席でうつらうつらしていた。やはり昨夜は、駅舎の中で眠れぬ夜を過ごしたのか……いや、終電が行ってしまえば駅舎は閉まるはずで、その後はどこにいたのだろう。いずれにせよ、相当疲れているのは間違いない。何年かぶりで顔を合わせた、親しくもない――実際にはほとんど知らない男の車に乗っていて、いきなり居眠りを始めるぐらいなのだから。まあ、無理に起こさなくてもいいだろう。長い旅なのだ。

市の南側を走る国道に出る。大型トラックも行き来していて、路面に雪はまったくなかった。これならそれほど難儀することもあるまい。ほっとして、ラジオのボリュームを少しだけ大きくし、道路交通情報のチャンネルに合わせた。

「——国道三二一号線は、山野町《やまのちょう》から南銀座《みなみぎんざ》まで、全面的にチェーン規制となっています」

思わず舌打ちした。まさに、これから向かおうとしていたルートである。途中に峠があるので、そこで立ち往生するかもしれない。どうしたものか……迂回《うかい》ルートはあるにはあるが、相当大回りしなければならないし、そちらの方が雪が深い可能性もある。雪が小降りになってきたのを見て、日向はチェーン規制が解除される方に賭《か》けた。最悪、強引に高速に入ってしまってもいいのではないか？　チェーン規制の時は、警察官が一々チェックしているのだろうか。だとしたら、まずい。この辺にいることを誰かに——特に警察には知られたくなかった。

「道路、閉鎖されてるの？」いきなり真菜が訊《たず》ねる。いつの間にか目覚めたらしい。ラジオの音が煩《うるさ》かったのか。

「いや、チェーン規制」

「この車は？」

「サマータイヤだし、チェーンもないんだ」

「どこかでチェーン、買った方がいいんじゃない？」

大きい街道沿いには、カーグッズを扱うショップが必ずあるはずだ。そういうところでチェーンを買っておけば、問題なくこのクソ雪国を脱出できる。取り敢《あ》えず気をつけて沿道を見ておこう、と思った。山野町までは、まだ二十キロ近くある。

高速道路の情報を示す電光掲示板が前方に現れる。インターチェンジが近いのだ。やはりチェーン規制が敷かれているようで、こちらも使えない。本当なら、一番近いインターチェンジに乗って、一度ジャンクションで高速を乗り換えれば、二時間ほどで東京に着く。そのルートを辿《たど》らないとすれば、最短でも四時間程度は覚悟しておかねばならないだろう。

信号が赤になったタイミングで、日向はずっとドリンクホルダーに入れておいた缶コーヒーを開けた。少し温《ぬる》くなったのをゆっくりと喉《のど》に流しこみ、煙草をくわえる。火を点《つ》け、窓を開けると、一気に眠気を吹き飛ばすような寒風が車内を支配した。真菜が両腕を擦《さす》り、肩をすくませる。

「ああ、ごめん……寒いよね」

「私も煙草吸っていい？」

「もちろん」ライターを渡してやると、すぐに火を点けた。ダンヒルのライターは必ずしも防風仕様というわけではなく、煙草に火を移すのに、しばらく苦労していたが。ようやく煙草に火がつくと、煙が外へ流れるのがもったいないとでもいうように、深々と吸った。

「実家へは何の用事だった？」日向はさりげなく聞いた。

「ちょっと、いろいろあって」

予想した通りだが、真菜ははっきりと答えない。ややこしい事情があるのは間違いなさそうだった。

「こっちへはよく帰って来てる？」

「全然」真菜が首を振る。「あまり用事、ないし。日向君は？」

「俺も、この街には用事がないしね」

おうむ返しの答えに、真菜が短く声を上げて笑う。妙にヒステリックな響きがあった。

「この辺って、相変わらず冴《さ》えないわね」

「確かに、何もないよな」

「十年経っても二十年経っても、たぶん同じ」

「そうだね」

時の流れが、東京や長浦とは違うようだ。出て行って四年、その間、街の景観もまったく変わらない。人も同じだ。街を歩けば、どこかで見かけたような顔ばかりに出くわす。年取って、背中を丸めて歩く男たちは、自分の同級生の何十年か後の姿だ。この街に残ることを選び、その時点で人生の敗北者になると運命づけられた男たち。

「もう、帰って来ないと思うけど」

「そうなんだ」

「たぶん、ね」真菜が窓を細く開け、外に向かって煙を吐き出す。車内は複雑に風が流れているようで、煙は外へ出ず、逆に車内に充満してしまった。「ごめん、煙いよね」

「俺は大丈夫だけど」

日向の言葉を無視して、真菜がまだ長い煙草を灰皿に押しつける。ふっと溜息《ためいき》をつき、お茶を一口飲んだ。ゆっくりとキャップを閉め、ドリンクホルダーに戻す——一連の動作全てが面倒臭そうで、のろのろしている。

「体調でも悪い？」

「私？」驚いたように、真菜が自分の鼻を指差した。「そんなことないけど、どうして」

「何だかだるそうだから」

「だるいことばかりだから」

「そうか」

車の流れはスムーズで、雪の降り方も穏やかになってきた。これなら、少し時間を潰《つぶ》せば、チェーン規制は解除されるかもしれない。ちょうどすぐ近くに道の駅があったので、車を乗り入れる。

「どうしたの？」

驚いたように真菜が言った。ちらりと顔を見ると、大きく目を見開き、非難するように日向を見る。反応が大袈裟《おおげさ》過ぎる、と日向は思った。

「ちょっと道路情報を確かめようと思ってね。それに、チェーンを買える店も調べておきたいんだ」

「そう」素っ気無く言って、真菜が頰杖《ほおづえ》をついた。急に機嫌が悪くなったようだが、その憂鬱《ゆううつ》な態度は、高校時代の彼女を思い出させる。同性の友だちも少なく、人を寄せつけない、どこか超然とした雰囲気。休み時間、クラスメートたちが騒ぐのをよそに、一人窓際の席で頬杖をつき、ぼんやりと校庭を眺めていたのを思い出す。

「それ、癖だね」

「何が？」言葉に少し棘《とげ》がある。

「頬杖」

「ああ」

面倒臭そうに言って、ゆっくりと体を起こす。本当に体調が悪いのでは、と日向は訝《いぶか》った。

「何ともない？」

「別に」

「それならいいけど」

運転席を出て後部ドアを開け、ディパックを取り上げる。真菜が首を捻《ひね》って、ちらりと見た。

「ちょっとそこへ行くだけなのに、大袈裟じゃない？」

「昔から用心深いんだ」さらりと言って、日向は車から離れた。

広い駐車場の片隅には雪が積み上げられ、巨大な壁ができている。まだ朝のせいもあって、ほとんど利用者はいなかった。タイヤまで雪に埋もれている車もあったが、数日前から放置されているのだろうか。

道の駅の建物は、外から見る限りでは三階建てのようだった。屋上から「レストラン営業中」「健康ミネラル野菜直売」などの垂れ幕が下がっている。巨大な建物の中は、ほとんどが土産物を売るスペースで占められていた。この辺の特産の菓子や漬物……見飽きた、というか見たくもない物ばかりだ。入って左側にはレストランがある。ここでも、日向の出身地の名物であるラーメンを中心にメニューが組み立てられていた。二度と見ることもないだろうが……何だか、想像しただけで鬱陶しい。

売店の女性店員に、近くにカーグッズのショップがないかどうか訊ねる。ここから南の方にある北山《きたやま》市まで行かないとない、という返事だった。暗い顔をしていると、「昼前には雪は降り止むみたいですよ」と助け舟を出してくれた。二時間か三時間のロス……大したことにはならないとほっとして、日向は大きな笑みを浮かべて女性店員を喜ばせてやった。ついでにチョコレートと、真菜のための使い捨てのライターを仕入れる。

道路情報掲示板の方に向かい、モニターで状況を確認する。これから向かう方向は、確かにチェーン規制が必要な黄色になっているが、その先は規制なしの青だ。高速道路は、県内は全て黄色。結局、国道をずっと走って行って、隣県に入ったところで高速道路を使うという、当初の計画を実行するしかない。電話をかけておくか……まあ、いいだろう。向こうからかかってこないということは、事態は何も動いていない証拠だ。ぎりぎり危なくなって、それこそ身動きが取れなくなったら、連絡すればいい。その際は一千万円をみすみす見逃すことになるし、信用も失うが、まあ、何とかなるだろう。

自分用に、今度はブラックの缶コーヒーを買って車に戻る。何か様子がおかしいと、すぐに気づいた。助手席に真菜がいない。どこかへ逃げたのか……嫌な感じを覚えながら運転席の方に回りこむと、真菜が座っていた。しかもいつの間にかエンジンがかかって、マフラーからは水蒸気が白く立ち上っている。

運転席ではなく、その後ろのドアを開け、後部座席に滑りこんだ。CLSは基本的に格好だけを追求した4ドアクーペであり、後部座席はそれほど広くない、クーペ的な曲線を描くルーフは低く、頭上にも余裕がなかった。長身の日向が座ると、頭がつかえそうになるし、膝元《ひざもと》にも余裕がない。

「どうかした?」わざと軽い声で話しかける。「運転してくれるのかな」

「免許、持ってないわよ」

「そうなんだ」言動がおかしい。免許を持っていないのに運転席に座ってエンジンをかけ、今にも車を出そうとしている。少しおどけた声で忠告した。「じゃあ、運転したらまずいよね」

「……そうね」低い声で言って、真菜がドアを開ける。セーターを着ただけの格好なので、寒さを避けるためにすぐ背中を丸め、両手で腕を抱くようにした。助手席には向かわず、日向の隣に座る。

何のつもりだろう。疑念が募ったが、同時に好奇心が湧き上がるのを日向は意識した。

彼女は何かを隠している。それを知りたい、と強く願った。

我ながら浅ましいな、と内心苦笑せざるを得ない。彼女は高校時代の自分にとっては、高嶺《たかね》の花だった。それが今、どこか傷つき、苛立《いらだ》った様子で横に座っている。物にするならこういう時がチャンスだぞ、とつい考えてしまう。一方で、余計なことにかかわると面倒になる、と理性が告げていた。自分にはやるべきことがあるのだから、荷物になりかねない存在は不要だ。不確定な要素は排除しなければ。

「あのさ、何か心配事でもあるなら、話してみたら？」軽い調子で話しかける。彼女は何も明かさないだろう、と思っていたが。

「別に、そういうんじゃないから」

「だけどずっと、顔色が悪い」

「そうかな」真菜が、化粧っ気のない頬を摩《さす》った。「気のせいじゃない？」

「これでも、人の顔色を読むのは得意なんだ」

「そう？」

「高校生の頃からずっとね。そうやって、うまく人の間を泳ぎ回ってきたんだよ」

「じゃあその頃、私の顔色も読めた？」

一瞬目を閉じ、数年前に思いを馳《は》せる。そう——読めた。そのまま彼女に告げていいかどうかは分からなかったが。言ってみるか。

「私はあなたたちとは違う、かな」

言葉が途切れる。しかし次の瞬間、真菜は笑い出していた。低く、腹の底から搾り出すような笑い。

「そんな風に思ってたんだ」

「俺はそうだと思ってたけど……」

「当たり」

あっさり認めて、真菜が拳《こぶし》を口に押し当てた。

「自意識過剰よね。自分だけは特別な存在だと思ってたから」

「それは誰でも、そうじゃないかな」

「高校生でそんな風に考えてたら、馬鹿じゃない？　普通、そういうのって、中学生で卒業するでしょう」

「そうでもないと思うよ」

「日向君も？」

「そう……だったかな」日向は言葉を濁した。実際には、今でもそう思っている。何をやっても、自分だけは捕まらない。上手《うま》く金を儲《もう》けて、逃げ切ってやる。いつかは自分も、他の人間と何ら変わらない存在だと気づかされるかもしれないが、それはもっとずっと後のことだ。もしかしたら、死ぬまでそんな風に思わずに済むかもしれない。

いや、そうしたい。

「高校生の頃って、皆そうなのかな」

「それこそ、君が言ったみたいに、中学生の頃に諦《あきら》めてる奴もいるだろうけど」

「私は諦めてなかったけど……どうしていいか、分からなかった」

「それでいつも、外ばかり見てたんだ」

「そんなとこ、見てたの？」真菜がびっくりしたように、胸元を両手で押さえた。

「観察眼は鋭い方だから」

「それだけ？」

誘うような口調。図に乗ってこの会話に巻きこまれたら、面倒なことになりそうだった。自分の中で二つの気持ちが鬩《せめ》ぎ合うのを意識する。彼女のことをよく知って、心の中に踏みこみたいと思う気持ち。もう一つは、足枷《あしかせ》にひっかかるわけにはいかないと用心する気持ちだ。

どちらでもコントロールできる。

しばらくはどっちつかずの態度を取っていようと決めた。

「まあ、気にしてたけど。女子ともあまり話してなかったよね」

「馬鹿ばかりだったから」

急に彼女の口から飛び出した乱暴な言葉に、日向は少し引いた。こういう話し方をするイメージではなかったのだが、高校時代はほとんど話したこともなかったから、それはまさに、こっちの勝手な想像だろう。

「そうかもしれない」

「だからあなたも、さっさと逃げ出したんでしょう？」

「まあね」

あなたも、という言葉に日向は反応した。自分を同列の人間とみなしている？　当時から、自分と何か共通点があると思っていた？　背筋をくすぐられるような感触を味わったが、それにしても四年も前の話である。そして今の彼女は、明らかに四年前の彼女ではない。

その最たる違いが、髪かもしれない。

四年前、彼女の髪は黒く輝いていた。吸いこまれそうな深い色合いで、窓際で陽光を浴びていると、本来光を吸収するはずの黒が、逆に光を放っているようにも思えたものである。背中にかかるほどの長い髪は、よく手入れされていたようで、シャンプーのCMでしか見られないような艶《つや》を保っていた。今はあの頃より少し伸び、首の後ろで緩く一本に縛っていたが、傷んでいるのは明らかだった。あまり手入れをしていないのだろう。それほど忙しいのか、あるいは手入れをするだけの金がないのか……後者だろう、と考える。実家に帰って来たものの、金がなくて長浦にさえ戻れないのが何よりの証拠だ。

「そうだね。逃げたのは間違いない。だって——」

「あそこは、何もない街だから。どうしようもない街だから」真菜が日向の言葉を引き取った。まさに自分が言おうとしていた台詞《せりふ》なのでびっくりする。二人の考えがシンクロしているように感じた。

「まったく、ね。例えばさ、俺、あのラーメンが大嫌いだったんだ」

「私も」

横を見ると、真菜が嬉《うれ》しそうに笑っていた。

「何か、貧乏臭くない？　美味《おい》しいのは美味しいけど、しょっぱいだけじゃない」

「スープにコクがないんだよ」

「部活の帰りとか、野球部の人たちがよくつるんで行ってたじゃない？　あれ、本当に馬鹿みたいだった」

「女子だって行ってたよ」

「それこそ、あり得ないでしょう」真菜が肩をすくめた。「集団でラーメンを食べに行く女子って、本当に田舎臭い感じよね」

「まあね」

気持ちは分かるが、言い方が乱暴で露骨過ぎる。ラーメン一つでクラスメートを見下すというのも、極端過ぎる感じがした。もっとも日向も、同じように感じてはいたのだが。それにラーメンだけではない。あの街にまつわる全てが嫌いだった。盆地ならではの粘つく夏の暑さ。雪。鬱陶《うっとう》しい人間関係。塩気が強いだけで味わいが薄い食べ物。見えない未来。

「そういえば、仕事は？　ずっとバイトで食いつないでいくつもり？」

「まあ、適当に」まずいツボを押してしまったのか、真菜が急に不機嫌になる。どうにも扱いにくいが……彼女は今、壁にぶつかっているのかもしれない。自分が他の人間と同じだと諦めざるを得ない壁に。

真菜が体を捻《ひね》り、日向に顔を向けた。

「私、何をやるように見える?」

「向いてる仕事ってこと?」

「そう」

この手のゲームは嫌いではない。相手の話を上手く引き出し、おだててその気にさせる――詐欺では絶対必要な手口だ。普通は電話でしかやらないテクニックだが、面と向かってできないこともあるまい。

「女子アナとか?」

真菜がけらけらと笑った。屈託なく、合コンの席で冗談に興じているような感じだった。

「それはないでしょう。たぶん、テレビ映り、悪いと思う」

「そんなことないだろう。君ぐらい細いと、テレビではちょうどよく見えるんじゃないかな」

「少し痩《や》せたから」真菜が両手で頰を挟んだ。

「そう?」確かにやつれて見えるが、そうは言えなかった。

「そうよ……まだゆっくりしてて大丈夫かな」真菜が手首を返して時計を見た。

一瞬見ただけでは、どこのメーカーなのか分からなかった。しかし、安っぽいのは間違いない。安物は、彼女のイメージには合わなかった。彼女なら、年上で金持ちの恋人を摑《つか》まえるぐらい、訳ないはずなのに。

「少し時間を潰《つぶ》しながら、行こうかと思ってる。チェーンを売ってそうな店は結構遠いし、待ってればチェーン規制は解除されそうなんだ。無駄な金を使うこともないしね」

「そう」

「適当に、その辺で飯を食ってもいいし」

「どうしようかな……」顎《あご》に拳を当てて、真菜が考えこむ。

「どうするって、何が？」

「下ろしてもらった方がいいかも」

「だけど、こんなところで下りてもどうしようもないよ。駅もないし……まさか、ヒッチハイクでもするつもり？」

「そうじゃないけど」

この国道は、高速道路ができるまでは、太平洋と日本海をつなぐ動脈だった。今も、高速料金を浮かそうという大型車を中心に、交通量は少なくない。しかし、最寄りのJRの路線からは十数キロ離れているし、仮に駅まで行っても、運行本数は極端に少ない――一時間に一本ほどだ。

「俺は別に、いいけどね」

「だけど、悪いから」

どうも彼女の言動は支離滅裂だった。ここまでドライブしてきて「悪いから」とは。これだったら何かで返してもらうからいいよ、と言いかけ、日向は言葉を呑《の》みこんだ。これでは、趣味の悪いオヤジそのものである。

「別に悪くないよ」

「お金、貸してくれない？」

日向は肩をすくめた。結局話はそこへいくのか。どうしたものだろう……貸す金ぐらいはある。返ってくる当てがないにしても、どうということはない。しかし、妙に引っかかった。興味を引かれた。

「まさか、借金取りに追われてるわけじゃないよね」

「そうじゃないけど」

「長浦までの足代？」

「そういうわけでもなくて」

「よく分からないな」

「ごめんね」真菜が引き攣《つ》るような笑みを浮かべた。「長浦までの電車賃というより……

……もうちょっと必要かも」

「ええと、さ」日向はディパックを胸に抱えこみながら訊《たず》ねた。「例えば、具体的にいくら？　話によっては相談に乗るよ。もちろん俺も金はないけど、貸してくれる友だちぐらいはいるから」

「百万とか？」

唐突に大きい額が彼女の口から出たので、日向は用心して口をつぐんだ。ちらりと真菜を見ると、ひどく真剣な顔つきであり、冗談を言っている気配ではない。百万あったら何ができるだろう、と考える。

逃亡だ。

「どこかへ行くんだね」

「どうしてそう思うの？」

「いや、何となく。お金が必要だっていうからさ……海外？」

「分からない」

「行き先なし、当てもなしの旅行？」

「旅行じゃないわよ」

百万円あったら、まったく新しい土地、自分の知らない街で生活を始めるのにも、取り敢《あ》えずは十分だろう。安い家を借り、必要最小限の家具を揃えて、新しい仕事が見つかるまでの生活費に充てる。

「百万は、ちょっときついな」日向はデイパックを持つ手に力を入れた。この中にはその二倍の金が入っている。

「そうだよね」真菜が盛大に溜息《ためいき》をつく。「百万なんて、簡単には都合できないよね。ごめんね、久しぶりに会った人に、変な話をして」

「それはいいけどさ」久しぶりに会ったも何も、まともに話すのは初めてなのだ。その割に、自分が緊張していないことに日向は気づいていた。何なのだろう……この四年間で図々《ずうずう》しくなったのか、あるいは彼女に対して特別な意識がないのか。ないことはない。何となく疲れ、安っぽい格好をしていても、滲《にじ》み出る独特の魅力は変わっていないのだ。

「さっきの話だけどさ」重く淀《よど》んだ空気を変えるために、日向は話題を変えた。

「何?」

「君が何に見えるかっていう話」

「ああ」つまらなそうに言って、真菜が膝《ひざ》に両手を乗せた。

「女優ってことはないよね」

「まさか」笑ったが、今度の笑いは空疎で、いかにも作ったもののようだった。「何でそう思うの」

「君なら、女優でも十分通用するから」

「まさか、ねえ」繰り返し言って、真菜が狭い車内で伸びをする。拳《こぶし》が天井につかえ、組み合わせた両手をそのまま前に突き出した。運転席のシートを摑み、ぐっと背中を丸める。どこか猫を感じさせる動きだった。

「だけど、そんな風に考えたこと、ない？」

「私のこと、そんな風に見てたの？」

「それは、クラスの他の女子連中とは、レベルが全然違ってたから」

「そうかな」真菜が髪に触れた。失われてしまった艶《つや》やかさを取り戻そうとでもいうように。「そうかもしれないけど、そんな風に思ったことはないかな」

一見矛盾した彼女の言葉から、本音が透けるようだった。自分は他の女子とは違う。しかしその違いは、単に美しさの差ではない。人間として——というところだろうか。おそらく彼女は、高校生の頃から成熟した内面を持っていた。それが故に、同年代の人間とは話が合わず、馬鹿にしていたのだろう。だがその後、自分という人間が何なのか、見失っていたのではないか。一番近くにあるはずの真実なのに。

「ちょっと意外だったけどね」

「何が」

「君が普通に東京へ出て、大学へ行ったのが。何かのオーディションでも受けそうな感じがしてた」

「だったら日向君も、案外人を見る目がないわね」

「そうかな」大袈裟《おおげさ》に首を捻《ひね》ってやる。人を見る目は、ある。それこそが詐欺師に絶対必要な才能なのだから。そうでなければ、わずか一年で億単位の金は稼げない。

「変なこと聞くけど、日向君、つき合ってる人とかいないんじゃない？」

「今はいない」女は邪魔になる。

「女性を見る目、もっと鍛えないと」

「なかなかチャンスがなくてね」

「変な女に摑まらないように、私で試してみたら？　そう簡単には底が見えないと思うけど」

「たぶん、そうだね」このゲームを、長浦に戻るまで続けるのか……うんざりしつつ、会話をつなげるのが嬉《うれ》しくもあった。「君は複雑な人みたいだから」

それに、同年代の女性よりも、相変わらずずっと大人びている。大学で周りにいる女子と比べれば、それは明確だ。彼女たちは、リクルートスーツを着る頃になると急に大人の顔を見せるようになるが、それは外面だけである。話してみると、相変わらず言葉が軽くて内容もない。就活用に取り繕った言葉は、口から出た先に消えていくのだろう。

「複雑っていうか……何なのかしらね」

「自分のことは、自分でも分からない？」

「自分のことだから分からないんじゃない？　本当の姿を見たくないっていうか」

「何だか自己啓発セミナーみたいになってきた」おどけてみせたが、真菜は反応しない。日向は一つ咳払《せきばら》いをしてから、ドアを開けた。足を外へ出したまま、彼女に話しかける。

「そろそろ出ようか。ここで時間を潰していてもいいけど、この辺にいるだけでうんざりするから」

「そうね」同調して、真菜が先に車を降りる。寒いのに、それを我慢するように背筋を伸ばして周囲を見回した。目の前の大きな建物、雪が残る、がらんとした駐車場。立派な道路は、今は閑散としている。その向こうには、雪で白く染まった森。そこに分け入ったら、帰って来られないかもしれない。実際、年に一度ぐらいは熊の目撃情報があるぐらい、森は深いのだ。

「運転は駄目だよ」日向は釘《くぎ》を刺した。

「別に、ばれなければ大丈夫じゃない？　この辺、警察官もいないでしょう」真菜はまだ、運転席側にいた。

「そうはいっても、さ」彼女が捕まるのはいい。だが自分も巻きこまれて、警察に追及されるのは避けたかった。というよりも、それだけは避けなければならない。そもそも、さっき車を降りる時に、キーをつけっ放しにしてしまった自分の迂闊《うかつ》さを悔いた。「やっぱりまずいよ。俺も、警察にあれこれ詮索《せんさく》されたくないし」

「何かまずいことがあるんだ」車のルーフ越しに、真菜が日向の目を真っ直ぐ覗《のぞ》きこむ。寒風を物ともせずに背筋を真っ直ぐ伸ばし、口調も強い。

「そうじゃないけど……嫌いなんだよ、警察。前にスピード違反で捕まったことがあってさ、その時にかなり鬱陶《うっとう》しかった。あいつら、何であんな風に居丈高になるのかな。スピード違反なんて、反則金を稼ぐために取り締まりをやってるだけだろう？」慌てて言い訳したせいで、かなり早口になってしまった。顎《あご》に力を入れ、わざとらしいゆっくりした口調で続ける。「あいつら、こっちの足下を見てる感じがするんだよな。スピード違反で捕まえても、他にも何かないかって、探るような目で見る。たかが白バイ警官なのに、そういうのって生意気じゃないか？」

突然、真菜が喉《のど》を見せて笑った。雪にも負けぬほど、白い喉。

「大袈裟よ。何だか警察アレルギーみたいじゃない」

「警察が好きな人なんていないだろう」

「そうね……あのね、私の仕事だけど」真菜がルーフに手をかけた。かなり冷たいだろうに、まったく気にする様子もない。「一種の専業主婦、みたいなもの」

驚くことではない。別に結婚していてもおかしくはないのだ。だがその言葉を聞いた瞬間、日向は全身の血が凍りつくような感覚を味わっていた。

5

「結婚してるんだ」慎重に車を走らせながら、日向は切り出した。ハンドルを握る手に、つい力が入ってしまう。声はかすれていないだろうか、と気になった。

「おかしい？」

「いや、別に……大学を辞めたって、そのために？」

「そう」気の抜けた返事。

「そうか」うなずく。何故か顎の辺りが強張《こわば》る感じがした。「この四年間で、いろいろあったんだね」

「そうね……いろいろあったわ」

自分から言い始めたくせに、真菜はこの話題を膨らませるつもりはないようだった。あまり引っ掻《か》く必要もないかと思い、日向も口を閉ざす。

だらだらと車を走らせ、途中、蕎麦《そば》屋に入って早めの昼食を取った。古民家風の造りで、こういう店はだいたい見かけ倒しなのだが、意外にも蕎麦の味はしっかりしていた。ただし、つけ汁は辛過ぎたが。この辺の常なのだが、何を食べても塩辛い。冬場、雪に閉じこめられている時に、少ないおかずで飯を食べるために必然的にこうなったのだろうが、平成の今になってもこんな食事をしていたら、体に悪いだけだ。

日向は天ざる蕎麦を、真菜は温かい天ぷら蕎麦を取った。冷たい蕎麦なので、早く食べ過ぎないようにしないと……そう考えて食べ始めたのだが、真菜はこちらが遠慮する必要がないほど食べるのが早かった。それでも、日向の方が先に食べ終える。蕎麦猪口《ちょこ》に蕎麦湯を注ぎ、時間調整のためにゆっくりと飲んだ。日向の好みからすると少しさらっとし過ぎていたが、これはこれで悪くない。

窓の外に目をやると、雪は完全に降りやんでいた。いつの間にか薄い日が差して、駐車場に止まった車のウィンドウを煌《きら》めかせている。これなら、高速のチェーン規制も、間もなく解除されるかもしれない。

「ごちそうさま」真菜が手を合わせた。汁はほとんど残したが、蕎麦と天ぷらは綺麗《きれい》に平らげている。

「何時ぐらいに向こうへ着ければいい？」

「私は何時でもいいけど、日向君は？」

「どんなに遅くても、今日中には着きたいな」

「じゃあ、もう少しゆっくりしていても大丈夫ね」

「もうすぐ高速もチェーン規制が解除されると思うから、そんなに時間はかからないよ」

「そういう意味じゃなくて、少しここでゆっくりしていていい？」真菜が壁に背中を預けた。

「ああ、別に……」

「何だか、疲れちゃった」真菜が目を閉じる。畳の上で足を伸ばしたまま、組んだ両手を腹の上に乗せている。完全にリラックスしており、今にも寝息が聞こえてきそうだった。

まずいぞ、と忠告しようかとも思った。まだ十一時過ぎだから店は混んでいないが、客が入り始めたら、すぐに出て行かなければならないだろう。それまで休むつもりかもしれないが、寝起きの彼女の不機嫌さが予想できるのが嫌だった。しかし真菜は、本当に疲れている様子である。うなだれ、顎を胸につけて眠る様は、子どものようだった。

仕方ないな……手を挙げて店員を呼び、新しいお茶を貰《もら》う。煙草に火を点《つ》け、彼女の方に煙がいかないように気をつけながら、ゆっくりと煙草を吸い、お茶を飲んだ。

しかし、人妻か。意外な事実を、日向は噛《か》み締めていた。相手はどんな男なのだろう。大学の関係で知り合ったのか、まったく別の場所なのか。ずっと年上かもしれない。三十代半ば、あるいは四十歳でも、彼女ならバランスが取れるのではないか。しかし、無理矢理聞き出す気にはなれなかった。知ることで、必要以上に関係が深くなってしまう。

駐車場に目をやる。ベンツは、田舎の蕎麦屋の駐車場では一際異彩を放っていた。これも処分しなければならないのだが、どうしたものか……足がつかないような方法を考えなければいけないのだと思い、悩む。それなりに愛着のある車だったが、ここから自分につながっては困るのだ。そうでなくても、やたらと悪目立ちする車である。にわかに心配になった。田舎町に一日いただけで、何人がこの車に――この車に乗っている自分に気づいただろう。

まあ、それを恐れていては何もできないのだが。気は楽に、しかし素早く動こう。警察はまだ、何も気づいていないはずだ。今のうちなら確実に逃げられる。ただしそのためには、一度危ない橋を渡らなければならない。金のやり取りという日常茶飯事が、今や危険な仕事になっていた。

まったく、あの馬鹿さえいなければ……自分の不明を恥じる。人間の本質を見間違えると大変なことになるという、いい見本だ。

ミスはある。誰にでも起こりうる。問題はその処理だ。自分が間違いなく処理を行っているかどうか、まだ分からない。ていたかどうか、まだ分からない。つい数日前の出来事を思い出すと、自信は揺らいでしまう。

出し子の一人、氏原《うじはら》は要注意人物だった。

そもそも出し子は、詐欺グループの中ではほんの下っ端の役回りを与えられているだけだ。ATMに行って、振りこまれた現金を引き出すだけ。ただし、防犯カメラの映像に顔が残ってしまうことも多いから、危険性という点では、実際に詐欺にかかわっている人間よりも高い。時折、警察が出し子の顔を公開することがあるが、そこに自分が使っている人間が引っかかっていないかと、日向はいつも警戒していた。

氏原は今まで上手《うま》く、網を逃れていた。しかし、日向に思わぬ爆弾を投げつけてきた。夜、人のいなくなった事務所で金勘定を終えた日向は、そろそろ閉めようと立ち上がった。そこへいきなり、氏原がやって来たのである。基本的に出し子には、事務所に顔を出さないようにきつく言い渡していた。連絡は電話で済ませ、直接接触するのは外でだけ。そうすることで、警察に追われる可能性のある出し子を、自分たちから遠ざける狙いがあった。日向はちらりと氏原を見て、露骨に眉《まゆ》をひそめた。

「困るな、ここへ来てもらっちゃ」

「ちょっと話があるんすけど」

氏原の口調は真剣だった。日向は金庫にしっかり鍵《かぎ》をかけ、取り敢《あ》えずデスクに放置することにした。本当は、一回り大きい金庫に二重にしまうのだが、その場面をこの男に見られたくない。しかし、財布の中身が少しだけ乏しいのが気になった。どうせ金の話だろう。もう少し金をくれとか……恵んでやるには、手持ちの金が心許《こころもと》ない。まあ、後で渡すとか何とか言って、追い払えばいいだろう。

氏原は二十歳になったばかりで、日向の大学の後輩に当たる。同じ大学だからスカウトしたわけではなく、それを知ったのは、出し子として使うようになってしばらく経ってからだった。その時から既に、日向はこの男の危うさを感じていた。向こうから「同じ大学ですよね」と、やけに気軽に話しかけてきたのである。この男には……自分の正体が、少なくともある程度はばれているという事実に、日向は苛立《いらだ》った。他の仲間は基本的に何も知らないはずだ。知らないことが、互いの安全弁になっている。一人が捕まっても、それぞれの素性を知らなければ、仲間を警察に売りようがないのだ。その時は入念にこの世界の規律を説明し、裏に暴力団が存在していることを臭わせて余計な質問を封じたのだが……あまり真剣に捉《とら》えていない様子だった。アルバイト感覚かもしれないが、その軽い態度がいつか命取りになるかもしれない、と危惧《きぐ》したものである。

「ちょっと出ようか」

日向は薄いグレイのダウンジャケットを摑《つか》んだ。フードつきのジャケットを着こんだ氏原は、ドアのところに突っ立ったままである。腰穿《ば》きしたジーンズに、薄手のトレーナー。足下は八〇年代に流行《はや》ったような、アディダスのハイカットのバスケットシューズだ。どこか不安そうに、視線が落ち着かない。

「飯は？」

「いいっす」

「じゃあ、お茶でも飲もうか」使っている人間と酒を呑《の》むことはない。日向はそもそも呑まないから問題ないのだが、相手にも呑ませたくない。アルコールで気が緩むと、思わぬトラブルに巻きこまれることがある。

「いや、ちょっと話ができればいいんで」

「そうか」

うなずき、氏原が階段に向かう。日向はジャケットに袖《そで》を通しながら後を追った。氏原は一階分だけ階段を下り、踊り場の所で足踏みをしながら待っていた。ここは風が吹き抜ける場所で、冬場は身を切られるように寒くなる。日向はジャケットのファスナーを首のところまで引き上げた。

「で、話って？」

煙草を取り出し、くわえる。一本勧めたが、氏原は首を振って断った。

「警察」

「警察がどうした」日向は、自分の声が鋭く尖《とが》るのを意識した。「目をつけられたか？」

「たぶん」

「どういうことだ」

「声をかけられた」

「どこで」一語ずつしか進まない会話に苛立ちながら、日向は先を促した。何なんだ、この男は。頭の回転が鈍いのか。

「街で」

「もう少し具体的に言ってくれないか」日向は唇から煙草を引き抜いた。「君の話はよく分からない」

「だから、警察に話しかけられたんすよ。こんなところで何をしてるって。場所は、清澄町《きよすみちょう》。ゲーセンにいた時に」

一々言葉をぶち切るような話し方に、日向の苛立ちが加速する。それにしても、清澄町か……あの辺にはゲームセンターや安いチェーンの居酒屋が建ち並んでおり、若者が多い。氏原はぱっと見た目では未成年にも見えかねないから、少年課の連中が補導しようとしてもおかしくないだろう。いや、違う。それだけだったら、こんなに怯《おび》えるはずがない。

「それぐらいじゃ、何てことないじゃないか。未成年と間違えられたんだろう」自分を安心させるためにもと、日向はわざと軽い調子で言った。しかし氏原は首を振るだけだった。目は伏せたまま。握り締めた拳《こぶし》はかすかに震えている。

「お前は出し子かって聴かれた」

まさか。日向の手の中で煙草が潰《つぶ》れる。目をつけられていた？　だったら、こんなところでこの男と会っているのはまずい。警察は、氏原に尾行をつけているかもしれないのだ。

「それで？」

「違うって言って……その時はそれで終わったんだけど、信じてるとは思えない」

「防犯カメラに写ったんじゃないか」

日向の指摘に、氏原が慌てて顔を上げた。金を引き出す時は、徹底して用心するように教えこんである。サングラス、フード、帽子で顔を隠し、髭《ひげ》が濃い人間には、一回ごとに髭を生やしたり剃《そ》ったりして顔の印象を曖昧《あいまい》にするよう、指示してきた。もちろん、最近の画像認識技術は優秀であり、どんなに変装していても、二枚の写真に写っているのが同一人物かそうでないか、簡単に割れてしまう。骨格など変えようのない部分を比較するのは、人間よりもコンピューターの方が得意なのだ。それでも用心に越したことはない。

「どうしますか？」

「どうしようもない」日向は肩をすくめた。「本当にそれだけで解放されたのか？」

氏原がうなずく。どうも怪しい……警察はこいつを泳がせて、組織の全体像を暴こうとしているのではないだろうか。

「他に何か言われたか」

「日向という男を知ってるかって」

途端に、顔から血の気が引くのを感じた。まずい。何らかの方法で、警察は既に俺の存在を察知している。捜査は水面下で着々と進んでいるのだろう。日向は久しぶりに、はっきりとした焦りを感じた。警察の捜査が、どの段階で「オン・ザ・テーブル」——末田にも、できることとできないことがあるはずだ。警察の捜査が、どの段階で「オン・ザ・テーブル」——公式なものになるかは分からないが、そうなってしまったら、末田とて介入はできないだろう。事態が表沙汰《おもてざた》にならないうちに、握り潰してもらうしかない。

「知ってるなんて言ってないだろうな」日向は氏原に詰め寄った。

「まさか」

「その刑事、どんな顔だった」

氏原が、おどおどと説明を始めた。五十歳ぐらいで、小柄。ちょっと唇が歪《ゆが》んだ感じ。髪はかなり白い——末田そのままではないか。クソ、あの男は俺から金だけ巻き上げて、騙《だま》していたのだ。暴力団よりも性質《たち》が悪い。

「何を話した？」

「何も話してないっすよ」

氏原が慌てて首を振る。日向は彼の胸ぐらを摑み——こういう乱暴なやり方は、自分の得意分野ではないのだと思いながら——脅しをかけた。

「分かってると思うけど、余計なことは絶対に喋《しゃべ》るなよ。お前との関係は終わりだ。これ以上俺たちに近づくな。警察に突っこまれても、惚《とぼ》け続けるんだ。お前が警察に何か喋れば、すぐに分かるようになってるからな」

氏原がかくがくと首を振った。恐怖に怯えた目が潤む。

「俺たちはいつでもお前を見張ってる。口封じするようなはめにならないことを祈るよ」

「口封じって？」

「お前ぐらいの人間なら、五十万で始末できるんだ。金さえ出せば、徹底的にいたぶってから殺して、誰にも見つからないところへ埋める、とかね——退職金代わりに金はやるから、二度と俺の前に顔を出すな。明日《あした》、もう一度だけ連絡する」

日向はぱっと手を放した。急に自由になって支えを失い、氏原はよろけて背後の壁に背中をぶつける。

「さっさと行け！」脅しつけると、氏原が転がるように駆け出した。階段の奥に消える姿を確認してから、日向は震える手で煙草に火を点《つ》けた。緊張のせいか咳《せ》きこんでしまい、忌々しい煙草を足下に投げつけ、乱暴に踏み消す。

いったいどこから漏れた？　氏原の面が割れたのか、それとも誰か他の人間が喋ったのか……今、それを考えても、仕方ない。やるべきことは後始末だ。予定より少し早いが、急いでこの商売を畳む。金を清算し、自分は完全に身を引いて本多の庇護《ひご》下に入るのだ。まっとうな商売をしている人間なら、警察も簡単には手を出せないだろう。

ふと、最悪の想像が頭に浮かぶ。これは全て、本多が描いたシナリオなのではないか？　用心棒として末田を紹介し、安心して俺が商売に専念できるようにした上で、最後にすべてをかっさらう——本多と末田は最初からグルで、俺ははめられていたのではないだろうか。

あり得ない話ではない。本多も馬鹿ではないだろう。俺の持っている野心に気づかないはずがない。右腕と頼んで取りこんだつもりが、自分の立場を取って代わろうとしている、とでも思いこんだら、排除しようと画策するのは自然だ。

クソ、結局信じられるのは自分だけか。当たり前の事実に今さらながら直面して、日向は生き残るための方法を必死で考え始めた。


十二時を過ぎ、店内はにわかに賑《にぎ》やかになった。そろそろ出ないとまずいが、真菜は目を閉じ、周囲の喧噪《けんそう》も気にならない様子で静かに眠っている。胸が規則正しく上下していた。取り敢《あ》えずトイレを済ませ、それから起こして出かけるか。

入れこみの座敷に座っていたので、いつの間にか足が痺《しび》れていた。ゆっくりと足を伸ばし、あちこちをマッサージして、痺れが引くのを待つ。ようやく大丈夫と思って靴を履いたら、爪先《つまさき》がまだ痺れていた。だらしないなと苦笑しながら、無理に靴を履き、トイレを探す。

寒々としたトイレで用をたして戻ると、真菜は目を覚ましていた。小さなバッグからコンパクトを取り出し、顔を覗《のぞ》きこんでいる。前髪を引っ張る仕草は、今朝彼女に会ってから初めて見た、幼さを感じさせるものだった。上がりかまちに腰かけると、照れたような笑みを日向に向ける。

「寝ちゃった。ひどい顔ね」

「疲れてるんだろう。昨夜はほとんど寝てないんじゃないか」

「そうね」

「帰りはゆっくり、車の中で寝ていってくれよ」

「ごめんね」

「いや……」首を振って、日向はデイパックを掴《つか》んだ。「出る前に、トイレは?」

「じゃあ、先に車へ行っててくれる?」

「温めておくよ」

真菜が穏やかに笑った。恋人同士か、仲のいい若夫婦のような会話。いや、彼女は人妻だぞ、と日向は気を引き締めた。物事はシンプルに。彼が学んだ、人生で最大にして唯一の教訓である。物事が複雑になると、必ずトラブルが起きる。

そして最悪の事態に発展する。

最悪の事態は一つだけで十分だ。これ以上問題を抱えこんだら、本当に身動きが取れなくなってしまう。

車へ戻ってエンジンをかけ、デイパックを後部座席に放り投げようとした。その瞬間、かすかな違和感に気づく。何だ？　まじまじとデイパックを見ると、ファスナーが二センチほど開いている。日向は中途半端に閉めるようなことは絶対しないし、このファスナーは登山用品などにも使われる頑丈なもので、乱暴に振り回したぐらいで開くことはない。

一瞬の油断を悔いる。てっきり彼女は眠っていると思ったので、バッグを持たずにトイレに行ってしまったのだ。その間、真菜はファスナーを開けて中を確かめたに違いない。

女性ならではのトイレの長さに期待して、バッグの中を改めた。封筒は無事である。札束そのものにも異変はないように見えた。一枚や二枚は抜き出した可能性もあるが、ここで数えるわけにはいかない。封筒をバッグの一番底に入れ直し、ファスナーをきっちり閉めて後部座席に置いた。エアコンの設定温度をいじっていると、真菜が戻って来た。

「お待たせ」親しげな、軽い口調だった。

「じゃあ、行きますか」平静を装い、日向はバックで車を出した。クラクションを浴びせかけられ、思わずブレーキを強く踏みこむ。ちょうど駐車場に入ろうとした他の車と、ぶつかりそうになったのだ。日向は向こうが駐車場に入るまで、黙ってブレーキを踏み続けた。

「日向君らしくないね」真菜がぽつりと言った。

「何が」

「運転、すごく慎重だったじゃない。クラクションなんか鳴らされないタイプかと思ってた」

「俺が慎重でも、相手が短気なこともあるからね。関西で言うところのイラチなんじゃないか」

「地元ナンバーだったけど」真菜が真面目に、冷静に反論した。

「関西出身で、たまたまこっちに住んでるのかもしれない」軽口に少しだけうんざりしながらも、日向は答えた。

「そうね……」

真菜が口をつぐむ。日向は、にわかに緊張感が高まってくるのを意識した。彼女が何を言い出そうとしているかは想像できる。問題は、そこから先だ。

「日向君、私に何か、隠し事してない？」

隠し事どころか、俺のことなんか何も知らないじゃないか。白けた気分になりながら、日向はゆっくりとアクセルを踏みこみ、慎重に車を道路に出した。疑うのも当然だと思う。安っぽいデイパックに無造作に突っこまれた、封筒入りの二百万円。怪しい金以外の何物でもない。どう答えるべきか……拳《こぶし》で顎《あご》を擦《さす》りながら、日向は答えを探した。

無難に限る。

「隠し事？　あるに決まってるよ。今日会ったばかりだし、そもそも高校時代だって、君と話したことなんかなかったじゃないか。考えてみれば、俺の人生は全部隠し事みたいなものだ……意図はしてないけど」

「そうか——そうね」

真菜があっさり引く。その淡白な態度が、やけに引っかかった。ヒット・エンド・ラン。効果的なジャブを繰り出しては引く。こちらの心に残されるのは、嫌な形の謎だけだ。こういう駆け引きの目的がさっぱり分からないのも嫌だった。少しだけ、騙される人間の気持ちが分かったような気になる。もっとも、詐欺の被害に遭う人間は、基本的に馬鹿か、自分を賢いと思っている人だけだ。特に扱いやすいのは、利口だと勘違いしている馬鹿である。こういう人間は、一度「問題ない」と思いこむと、猜疑《さいぎ》心を全て捨てて去ってしまう。

少なくとも自分は、猜疑心を失っていない、と日向は思った。

自分も真菜を疑っているのだ。彼女も何か隠しているに違いない。

6

インターチェンジが近づいたところで、結局足止めを食った。チェーン規制がまだ解除されていない。しかし日向は焦っていなかった。まだ時間はある。ドライブコンピューターは、外気温が三度だと告げていた。朝の、立っているだけで鼻がもげそうな寒さから比べると、春のような陽気である。

それに慣れている自分が嫌だった。四年間長浦に住み、完全に向こうの気候に順応したと思っていたのに。

「どうするの?」しばらく黙っていた真菜が口を開いた。

「少し時間潰《つぶ》しをしようか。お茶でも?」

「お茶なんか飲める場所、あるの?」

「探してみよう」

しばらく、ゆっくりと車を走らせた。ファミリーレストランぐらいはあってもおかしくないのだが、見当たらない。まさか、ガソリンスタンドで休むわけにもいかないし……本当はなるべくインターチェンジの手前にいたかったのだが、仕方なく通り過ぎる。一キロほど走ると、大きな喫茶店を見つけ、迷わず駐車場に車を乗り入れる。周りは軽自動車や雪に強い実用的な四駆ばかりで、ここでも巨大なベンツはひどく目立った。本当は、一々停まりたくないのだが、無駄に道路を流してばかりもいられない。

喫茶店はログハウス風の造りだったが、山小屋というにはあまりにも巨大だった。三角屋根の部分だけでも、一家族が楽々住めるだろう。客は半分ほど入っていた。日向は窓際を避け、トイレに近い席に陣取った。他の客からは離れている場所で、ここなら話していても聞かれないはずだ。

座るなり、真菜が煙草に火を点《つ》けて日向の顔を見た。

「のんびりしてるけど、大丈夫？　夜までに戻らないといけないんでしょう」

「いくら何でも、夜までには帰れるよ。君は急いでる？」

「そんなこともないけど」

忙《せわ》しなく、煙草を灰皿で叩《たた》く。焦っている……それは間違いないのだが、突っこんで事情を聞く気にはなれなかった。日向は未《いま》だに、彼女の本音が読めない。もちろん、ほとんど初めて話をする人間だから、そう簡単に心の底まで分かるわけはないが、彼女は、今まで日向が知り合った人間とはまったく別の人種であるような気がしていた。

ウェイトレスが注文を取りに来て、二人の会話は途切れた。真菜はカフェオレ、日向はブレンドを頼む。真菜はぼんやりと、店の中央付近にある巨大なストーブを眺めていた。単なる置物ではなく、実際に火が燃えている。

「結婚」日向はぽつりと言った。触れないつもりでいたが、やはりどうしても気になる。軽い話題で流せばいいのだ、と自分に言い聞かせた。

「何？」カフェオレに砂糖を加え、スプーンで掻《か》き混ぜながら、真菜が顔を上げる。

「いつ結婚したの」

「十九の時」

「じゃあ、東京へ行ってすぐか」

「そう……一年ぐらい経ってからかな」

「誕生日、いつだっけ？」

「七月。でも、今の言い方、何か変」

真菜が薄《うっす》らと笑みを浮かべた。こちらをからかうような目つき。何か変なことを言ったたろうかと、日向は少し慌てた。

「何だか、知ってるのを忘れてた、みたいな感じだったから」

「ああ、そういう意味か」日向も追従して笑みを浮かべた。「何だか、変な感じがしたんだ」

「何が？」

「話したのって今日が初めてだよね。だけど、あんまりそんな感じがしない」小さな嘘をついた。どこにあるか分からない彼女の心を、少しだけ自分に近づけるために。

「私たち、共通点、あるもんね」低く声を上げて真菜が笑った。

「長浦市民だから」

「そう。南と北で全然違うけど、同じ街に変わりはないし」

それから二人はしばらく、長浦市内で共通して知っている場所について挙げていった。たわいもない会話だが、暇潰しには役立つし、変に腹の探り合いで神経をすり減らす必要もないのが助かる。

「しかし、十九歳で結婚か……」つい言ってしまって、悔いる。日向はコーヒーを一口飲み、頭の後ろで手を組んで口をつぐんだ。

「早い？」

「早くはないと思う。田舎ではそんなに珍しくもないし。でも、親御さんはびっくりしたんじゃないか？」早口になっているのは自分でも分かった。

「別に、関係ないし」

ふっと、真菜の声が冷たくなった。それまで聞いたことのない、子どもがいじけたような口調。ちらりと顔を見ると、縛って肩の前に持ってきていた髪の先を指先でつまみ、神経質そうにしごいている。

「俺と同じか」

「そうなの？」

「親なんて、馬鹿だから。自分のことを説明しても無駄だよ。全然理解できないんだ」

「そうよね」ふっと溜息《ためいき》をつき、髪を離す。高校生の頃の輝きとしなやかさを失った髪が、一瞬跳ねるような動きを見せた。「もう、顔を見ることもないと思うけど」

「そんなに大喧嘩《おおげんか》した？」

「まあ……そうね」

「俺も、たぶんもう家には帰らないな」

「やっぱり喧嘩したの？」

真菜が真っ直ぐ日向の顔を覗《のぞ》きこんできた。その瞳《ひとみ》に自分の顔が小さく映りこんでいるのを見て、日向はにわかに鼓動が激しく打ち始めるのを意識した。

「喧嘩ってわけじゃないけど、用がないし」

「そうなんだ」

「いい大人だからね。実家なんて、もう関係ないよ」

「じゃあ、最後の里帰り？」

「たぶん、そうなるんじゃないかな」日向はコーヒーを一口飲んだ。薄い。

「変なこと、聞いていい？」カップの上で、真菜が両手を組み合わせた。

「いいよ」

「今、長浦で住んでるのはマンション？」

「ああ」

「卒業してもそこに住むの？」

一瞬、日向は言葉の意味を摑《つか》みかねた。長浦まで連れて行けと言うだけではなく、俺の家に転がりこむつもりなのか？　それはあまりにも図々《ずうずう》しい……というより、まともな精神状態の人間が考えることとは思えない。彼女は結婚しているのだ。それとも、夫婦間に何か問題があったのか。

「まだ決めてないんだ。もう少し広いところに引っ越そうとは思ってるけど」

「二人で住めそうなぐらいのところ？」

「そこまでの給料は貰《もら》えないと思う。長浦は家賃も高いしね」

「そうよね」深々と溜息。これは「専業主婦」としての実感なのだろうか。「長浦って、住みやすいのか住みにくいのか、分からない」

「福住町の辺りって、結構家賃も高いんじゃない？　最近、人気だよね」

「どんどんマンションが建ってるの」真菜が顔をしかめる。「それも、二百戸とか三百戸の大型マンションばかり。電車が混んで困るわ」

「分かるよ」適当に話を合わせたが、今は電車をほとんど使うことのない日向は、満員電車の感覚を既に忘れかけている。

真菜が新しい煙草に火を点けた。ぼんやりと焦点の定まらない目つきで、赤くなった煙草の先をじっと見詰める。しかし、実際にはそこを見ていないのは明らかだった。日向も釣られて煙草をくわえる。火を点けず、彼女の些細《ささい》な動きを一々目で追う。煙草を吸い、灰皿に置き、大振りのコーヒーカップを口元に運び、その合間に傷んだ髪の先をいじる。彼女の左手の薬指に指輪がないのを、改めて確認した。アクセサリーをつけたくないタイプなのか……しかし、耳には小さいハート形のピアスをしている。両手の爪にも、ごく薄いピンク色のマニキュア。右手の中指には、シンプルなシルバーの指輪がはまっている。

だが、結婚指輪はない。何かちぐはぐだ。

「日向君、お金、ある？」

「何だよ、急に」苦笑してみせたが、不自然に見えたのではないか、と日向は危惧《きぐ》した。電話で相手を騙《だま》す時は、いくらでもそれらしく話すことができるのだが、面と向かっていると、嘘をつき通す完璧《かんぺき》な自信はない。

「どうなの？　あんな凄《すご》い車に乗ってるんだから、お金がないこと、ないわよね」

「だから、車は中古だって……どうしたんだよ、いきなり」日向は椅子に背中を押しつけ、彼女との間に距離を置いた。体重をかけ過ぎて、椅子が小さな悲鳴を上げる。

「お金、要るんだ」真菜がぽつりと言った。

「そうか……だけど俺も、人に貸すほどはないなあ」日向はわざと明るい口調で言って、頭を掻いた。「ただの学生だよ？　一万円捻《ひね》り出すのだって大変なんだから」

「本当に？」

真菜の目が光る。彼女が、デイパックの中に入っている二百万円を指して言っているのは明らかだった。

「何で君に嘘を言わなくちゃいけないんだ」日向は肩をすくめた。「何だったら、預金通帳を見せてもいいけど。五万円ぐらいしか入ってないよ」

そう、金は全て現金で持つのが日向のやり方だ。銀行の口座に入れれば、それだけで証拠が残る。

「そうなんだ。何だか、お金持ってるみたいに見えたから」

「車ってのは、見栄《みえ》を張るにはいいんだよね」日向は乾いた笑い声を上げた。「ベンツに乗ってれば、誰でも金持ちに見える。俺みたいな貧乏学生でも」

「貧乏だけど、時計はロレックス？」

彼女の観察眼の鋭さに、日向は密《ひそ》かに舌を巻いた。少し袖《そで》が長いTシャツを着てきたので、ほとんど隠れているはずなのに。もっとも日向自身、自分の行動が上手《うま》く説明できない。目立たないようにしようと思ったら、ベンツになど乗るべきではないし、ロレックスも厳禁だ。このデイトナは、露骨な金無垢《きんむく》のモデルなどではないが、百万円近くした。

「一生懸命バイトしたからね。数少ない趣味だし」日向はそっと左腕を動かして、時計を袖の中に隠した。

「ロレックスって、バイトしたら買えるようなものなの？」

「これも中古だから」

「その割に綺麗《きれい》ね」

「買った時に、完璧にメインテナンスしてもらった。結構傷だらけだったんだけど、新品同様になるんだね」

「へえ、そうなんだ」

真菜が薄い笑みを浮かべてうなずく。日向の芝居の裏を読んで、演技を合わせているだけのように感じられた。細い指をゆるりと組み合わせ、わずかに身を乗り出す。

「何か、生活力あるね」

「そうでもないけど」

「頼りがいがありそうだけど。昔から、他の男子とは少し違うと思ってたの」

「そうかな」日向の頭の中で、警戒信号が鳴り響いた。変に持ち上げる相手は、何かを望んでいる。「俺のことなんか、気にもしてなかっただろう」

「でも、よく見てたのよ。見てたっていうか、観察してた……私、他の子とあまり喋《しゃべ》らなかったじゃない。でも、ぼうっとしてたわけじゃなかったのよ。人の話に耳を傾けて、本性を見抜こうとしてた」

「話を聞いただけで分かるんだ」

「観察眼、鋭い方だから」真菜がにこりと笑った。「日向君、どこか醒《さ》めてたわよね。他の男子に比べると大人っぽいっていうか、馬鹿話とかに加わらなかったでしょう」

「それは……馬鹿話はつまらないから」

「最初は、友だちがいない人かと思ってたけど、違うでしょう？　いないんじゃなくて、必要なかっただけじゃない？　同い年の子たちが、子どもっぽく見えて仕方なかったんでしょう」

「まあ、ね」日向は、先ほどからずっと手にしていた煙草をくわえ、火を点《つ》けた。「他にやることもあったし」

「いろいろ、将来のこととか考えてた？」

「そうだね」

「私の話、聞いてくれる？」

真菜がさらに身を乗り出した。形のよい乳房が、テーブルに乗る格好になる。絶対意識しているな、と思ったが、日向の目は自然に、彼女の胸に引き寄せられた。

「どうぞ」情けない話だが、声がかすれてしまった。

「私、離婚したんだ」

道路の設計者という人種は、馬鹿ではないかと思う。東名にしろ東北道にしろ、混む場所は常に決まっているのだ。東北道の場合、栃木県に入ると必ず引っかかる。のろのろ動く車列から逃れる術《すべ》はなく、日向は前屈《かが》みになってハンドルを胸に抱くようにした。煙草を吸う気になれず、飲む物もなく、会話も途切れている。そして日向の頭の中では、真菜の言葉が何度となく繰り返されていた。

「私、離婚したんだ」

十九歳で結婚して、二十二歳の今、離婚している。結婚指輪がない理由はそれで分かったが、ずいぶん忙しい人生だ。

そもそも、真菜が結婚したり離婚したりというのが想像もできない。想像力が貧困なせいもあるかもしれないが、彼女はそういう日常的な行為からは超越した存在だと勝手に思っていた。

「お金って、すぐなくなるね」頬杖《ほおづえ》をつきながら真菜が言った。

「そう?」

「使ってるつもりもないのに、いつの間にか、ね」

「そうだね」

日向はちらりと横を見た。真菜は憂鬱《ゆううつ》そうで、顔には暗い影が差している。午後の陽射しが車内に満ちているのに、彼女の周辺だけ、光を受けつけないようだった。のろのろと隣を行く車の助手席から、若い男がちらちらとこちらを見ている。きちんと見えないはずなのに、真菜が気になるらしい。

「やりたいことがあっても、お金がないとどうしようもないわよね」

「やりたいことって？」

「どこかへ行くこと」

「旅行？」

突然、真菜が低い声で笑った。どこか皮肉を含んだ笑い声だったが、彼女の笑いを聞くのは久しぶりだった。

「そうじゃなくて、どこか新しい街でやり直すっていう意味」

「引っ越して」

「そう。今までの生活を百八十度変えるの」

「それだと、確かにお金はかかるね」

どうも、彼女との会話は難しい。旧知の仲のように話が転がるかと思えば、骨折したように行き止まってしまうこともしばしばだった。その状態は日向をかすかに苛立《いらだ》たせたが、我慢できないほどでもない。言いたいことがあるなら、さっさと話せばいいのに
……旅はまだ長い。ここを抜け出しても、都内でまた首都高の渋滞に巻きこまれるわけ

で、短くて二時間、長ければ三時間はかかるだろう。その間ずっと、揺れ動く彼女の気持ちにつき合わなければならないのかと思うと、少しだけうんざりした。

できるだけ気持ちを遠くへ置くようにしよう、と自分に言い聞かせる。これをきっかけに彼女との関係ができるかもしれないが、大きな負担にはしたくない。しかし、好奇心も抑えきれないのだった。

「結婚してた相手って、どんな人？」

「どんなって、ねえ……」真菜の口調に皮肉が混じった。「どういう意味で？　ルックス？　性格？」

「何でもいいけど、どんな人だった？」

「二十四歳。普通のサラリーマンよ。ルックスは、まあ、そうね……いい方だと思う」

「どこで会ったんだ？」

「バイト先。大学に入ってすぐ、家の近くのファミレスでバイトを始めたんだ」

「へえ」

彼女が働いている――しかもファミレスで立ち仕事をしているというのが、何となくイメージに合わなかった。

「そこによく来てたお客さんだったの」

「見初められて？」

「そんなんじゃないけど」少しはにかんだような声。「でも、まあ、そうかな。ナンパされたとも言えるけど」

「何か、君らしくない感じがする」

「そうかな」

「君がナンパされるとか、ちょっと想像できない」

「私のこと、何だと思ってたの？」

「思うほど、よく知らないよ。見た目の印象で……何か、男を寄せつけないような感じがしてた」

「近くにいる男は、ね」

「どういうこと？」

「中学校や高校の頃って、親も周りも煩《うるさ》いじゃない？　だから、自分の周りにいないタイプの人とつき合いたくなる」

「そういうことか……」

ふと、高校生の制服を着た彼女が、ずっと年上の男性と腕を組んで歩いている様子が脳裏に浮かんだ。あるいはドライブしている姿とか。その想像は妙にしっくりとはまって、違和感がない。いつも側にいる同級生とつき合って変な噂になるより、年上の、学校と全然関係ない恋人を選んだ方がいい、と考えるのも自然だろう。

「とにかく私、ずっと息が詰まるみたいな感じがしてたのよね」

「あの街に？」

「そう」素早くうなずく。「だから、高校を卒業したらすぐに出て行ったの。卒業はチャンスだと思ったのよね。あんな、息が苦しくなるような環境から抜け出せば、自分も変われる……もっと楽しく生きられるんじゃないかと思って。でもうちの実家、そんなにお金がないから、大学へ行ってても一生懸命バイトをしなくちゃいけなくて。結局、住む場所が変わっただけで、生活自体はそんなに変化しなかった。お金さえあれば、いろいろなことができたんだろうけど」

自分は彼女のことを何も知らない、と痛感した。実家の商売は何なのだろう。しかし今、それを確かめる気にはなれない。何となくだが、聞けば彼女が不機嫌になるのは予想できた。おそらく彼女にとっての実家は、自分のそれと同じようなものだろう。後足で砂をかけて出て行き、できるだけ早く忘れたい存在。

「お金って、元々お金を持っている人のところに集まってくるのかもしれない」

「そういう感じは分かる」

「結婚した人って……まだ若かったから、そんなに給料もいいわけじゃなかった。手取りで二十万、いかないんだから、生活なんて全然楽にならないわよね。それに、実家に何も言わないでいきなり結婚したから、分かった時に大喧嘩《おおげんか》になって……仕送りも止められちゃったんだ。大学を辞めるつもりもなかったから、学費を稼ぐために自分のバイトも続けなくちゃいけなくて。生活は、それまでと全然変わらなかったのよ。もしかしたら、もっときつくなったかもしれない。妊娠したから、結局バイトも大学も辞めることになったし」

「子どもがいるのか？」

その事実が、日向の頭を殴りつけた。高校時代のイメージから考えると、彼女はひどく遠くへ行ってしまったようだった。もちろん自分も、昔の友人が知れば腰を抜かすようなことをしている。だがそれは、金儲《かねもう》けの手段としてであり、私生活は大人しいものだ。まあ、しかし……ベンツを乗り回してロレックスをはめているというのは、分かりやすい成金だよな、とも思う。今回、昔の友だちに会わなくて本当によかった。余計な突っこみをされたら、鬱陶《うっとう》しいだけである。

「子ども、何歳？」

「もうすぐ三歳」

「今は一人で育ててるんだ」

「そういうわけでもないけど」あやふやな口調。「いろいろあるから」

日向の頭の中を、想像が駆け巡った。子どもの父親とは離婚して、もう別の新しい男と暮らしている、ということか。そうでなければ、子どもを残して一人で実家に帰れないだろう。だとしたら、何と複雑な人生を送っていることか……二十二歳で、普通の人の何十年分もの経験をしているのではないか。

「日向君も、いろいろあるんじゃない？」

「俺なんか、大したことないよ。結婚みたいな、人生の一大イベントを経験しているわけじゃないし」

「そうかなあ。本当は、私よりずっとすごいんじゃない？」

「何でそう思う？」

「勘、かな」

日向は彼女の横顔をじっと見た。穏やかな、薄い笑みが浮かんでいる。見ていると、そのまま引きこまれそうな表情。だが日向の意識は、背後から浴びせかけられたクラクションで現実に引き戻された。慌てて前を見ると、前方の車との間隔がずいぶん開いている。アクセルを踏みこむと、体がシートに押しつけられた。

ずっとすごい、か。

世間的に見ればそうかもしれない。もしもこのことがばれたら、どんな罵声《ばせい》を浴びせられるか。だが日向には、自分がそれほど大変なことをしたとは思えなかった。たかが害虫――自分の顔の前で煩く飛び回るちっぽけな存在を消しただけではないか。消した。

あの時のことも、冷静に思い出せる。

7

氏原と会った翌日には、仕事の後始末はほぼ済んだ。事務所で電話作戦を続けていた仲間たちには事情を話し、少しだけ早くチームを解散する、と告げて納得してもらった。元々、ただ人を騙《だま》して金を奪う目的のためだけに集まった人間たちである。事務所を出てしまえばつき合いはなかったし、他のメンバーも事情は分かっている。余計なことを言わずとも、この二年のことに関しては口をつぐみ、外に漏らさないだろうという確信はあった。迂闊《うかつ》に話せば、自分もまずいことになるからだ。

金を渡して解散。しかし立石だけは、何か言いたそうに事務所に残っていた。日向は数少ない私物をさっさと片づけて鍵《かぎ》をかけたかったのだが、彼の存在が作業の邪魔になった。意を決して「何か？」と訊《たず》ねてみた。

「氏原って出し子だけど、扱いを考えた方がいいね」

「どういうこと？」突然氏原の名前を出され、日向は動揺した。

「たぶん、相当警察に突っこまれてるよ」

「どうしてそう思う？」鼓動が高鳴る。本当は「何故知っている」と訊ねたいところだ。

「それは俺だって、いろいろなところから情報を手に入れてる。たぶんもう、何度か警察に話を聴かれてるんじゃないかな」訳知り顔で言って、立石が煙草に火を点《つ》ける。

「それは、正式な事情聴取として、という意味？」

「取調室で面と向かって、というわけじゃないだろうけど、やばいんじゃないか。あんた、警察に鼻薬、利かせてたんだろう？」

「ああ」今となっては、役に立っているかどうか、分からないが。結局、氏原から話を聞いて以降、末田とは連絡を取っていない。相手の罠《わな》に、自分から飛びこんでいくようなものだと思ったのだ。あの男は、こちらから金を巻き上げる一方で、事件を立件しようとしているのではないか――特に接触はないが、日向はいつ、あの男が自分の肩を叩《たた》くのかと怯《おび》えていた。人を騙すことは何とも思わないが、自分が逮捕される場面を想像すると、嫌悪感が背中を這《は》い上がる。

「それは、当てになるのかね」

「百パーセント安全、ということはないだろうね」

「となると、取り敢《あ》えず氏原を何とかすべきだな」

「どういう意味？」

「黙らせる手を考えるんだよ」立石が顔の前で両手の人指し指を交差させた。「脅しをかけたって、金を掴《つか》ませたって、警察に調べられたら、ずっと黙秘ってわけにはいかないだろうから。所詮《しょせん》素人だからね。あいつとは何回か会ってるけど、そんな感じがした。叩かれたら絶対持たないタイプだ」

「じゃあ、どうすればいい？」

「俺は聞いただけで、本当かどうかは知らないけど」涼しい表情で言って、立石がデスクの端に座った。「この商売では、消えた人間も少なくないそうだよ」

「消えた」冷たい声で日向は繰り返した。氏原を脅した時とは、重みが違う。立石の言葉の意味はすぐに理解できた。

「お互いに、相手の正体を知らないのが基本だよな。一人捕まっても、他の人間には警察の手が伸びないようにするのが、仁義ってやつだ。そして穴が開きそうだったら、きちんとそれを塞《ふさ》ぐのは、リーダーの責任だよ」

「今日でチームは解散なんだけど」

「リーダーは、最後まで——解散した後まで責任を負わないと」立石が肩をすくめる。左手を広げて上を向け、そこに右手を手刀にして叩きつけた。「こんな具合にすぱっと終わらせられればいいけど、いつもそんなわけにはいかないでしょう？　面倒なことがあれば、終わってからも対策を取らないと」

「そうだね」

「それに、分かってると思うけど、これはあんたのためでもあるんだ」立石が念を押す。

「俺のため？」

「警察は、もうあんたの名前を知ってる。ここで氏原とかいうガキを切っておかないと、あんたが逮捕されるのも時間の問題だよ」

「分かった」

「本当に？」立石がコーヒーの缶に煙草を落としこむ。「覚悟できた？」

「別に、覚悟はいらないし」

呆気《あっけ》に取られたように、立石が口をぽかんと開ける。

「あんた、やっぱり度胸が据わってるね」

「そういうわけでもないけど」度胸とか、そういう問題とは別のレベルであるような気がしている。

「自分の身は自分で守らないとね」うなずき、立ち上がる。冷蔵庫を開け、缶コーヒーを何本も取り出して、ジャケットのポケットに詰めこみ始めた。間もなく、コートのあちこちが奇妙に膨らんで、珍妙な格好になる。にやけながら日向の方を向き、うなずいた。「貰《もら》っていってもいいよね」

「ああ」

「俺はあんたが何者か知らないし、知りたくもないけど、いいリーダーだったね」

「それはどうも」素早くうなずく。褒められても、嬉《うれ》しさはなかった。

「いつも態度が変わらないのがいいんだよ。変に怒ったり威張ったり、相手の機嫌を取るためにへりくだったりする奴は、信用できないからね。あんたはきっと、これからもっと金を儲《もう》けると思うよ。困ったら泣きつくから、よろしくね」

「それまで俺が生きてればな」

「生きてるさ」立石がにやりと笑った。「あんたは生き残るよ。今回の件だって、きっと上手《うま》く切り抜ける。でも、一つだけ忠告しておこうか。一般的な忠告」

「アドバイスは、ありがたく聞くけど」日向は両の掌《てのひら》を上に向け、彼に向かって両手を差し出した。

「女にだけは気をつけろよ」

「あんたの女関係は知らないけど、順調にやってる人間ほど、つまらないことで躓《つまず》くんだよな。そういう奴、一杯見てきたよ」

「女?」

「女がつまらない?」

「そう」笑いながら立石が言ったが、少しだけ表情が寂しそうなことに日向は気づいた。自分より何歳か年上のこの男が、女の問題で躓いた経験を持っているのは間違いなさそうだった。急に表情を引き締め、忠告を続ける。「だけど、女は躓くぐらい大きな石になることもあるからな。気をつけろよ……あんたは用心深いから、忠告なんかいらないかもしれないけど」

黙ってうなずき、立石を送り出した。何も考えずに煙草を一本吸い、立ち上がろうとした瞬間に携帯が鳴る。今まで一度も、自分からはかけてこなかった人間の電話番号が浮かんでいた。

末田。

「よう、どうしてる」気楽な口調だった。

「特に何もしてませんよ。今日は暇です」相手に合わせて軽い調子で答える。「何かご用ですか?」

「いや、ちょっとしたご機嫌伺いでね。景気はどうだい?」

「このところ、いいことがないですね」

「そうか」

息を呑《の》む様子……何か伝えようとしている？　やはり末田は、俺に対して義理を果たそうとしているのだろうか。警察の捜査が迫っている、早く逃げた方がいい、と。しかし彼は、はっきりと物を言わなかった。

「まあ、生きてりゃいろいろなことがあるさ。気をつけなよ」

「ご忠告、ありがとうございます」

真意を読めぬまま、日向は電話を切った。何が言いたかったのだろう。嫌な予感を覚え、早々に事務所を後にした。

その足で、氏原のマンションを訪ねる。今まで結構金は渡していたのだが、意外に質素なワンルームマンションだった。いかにも金のない学生が住んでいそうな……風呂《ふろ》ぐらいはあるだろうが、たぶん、トイレと一緒になった狭いユニットバスだ。ということは、あいつは結構がめつく金を貯めこんでいるのだろう。普段も、服や時計に金をかけている様子はない。

インターフォンを鳴らすと、すぐに反応があった。

「日向だけど、ちょっと入れてくれないか」

「……何すか」用心する声は低い。昨日会った時とは、明らかに態度が違っていた。

「金を持ってきたんだ。詳しいことは中で話す」

数秒後、ドアが開いた。隙間から見える氏原の顔は蒼《あお》く、疑わしげに目を細めている。

日向はジャケットの内ポケットから封筒をちらりと覗《のぞ》かせ、「退職金だ」と告げた。

「何すか、それ」

「だから、詳しいことは中で……こんな場所じゃ話せないんだ」

外廊下で、幹線道路から丸見えである。ここに自分がいたことを、誰かに見られたくない。夜遅い時間とはいえ、車の量は多いのだ。それに、いつ隣の部屋の人間が帰って来るかも分からない。日向はドアに手をかけ、強引に玄関に入った。後ろ手で閉め、手探りで鍵《かぎ》をかける。怯えたように、氏原が後ずさった。日向は無理に追わず、狭い玄関に立ったまま、封筒を差し出した。

「あのチームはもう解散したから」

「終わりなんですか？」

「ああ。それで、これが昨日言ってた退職金だ」

封筒を突き出したが、氏原は手を伸ばそうとしない。毒でも入っているのでは、と思っているのかもしれない。

「心配するなよ」日向は薄い笑みを浮かべた。「口止め料でもあるんだから。受け取ってもらわないと困る」

「受け取れないです」

「馬鹿言うな。金を差し出されたら、黙って受け取っておくもんだよ。三十万、入ってる。不満か？」

「いえ」

「じゃあ」

日向はもう一度、封筒を突き出し、氏原の胸を叩《たた》いた。躊躇《ちゅうちょ》しながらも氏原が受け取り、その厚みに目を見開く。出し子にしては多いバイト料を毎回支払ってきたが、一度にこれだけの金額を手にしたことはないはずだ。

「ちょっと話をしようか。今後のことだ。新しい仕事を始めるんだけど、また手伝ってもらえないかと思ってね……上がるよ」

日向はローファーを脱いだ。氏原が壁に体を押しつけ、狭い廊下で日向が通れるだけのスペースを空ける。侘《わび》しい、狭いワンルームマンション。部屋の中は徹底して散らかり、足の踏み場もないほどだった。目立つのはカップ麺《めん》の空容器やピザの箱だけ。金がないわけではあるまいし、もっといい物を食べればいいのに……部屋にかすかに漂う異臭に顔をしかめ、日向は振り返った。足を踏み入れると蕁麻疹《じんましん》ができそうだったので、短い廊下の端で振り向く。氏原は薬缶《やかん》をガス台にかけていた。

「お構いなく。すぐ帰るから」

「でも、お茶ぐらい」

「この時間にお茶なんか飲むと、眠れなくなるんだ」腕を突き出し、手首に重みを与える腕時計を覗きこむ。午後十時。

言われるまま、氏原が火を止めた。

「それで、仕事って何なんすか」

「喫茶店だよ。四月から、喫茶店の店長を任されてる。今度はまともな商売なんだけど、そこで働く気はないか？」

「喫茶店ですか？」

「就職不況だって言ってる割には、人手が足りないみたいでさ」日向は苦笑を浮かべて見せた。「皆、かっこつけて働きたいだけなんだよ。そのうち、水商売のやり手なんていなくなっちまうんじゃないかな。コンビニの店員だって、今は中国人ばかりだろう」

いつもより少しだけ喋《しゃべ》り過ぎている、と意識する。普段は必要なこと以外は喋らないのだが……仕方ない。平静を装っていても、これから自分がすることを考えれば、どうしてもテンションがおかしくなる。

「信頼できる人間を、近くに置いておきたいんだ」

「俺でいいんすか？」

「いいよ。君だって、もっとまともで安全な仕事をしたいだろう」

「それは、まあ……」

「警察にあれこれ詮索《せんさく》されるのも嫌だよな」

「そうっすね」

「よし、じゃあ、そうしようよ。まっとうな商売をやろう」

満面に笑みを浮かべて見せたが、氏原の表情は引き攣《つ》ったままだった。しばらく前に脅されたことを思い出しているのだろう。そんなに簡単に態度が変わるのは信用できない……それは自然な疑問だ。

「あのな、あんたみたいな男は、近くに置いておいた方がいいんだよ。悪いけど、警察とつながりができた人間を野放しにしておくわけにはいかないんでね。でも、監視ってわけじゃないから。俺が安心したいだけなんだ」

この理屈が滅茶苦茶《めちゃくちゃ》なのは、自分でも分かっていたが、氏原は何故か納得したようだった。表情が緩み、握り締めていた拳《こぶし》も自然に開く。経験不足の人間は騙《だま》しやすい。

「今後ともよろしく頼むよ。これからは地道に稼いでいこう……やっぱり、お茶、もらおうかな」

「インスタントでもいいすか？」

「もちろん」

氏原がガス台に向かい、日向に背を向ける格好になった。その一瞬の隙を逃さず、日向はジャケットのポケットからスパナを取り出し、振り被《かぶ》った。素早く後頭部に振り下ろす。鈍い音がして血が噴き出し、氏原は呻《うめ》き声のような悲鳴を上げてガス台に手をついた。薬缶がガス台からずれ、小さい焔《ほのお》がむき出しになる。それを無視して、日向はタオルを素早く氏原の首に巻いた。顎《あご》の下に入ったのを確認してから絞り上げる。氏原の体が自分の方に倒れてきたが、膝《ひざ》を突き出して背中を押し、距離を取る。後頭部から垂れた血が手を汚したが、無視して力を入れ続けた。氏原の喉《のど》からくぐもった呻きが漏れ続けたが、じきに静かになる。全身から力が抜け、体重がこちらにかかってきた。

日向はなおもしばらく、力をこめてタオルを握っていたが、氏原の膝が床に着いたのを確認して、手を離した——離そうとしたが、あまりにもきつく握り締めていたので、手が開かない。落ち着け、大丈夫だと自分に言い聞かせ、ゆっくりと指を動かした。強《こわ》張《ば》りが次第に解《ほど》ける。音を立てないよう、氏原の体をゆっくりと横たえた。目からは光が消えている。だが念のため、彼の首筋に指先を当てて、脈を確認した。

死んでいる。間違いなく。

後頭部から流れ出した血が、床に小さな水溜《みずた》まりを作っている。この傷だけでも、十分致命傷になったのでは、と思う。

それが分かった瞬間、冷静になった。まずガスを止め、血がついた手を丁寧に洗う。血だらけになったタオルで拭《ぬぐ》い、予《あらかじ》め用意しておいたビニール袋に入れてから、ずっと背負っていたデイパックにしまった。床に落ちていたスパナも拾い上げ、やはりデイパックに入れる。もちろん、三十万円が入った封筒も忘れずに。少し前ならはした金だと思っただろうが、今は一円でも大切だ。

氏原の体を跨《また》ぎ越し、玄関でローファーを履いた。全身が映せる姿見が置いてあったので、自分の全身を素早く改める。幸い、服に返り血はついていない。後ろを向いて背中側も確認したが、何ともないようだった。人を殺したばかりの人間にしては、こざっぱりしている。むきになったので、少し髪が乱れているぐらいだ。

よし、これで心配はなくなった。死体は、ここに放置しておくのが一番安全だろう。この男の実家は北海道なので、家族がすぐに異変に気づくとは思えなかった。合鍵を持っているような恋人がいるかどうかは分からないが、このままにしておいても、すぐには発見されないだろう。少しだけ時間を稼げれば十分。それで俺は、警察の手の届かないところへ逃げられる。

気になっているのは本多の存在だ。もしもあの男が裏で糸を引いているとしたら……それに末田のこともある。あの二人に本気で追われたら、逃げ切れないかもしれない。ただしそれも、国内に限っての話だ。奴らの手が届かない場所は、世界中にある。

やはり、最初計画した通り、海外に逃げるのがベストだろう。今まで持っていた物を全て捨てることになるが、まずは生き残るのが大事だ。そのためには、金だけあればいい。何か所かに分散してある金をかき集め、逃亡の手配をする。

もう一度、鏡の正面に立つ。問題なし。そして鏡の中の男は、まったく動じていないのだった。平然とこちらを見返してくる男の顔は妙にすがすがしく、殺人者のそれとは思えなかった。

その瞬間、日向は自分の中に潜む冷酷さに改めて気づいた。それでショックを受けることもなかった。

その夜遅く、日向は知り合いに電話をかけた。一年ほど前に本多の紹介で出会った、落合《おちあい》という男である。中国人社会に深い関係があるというので、いざという時の保険程度に思っていた。こんな形で使うことになるとは想像もしていなかったが。

「珍しいね、あんたが電話してくるなんて」電話の向こうの落合は、少し酔っているようだった。こんな状態では話したくないのだが、仕方がない。

「悪いけど、頼みたいことがあるんだ」

「悪いっていうからには、相当面倒なことなんだろうね」

「手間はかかるかもしれない。直接会えないかな」

「今から？」面倒臭そうな言い方。しかしこの男にとって、この時間が普通の人の真昼であることは分かっている。

「できるだけ早く。そっちの都合のいい場所でいいから」

「じゃあ、『ニトロ』？」

「そこなら、十五分で行く」

クラブだ。騒々しい店だが、逆に内密の話をする分には目立たずに済む。「十五分」と予告したのを十分で到着し、近くのコイン式駐車場に車を停めて店に急いだ。ビルの地下に向かう階段に足を踏み入れようとした瞬間、肩を叩《たた》かれ、飛び上がってしまった。

「なに、そんなに驚いて」

振り返ると、店の中で会う予定だった落合が立っていた。小柄で、たぶん自分より何歳か年上。派手なプリント――セックス・ピストルズがモチーフのようだ――のTシャツの上に、フードつきの薄いコートを着ているだけだが、寒そうな様子はなかった。日向はダウンジャケットを着ていても、体の芯《しん》から震えるような寒さを感じているのに。「ちょうどよかった」落ち着きを取り戻すために、わざと間延びした声で言った。「店の中じゃなくて、俺の車の中で話さないか？」

「一杯やろうと思ってたんだけどな」落合が不満気に唇を歪《ゆが》める。

「それは後回しにしてくれないかな。車の方が、誰かに聞かれる心配がない」

落合が、やけに大きな目をさらに大きく見開く。両手を軽く広げ、「ま、いいけど」と言って踵《きびす》を返した。歩きながら振り返って、「車、どこ？」と訊《たず》ねる。横に立って案内しながら、日向は何となくリスを想像していた。小さく、ちょこちょこと動き、簡単には尻尾《しっぽ》を摑《つか》ませない。

シートに落ち着くと、日向はすぐにベンツを発進させた。停めてから時間が経っていないので、駐車スペースのフラップは上がっていなかった。

「この車、処理したい」

「いつ？」

「二、三日後には」

「えらく急いでるんだな」

「ああ」

落合が、ダッシュボードをそっと撫《な》でた。満足そうに笑うと、鋭い犬歯が覗《のぞ》く。

「金はどうする。結構な額になるぞ」

「振り込み先は後で指定する。それと、家の処理も頼めないかな」

「契約解除している暇もない？」

「たぶん」

「あんたにしては、ずいぶん忙《せわ》しない感じだね。普段は余裕たっぷりに見えるけど」

「今回は特別なんだ」その言い訳だけで、日向は落合の追及を退けた。

車は繁華街の外れを走っている。本当はこのまま、首都高に乗ってどこかへ逃げてしまうべきなのだろう。入口がすぐ近くにある。車のガソリンは満タンだし、途中で一度補給すれば、明け方には大阪に入れるはずだ。そこまで行ってしまえば、新しい自分をやり直すのは難しくない——いや、大阪では駄目だ。しばらく身を隠し、ほとぼりが冷めるのを待つには、やはり日本を出るべきだろう。

この辺りは、何度となく歩いた場所だ。まだ悪の道を選んでいなかった十代——大学に入ったばかりの頃。金もなかったあの頃は、酔っ払って騒いでいる連中がひどく羨《うらや》ましく見えた——酒も吞《の》まないのに——ものだった。この繁華街とはせいぜい、入口近くにある牛丼屋で侘《わび》しい夕食を済ませるぐらいの縁があるだけだった。だがある日、そこで本多に会い、人生が大きく変わった。そしてここ二年は、事務所を構えて馬鹿な人間たちを騙《だま》してきた本拠地でもある。

そう考えると、この街こそが、自分の学校だとも思えてくる。

そして学校は、いつかは卒業しなければならない。

「車と家の処分ね。分かった」落合が指を折った。

「もう一つ、頼みがある」

「ずいぶんいろいろあるね」落合が肩をすくめた。「安くないよ」

「そっちの方には、百万、出す」

「ほう」

落合が軽い調子で言ったが、声に疑念が滲《にじ》んでいるのを日向は感じ取った。今まで何度か頼みごとをしてきたが、十万円以上払ったことはない。

「外へ出たいんだ」

「海外って意味かな？」

「ああ。どこでもいいんだけど、中国か東南アジア」

「姿を隠したいわけだ」落合は理解が早かった。「それならタイがいいぞ。あそこは日本人も多いし、暮らしやすい」

そういえば、高塚も「タイ」と言っていた。身を隠すにはいい国なのかもしれない。

「それでいい。上手《うま》く脱出できるルートはあるかな……あんたの知り合いの中国人、使えないか？」

「そうねえ……」落合の声が静かに消える。ＣＬＳはほとんどロードノイズを拾わないし、このぐらいのスピードではエンジン音も聞こえないぐらい静かなので、彼の声が本当に小さいのが分かった。

「難しい？」

「飛行機は駄目だな」

「船は？」

「小舟か漁船、だな。豪華客船ってわけにはいかないよ。でも、その方が安全だと思う。ただ、出発はタイミングを見て、ということになるけどな。飛行機みたいに、定時に出るわけじゃないから」

「無事に出国できればいいんだ」

「じゃあ、百五十万くれ」

「ちょっと高くないか？」

落合が肩をすくめる。分からないか、とでも言いたげに舌打ちをした。

「こういう話だと、かかわってくる人間が多くなる。それだけ危険度が増すから、保険もかけなくちゃいけないんだよ」

「偽造パスポートも頼む」日向は二人の顔写真を手渡した。

「別に二十万ずつ、かな」

「高いな」思わず顔をしかめる。たかが偽造である。相場は分からないが、ぼろ儲《もう》けし過ぎ、という感じがした。

「しょうがないんだよ。昔は簡単だったらしいけど、今のパスポートは偽造も面倒なんだ。金がかかる」

「分かった。じゃあ、合計で百九十万でいいか？」素早く頭の中で計算する。手元にある金は……それほど多くない。すぐに手元に用意できる金と言えば、実家に隠した二百万だ。あれを当面の資金にしよう。郷里に戻るのは気が進まなかったが、誰かに頼めることでもない。

「取り敢《あ》えず、それでいこうか。金はいつ用意できる？」

「二、三日待ってくれ。用意するのに、それぐらい時間が必要だ」

「進めておくけど、構わないな？　キャンセルになると、それでまた金がかかるぜ」

無駄に金を捨てるわけにはいかない……かなり危うい日々になりそうだが、時間をかけている余裕はないだろう。どちらにしろ、あちこちから金を回収するのに、しばらく時間はかかる。偽造パスポートと、出国の準備ができたからといって、すぐに動けるものではないだろう。しばらくは用心しつつ覚悟を決めて、動き回っているしかない。長浦にずっと腰を据えておいては、足がつく可能性も高くなる。

「何とかする。じゃあ、取り敢えず三日後、金を渡すから」言ってから、回収できる金があることに気づいた。一千万円近いはずで、あれが手元にあれば、しばらくは潜伏生活を続けられるだろう。タイなら、それほど物価も高くないはずだ。ベンツを処分した金は、当てにしない方がいいだろう。振り込み先から足がつく可能性がある。

「連絡はどうするよ」軽い調子で落合が訊ねる。

「三日後の夜、こっちからする」

「了解……ちょっと、その辺で下ろしてくれないか」

彼の言う「その辺」がどこを指すかは分からなかったが、日向は交差点を通り過ぎたところで車を停めた。背後の車がすかさずクラクションを鳴らしてくる。長浦のドライバーは概してマナーが悪く、隙あらば他のドライバーをクラクションで脅そうとしている。パトカーではないかと一瞬疑った日向は、反射的にうなだれるようにして身を隠した。顔を上げると、落合が面白そうにこちらを見ている。

「かなりヤバイ感じ？」

「さあ」答えを誤魔化しながら、日向は顔を上げた。「でも、急ぐことに変わりはないから」

「一杯やってく余裕もないんだ」

「そもそも酒は呑まないから」

「ああ、そうだったね。だけどあんた、つまんない男だよな」嘲笑《あざわら》うように落合が言った。「酒は呑まない、女遊びもしない……何が楽しいわけ？」

「これで結構、楽しい人生だけど」

「それならいいけどさ。気が向いたら、遊びに来なよ。俺はだいたい『ニトロ』にいるからさ」

日向は顔をしかめた。「ニトロ」は六〇年代、七〇年代の洋楽ばかりを流すバーで、中は煩《うるさ》くて会話は不可能だ。一度、落合と一緒に入ったことがあるが、怒鳴らなければ話もできないのに疲れて、途中からは黙りこんでしまった。

暗闇の中に消える落合の背中を見送って、ハザードランプをつける。煙草に火を点《つ》け、ゆっくり目を閉じた。疲労困憊《こんぱい》で、これから夜通し故郷までドライブする気にはなれない。明日《あした》の朝一番で出発しよう。今夜は家に戻らず、どこかにホテルを取ればいい。

「腹減ったな」とつぶやく。さすがに緊張していたのだと、今さらながら気づいた。準備もそれなりにしてきたはずなのに、後になってやることの多さに気づく。落合とだって、もっと早くに会っておくべきだったのではないか。しかし、諸々《もろもろ》の状況がそれを許さなかった。今回の件で、ハブになりかかっていた――既になっていたかもしれないが――氏原を消さなければ、捜査の手が自分に迫っていたのは間違いない。

ふと、これがそもそも間違いなのかもしれない、と気づいた。

氏原が殺されたことが発覚すれば、俺の存在に気づく刑事がいるはずだ。それが末田なのか他の刑事なのかは分からなかったが、自分が疑われるのは間違いない。氏原を殺さなければ、ここまで面倒なことをしなくても済んだのだが……詐欺グループを畳んで、しばらくどこかに身を隠していればよかったのではないか。

仮に発覚しても、詐欺だけなら、実刑判決を受けてもそれほど長く服役しなくて済むだろう。いい弁護士を摑《つか》まえられれば、執行猶予がつくかもしれない。

だが、人を殺したら逃げられない。

両手を、目の前で広げる。何も見えないが、この手は血を吸っている。氏原を殺したことに関しては、何とも思わない。あんな人間に、生きる意味があるとは思えなかったから。しかしそのことがもたらす可能性については、怯《おび》えるしかない。

8

ようやく車の流れがスムーズになり、日向の気分もわずかだが緩んだ。ラジオをいじって、洋楽を流している局を見つけ、ボリュームを上げる。聴いたことのないヒップホップのグループががなりたてていたので、舌打ちして別の局に変える。ヒップホップのリズムは、気持ちを嫌な感じで揺らすのだ。クラシック音楽が流れ出したので、ほっとしてそのままにする。眠くなるのだが、気持ちがささくれ立つよりはいい。

助手席を見ると、真菜は相変わらず頬杖《ほおづえ》をついたまま、車外を流れる風景を眺めていた。既に夕暮れが迫り、高速道路の街灯が迫っては消えていく。真菜がゆっくりと体を起こし、両手を腿《もも》の間に挟みこんだ。

「あとどれぐらい?」少し寝ぼけた声だった。

「首都高で混まなければ、一時間半かな」

「夜になっちゃうね」

「雪に手間取った。だからあの街、嫌いなんだよ」

「嫌いなのは、雪のせいだけじゃないでしょう？」

「まあね。面白いこと、何もなかったし。腐ってるよな」

「そうね」

「夕飯、一緒に食べるか？　その、一人なら……」言い淀《よど》んでいる自分が、奇妙な感じだった。

「それは、向こうへ着いてから考えるわ。それより、お願いしていい？」

「金ならないよ」苦笑しながら、日向は硬い声で答えた。「悪いけど、それだけはどうしようもない」

「お金以外のことだったら？」

「どういう意味？」

「どこかへ逃げたい」

「逃げる」真意を摑みかねて、日向は淡々とした口調で繰り返した。「例えば、どこへ」

「海外とか」

「それはちょっと大変だよね」日向はわずかに目を細めた。自分は間もなく日本を出て行く。彼女はそれを知っていて、便乗しようとしている？　もちろん自分には、彼女の頼みを聞く義理はないのだが……。

「できない？」

「どうかな」

「日向君なら大丈夫でしょう」

「何か、俺のこと、過大評価してないか？」日向は乾いた笑い声を上げた。「俺にそんな力、ないって」

「じゃあ、見せて」

「はい？」

日向は慌てて横を向いた。真菜はこちらをじっと凝視している。視線で穴でも開けようかというぐらい、きつい目つきだった。百キロをはるかに超えるスピードで横を向いているわけにもいかず、すぐに視線を真っ直ぐ前へ戻したが、真菜の強烈な目は、日向の脳裏にしっかりと焼きついた。

「袖口《そでぐち》」

どきり、とした。喉元《のどもと》に心臓が駆け上がりそうな感じ。何かヘマでもしたのかと、思わず拳《こぶし》を口に押しつける。

「ダウンジャケットの袖口についてるの、血だよね」

「そう？　気づかなかったな」鼓動がさらに激しくなる。自分で見て確認したい、という気持ちを必死で押し隠す。

「結構目立つよ。でも、日向君は別に怪我してないよね」

日向は、ねずみをいたぶる猫をイメージしていた。鋭い爪で、少しずつ傷をつけ、相手が弱って死ぬのを待つ。今まで気づかなかっただけで、彼女はそんな残酷な内面を持っているのかもしれない。

「日向君、隠し事はしない方がいいと思うよ」

「別に隠してないけど」

「お金、持ってるでしょう」

「やっぱりな……バッグの中、見たんだろう?」大きく溜息《ためいき》をつく。怒りがこみ上げてきたが、運転しているので何もできない。拳をハンドルに叩《たた》きつけ、何とか怒りを封じこめた。

「あんなに無造作に大金を持ってて……いくら? 二百万円?」

「それぐらいある」

「どうやって稼いだの?」

「それは、いろいろあるさ」突っこまれ、黙っていることもできた。だが何故か、彼女には話してしまう。ふいに、その理由に気づいた。彼女からは、自分と同じ臭いがしている。罪に塗《まみ》れた人間の臭いが。思い切って口にしてみた。「君はどうなんだ? 何かトラブルがあったんじゃないか?」

「そうね」真菜がはあ、と息を吐く。「あったわ。取り返しがつかないようなトラブルが。ねえ、どこかに車、停められない?」

「無理だよ、高速なんだから」

「パーキングエリアでいいんだけど」

前方に目を凝らし、標識を探す。無言のまま、二キロほど過ぎたところで、目当ての標識が見つかった。パーキングエリアまで、二キロ。ちょうどガソリンを入れるタイミングでもあったので、ちょうどいい。左に入る車線が見えてくると、乱暴にハンドルを切ってパーキングエリアを目指した。

ガソリンを補給し、そのまま巨大な駐車場に車を進める。サイドブレーキを引いた瞬間、真菜が爆弾を落とした。

「私、人を殺してきたんだ」

「結婚した男とは、ファミレスでバイトしている時に知り合ったの。客で来ていた人で……最初は気づかなかったけど、どうしようもない奴だった。結婚したのは妊娠したからだったんだけど、本当はその時に気づいておくべきだったわ。態度がすぐに変わったから。でも、男の人も、急に子どもができれば慌てることもあるんだろうなって思って……甘かったわ。妊娠して六か月の時に結婚したんだけど、すぐに家に帰って来なくなっちゃって。他に女がいたわけじゃないけど、とにかく、父親になりたくなかったんだと思う。私が出産する時も、わざわざ海外へ長期出張を入れちゃったぐらいだから、結婚したことを最初から後悔してたんじゃないかな。でも私としては、あんな男でもすがるしかなかった。大学は辞めちゃったし、実家は激怒して仕送りをストップしちゃうし……子どもを抱えて働くわけにもいかなかったのよ。四面楚歌《しめんそか》ってやつよね。それに、旦那《だんな》は結局、離婚届を置いて出て行っちゃって。ひどい話だけど、自分にも責任あると思う。そういうどうしようもない男だって見抜けなかった自分も悪いでしょう？　反省したわ。だから、追わなかった。逆に、こっちから離婚届を送りつけてやったわ。でも、それで本当に困っちゃって……子どもはね、嫌いだった。大嫌いだった。自分が母親になった実感が全然なかったし、育てるのが面倒臭くて仕方なかった。何で子どもって、あんなに泣くのかな？　お金もかかるし、本当、邪魔なだけよね。でも、とにかく働かないと食べていけないから、またアルバイトを始めたの。今ね、コンビニもファミレスも、日本人の店員なんてあんまりいないのよね。中国人ばかりでしょう？　皆、ああいう仕事はしたくないのかな……とにかく、何とか保育園を見つけて、コンビニとファミレスのバイトをかけ持ちして。もちろん、仕事なんて面白くも何ともないわよ。時給だって安いし、疲れるばかりで、周りは中国人か馬鹿ばかりだし。この先どうなるかって、毎晩寝る時に考えて、鬱《うつ》になりかけてた。でも、そんな時でも子どもは泣くのよ。寝てくれないのよ。いい加減にしてくれって、何度叩いたか分からない。殺したいって思ったことも、一度や二度じゃなかったわ。違うか。毎日思ってた。首を絞めてやろうと手をかけたこともあったぐらいだから……でも、自分ではできなかったのよね。

そのうち、ファミレスの客とつき合うようになった。さっきの話、覚えてる？　前の旦那とつき合うようになったきっかけも、ファミレスだったのよね。何で同じこと、繰り返すのかな。私、基本的に馬鹿なんだと思う。男の本性を見抜く目がないのよね。

今度は、同い年だった。地元の子で、中学を卒業してから、大工になった人。お金を持ってるわけじゃなかったけど、威勢だけはいい人で、それでこっちもちょっと安心しちゃったんだと思う。今考えると、それがそもそも間違いの元だったんだけど……仕事帰りに、ファミレスでよく、職場の仲間とご飯を食べてたのね。その時必ずお酒を呑《の》んでて。ウェイトレスとして見ているだけじゃ分からなかったけど、酒癖が悪い人だった。そんなに強くもないのに、すぐに酔っ払って手を上げるような人で。それに、私以上に子どもが嫌いだったから、うちへ来ると、本当に鬱陶しがって、子どもを殴ってた。最初は庇《かば》ったのよ？　やっぱり、自分の子どもが目の前で叩かれるのを見るのって、生理的に我慢できないから。でも相手が、二人でいるには子どもが邪魔じゃないかって言い出して……私のことを好きなのは、本当だったんだと思う。確かに、いきなり子持ちはきついかもしれないわよね。私も、この子がいなければって、考えないわけじゃなかった。

だから、段々ひどくなっていくのも、見ない振りをしてたのよね。泊まりに来るじゃない？　そうすると、子どもを段ボール箱に入れて、ベランダに出しておくの。だって、狭いワンルームマンションなのよ？　三人で寝られないじゃない。でも、うちの子ももう二歳だから、段ボール箱の上蓋《ぶた》を閉じておいても、自分で開けて出てきちゃうの。それで窓をがんがん叩くから、また怒って。そのうち、自分で木の箱を作ってきたのよ。大工だから、そういうの得意でしょう？　蝶番《ちょうつがい》で上が開くようにして、鍵《かぎ》までつけてね。

中に毛布を入れて、子どもなら寝られるようにしてた。

　ひどいかなって思ったこともあるわよ。そこまでやること、ないんじゃないかって。でもその彼は、お金はくれたのよね。一人で大変だろうし、自分はご飯を食べたりお酒を呑んだりするぐらいしか、使うところがないからって。それは本当に助かってた。バイトも少し減らすことができたし。お金がないのって、惨めだから。働いて少しぐらい稼ぐのは簡単だけど、それじゃ気持ちは惨めなままだから。惨めな気持ちって、どんどん積み重なっていくのよね。それこそ、雪が積もるみたいに。それで最後は、それに押し潰《つぶ》されて死んじゃう。でもその彼は、お金の問題は少しだけ解決してくれたから。感謝すべきだと思った。子どものことは、仕方ないじゃない。だって、邪魔だったんだから。

　でもね、死んじゃったんだよ。寒いのに、ずっとベランダに出しておいたから。朝、箱を開けてみたら冷たくなってた。毛布に必死に包《くる》まって、蒼《あお》い顔をして。箱の中で、犬みたいに丸くなってた。

　その時、あの男、何て言ったと思う？　放っておけばいいじゃないかって。どこかへ捨てて来いよって。私……分からなかった。子どもなんか好きじゃなかったし、自分の子どもだっていう意識も薄かった。駄目な男の子どもだと思うと、顔を見るのも嫌だったしね。でも、顔は私に似てるんだよ。私が産んだ子なんだよね。それは間違いない事実で、消せないし……その子が、小さい箱の中で、丸まって死んでる……それでその馬鹿男は、面倒臭そうに箱の中を見てから、すぐにまた寝ちゃったのよ。何もなかったみたいに。

だから私、そいつを殺した。包丁で何度も刺して。首を切った時、ものすごく血が出て……それが目にかかって……仕方ないから布団を被《かぶ》せて、その上から刺し続けて。やっと静かになった時、本当に喉《のど》が渇いて。すぐにシャワーを浴びて、浴びながらシャワーのお湯を飲んで。お腹が痛くなるまで飲んで吐いて。

着替えて、そいつの財布からあるだけのお金を抜いて、すぐに家を出たの。気がついたら、あの駅まで来てた。二度と帰るはずがないって思ってた、あの街に来てた」

一気に話し終えた真菜が、冷めたブラックコーヒーを一息で飲み干した。煙草に火を点《つ》け、ゆっくりと煙を肺に溜《た》めながら目を閉じる。右の目尻《めじり》から、一滴だけ涙が零《こぼ》れた。

「これでおしまい」目を閉じたまま、かすれた声で話を締めくくる。動揺した様子はまったくなく、煙草の火は真っ直ぐ立ち上がっていた。「私、人殺しなんだ。二人殺したってことになるかもしれないわね。その男と、娘と。娘が死ぬのを止められなかったんだから。止められたはずなのにね。そもそもあんな男に引っかかってなかったら、こんなことになるはずなかったんだから、全部私の責任よね」

「そうかもしれない」

よくある話だ、と日向は少しだけ白けていた。子どもに対する虐待。しかし彼女には、必死さが見えない。話している時もずっと淡々とした調子で、声が裏返ったり、泣き声になることもなかった。最後の涙は、何かの間違いだろう。

「これからどうしようかなって思って……あの街には帰ったけど、結局実家には行けなかった。行けるわけ、ないよね。あちこちうろうろして、いろいろ考えて……それでたまたま、日向君と会って。あの時、どれだけほっとしたか、分からないでしょう」

「それで、逃げるのを手助けして欲しい、と」そんな都合のいい話があるか。逃亡は一人に限る。余計な人間がいると、足を引っ張られる可能性が高い。

「日向君、いろいろ説明できる？」

「何が」

「袖《そで》の血のこととか、バッグに入ってるお金のこととか」

「君が何を想像してるか分かるけど、事実無根だよ」

「じゃあ、私が警察とかに行っても平気なんだ」

口をつぐまざるを得なかった。もちろん、いきなり駆けこんで来た女の証言は、無視される可能性が高いだろう。警察だって暇ではないし、この状態では彼女の証言は曖昧《あいまい》にならざるを得ないはずだ。だが、たまたま仕事熱心で疑《うたぐ》り深い刑事に引っかかったら……それに、この情報が末田の耳に入る可能性もある。あの男は氏原を知っているわけで、糸が一本につながる可能性は否定できない。クソ……俺は逃げられないのか。網に搦《から》め捕られつつあるのを、日向は意識した。

いや、手はある。

彼女を殺してしまえばいい。リスクを封じるには、危険因子を消すのが一番なのだ。

だが、きりがない。最初俺は、裏切る可能性のある氏原を殺した。それでダムに開いた小さな穴を塞《ふさ》いだはずだったのに、自分の不注意から二番目の穴を開けてしまったのだ。日本から無事に逃げ出せればいいのだが、死体が二つに増えれば、それだけ危険度が増す。

だったらいっそのこと、一緒に逃げるか。

一人でいること、連れがいること、それぞれのメリットを考える。幾つかの項目が頭に浮かんだが、差し引きで計算できるほど冷静ではいられなかった。

落ち着け、と自分に言い聞かせる。深呼吸してみると、一つ、気になることが出てきた。この話の根底にかかわる疑念だった。

そもそも、彼女は嘘をついているのではないか？　海外へ逃げたいという気持ちだけは本物。しかし、バックグラウンドとなる情報が全て嘘だったらどうする。結婚も離婚も、子どものことも、新しい男の存在も——ましてや子どもが凍死したり、男を殺してしまったり……全て、自分を利用して海外へ行くための手段だったら。女に気をつけろ、という忠告を思い出した。

「私は人を殺した。日向君も、何かしてるわよね。そういう二人が一緒にいるって、大変なことじゃない？」

「何が大変なのか、分からないけど」

「大変よ。こんな偶然って、ないと思う」

まさに偶然に偶然が重なったわけだが、彼女の言うことにも一理ある。だからといって——殺人者が同じ車に乗ってひたすら東京を目指している状況の異常さに、変わりはないのだが。

「断ったら、警察に行くつもりか？」

「そうするよ、きっと」

「そうしたら、君がやったこともばれるかもしれない」

「そうね」

「怖くないのか？」

「捕まりたくはないけど、やっちゃったことはやっちゃったことだから。消せないから。それに、やっぱりどうでもいいことなんだと思う。馬鹿な男に引っかかった自分が一番悪いんだけど、馬鹿な男なんて、所詮《しょせん》生きてても意味がないと思わない？　日向君はそういう男とは違うと思うけど」

「男なんて、皆馬鹿じゃないのか？」

「日向君は違うでしょう」真菜が念を押すように繰り返した。「あなたは馬鹿じゃない。ずっと遠くを見てる」

「その分、近くが見えてないかもしれないけどね」

「先が見えてればいいんじゃない？　昨日のことか、考えて悩んでも仕方ないし」

「――証拠、見せてもらおうかな」

「証拠？」

「君が本当に人を殺したかどうか」

家に行ってみればいい。それで彼女の話が本当かどうか、すぐに分かる。

「それを見てどうするの」

「俺も、証拠を見せる」

「それで？」

「それで俺たちは、縛られる。お互いの秘密を握ったことになる。裏切ったら、どっちも地獄行きだ」

「そうかな」真菜の声は穏やかだった。「もう、地獄にいるみたいなものだから、今よりひどいことはないんじゃない？」

「上手《うま》く切り抜けられれば……」

「天国かもしれないわね」真菜が極上の笑みを見せた。「天国がどんな場所か、想像もできないけど。そもそも、そんな場所があるとは思えないし」

日向は慎重を期した。自分が真菜の部屋にいた痕跡《こんせき》を残してはいけない。コンビニエンスストアに立ち寄り、二リットル入りのミネラルウォーターを買いこんで、大き目の袋をもう一枚貰《もら》う。ドアを開ける前に、二枚の袋に足を突っこんだ。玄関に入ってから、屈《かが》みこんで縛り、足首のところで固定する。これで、もう一足、靴を履いていることになった。靴跡を残すわけにはいかないし、素足で部屋に上がりこむ気にもなれなかった。

玄関を入った途端に、嫌な臭いを嗅《か》ぎつけた。寒さのせいで、遺体が腐敗するまではいかないだろうが、明らかに死の気配が充満している。乾いた血が、かすかな鉄のような臭いを撒《ま》き散らし、窓を閉め切ってあったので、それが増幅されているようだった。

まず、壁を汚した血痕がどうしても目に入る。どれだけ血が噴き出したのか、右側の壁に細長い血の痕《あと》がくっきりと残っていた。床から何かの機械を使って噴き上げたような……液晶テレビの画面にも血の筋がついている。そしてフローリングの床に、鉄色の舌のように伸びた血痕。直に敷いた布団に吸いこまれているはずなのに、そこからさらに流れ出したことから、失われた血の量が想像できる。布団は大きく盛り上がっていた。寝ているのではなく、横向きになって体を丸めているような……日向は布団の脇に回りこみ、端をそっとめくってみた。予想したように、男は反対側を向いていて、顔は直接見えない。すぐに目に入ったのは、首にざっくりと刻まれた大きな傷だった。左側にあるその傷は、首の半ばにまで達しているようで、醜くめくれた組織はどす黒く染まっていた。夏だったら、もう腐ってるんだろうな……不思議と冷静に、日向は考える。臭いはきついが、それで吐き気を誘発されることもなかった。

男に布団を被せ——掛け布団そのものもかなり血で汚れていた——部屋の奥に足を進

める。窓に額をくっつけるようにして目を凝らすと、暗闇の中、やけに白い木製の箱が置いてあるのが見えた。縦横五十センチ、高さもそれぐらいある。上の蓋《ふた》は、左側の蝶《ちょう》番《つがい》で開くようになっていた。右側には掛け金。真菜が言っていたように、南京錠がついていたが、今は鍵《かぎ》はかかっていなかった。

慎重にサッシを開けてしゃがみこみ、指紋がつかないように手首を使って蓋を開ける。中には、毛布に包《くる》まった子どもの死体があった。長い髪が毛布の上に溢《あふ》れて広がっている。蒼白《そうはく》になった顔立ちには、確かに真菜を彷彿《ほうふつ》させるものがあった。目を瞑《つぶ》った横顔は、ただ寝ているだけのようでもある。肩を揺さぶれば、すぐに目を開きそうな……一瞬手を伸ばしかけて、すぐに引っこめる。これは死体だ。汚れた物にわざわざ触る必要はない。

また手首を使って蓋を閉める。白い木の箱は、子ども用の棺桶《かんおけ》に見えた。

息を凝らしていたのに気づき、ゆっくりと深呼吸する。鼻を突く異臭に、既に慣れてしまったのに気づいた。血溜《だ》まりを避《よ》けて玄関に引き返し、足首をきつく締めつけていた縛《いまし》めを解く。手がかすかに震えているのに気づいた。人が二人死んでいる、狭い部屋――それでも手の震えぐらいで済んでいるのは、自分が直接手をかけて人を殺した経験があるからだ。あの感触は、簡単には忘れられない。頭蓋骨《ずがいこつ》を破壊し、軟らかい脳にはっきりとめりこんだスパナの手応《てごた》え。タオルで首を絞め上げる時伝わってきた、氏原の震え。

だがそんなものは、すぐに過去になる。悪夢に襲われることもないという確信があった。消えるべき人間が消えただけで、手の汚れは何度か洗えば見えなくなる。

すり足で外に出て、すぐにビニール袋を足から外す。肘《ひじ》を使ってドアを閉め、真菜から借りた鍵を使い、余計な所に触れないように気をつけながらしっかり施錠した。廊下の薄暗い灯《あか》りの下、ビニール袋に血がついていないことを確認してから丸め、ジャケットの胸元に突っこむ。手首を返して、汚れた場所を見た。どうしてこれに気づかなかったのか……もう少し余裕があれば、真菜に悟られることもなかったはずなのに。

急いで車に戻る。真菜が乗り逃げする可能性もあると心配していたのだが、彼女は助手席にじっと座ったまま、閉め切った室内を煙草の煙で汚していた。日向が運転席に滑りこむと、低い声で「どうだった」と訊《たず》ねる。

「見た」

「これで証明になったでしょう？」

「ああ。じゃあ、次は俺の方だな」

「そうね」

理屈がおかしいのは分かっている。それぞれの弱みを見せ合う、ということなのだが、どこかずれていた。しかし、今の奇妙な平衡状態を保つためには、氏原の死体を見せなければならない、という強迫観念に襲われる。二人の関係はあやういバランスの上に立っているのだ。何事も公平でなければならない。

海からだいぶ離れた真菜のマンションから、氏原のマンションまでは車で三十分ほどだった。既に午後七時、唐突に空腹を覚えて、日向は「飯を食おう」と提案した。こんな状況で食事を誘っても断られると思ったのだが、意外にも真菜はあっさり乗ってきた。

「どうせなら、美味《おい》しいもの、食べない？」

肩の荷を降ろしたように気楽な口調だった。罪の一端を日向に背負わせた、とでも思ったのかもしれない。

「何がいい？」

「お肉、かな」

「焼肉とか？」

「それか、ステーキ」

異存はなかった。彼女が男を刺し殺してから、さほど時間は経っていない。まだ記憶は鮮やかなはずで、普通、肉を食べる気になどなれないだろうが……平気なのは自分も同じだった。腹が減れば飯を食う。これからいろいろ忙しくなるから、エネルギー補給のためにも肉が一番いいだろう。

思いついて、本多に一度だけ連れてきてもらったことのあるステーキ屋に向かった。自宅に近い臨港町の店で、その辺りをうろつくのは気が進まなかったが、食事をするぐらいなら問題ないだろう。それに臨港町は、長浦随一の高級住宅地である細見町《ほそみちょう》の隣にあるので、外車も多い。ベンツを停めておいても目立たないはずだ、という計算もあった。

記憶は確かで、迷わずにステーキ屋に辿《たど》りついた。店の前の駐車場に車を停め、外に出るよう、彼女を促す。

「結構賑《にぎ》やかだけど、大丈夫？」シートに座ったまま、真菜が心配そうに訊ねた。

「逆に賑やかな方が、人目を心配する必要はない」

「それもそうね」軽く肩をすくめて、真菜が外へ出た。

ステーキ屋はログハウス風の建物で、店内のあちこちにアメリカっぽい——西部劇に出てくるような店の意匠を凝らしている。壁にバッファローや鹿の首が飾ってあるのもそうだ。本物かどうかは分からないが、鹿とは目が合わないように気をつける。黒いガラス球のような鹿の目は、どこか気持ちが悪いのだ。

店内は思ったほど混んでおらず、二人は壁際の席に案内された。料理を待つ間、やはりステーキは失敗だったのではないか、と日向は後悔する。いや、ステーキを食べるのはいいのだが、氏原の死体を見た後でもいいのではないか。自分はともかく、彼女の胃が、死体に耐えられるとは思えなかった。あるいは自分も……二人の死体の様子は、今でもありありと思い出せる。それを頭に残したまま、ステーキが食べられるか。

問題ない。

真菜が切り出した。

「どこへ逃げるの？」

「海外。たぶん、タイかな」

「飛行機？」

「詳しいことはまだ決めていないけど、たぶん舟を使うことになると思う。何回か乗り換えて、最終的にタイに入るんだ」

「結構大変そうね」

「金さえあれば、何とかなるよ」

「その……バッグに入っている金額で間に合うの？」

「まさか。もう少し用意しないと、向こうで生活もできない。金の当てはあるけど、用意するのに時間が少しかかるかな。それでも今日、明日《あした》中には何とかするけど」

「やっぱり日向君は頼りになるね」

「よせよ」苦笑して煙草を取り出したが、店全体が禁煙なのだと気づいて、シャツの胸ポケットに戻す。

「何かでお返しするわ」

「今は余計なこと、考えなくていいんじゃないかな。落ち着いたらでいい」

「でも、それじゃ私の方が落ち着かないから」

「何でも思いついたことをすればいい」肩をすくめた。

「そう……」

たぶん、体を差し出してくるだろう。それはそれでいい。遠慮することはないのだ。

高校時代の、謎めいた同級生。彼女を抱けるのかと思うと確かに興奮するが、今はいろいろ考えるのも億劫《おっくう》だ。その辺は、流れに任せていけばいいのではないか。いや、まだ隙は見せられない。セックスの最中、男は無防備だ。そして彼女は、男を一人——娘も入れたら二人かもしれないが——殺している。一度人を殺した人間にとって、二度目のショックはそれほど大きくないはずだ。自分を殺して金を奪い、一人で逃げる——そんな風に計画を立てているかもしれない。

「私を信じて」日向の心を読んだように、真菜が切り出した。「あなたを殺したりしない。逃げるなら一緒だから」

「信じていいのかな」

「だって、いくらお金があっても、私には海外に逃げる手がないのよ。パスポートも持ってないし、密航なんて絶対に無理。そこは、日向君に助けてもらわないと」

「分かってる」

料理が運ばれてきて、二人は会話を切り上げた。分厚くジューシーなリブステーキ。真菜は旺盛《おうせい》な食欲を見せ、切り取った肉片を次々と口に押しこんでいった。日向は、自分の精神状態を確かめるために、敢《あ》えてゆっくりと食べた。首が落ちそうな深い傷の断面を思い描くという、悪趣味なこともしてみたのだが、それでも食欲には何ら影響がなかった。死体は死体。動き出すことはないし、しかも先ほど彼女の家で見た二人は、自分が手にかけたわけでもないのだ。

料理を食べ終え、日向はコーヒーを頼んだ。真菜も同調する。コーヒーは、アルミ製の、キャンプの時にでも使うようなカップで提供される。唇を火傷《やけど》しそうになって、日向は慌ててカップを離し、水を口に含んだ。それを見て、真菜がかすかに笑みを零《こぼ》す。ドジを踏んだ恋人をたしなめるような、親しみを感じさせる表情。

彼女の内面は死んでいる、と日向は確信していた。人を殺した衝撃はあるかもしれないが、それを上手《うま》く遮断して、普段の生活には影響が出ないようにしているのだろう。気持ちをコントロールする能力が高いわけではなく、自然な自己防衛本能ではないか。人間は不思議なもので、嫌な記憶は無理せずとも封じこめることができる。それで日常生活を不便なく送れるようになるのだが、代わりに夜、悪夢に襲われることもあるだろう。

だが、その時はその時だ。今は目の前の課題を一つずつ片づけ、雌伏の時間を過ごすための準備をしなければならない。

「これからどうするか、教えて」

「俺の方の……現場を見てから、今日はホテルに泊まる。後は、回収すべき物を回収して、準備が出来次第、出発する」

説明しながら、車を処分する具体的な方法をはっきりさせないといけない、と思った。すぐに落合に引き渡すべきかもしれないが、そうしたら足がなくなる。どこから舟に乗るかは分からないが、そこまで鉄道で移動すると、いろいろ障害も起きるだろう。できれば、舟に乗るぎりぎりまでこの車は手放したくない。まあ、その辺は、落合と調整すれば何とかなるだろう。

「ちゃんと準備、できてるのね。さすがだわ……でも日向君って、こんなに肝が据わってる人だったんだ。意外ね」

「昔は影が薄かったかな？」

「そうじゃないけど」真菜が軽く笑う。「日向君も、周りに溶けこまない人だったじゃない。喋《しゃべ》ったこともなかったけど、何考えてる人か分からないな、と思ってたんだ」

「それは俺も一緒だよ。君も、完全に浮いてたよね」

「沈んでるつもりだったんだけど」

「どちらでも」肩をすくめる。「とにかく、謎の人だった」

「日向君、本当にただの大学生？」

口を引き結び、硬い笑みを浮かべる。ただの、とは言えないだろう。本多の手引きで、人を騙《だま》して金を巻き上げる商売を続けてきたのだから。それでもできるだけ大学には行っているし、卒業の目処《めど》も立っている。我ながら律儀だと思うのだが、一度始めたことには、きちんと決着をつけないと満足できないのだ。たかが大学だが、中途で投げ出すのは気が進まない。自分でも分析できない性格だった。

「ただのワル、かな」

「だとしても、そういう風に見えないところが凄《すご》いね」

「褒められてるのか何だか、分からないな」

「褒めてるつもりだけど……日向君、きっと大物になるね」

「無事に逃げ切れれば」

「大丈夫よ」

彼女の言い分には根拠がないが、何故か大丈夫、と思えてきた。彼女は天性の嘘つきか、あるいは女性としてそういう能力を持っているということか……それだけでも、彼女を自分の側に置いておくのは悪くない、と思えてきた。あんなことをしてきた割に精神状態は安定しているし、不思議と上手く話が転がる。今までつき合って来た女性が全て、子どものように思えてきた。子どもというか、世の中には危険なものなど何もないと、甘えて信じきっていたような、緩んだ女たち。しかし真菜は、体の中に一本芯《しん》が通っているようだった。

それが、自分に対する怒りや不信感に転換しなければいいのだが。

彼女は間違いなく、敵に回したくないタイプだ。

ホテルに入るなり、真菜はすぐにベッドに倒れこんで寝入ってしまった。彼女が寝息を立て始めたのを確認してから、日向はホテルを抜け出し、落合と会った。人に見られるのを避け、また車を走らせながら話をする。日向が簡単に事情を説明すると、落合は渋い表情を浮かべた。

「何で話が複雑になってるんだ？　二人となると、一人よりもずっと面倒だぞ」心底嫌そうな口調だった。

「分かってる。だけど、どうしても連れて行かなくちゃいけない女なんだ」

「あんたは、女に引っかかるタイプじゃないと思ったけどなあ」

「引っかかってるわけじゃない。利害関係が一致したんだ」自分は、女では絶対に失敗しないという自信があった。一緒にいることによるメリットの方が大きい。

「よく分からんね」落合が肩をすくめ、煙草に火を点《つ》けた。「その分の金、余計に出せるか？」

「いくら必要かな」

「二人で二百万。偽造パスポート二人分も込みだ。それで何とかする」

「分かった。金はもう少し待ってくれないか？」

「大丈夫なのか？」非難するように落合が言った。「準備、結構大変なんだぜ。中国人を動かす時には、まず現金を用意しなくちゃいけないんだ。あいつらには、信用払いは通用しないからな」

「金はある」

日向は後部座席からデイパックを取り上げ、封筒を取り出した。それを落合に渡す。落合は無言で、煙草をくわえたまま札束を数え始めた。銀行員並みに慣れた手つきで、あっという間に確認し終える。

「二百十二万、か。さすが、ちゃんと準備してるな」

「取るのは後にしてくれ。あんたにその金を渡したら、こっちはすっからかんになるからね」

「そんな具合で大丈夫なのか？」落合が、札束を日向に返した。

「金が入る予定はある。向こうで生活する分は、それでカバーするつもりなんだ。明日《あした》まで待ってくれれば、全額一気に金は払う」

「半分だけでも、前金でくれるとありがたいんだけどな」脅すでもなく懇願するでもなく、落合の口調はビジネスの話をする時のそれだった。「話を進めるのはかまわないんだけど、こっちが持ち出しになっちまうから。あんたのことを信用してないわけじゃないけど、金は別だからね。あんたのために立て替えるほど、義理はないと思う」

彼の言い分はもっともだ。一千万円は確実に回収できる自信があったから、ここで百万円ぐらい渡しても、大したダメージにはならないだろう。しかし、万が一、一千万円が手に入らなかったら……ほとんどすっからかんの状態で海外に渡ることになる。

そんな危険は冒せない。

日向は、ここしばらくやったことのないことをした——落合に向かって頭を下げたのだ。

「明日には間違いなく金が入るんだ。それまで待ってくれないか？　今、この金が半分になったら、正直言って心配だ」

「明日の何時頃？」落合は追及をやめない。

「昼ぐらいには、何とか。もう少し早くなるかもしれない。今夜中にははっきりさせるから」

「まあ、あんたのことだから、信じて大丈夫だと思うけどな」さほど信じていない口調で落合が言った。「期限だけ切っていいかな。明日の昼、十二時。それまでに決めてくれないか？　金を渡して準備を進めるか、それともやめるか。それぐらいなら、まだストップもかけられる。やめたら、いくらかキャンセル料を払わないといけないけど」

「やめないよ」日向は慌てて首を振った。「出て行かなくちゃいけないんだから。それだけは間違いない。それより、どういう計画になってるか、教えてくれよ」

「やっぱり舟を使う。日本海側で、そういうポイントになってる場所があるそうだ。俺もそこには立ち会うけど、そこまではあんた一人で——一人じゃなくて二人か、来てくれないと困る」

「分かった」

「ルートは任せるけど、新幹線なんかは使わない方がいいぞ。車は、現地で俺に引き渡してくれればいい。ずっと乗ってる方が安心だろう」

「ああ」

「たぶん、出発の前日には連絡がきて、詳しいやり方が分かる。それまでは、どこかで大人しくしておいてくれよ。現場へ先回りはしない方がいい。田舎らしいから、あんたの車だと目立つ。長浦にいるか、東京で隠れてるのがいいだろうな」

「そうする」

「今のところの予定だと、出発の場所は新潟市内だ。そこから出て、舟を何度か乗り換える形になる。最後は、そこそこ大きい漁船で中国行きだ。中国からは偽造パスポートを使って、飛行機でタイ、だな。飛行機に乗るまでは、ちゃんと面倒を見る人間がいるから、心配しないでくれ。ただし、タイでは一人で――女と二人でやってもらわなくちゃいけない。それ以上は世話できない」

「覚悟してる」

「もっと詳しいことは、金の受け渡しが済んでからだな」落合が日向の肩をぽん、と叩《たた》いてドアを開けた。「まだ計画も詰まってないし、まあ、正直に言えば、金がなければ話はできない。悪いな。あんたのことは信用してるけど、これはビジネスだから。それもかなりシビアなビジネスだぜ」

「分かってるよ」

金の受け渡しなどに比べて、リスクが大きいことは容易に想像できる。人が動けば、それだけ目立つのだ。追跡も簡単だろう。

落合を送り出し、日向は少しシートを倒して煙草に火を点けた。面倒ではある。だが、この面倒なことを乗り越えなければ、俺は破滅するのだ。真菜と一緒に、小舟で日本海に乗り出す場面を想像してみたが、一向に気が休まらない。彼女とは、見えない手錠でつながれた関係であり、これからどうなるかも分からないのだ。場合によっては、タイに入ってから、黙って置き去りにする手もある。まず優先すべきは、自分が生き延びること。二人で手を取り合って、とは考えられない。

ふいに、パトカーのサイレンの音が耳に入り、どきりとした。闇を赤く血で染めるようなランプの光が、すぐ近くを通過する。長浦は事件の多い街だから、四六時中パトカーが走り回っている。珍しいことではない。だが日向は、根拠のない不安を胸に抱え始めた。

第二部　後手

1

澤村慶司《さわむらけいじ》は、思わず目を瞑《つむ》った。

現場でそんなことは滅多にしない。むしろいつもは、全てを記憶に焼きつけようと目を見開く。その手助けのためにといつもカメラを用意し、「悪趣味だ」と陰口を叩かれながら、遺体の様子を写真に収めるほどだ。

しかし今日は、いつも通りに動けない。部屋は震えがくるほど寒々としているのに、掌《てのひら》に嫌な汗をかいている。無意識のうちに、ジーンズの腿《もも》に両手を擦《こす》りつけていた。

ガラス戸が開いたままになっているベランダには、ほぼ真四角な木の箱が置いてある。蓋《ふた》が開いて、中で死んでいる女児の姿が見えた。毛布に包《くる》まり、まるで寝ているようだが、あまりにも白いその顔からは、生気がまったく感じられない。死後一日以上……二日は経っているだろう。しゃがみこみ、覚悟を決めて目を大きく見開く。この場面を脳裏に焼きつけなければならない。震える手でカメラを取り出し、女児の遺体を撮影した。乱れた長い髪が頰にかかっているのを、直してやりたくなった。だが現場保存の原則からそれはできない。

立ち上がると、膝《ひざ》がぽきぽきと軽い音を立てた。それにしても、何という現場だろう。ベランダに置かれた木の箱には、女児の死体。部屋の中には、布団に包まった若い男の死体がある。男は滅多刺し、特に首をひどく切りつけられており、それが原因となった失血死の可能性が高い。壁にまで飛び散った血が、事件の凄惨《せいさん》さを物語る。

あまり長くはここにいられない。現場のマンションは八畳ほどのワンルームで、現在、鑑識の活動が進んでいる。私服の刑事が、中をじっくり歩き回れる余裕はないのだ。五分交代で現場を見ること——許された時間は、もう一分ほどしか残っていない。腕時計を覗《のぞ》いて時間を確認してから、澤村はバスルームに足を運んだ。狭いユニットバスの床は、まだかすかに濡《ぬ》れている。そして、濡れて一塊になった女性物の服が落ちていた。やはり……犯人は、男を刺し殺した後、ここで服を脱ぎ、シャワーを使っている。とにかく証拠になりそうな物を処分し、自分の体から血を洗い流して逃げ出した、ということか。

痴情のもつれ。そして虐待、あるいはネグレクト。

かすかな吐き気を覚えながら、澤村は部屋を出てオーバーシューズを脱いだ。冷たい空気を肺に入れて、ほっとする。自分は吸わないのに、煙草が欲しいな、と唐突に思った。殺しの現場は、これまでに何十か所となく踏んでいるが、今日は死臭がひどい。二人分……それが体全体に染みついてしまっているようだ。

顔を上げると、廊下の向こうから、県警捜査一課長の谷口《たにぐち》が、大股《おおまた》でこちらに向かって来るところだった。きびきびした身のこなしで、五十歳をとうに超えているのに、年齢をまったく感じさせない。澤村を認めると、歩きながらうなずきかける。そのまま現場の部屋に入って行くのを、澤村は無言で見送った。

彼が出て来るのを待つ間、廊下の手すりにもたれて気持ちを落ち着かせようとする。子どもが被害者……まったく状況は違うが、自分が過去にかかわった事件を彷彿《ほうふつ》させる。子どもが犠牲になる事件は、起きてはならないが、日々、多くの子どもが殺されているのも事実だ。今回の件も、筋書きは何となく読めている。犯人にたどり着くのも難しくはないだろう――ここにいない母親を捜せばいい。しかし、どれだけ早く解決しても、自分の気持ちはささくれ立ったままだろうな、と嫌な気分になる。

背中でフラッシュが煌《きらめ》いた。もうマスコミの連中が来ているのか……澤村は近くにいた制服警官を手招きして呼んだ。

「ブルーシートを用意してくれ。ベランダ側だけじゃ駄目だ。こっちも駐車場から丸見えだからな」澤村は、廊下の真下にある駐車場を指差した。ちらりと見ると、既に新聞社のカメラマンが何人か、忍びこんでいる。テレビ局の連中が殺到して来るのも時間の問題だろう。このマンションの駐車場に勝手に入っているわけだから、追い出す理由にはなる。

「すみません！」自分の非を指摘されたように、制服警官——澤村よりだいぶ若い——が大声で謝罪した。「すぐに排除します」

「お手柔らかに頼む。トラブルはごめんだ」澤村は静かに首を振った。敷地に入りこむのは明らかにルール違反だが、あの連中は強制排除されない限りは、罵《ののし》られようが気にしない。そして、一度入ってしまったのを追い出すのは、結構面倒なのだ。

制服警官が慌てて階段の方に去って行くのを見送っていると、部屋のドアが開いた。出てきた谷口が立ち止まり、顔をしかめる。こちらも、いかにも煙草を吸いたそうだった。

「ひどい現場だ」怒りと悲しみが口調に滲《にじ》む。

「ええ」

「この家の借主は？」

「今、調べてます」郵便受けには名前がなかった。

「被害者の身元は？」

「それはまだです。家の借主が分かれば、すぐに割れると思いますが」

「殺されていた男じゃないのか」谷口が首に手刀を当てた。

「そうかもしれません」

「ベランダで死んでたのは、その娘か」

「そうかもしれません」

「おい――お前にしては切れ味が鈍いな」

「すみません」素直に頭を下げる。「どうも……被害者が子どもですから」

「ああ」谷口が顔をしかめる。「とにかく、さほど時間はかからないはずだ。仏さんのためにも、さっさと犯人を挙げよう。で、どういうシナリオだと思う？」

澤村は唾《つば》を呑《の》んだ。自分の頭の中では既に筋書きが完成しているが、それを説明するのが心苦しい。しかし、ここで喋《しゃべ》るのも自分の仕事なのだ。

「殺された子どもは虐待を受けていたと思います。ベランダに置いてあった木の箱は、わざわざ作った物のように見えました。子どもを閉じこめておくためでしょう」

「虐待は、恒常的に長く行われていたわけだ」谷口の顔が歪《ゆが》んだ。

「ええ、おそらく……遺体を詳しく調べていないから分かりませんが、ここのところ冷えこみましたから、凍死じゃないでしょうか」言いながら、澤村は自分の胸にも冷たい風が吹きこむのを意識した。あの狭い箱でも、風は防げるだろう。しかし氷点下にまで冷えこんだら、毛布一枚ではどうしようもない。実際、ここのところ日本列島全体が寒波にすっぽり覆われ、長浦でも最低気温が零度以下に落ちこむ日が続いていた。死ぬかもしれないと分かって外へ出していたら、紛れもない虐待である。

「邪魔になったから、外へ放り出しておいた、ということか」谷口が深く溜息《ためいき》をついた。

「こういう事件、増えたたな」

「ええ」

怒りやストレスの矛先を、暴力の形で子どもに向ける親。自分たちの生活の邪魔をされたくないからと、子どもを無視する親。幸い、澤村はそういう事件を担当したことはなかったが、いつかはぶつかるだろう、と予期していた。似たような事件は全国各地で起きているし、しかも長浦は大都市である。いつ起きてもおかしくなかった。

「とにかく、さっさと片づけよう。こういう胸クソ悪い事件には、長くかかわっていたくない——この家の借主は、誰が調べてる?」

「永沢《ながさわ》が行きました」

「あいつか……任せて大丈夫だろうな?」

「一課に引っ張ってきたのは課長ですよ」

指摘すると、谷口が口の端を引き攣《つ》らせる。永沢初美《はつみ》は、以前は中出署《なかいで》の生活安全課にいた。一年半ほど前に起きた連続殺人事件の捜査でいい働きをしたのを認め、谷口が捜査一課に引き上げたのだ。一課の数少ない女性刑事であり、最年少でもある。澤村とは別の班にいるが、何かと一緒になることが多い。というよりも、彼女の方で、意味もないのにくっついてくる。どうも、澤村のことを「目標にすべき先輩だ」とでも勘違いしているようだ。自分はとても、人の目標になるような人間ではないのに。最高の刑事に至る道の、スタート地点から出たばかりなのだ。だいたいその連続殺人事件の終わりには、彼女は苦い思いをしたはずである。

ばたばたと煩《うるさ》い足音が聞こえてきた。噂をすれば何とやらで、初美が小柄な体を一杯に使うようにして、こちらへダッシュして来る。澤村の前で急停止すると、「確認できました！」と勢いよく告げた。澤村は顔をしかめ、谷口にちらりと目をやった。

「課長……」初美が慌てて体を硬直させる。

「俺じゃなくて、課長に報告」澤村は指示を飛ばした。

「ああ、どうでもいいよ」谷口が面倒臭そうに手を振った。「それで、この部屋の借主は誰だった？」

「井沢真菜、二十二歳です」

「職業は？」若い母親が無責任に、と思いながら澤村は確認した。

「不動産屋に届けてある勤務先は、この近くのコンビニエンスストアですね」

「バイトか」

「そうだと思います」

「なるほど」澤村は谷口に顔を向けた。「まず、そこから当たります」

「近所の聞き込みはどうなんだ？」

「軽く当たってみたんですけど、手応《てごた》えがありませんね。こういうワンルームマンションですから……」一種のカプセルホテルのようなものだ。住んではいても、隣が誰なのかまったく分からない。都市部ではよくある話だ。

「聞き込みも続行だな。このマンション、単身者が多いんじゃないか？」

「そこに子持ちの女がいたら目立つ。子どもは何かと煩いからな」

「でしょうね」

「勤務先じゃなくて、マンションの住人を当たりますか？」

「いや、お前は勤務先へ行ってくれ。永沢もそっちへ回れ」

「分かりました」初美が元気に挨拶《あいさつ》して、また駆け出して行った。

「スタミナ十分だな」谷口が溜息をつく。

「若いですからね」

「あれが段々、磨《す》り減ってくるんだ」谷口がぴしゃりと腿《もも》を叩《たた》いた。「どこまで持つか、だな」

熟練の捜査官ならではの感想だ。谷口はこれまで、何十人もの刑事が肉体的にも精神的にも疲れ切り、リタイヤしていくのを見てきたはずである。同期ではその生き残りが谷口、と言ってもいい。どれだけ若く元気でも、そんな物はいつかは失われる。警察の仕事でそんな風に心身を消耗させるのはもったいない、と感じているかもしれない。

もしもそうなら、自分とは真正面から意見が対立するな、と澤村は思った。

全てを賭《か》けるのに、これ以上の仕事はない、と澤村は確信している。どれほど心を磨り減らされても。

「澤村さんと正式に組んで仕事するの、久しぶりですね」

「ああ」

よほど嬉《うれ》しいのか——その気持ちが澤村には理解しかねた——初美の運転は少しだけ乱暴になっていた。緊急走行中だから仕方がないのだが、それにも限度がある。

「スピード、落とせよ」

「でも、急ぎますよね」

「この時間だ、急がなくてもいい」夜の十一時。誰を訪ねるにしても遅過ぎる時間だ。コンビニエンスストアが二十四時間営業でも、すぐにオーナーに会えるとは限らない。

「了解」

不満そうに言って、初美が少しだけアクセルを緩めた。澤村は頬杖《ほおづえ》をついたまま、先ほどの現場の様子を頭の中で再現した。相当の経験を積んできたという自負はあるが、あの現場は強烈だった。長く記憶に残ることになるだろう……初美の声が割りこみ、澤村の思いを粉々に砕く。

「でも、班が違うのに一緒に動くっていうのも変ですよね」

「それだけ、今回は重大事件で緊急なんだ。現場で一課長が直接指揮を執っているのも、その証拠だよ。班の垣根もクソも、この際関係ない」

「そういうことですか……何だか実感が湧かないですけど」

「後で現場の写真を見せてやる。それで分かるよ」

「また遺体の写真を撮ったんですか？」初美の鼻に皺《しわ》が寄る。「趣味、悪いですよ」

「カメラは正直だし、当てになる」

「捜査の参考にするなら、事件が終わったら削除すればいいじゃないですか。私なら、そうします」

君の場合はな、と澤村は心の中で思った。一つの事件が解決したら、すぐに忘れて次に向かえるタイプの刑事がいる。それはそれでいい。事件は次々に起きるものだし、過去の事件を全て覚えていたら、思い出す度に足が止まってしまうのだから。しかし澤村は、自分がかかわった全ての事件を背負う覚悟でいた。できるかどうかはともかく、覚悟だけは持つ。事件が解決したからといって忘れられたら、被害者が可哀想ではないか。

初美と知り合った連続殺人事件で、犯人から負わされた左肩の古傷は、寒い時や雨の日に痛む——そう、今日のような日に。そっと肩を押さえ、事件が自分に刻んだ傷を確かめる。刑事になった時から、痛みを負う覚悟はできていた。

「着きましたよ」

初美の声で現実に引き戻される。近かった……かなりスピードを出していたとはいえ、五分もかかっていない。真菜は、働く場所の近くに家を選んだわけだ。あるいは、家の近くにバイト先を探した。

コンビニエンスストアは、真菜の家と同じようなワンルームマンションの一階にあり、この時間でも客で賑《にぎ》わっていた。長浦市の中でも郊外にある街だが、勤め帰りのサラリーマンや学生がひっきりなしに出入りし、店の中では落ち着いて話ができる雰囲気ではない。しかし初美が、すぐに貴重な情報を聞き出してきた。

「店のオーナー、このマンションの上に住んでるそうです」店から出てきた初美が、わずかに上気した表情で説明する。小柄なせいもあるが、成績を褒めてもらいたがっている小学生を思い起こさせた。

「ワンルームマンションだろう、これ」澤村は思わず上階を見上げた。

「オーナーが住んでる最上階だけ、普通の部屋みたいですよ」

「よし」澤村はもう一度腕時計を見た。「行こう。緊急事態だ。今夜のうちに話を聞いておきたい」

十階までエレベーターで上がり、下りてすぐ目の前にあるドアを迷わずノックする。すぐにインターフォンから、「どなた」と迷惑そうに訊《たず》ねる声が聞こえたが、実際にオーナーが出て来るまでは五分近くかかった。六十歳ぐらいだろうか、風呂《ふろ》に入ったばかりのようで、半白になった髪は濡《ぬ》れて頭に張りついている。ジャージの上下というラフな格好だった。

「警察が何の用ですか」

「こちら……一階のコンビニで勤めている井沢真菜さんのことで、お話を聴かせて下さい」澤村は自ら事情聴取を買って出た。

「井沢真菜？」オーナーの——表札によれば名前は「角田《かどた》」だ——顔が歪《ゆが》む。触れて欲しくない話題を、澤村に持ち出されたようだった。

「何か問題でも起こしたんですか？」

「それはこっちが聞きたいんだけど」角田が、アフターシェーブローションを叩《はた》いたばかりらしく、艶々《つやつや》と光る顎《あご》を撫《な》でた。そういえば、かすかに柑橘《かんきつ》系の香りが漂っている。

「何か、警察のお世話になるようなことでも？」

「こちらの質問に答えて下さい」

澤村が低い声で迫ると、角田がぐっと顎を引いた。若僧に何か言い返してやろうと必死になっている様子だったが、澤村が黙って反応を待っていると、急に元気が萎《しぼ》んだ。玄関先で応対しているので寒いのか、しきりに両の二の腕を擦《さす》る。

「店に出て来なくなってね」

「いつからですか」

「三日前かな……連絡も取れなくて、こっちも困ってるんだ。ローテーションが滅茶苦《めちゃ》茶になってるんですよ」

「彼女は、毎日どれぐらい働いていたんですか」

「朝九時からの当番で、夕方四時まで。それが基本、週五回かね」

「休みは？」

「ローテーションなんで、ばらばらだね。週末は休むことが多かったけど」

「いつ頃から働いていたんですか」

「かれこれ一年ぐらいになるかな？　詳しいことは、店の方で書類を確認しないと分からないけど」

「すぐに確認して下さい」細かい個人情報もそちらにあるはずだ。渋る角田に対して、澤村は強く要求した。「これは、捜査にかかわる大事なことなんです。今すぐ、お願いします」

「まあ……いいですけど。ちょっと待ってくれる?」

いきなりドアが閉まった。

「何だか気に食わないみたいですね」初美が肩をすくめる。

「風呂上がりだからな。まずいタイミングだった」

「でも、急ぐんでしょう」

「ああ」

ふと、油断している自分に気づく。これは、非常に気持ちの悪い事件だ。法的には解決しても、心にべっとりと張りついて剝《は》がれないような事件。しかし今回、解決は早いだろうという予感もある。事件の中心にいるのは、まず間違いなく井沢真菜だ。彼女を捕まえることができれば、すぐに全貌《ぜんぼう》が明らかになるだろう。いや……井沢真菜を捕捉《ほそく》できるかどうか、保証はない。事件が起きたのがいつか、まだ正確には分からないが、三日前から連絡が取れないということは、相当遠くへ逃亡している、あるいは既に死んでいる可能性もある。

五分ほど澤村たちを待たせた後、角田が部屋から出て来た。髪は完全に乾き、ジャージの上にナイロン製のブルゾンを羽織った上に、マフラーまで巻いている。やり過ぎの完全武装だが、店へ入るためには、一度氷点下に近い外へ出なければならないのだ。

コンビニエンスストアの事務室は、倉庫と一続きになっていて、やたらと狭い。デスクが一つあるだけで、角田がそこに着くと、澤村と初美は、段ボール箱に入った商品の山に背中を預けるようにして、立っていなければならなかった。

「ええとね……」デスクの引き出しからバインダーを取り出し、ぱらぱらとめくる。「ああ、これこれ。バイトで採用した時の履歴書があります」

「お借りできますか」

「どうぞ」これで面倒事から解放されると思ったかのように、露骨にほっとした表情で履歴書を澤村に渡す。

澤村の目はまず、履歴書に貼られた写真に引きつけられた。履歴書に使う証明写真は、大抵素っ気無く無愛想に写っているもので、真菜も例外ではなかった。それでもこの写真からは、明らかに普通の人とは違う魅力が滲《にじ》み出ている。女優やアイドルとは違う、もう少し深みのある何か……写真でさえこんな印象を与えるぐらいだと、実物はどうなのだろう。本人を見たら、吸いこまれるように言葉を失ってしまうかもしれない。

住所、本籍地、学歴——高卒だった。本籍地は、東北の小さな街。澤村はその街に詳しくなかったが、街の名を冠したラーメンの存在は知っている。首都圏でもチェーン展開しているはずだ。年齢を見る限り、田舎からこちらに出て来て四年目。就職したわけでも、大学に進学したわけでもなく、アルバイトで食いつないでいたということか。

「永沢、あそこのマンションの家賃、幾らだ」

「五万二千円です」

「角田さん、昼間の仕事の時給は幾らぐらいですか？」今度はオーナーに顔を向けて訊ねる。

「うちは、八百円だね。深夜は千百円出してるけど」

素早く頭の中で計算した。一日七時間働いたとして、五千六百円。週五日勤務で、月に十一万円程度か……税金を引かれ、家賃を払ったら、いくらも残らないだろう。問題は、彼女の家族だ。履歴書を見る限り、家族欄には何も書いていない。澤村は履歴書から顔を上げ、直接角田に訊ねた。

「井沢真菜さんのご家族は？」

「実家という意味？」

「いや、長浦で」

「何が知りたいんですか」角田が用心するように、身を引いた。すぐにデスクにぶつかってしまい、逃げ場がなくなる。「無責任なことは言いたくないね」

「子どもがいたんじゃないんですか」

「知ってるなら、何も聞かなくても……だけど、繰り返すけど、無責任なことは言いたくないんだ」

「役所で確認すれば分かりますけど、役所は明日《あした》の朝にならないと開きませんから。知っているなら、教えて下さい」

「いや、はっきり知ってるわけじゃ……」言葉を濁し、角田が顎を撫でた。引き出しを開けて煙草を取り出し、そこに逃げこむように火を点《つ》ける。狭い事務室の中は、すぐに白く染まった。「でも、たぶんそうだろうけど」

「どういう意味ですか？」

「子どもを連れて歩いてるのを見たこと、あるから。二歳か三歳ぐらいの女の子だね」

計算は合う。彼女はたぶん、この街の狭い範囲で暮らしていたはずで、誰かに目撃されてもおかしくはない。

「どんな様子でしたか？」

「まあ、普通の親子って感じだったけど、何か疲れた感じでね。店でも、いつも疲れてるような感じで……うちのバイトだけだったら、そんなにきついはずもないから、他とかけ持ちしてたのかもしれないね」

「バイトのかけ持ちですか」あり得ない話ではない、と思った。普通に就職するのさえなかなか難しいし、企業側は簡単に社員をリストラしてしまう時代だ。もしかしたら真菜も、就職のために長浦に出てきて、リストラされたのかもしれない。毎日七時間の仕事の後で、さらにバイト……子どもは置き去りになってしまうが、生活費を稼ぐのが第一ということか。しかし、あの部屋で死んでいた男は誰だ？　父親ではないのだろうか。

「お店ではどんな感じでしたか？」

「まあ、仕事は普通にやってたけどね。ミスも特にないし。特段真面目ってわけじゃないけど、何ていうのかな……何か存在感が薄いっていうか？」

「こんなに美人なのに、ですか？」初美が割って入った。

「うーん、確かに美人だけどね」角田が腕を組んだ。「何ていうの、そういう魅力を使える人と使えない人がいるでしょう？　美人だって、自分でちゃんと意識してないと、意外にくすんじゃうもんだよ」

分かったような分からないような説明だ。長い間近くで見ているからこそ分かることかもしれないが、あまりにも抽象的である。

「地味に働いてたってことですか」

「まあね」

「他のバイトのことは、分かりますか？」

「いや」角田が首を振った。「そんなことまで話さないよ。バイトはバイトだし」

「他のバイト仲間で、誰か親しい人はいませんか」

「ああ、今まさに、レジにいるよ」角田が親指を倒して店の方を指して見せた。「いつも彼女と一緒に昼間に入ってる子なんだけどね。ローテーションが狂っちゃって、夜を任せてるんですよ」

「ちょっと話を聴きたいんですけど、いいですか」

一瞬間が開いた。角田は嫌そうな顔をしている。今店に出ている店員が事情聴取を受ければ、代わりに誰かが店に立たなければならない。その役目を果たせるのは、この場にいる角田だけだ。

「短くお願いしますよ、仕事中ですから」

　釘《くぎ》を刺しておいてから、角田が面倒臭そうに立ち上がり、ジャージの上から制服を羽織って出て行く。初美が彼の後に続いた。そのまま店員を、事務室に引っ張ってこようという狙いだろう。ドアを開けたまま出て行ったので、煙草の煙が少しずつ薄れていく。澤村は、積み重なったペットボトルの段ボール箱に背中を預け、腕組みをしたまま立っていた。ほどなく、初美が若い女性を連れて戻って来る。

「久我《くが》晴海《はるみ》さんです」初美が紹介してくれた。それからすぐに、「電話、入れてきます」と断って事務室を出て行った。履歴書の内容を、捜査一課に伝えるつもりだろう。実家の住所が分かるから、現地の県警に捜査情報を照会しなくてはならない。

　晴海は、初美とほとんど背の高さが変わらない小柄な女性で、澤村と目を合わせようとしなかった。終始うつむき、居場所を探すように、床の上に視線を漂わせている。垂れた前髪が、表情を曖昧《あいまい》にする。

「緊張しないで」

　思わず声をかけたが、それがさらに晴海の緊張感を増大させたようだった。短い髪をしきりに弄《いじく》り、唇を嚙《か》み締める。細い目は、二本の糸のようになった。

「井沢真菜さんのことで、ちょっとお伺いしたいんです」澤村は切り出した。

「真菜、どうかしたんですか」暗い声だった。

「彼女に聴きたいことがあって、捜しているんですよ。この三日間、店に出て来てないですよね」

「はい」

「彼女、結婚してたんですか？」

「いえ」

「じゃあ、シングルマザーだったんだ」とすると、殺された男は恋人か？

「離婚したって聞きました」依然として澤村と視線を合わせようとしないが、答える口調はしっかりしている。

「だったら、ずいぶん若い時に結婚したんだね」少し混乱しながら澤村は確認した。子どもは二歳……三歳ぐらいか。

「十九歳の時だったそうです。それで大学を辞めて」

「大学に行ってたんですか？」

晴海が、都内の大学の名前を挙げた。長浦とは関係なさそうだったが、すぐに、近くの私鉄の駅から、乗り継ぎなしで通学できる場所にある、と気づく。

「結婚して、妊娠して、それで大学を辞めざるを得なくなった？」

「順番、違います」やっと晴海が顔を上げた。地味な顔立ちで、赤いフレームの眼鏡だけが浮いている。「妊娠して、結婚して、大学を辞めて、です」

「なるほど」この女性は、真菜のことをかなり詳しく知っている、と確信した。「大学は仕方なく辞めた感じですか」

「だと思います。でも、私が聞いたのは全部昔の話、ですけど」

「どういうこと？」

「ここへ来たのは、離婚してからだって聞きました」

「今は、結婚してないんですね」慌ただしい人生だ……澤村は思わず目を細めた。

「してないと思います。私が知ってる限りでは」

「誰かつき合ってた人は？」

「いる……と思いますけど、はっきりしたことは分かりません」

「その相手を見たことはありますか」

「ないんですけど、もう一つのバイトの方で知り合った人だと思います。そんなことを言ってましたから」

「もう一つのバイトっていうのは、何だったんですか？」

「ファミレスです。夜とか、こっちのバイトが休みの日にやっていたみたいですよ。体がきついって、いつも零《こぼ》してたから」

「どこの店か、分かりますか」

晴海がすらすらと告げた。住所からして、ここに近い——いや、ここへ来る前に通りかかったはずだ。忙しく働き、子育てに追われながら、真菜の人生は半径五百メートルぐらいの中で完結していたようである。

「最近、彼女の様子にどこかおかしなところは？」

「うーん」晴海が顎《あご》に人指し指を当てる。「よく分からないんですよ。あまりお喋《しゃべ》りするようなタイプでもないから。一年ぐらい、同じシフトで働いてきたのに、これぐらいのことしか知らないんです」

「あまり自分のことを曝《さら》け出すような人じゃなかったんですね」

「そう、ですね」晴海の口調に、わずかに嫌悪感が混じる。顔を上げ、細い目を大きく見開いた。「っていうか、自分は別の人種だと思ってたのかも」

「どういうことですか」

「だから……」言いにくそうに、晴海が胸の前で両手をこねくり回した。「何ていうか、あの、彼女と会ったこと、ありますか？」

「ないから捜してるんだ」

澤村の言葉を聞いて、晴海の顔がわずかに赤らむ。少し言葉がきつ過ぎたかもしれないと思いながら、澤村は続けた。

「別の人種っていうのは、どういう意味ですか」

「見下しているっていうか、自分は特別だと思っているっていうか……」

「高慢？」

「高慢。そんな感じです」

澤村は首を捻《ひね》った。確かに真菜は、人目を引く美人だ。どこを歩いていても、男が振り返るタイプだろう。しかしその人生は、決して順調とは言えなかったのではないか。若くして母親になり、しかし離婚して、狭いワンルームマンションで子どもを育てながら、二つのバイトをかけ持ちしている。本当に特別な人間──女性だったら、金も男も向こうから寄ってくるのではないだろうか。同時に犯罪も招きやすいのだが。そういう例を、澤村はいくつも見てきた。

「だから、ちょっと話しにくい感じもして」晴海が顔をしかめた。「バイトで一緒になった最初の頃は、結構話しかけたりしたんですけど、あまり答えてくれなかったんです。後で色々事情があったことは分かったんですけど、最初の頃は本当に、凄《すご》く傲慢《ごうまん》な人なんだって思ってました」

「それで、最近の彼女の様子なんだけど」澤村は話を引き戻した。「変わったことに気づきませんでしたか？　落ちこんでいるとか、落ち着きがないとか、すぐ怒ったとか」

「そういうの、特にないんですよ。でも、すごく疲れてる感じはしました。ここ一、二か月ぐらいだと思うけど……その前に、真菜にしてはちょっと浮かれている時があったけど」

澤村は無言でうなずき、頭の中でシナリオを描いた。浮かれていた──その時期に、布団の中で死んでいた男と出会ったのではないか。しかし、関係を続けていくうちに、亀裂《きれつ》が生じる。それに疲れて、バイト先でもげっそりしていた。

想像としては悪くはないが、これだけでは具体的な証拠にならない。しかし晴海は、これ以上の情報を持っていないだろうと判断する。彼女は結構勘ぐって探りを入れたがるタイプのようだが、真菜が話さなかったことまでは知るわけがない。今夜はこれぐらいにしよう。話し続けているうちに、晴海の話に推測や想像が加わってくる可能性がある。それに影響されたら、捜査は変な方向にねじ曲がってしまう。報告を終えた初美が戻って来たので、引き上げる潮時にした。

「連絡が取れるようにしておいて下さい」晴海に念押しをする。

「はい、あの……何があったんですか」いつの間にか戸惑いは消え、興味津々に訊《たず》ねてくる。

「井沢さんに話を聴かなければならないことがある、それだけです。申し訳ないけど、今はこれ以上のことは言えません」

どうせ後で、彼女もニュースで知るだろう。どうして教えてくれなかったのかと怒るかもしれないが、警察の仕事はニュースを広めることではない。

彼女の疑問を封じこめておいて、澤村は店を出た。海からずいぶん離れているはずなのに、夜風には潮の香りがする。それが、真菜の部屋に満ちた血の臭いの記憶だと気づくのに、さして時間はかからなかった。

2

日付が変わってから開かれた捜査会議で、事態は大きく進展した。真菜のもう一つのバイト先であるファミレスでの事情聴取の結果、彼女がそこで知り合った男性がいることが判明したのである。部屋から見つかった財布の中の運転免許証に記載された名前と一致する。

「――というわけで、筋書きはこういうことだな」所轄の道場に設けられた捜査本部で、胡座《あぐら》をかいて座った捜査員を前に、谷口自らが切り出した。「井沢真菜は離婚後、子どもを抱えてアルバイトをかけ持ちし、かつかつの生活をしていた。バイト先のファミレスで知り合った男――進藤晋《しんどうすすむ》と最近交際するようになり、進藤は真菜の家に頻繁に出入りしていたようだ。そこで子どもの存在が邪魔になったと思われる」

いつも細かい谷口にしては、ずいぶん中間を略したシナリオだ、と思った。それに今の説明には、推測が相当含まれている。しかし大きく外れてはいないだろう。子どもがいるのを承知で交際を始めた進藤だが、子どもの存在が邪魔になり始めた。そこで子どもを虐待、あるいはネグレクトするようになり、しまいには箱に押しこめてベランダに放置するまでエスカレートする。その結果、女児は死亡――おそらく凍死――し、それを巡って進藤と真菜の間に何らかのトラブルが起きた、ということではないだろうか。

「子どもの方だが、軽い外傷が数か所、認められた。検視結果待ちだが、これらの外傷は致命傷と認められるほどのものではない。やはり、直接の死因は凍死だな」

捜査員の間から、低い呻《うめ》き声が漏れる。ひでえことをしやがって——単純な正義感の持ち主が多い捜査一課の刑事なら、必ず敏感に反応する事件だ。

「進藤の方だが、全身に十数か所、刺し傷が認められた。死体を見た諸君らは了解していると思うが、首の傷が一番深い」谷口が、平手で首を叩《たた》いた。「動脈の損傷が認められる。おそらく、失血死だ」

一度言葉を切り、刑事たちの顔をぐるりと見回す。

「今後の捜査だが、井沢真菜の追跡を最重点に行う。担当は富樫《とがし》班、永田《ながた》班。それに所轄と機動捜査隊にも応援を願う。担当者は、明朝八時にここへ集合してくれ。その他の諸君は、初動の応援、ご苦労だった。本日は、これで解散」

お役御免か。澤村はゆっくりと立ち上がった。がやがやとした雰囲気——解決は時間の問題と見ているせいか、少し緩んだ感じだった——の中、初美が下から見上げるようにして言った。

「残念です、澤村さんと一緒に仕事できるかと思ったのに」彼女は富樫班の人間である。

「俺と組んでると、ろくなことはないよ。それは、前の事件ではっきり分かっただろう」

「二回目は、一回目と違うかもしれません」

「どうかな」

肩をすくめ、ふと思いついてバッグからデジカメを取り出して子どもの遺体を見せる。

初美の表情がにわかに厳しくなった。

「眠ってるみたいですね」感想を告げる声が震えた。

「この顔を、頭に焼きつけておいてくれ。時間の問題だと思うけど、気を抜かないで井沢真菜の行方を追って欲しいんだ」

「了解です」

「じゃあ、俺はこれで」

「明日《あした》からまた待機ですね」

「そう簡単にいけばいいけど」

長浦は事件の多い街だ。捜査一課の人間が、そう簡単に休ませてもらえるはずもない。それに澤村自身、特に休む意味も感じていなかった。どうせ気楽な一人暮らし、休んでいてもやることはない。家で写真の整理をしているぐらいなら、外へ飛び出して聞き込みでもしていた方がましだ。今回の事件でも、このまま捜査に加わりたかった――しかし今夜は、あくまで手伝い。他の班の担当が決まった以上、余計な口出しはできない。というよりも、これ以上深入りしたくない、というのが本音だった。子どもが犠牲になった事件は、かかわらずに済むなら、それに越したことはない。今回は大人も一人、犠牲になっているが、やはり子どもの犠牲が重く心にのしかかっている。

とうに日付は変わっており、電車もなくなってしまった。家まで戻る足がない。誰かの車に同乗させてもらうか……自宅の方に戻る人間は誰かいないかと探し始めた瞬間、谷口と目が合った。同じ方向と言えば、谷口もそうである。しかし、まさか一課長の公用車に乗って行くわけにはいかない。

谷口が、足音も立てずに——畳の上だから当たり前か——近づいて来た。

「お前にすれば、歯ごたえのない事件だろうな」

「でもこれで、捜査本部の解決率をアップさせることはできますよ」

澤村の指摘に、谷口の顔が紅潮する。「解決率」のマジックがここにある。ほぼ現場で犯人が割れているような事件でも、便宜上は捜査本部事件にすることがある。本当は、「重大事案、かつ犯人が判明していない時」に作られるのが捜査本部だ。しかし今回のように、ほとんど犯人が割れている時に捜査本部を作ることで、「解決率」の数字は上げることができる。宣伝のためには、事件を解決したという実績がどうしても必要なのだ。

「お前は、本音と建前を使い分けないから困る」

「すみません。そういうのは幹部の仕事かと思ってました。とにかく今回は、皆さんの腕前を拝見といきます」

「嫌な事件だな」

「担当じゃなくて、ほっとしてますよ」途中で下りるのも癪《しゃく》だったが、澤村の台詞《せりふ》は紛れもない本音だった。

「お前らしくもない」谷口が片方の眉《まゆ》を上げた。

「子どもが犠牲になる事件は、嫌なものです」

特に自分のように、目の前で子どもが殺された経験を持つ人間にとっては。刑事になったばかりの頃、澤村は自分の躊躇《ちゅうちょ》で幼い子どもを見殺しにしてしまったことがある。一つのミスを引きずっていつまでも愚図愚図しているぐらいなら、さっさと刑事を辞めた方がいい。しかしどうしても、警察官としての自分の人生は、あの事件にずっと縛られたままだという意識はある。

「まあ……」谷口もその一件に絡んでいた。慌てて咳払《せきばら》いし、話題を変える。「とにかくこの件は、できるだけ早くまとめる」

「井沢真菜が死んでなければ、ですが」

「嫌なことを言うな」

十分あり得るシナリオだ、と澤村は思う。二つの死体を目の当たりにした真菜がどんな行動を取るか——心理的に追い詰められ、自殺を決意してもおかしくはない。むしろその可能性が高いのでは、と澤村は踏んでいた。事件の全貌《ぜんぼう》は明らかにされないが、常に全ての事実が太陽の下で明らかになるとは限らないのだ。捜査は完璧《かんぺき》なものではあり得ない。基本は過去を再構築する作業だから、どうしても抜けや漏れが生じるのだ。特に最重要の容疑者が死んでしまっていたら、事件を再構築するのは不可能である。

「すみません……じゃあ、これで失礼します」

「足はあるのか」

「何とかします」

谷口が、自分の車に乗って行け、と誘っているのは分かったが、遠慮した。過去に遭遇した事件を通じて、谷口とはずっと精神的に特別な関係にあるのだが、周りはそれを奇異なものと見る。県警の幹部とヒラの刑事が、始終つるんでいるのは、異例だ。

それにしても、どうやって帰ろうか。一礼して辞去した後、澤村は本気で今夜の足を心配し始めた。


同道する人間、なし。タクシーで家まで帰ると五千円か六千円になる。署の道場で、他の捜査員たちと雑魚寝《ざこね》するのも鬱陶《うっとう》しい——結局澤村は、署の近くにあるファミリーレストランに入り、数時間をうたた寝しながら過ごすことにした。その後、始発で一度家に帰り、着替えてから県警本部に顔を出す。それが一番金がかからないし、時間の節約にもなる。

入った瞬間、ここは真菜が勤めていた店だと気づく。嫌な気分になったが、引き返すのも気が引けた。がらがらの店内で、広い席についた途端に、横になってしまいたいという欲望に襲われる。客が少ないのだから、ソファで寝ていても文句は言われないのではないだろうか。しかし注文を取りにきたウェイトレスの名札を見た瞬間、一気に目が覚めてしまった。「笹岡《ささおか》」。他の刑事が事情聴取した相手で、真菜と勤務時間がよく重なっていた女性店員である。コーヒーを注文してから、澤村は切り出した。

「笹岡里美《さとみ》さん？」

「はい」

「さっき、警察から話を聴かれましたよね」澤村のメモにも名前が載っている。

「ええ」三十歳ぐらいに見える里美は、戸惑いを隠そうとしなかった。一晩に何度も警察官につきまとわれて……とでも思っているのだろう。

「申し訳ないけど、もう一回話を聴かせてもらえませんか」

「仕事中なんですけど」彼女がそっと目を逸《そ》らす。

「手間は取らせませんよ」そっと笑ってみせたが、それが彼女の緊張を緩和したかどうかは分からなかった。

「ちょっと、上に聞いてきます」渋々ながら里美が言った。

「申し訳ない」

彼女を送り出して、しばしばする目を擦《こす》った。外された、という感覚が消えないが、これでいいのだと自分を納得させようとする。難しい事件ではない。腕の振るいがいがないのだから、変に気合いを入れても仕方ないではないか。だったらどうして、この件に首を突っこもうとしている？　単なる好奇心、暇潰《ひまつぶ》しかもしれないが、それ以上の意味を持たせたかった。少なくとも朝になるまでは、自分はこの事件の担当と言えるのではないか。目を閉じ、じっと動かぬまま、里美を待った。

「お待たせしました」

コーヒーを持ってきた里美は、そのまま腰を下ろした。コの字型のソファで、澤村の向かいの位置。やや緊張しているように見えるが、固まってしまうほどではない。オレンジと白の制服は若々しい感じなのだが、間近で顔を見ると、ひどく疲れているのが分かった。

「今日は、何時からなんですか」

「十時です」

「じゃあ、まだ半分ぐらい?」

「そうですね。朝までは長いです」里美が疲れた笑みを浮かべる。

「夜の仕事は大変だ」

「でも、この時間に働くしかないんです」

「というと?」

「子どもを育てるには……夜の方が時給がいいですから」

「失礼ですけど、シングルマザー?」

「瘤《こぶ》つきの」

里美がようやく、リラックスした笑みを浮かべる。「瘤つき」の意味を訊《たず》ねる代わりに、澤村は首を傾げてみせた。

「母親が一緒に住んでるんです。女ばっかり、親子三代」里美が言いにくそうに説明した。

「ああ」

「母親も働いているんですけど、それだけじゃ間に合わなくて。母が昼間、私が夜働いて、何とかやってます」

「それは大変だ」

「刑事さんが大変だって思ってる以上に大変だと思いますよ。とにかく、子どもにあまり会えないのが辛《つら》いですね。夜勤が明けて家に帰ってから、小学校に送り出して……夜は一緒に食べますけど、寝顔を見ることはほとんどないですから」

「もしかしたら、真菜さんとは同じような立場だから親しくなったんですか？」

「同情し合って、というわけじゃないですけど」里美が肩をすくめる。「シングルマザーでも、事情はそれぞれ違いますから。私は夫を事故で亡くしてるんですけど、真菜はちょっと……相手がいい加減な男だったらしいんです」

「そうなんですか？」興味を惹《ひ》かれ、澤村はコーヒーカップを脇にどけて身を乗り出した。

「らしいですよ」里美がうなずく。「愚痴は、よく聞いてました。妊娠して結婚したんだけど、子どもが生まれた途端、態度が豹変《ひょうへん》したって。男の人で、先天的に子どもが苦手な人、いるでしょう」

「そうですね」たぶん、俺もだ。自分が子どもをあやしている姿など、想像もできない。

「その男がそういうタイプだったらしくて、子どもが生まれたら家に寄りつかなくなって……結局離婚したんだけど、真菜は大学も辞めていたし、実家にも頼れなくて、途方にくれて働き始めたんです」

「その話は聞いてます。昼はコンビニで……子どもさんの世話もしなくちゃいけないし、体力的にも大変ですよね」

「夜とか、一人にすることも多かったみたいで。危ないから、夜のバイトは辞めた方がいいよって忠告したんだけど、私の言うことになんか、耳を貸さなかったですね」

「そんなにお金に困っていた？」

「というより……」

里美が咳払いする。澤村は、「口をつけていないから」と水を勧めた。素早く頭を下げて、里美がグラスの水を一口含む。

「というより？」澤村は彼女の言葉を繰り返した。

「子どもと一緒にいたくなかったのかも」

「ああ……」澤村は、暗い気分が胃の底に沈みこむのを感じた。自分で産んでおきながら、子どもを嫌う母親もいる。まして、望んでいなかった子どもだったら……そういう気持ちが、他の男の存在が触媒になって虐待に結びつくのは、いかにもありそうな筋書きだ。

「普通、シングルマザーの話題って、子どものことばかりなんですよ。父親がいない分、どうしても生活の中心は子どもになりますから。でも真菜は、子どものことをほとんど話さなかったですね。私が自分の子どものことを話していても、全然乗ってこなくて。だから、自分の子どものこと、そんなに好きじゃないんだなって、直感で分かりました」

「つき合ってた男のことなんだけど……」

「進藤さんですか？」

「知ってるんですよね」そもそも進藤の名前は彼女の口から出たのだ、と分かっていて、念押しする。

「知ってます。ここにはよく来てましたから。ハンサムなんだけど、軽い感じの人で」

残念ながら澤村は、そのハンサムな顔を拝めなかった。記憶に残っているのは、深い首の傷だけである。

「それで、軽い調子で真菜さんに声をかけた？」

「男の人は声をかけたくなるんですよ、真菜には。彼女の顔、見ました？」

「履歴書の写真で。それでも十分、美人なのは分かりましたけどね」

「実際はもっと凄《すご》いですよ。存在感があるっていうか、オーラがあるっていうか。こんなこと言いたくないけど、真菜も私も、生活は最低レベルなんですよ。食べていくだけで精一杯で、身なりに構っている余裕もないし。でも真菜は、違ったんですよね。内面から滲《にじ》み出るものがあるっていうか……分かります?」

「何となく」写真でしか見ていないのだが、里美の説明に疑いを挟む余地はなかった。

「それも、普通の男の人だったら遠慮して声をかけられないような雰囲気なんですけど……進藤さんはそういうことに構わない人だったから」

「強引だったんだ」

「もしかしたら、馬鹿かも」軽い調子で言ったが、里美の口調は真剣だった。「あんな人じゃ、真菜には釣り合わなかったと思いますよ……ごめんなさい、死んだ人の悪口、言っちゃって」

澤村はゆっくりと首を横に振った。何となくだが、誰に話を聴いても、進藤に関しては悪口しか出てこないような気がする。里美が水をもう一口飲み、身を乗り出した。かすれた低い声で訊ねる。

「真菜が進藤さんを殺したんですか?」

「それはまだ分からない」ほぼ確実だが、ここでそれを口にするわけにはいかなかった。

「迂闊《うかつ》に噂を広めないようにお願いします」

「そんなつもり、ないですけど」釘《くぎ》を刺されたのが気に食わないようで、里美が頬を膨らませる。三十歳、と見た年齢を、澤村は下方修正した。疲れが顔に年輪を刻んでしまっているだけで、表情にはかすかに幼さが残っている。

「失礼」咳払《せきばら》いしてコーヒーを一口飲む。ひどく酸っぱかったが、里美にクレームをつける気にはなれなかった。「真菜さんは、進藤さんのことについて何か言ってましたか？」

「何も」里美が首を振る。「私は、真剣だと思ってましたけど」

「どうして？」

「軽い気持ちでつき合ってるだけなら、いろいろ喋《しゃべ》りますよ。本気だと、あまり言わない……言いふらしてると、駄目になるような気がするから」

「そんなものですか？」

「澤村さん、独身ですか？」

「ええ」

「じゃあ、分からないかも」里美がくすりと笑う。客が殺され、同僚が容疑者として疑われている状況には相応《ふさわ》しくない、毒気のない笑みだった。「真菜にとって進藤さんは、この状況から引っ張り出してくれる救世主だったかもしれない」

「お金さえあれば」

「それと、ちゃんと父親になってくれれば」里美が調子を合わせた。「でも、真菜、ちょっと零《こぼ》したことがあったんです。子どもが懐いてくれないって」

「そうですか」それは、進藤が子どもを嫌いだということの裏返しではないか、と澤村は思った。嫌いだと態度で示し続ければ、子どもは本能的に察知して近づかなくなるだろう。

「二人は、上手《うま》くいかないと思ってましたか？」

「そんなこと、分かりませんよ」驚いたように里美が目を見開く。「でも……そうですね。思ってたかな。真菜と進藤さんじゃ、釣り合わないし。真菜の場合、もっとお金を持ってる素敵な人がお似合いですよ。こんなところで働いていたんじゃ、そういう出会いは簡単にはないけど」自然な仕草で手首を返し、腕時計を見る。「あの、そろそろいいですか？　あまり長くなると……」

「結構です。引き止めて申し訳なかったですね」澤村は深く一礼し、里美を解放した。

一人になり、この悲劇についてゆっくり考えようとした。ミスマッチ、という言葉が頭に浮かぶ。真菜は、こんな状況にいてはいけない女だったのではないか。最初の結婚が引っかかる。十九歳で結婚したのは、妊娠の問題があったにせよ、相当焦っていたのではないか。何をそんなに焦っていたのか……彼女の故郷を思う。おそらく、何もない、将来の展望も開けない街。そこを出てきたはいいが、長浦でも明日《あした》は見えなかったのかもしれない。そこに男が現れたら。

何かを託せる、自分を任せられると思ってしまったのか。

変な話だが、「もったいない」という感想が頭に浮かぶ。そんなことを考えてしまう自分が、少しだけ情けなかった。

仮眠を取って、という計画は午前三時に破綻《はたん》した。鳴り出した携帯電話の呼び出し音に、浅い眠りから一気に引きずり出される。慌てて立ち上がり、店の外に飛び出した。上着を置いてきてしまったので、シャツ一枚で寒さに震えながら話し始める。

「どこにいる？」前置き抜きでいきなり切り出してきたのは、澤村が所属する班の班長、長戸《ながと》だった。

「昨夜の現場の近くです。帰りそびれて……」

「殺しらしい」

「何ですって？」一気に目が覚める。何なんだ？　数時間のうちに二件の殺人事件。いかに長浦が事件の多い街であっても、これは異常事態だ。「どこですか」

「臨港町だ。マンションの一室で男が殺されている。後頭部に打撲痕《こん》。首には絞められた痕《あと》もある」

「強盗ですか？」

「まだ分からん」

「通報は？」

「隣の部屋からだ。異臭がして眠れないと一一〇番通報があって、所轄が調べて死体を発見した」

異臭か……寒い時期だから、死体から臭いが出始めるのにはそれなりに時間がかかる。まだ温かい死体ということはあるまい。それとも、部屋の暖房を消し忘れて、腐敗が進んでしまったのか。

「タクシーを使っていいから、すぐ現場に来てくれ」

長戸が詳しい住所を告げる。繁華街に近いな、と澤村は見当をつけた。

「三十分で行きます」この時間、タクシーは摑《つか》まるだろうかと考えながら電話を切り、澤村は店内に突進した。上着とバッグを引っ摑み、伝票を持ってレジに駆け寄る。里美が応対してくれたが、澤村の形相を見て顔を引き攣《つ》らせた。

「何かあったんですか?」

「今夜は人気者らしいんだ」

「また事件ですよね?」

無言で釣り銭を受け取り、一礼して駆け出す。申し訳ないが、君には話せないんだ、と思いながら。一晩に二件の殺人事件は、重過ぎる。

似たような光景の繰り返しだった。現場のワンルームマンションは、真菜の家と同じような造りである。向こうが静かな住宅街、こちらが繁華街に近い場所という違いはあるが、澤村は既視感を覚えていた。一人住まいの巣……自分の部屋も似たようなものだ。世帯数イコール人口に近い街、それが長浦である。

七階建てのワンルームマンションの二階。玄関前の廊下とベランダはブルーシートで覆われ、時折ストロボが閃《ひらめ》く。出遅れた、と思ったが、捜査の本番はこれからだろうと、自分を奮い立たせる。澤村は現場に入る前、マンションの周囲をぐるりと回った。午前三時半。まだ街は暗く、気温は上がらずに吐く息が白い。つい背筋が丸まってしまう。この辺りは繁華街が近く、午前二時ぐらいまでは人出が多いのだが、さすがにこの時刻は静かだった。今から午前六時ぐらいまでが、街が寝静まる短い時間帯だろう。しかし警察が動き出したせいか、物見高い野次馬がマンションを遠巻きにしている。大袈裟《おおげさ》な規制線と制服警官の存在のせいで近づけないが、何事かと背伸びしながらマンションを見守る姿は、どことなく滑稽《こっけい》だった。最近の事件現場ではお馴染《なじ》みの光景だが、携帯電話のカメラで様子を撮影している人間がいる。

規制線をくぐってマンションに近づく。今夜二度目になる谷口との出会いが待っていた。一課長の顔はげっそりしていたが、背筋はきちんと伸びている。背広とネクタイが変わっていないのは、仕方がないだろう。一度家へ帰ったもののすぐに呼び出され、新しいネクタイを締める暇もなかった、ということだ。

「こっちは長戸班に任せる」

「分かりました」

「被害者は大学生だ」

「もう、そこまで割れてるんですか？」

「そこから先が難しそうだぞ」

うなずき、エレベーターではなく階段を使って二階に上がる。部屋の前はブルーシートで覆われているが、非常用の照明が明るく現場を照らし出しており、眩《まぶ》しいほどだった。ドアが開けっ放しになっているところを見ると、現場は玄関か、そのすぐ近くらしい。長戸が、ラテックス製の手袋を外しながら出てきた。背は低いががっしりとした逆三角形の体も、今夜は少し萎《しぼ》んで見える。

「どうせ一一〇番するなら、朝にしてくれればいいのにな」疲労を誤魔化すための軽口を叩《たた》きながら、長戸がドアに向けて顎《あご》をしゃくった。「玄関を入ってすぐキッチンだ。仏さんはそこで倒れてる」

「絞殺、ですか」

「頭の傷もかなりの重傷だ」長戸が音を立てて、自分の後頭部を平手で叩いた。「致命傷はそれかもしれない」

澤村は一礼して彼をその場に残し、部屋に入った。予想していた通り、中はむっとするほど暑く、甘ったるい臭いが漂っている。犯人は被害者を殺した後、暖房を切り忘れたのだろう。この状態だと、異臭が漏れ出してもおかしくない。

廊下の片側には、作りつけのキッチン。遺体はシンクの前面に額をつけて、うずくまるような格好になっている。後頭部から流れ出した血が、グレイのトレーナーの背中を汚しているが、既に鉄錆《てつさび》色に変わっていた。首に残った扼殺痕《やくさつこん》も、はっきりと確認できる。赤黒く変色している状態を見る限り、かなり幅広い物で首を絞められたようだ。紐《ひも》状の物ではなく、おそらくタオルか何か。

鑑識課員の邪魔をしないように気をつけながら、遺体を確認した。後頭部の傷は血と組織片で汚れており、頭蓋骨《ずがいこつ》が見えるほど深い。ただし、面積的にはそれほど広くなかった。スパナやレンチなど、小さいが硬い凶器が使われたのではないだろうか。狭く深いダメージが脳に与えられた。

若い鑑識課員が、粘着性のローラーを床で転がしている。澤村は、溢《あふ》れる光の中で、一筋の黒い物体を見つけた。

「ちょっと、そこにローラーをかけてくれ」若い鑑識課員に指示する。

「そこってどこですか？」眼鏡の奥の目が、不機嫌そうに細くなる。

「遺体の後ろ。右足のすぐ側だ」

若い鑑識課員が、遺体に触れないよう、腕を伸ばしてローラーを動かす。すぐに何かに気づいて、外へ出て来ると、強い照明に翳《かざ》して、引っかけた物を確認した。

「何だった？」

「髪の毛みたいです。こんなもの、よく見えましたね」

少し悔しそうだった。床を舐《な》めるように見ていた自分が見つけられず、澤村に先回りされたのが癪《しゃく》に障るのだろう。しかしこれが、澤村の特技なのだ。視力も二・〇だが、それ以上に目が利く。他人が見落としてしまう物を見つけ出す観察眼には、自信があった。

「被害者のものですかね」鑑識課員が、遺体に向けて顎をしゃくる。殺された男は短髪だが、彼が灯《あか》りに翳したローラーには、長さ三十センチほどの毛が付着している。

だし」

「太さからすると、若い男の毛のように見えますけど。あまり手入れされてないみたい

「女じゃないかな」

「本人の髪の毛の可能性は？」

「まさか。被害者は、坊主みたいなものじゃないですか」

「長いのを短くしたのかもしれない。被害者、相当無精みたいだぜ」無精な人間は二つのタイプに分かれる。髪の毛を伸ばしっ放しにするか、洗髪も面倒で短くしてしまうか……澤村は、お世辞にも綺麗《きれい》とは言えない室内に目をやった。部屋から流れ出す異臭は、死体に特有の物だが、それ以外にも雑多な悪臭が混じっている。おそらく、片づけていない食べ物の臭いだ。

「髪の毛を調べれば、すぐに分かりますよ」鑑識課員は譲ろうとしなかった。

「それはいいけど、中の選《え》り分けは大変そうだな」

「そうですね」鑑識課員が溜息《ためいき》をつく。彼らが一番嫌うのは、こういう散らかった部屋だ。本物の証拠とガラクタの区別がつかない。

「おう、澤村」

部屋の奥から、ベテランの鑑識課員、武生《たけお》がのっそりと出て来た。眼鏡を外し、額に滲《にじ》んだ汗を現場服の袖口《そでぐち》で拭《ぬぐ》う。彼は極度の多汗症だし、これだけ部屋が暑いと、全身がぐっしょりになっているだろう。エアコンぐらい切ればいいのに、と澤村は思った。

「お疲れ様です。大変そうですね」

「一度全部外へぶちまけてから、選り分けたいよ。中は食い物のカスばかりなんだ。最近の若い奴は、皆こんな感じなのかね」

「だらしない人間は、年齢に関係なくいますよ」

「ま、俺も人のことは言えないがね」汗染みでスカイブルーの一部が濃紺になったキャップを脱ぎ、髪をかき上げる。キャップを被《かぶ》り直すと、左手を差し出した。「これ、どうだ？」

財布だった。澤村は、手袋をはめてから受け取り、中を改めた。現金は、一万円札が一枚に千円札が五枚。他にクレジットカードや銀行のキャッシュカードも入っていた。さらに免許証と学生証が見つかる。

氏原達人《たつと》、長浦市内にある大学の二年生。現在二十歳で、住所は間違いなくこのマンションだった。学生証の写真を見ると、やはり髪は短い。これがいつ撮られたのかは分からないが、ずっと坊主に近い髪型なのではないかと思える。となると、あの長髪は、この部屋に来た人間——犯人が落とした可能性が出てくる。

「財布が残ってるってことは、強盗じゃないでしょうね」

「たぶん、な。金庫も無事だし」

一瞬、沈黙の間が空いた。武生がむっとした表情で「冗談だよ」と告げる。「金庫なんか、ないから」

「分かってます。つまらないから笑わなかっただけですよ」

「相変わらずひでえ男だな、お前は」

「率直なだけです」

苦笑しながら、武生がキャップをもう一度被り直した。澤村の肩をぽん、と叩くと、踵《きびす》を返してまた部屋の奥に向かう。入れ替わるように、長戸がやって来た。

「被害者の免許証と学生証です」

「ああ」長戸が、澤村の手元を覗《のぞ》きこんだ。

「何で、最初から学生だと分かったんですか」

「通報してきたのが、このマンションに住んでる、同じ大学の学生さんでね。顔見知りだったんだ……それにしてもこいつ、ただの学生かね」

「どういう意味ですか？」

「何だか、ずいぶん入念に殺されてねえか？」

入念に、はひどい言い方だったが、長戸が言いたいことはすぐに理解できた。頭に一撃を食らい、その上で首を絞められている。相当恨みを持たれていたのではないだろうか。しかし、学生の住む世界は狭い。殺されるほど人に憎まれることなど、ほとんどないはずだ。実際、大学生が被害者になったり加害者になったりする殺人事件は、統計上無視していいほど少ない。

「強盗じゃないと考えていいでしょうね。金もカードも奪われていません」澤村は念押しをした。

「ああ。となると、怨恨《えんこん》か……」長戸が顎を撫《な》でた。こちらは取るものも取り敢《あ》えず現場に出て来た感じで、ネクタイも締めていないし、髭《ひげ》も剃《そ》っていない。元々髭が濃い男なので、顔の下半分が青黒くなっていた。「取り敢えず、近所の聞き込みから始めてくれ」

「分かりました」

聞き込みには最悪の条件だ。午前三時半、マンションの住人を叩き起こして回るのは気が引ける。しかしこれをやらないことには、捜査は始まらないのだ。ただし、証人は出てくるのではないかと、澤村は楽観視していた。狭いマンションの部屋での出来事である。人を殴りつけ、絞め殺したとなると、かなりの音がしたと考えられる。隣近所の人が聞いていた可能性は高い。

その予想は甘かった。臭いが漏れ出てきて我慢できなくなっての通報だったが、通報した本人でさえ、臭気以外の異常には気づかなかったのだ。他の住人も同じ。ワンルームマンションは、一部屋一部屋が防音性の高い繭《まゆ》であるという事実を、つい忘れがちになる。

午前四時半。全ての部屋をノックし、住人を全員叩き起こしたのに何の証言も得られず、澤村は疲れ切っていた。こんな風に疲労を背負《しょ》いこむことは滅多にない。普段は気疲れも肉体的な疲労も、気持ちで封じこめることができるのに。

マンションの外へ出る。驚いたことに、規制線の外にはまだ野次馬が何人かいた——いや、先ほどよりも増えているようである。こんな時間に、何かが起きるわけでもないのに。伸びをしたい気持ちを抑え、マンションの壁に背中を預けて、少しだけ目を閉じた。疲労感はピークに達しているが、ここで休むわけにはいかない。

目を開けると、規制線の外に見知った顔があった。野次馬ではない。捜査二課の刑事。名前は……末田だ。どうして捜査に関係ない二課の刑事がこんな場所にいる？　想像が走り出す前に、澤村は彼に向かって突進していた。

3

澤村の接近に気づき、末田が顔を強張《こわば》らせて踵を返した。走り出したが、トップスピードに乗る前に、澤村は二の腕をがっちりと摑《つか》んだ。暴れて腕を振り払おうとするのを無理に押さえたので、肩の古傷が疼《うず》き出す。

「二課の末田さんですよね」

末田がゆっくり振り向き、唇を歪《ゆが》めて吐き出した。

「一課の澤村か」

「こんなところで何してるんですか」

「たまたま通りかかってね」

「朝の四時半に？　ずいぶん早起きですね。それとも宵っ張りですか」

澤村は彼の目の中に、怯《おび》えのような色を見た。何か隠していると瞬時に判断し、腕を摑む手に力をこめる。末田が顔を歪め、必死で痛みに耐えた。

「何のつもりだ」

「何か隠してますね」

「馬鹿言うな」笑いながら反論したが、口調は強張っていた。「何で俺が、隠し事をする必要がある？」

「悪いけど、俺に捕まったのが運の尽きですよ」

「何言ってる」

末田の言動に、アルコールの影響は見られない。酔っていれば、この時間まで飲み歩いていたと言われても信じるのだが、それはあり得ない。ネクタイなしだがスーツという格好で、完全に素面《しらふ》の様子だ。

「惚《とぼ》けないで下さい。二課の刑事さんが、この時間にこんな場所にいるのはおかしいでしょう」

「仕事なんだ」

「ネタ元と会っていたとか？」澤村は目を細めた。この男なら、どこまで絞り上げても大丈夫だ、という予感がある。「違いますよね。二課の刑事さんが、そこまで仕事熱心だとは思えない」

「何だと――」末田の顔から血の気が引く。「お前、二課を馬鹿にしてるのか」

「いい加減にして下さい」盛大に溜息《ためいき》をついてやる。「何か知ってるなら、喋《しゃべ》った方がいいですよ」

瞬間、沈黙が二人の間に漂う。澤村には、根拠のない自信があった。怪しい物に対する直感といってもいい。

「分かったよ」末田が息を吐いた。「ちょっと、ここでは話せない」

「じゃあ、その辺の覆面パトで」

「あまり気乗りしないな……他に誰もいないだろうな」末田が素早く左右を見渡す。

「今のところは」話す気になっていると判断し、腕を摑んだ手の力を少しだけ緩める。末田は逃げ出す気配を見せなかった。近くに停まっているパトカーに末田を導く。後部座席に乗りこみ、すぐに切り出した。

「もしかしたら、被害者を知ってるんですか？　氏原達人」

「……ああ」低い声で認める。

「何者ですか」

「あんたらは、何者だと見てる？」

「今のところは、学生としか分かりませんね」

「それは、表の顔としては正しい」

「裏の顔は？」

「出し子だよ」

「振り込め詐欺ですか」おいおい——澤村は首を振った。とんだ大学生だ。本人は軽いアルバイトのつもりかもしれないが、出し子は立派な犯罪である。

「内偵してたんですか？」

「まあ、そんなところだ」

かなり深く調べていたのだと判断する。二課の連中の言う「そんなところ」を真に受けてはいけない。常に遠慮がちに言うのが、彼らの癖なのだ。そうやって、「大したことはない」と思いこませ、情報を自分たちだけで囲いこむ。

「逮捕寸前とか？」

「そこまではいってない」

「氏原に接触はしたんですか」

「……した」

それが何かの引き金になったのでは、と澤村は想像した。

「それで末田さんは、どうしてここにいたんですか」

「自分が接触したことのある人間が死んだら、気になるのは当然だろう」

「それだけですか」

「何が言いたい？」末田が目を細める。

「そっちこそ、言うべきことは自分から進んで言った方がいいんじゃないですか」

「馬鹿言うな。俺があいつを殺したとでも?」

「殺していない証拠はあるんですか」

末田があんぐりと口を開けた。ゆっくりと閉じながら、まじまじと澤村を見詰める。

「あんた、噂通りに強引な男だな」

「この程度で強引って言うんですか、二課は」

末田が力なく首を振る。十分ダメージを受けただろうと考え、澤村はギアを切り替えた。

「その、振り込め詐欺のグループについて、知っている限り教えて下さい」

「馬鹿言うな。まだ全容は分かってないんだ」

「知っている限りって言ったでしょう? 人の話をちゃんと聞いて下さい。被害者は、表向きはただの大学生だ。そっちの筋から何か情報が出てくるとは思えない。ただ、ヤバい商売に首を突っこんでいたとなったら、その線を追うのは当然じゃないですか。金の問題とか、いろいろあったはずです」

「しかし――」

「あなたが彼を泳がせている間に、こんなことになったかもしれないんですよ」澤村は脅しをかけた。

「言えることと言えないことがある」末田の顎《あご》が強張り、喉仏《のどぼとけ》が上下した。

「振り込め詐欺の捜査のことを気にしてるなら、もう手遅れです。諦《あきら》めて下さい。人が一人死んでいるんだから、そっちの捜査が優先ですよ。とにかく、分かっている限りで、関係者の名前を教えて下さい」

「俺から情報が出たことは言わないで――」

「そんな約束はできません」澤村は断言した。この期に及んで、まだ秘密を守ろうとしている。どうせ、立件できるかどうかも分からない事件ではないか。一方こっちは、目の前に死体があるのだ。一秒も待てない。「言うか言わないか、二つに一つです。あなたも刑事なら、殺しがどれだけ悪質な犯罪か、分かりますよね」

「俺の名前は出さないで欲しい」

「努力します」努力だけはな。胸の中でつぶやき、澤村は彼を睨《にら》みつけた。「とにかくさっさと吐いて、楽になった方がいいんじゃないですか」

末田はあっさり落ちた。予想していたことだったが、もう少し粘ってもいいのではないか、と澤村は逆に考えていた。こんなことでは、ネタ元との信頼関係も築けないだろう。

しかし、末田の口から出た名前は、間違いなく捜査に進展をもたらしそうだった。

「氏原達人が、振り込め詐欺の出し子をしていたという、かなり有力な情報がありま す」

異例の、朝六時からの捜査会議。この後、八時からもう一つの殺人事件の捜査会議が行われる予定を受けての、緊急措置だった。ほぼ徹夜、あるいは寝ていたところを叩《たた》き起こされた人間も多いので、何となく士気が上がらない中、澤村の爆弾が刑事たちの眠気を一気に吹き飛ばした。

「出所は？」谷口が突っこむ。

「今は言えません」これで一応、言わない努力はしたぞ、と澤村は末田の顔を思い浮かべた。

「間違いないか？」

「確度は高いと思います」

「よし、続けろ」

「課長……」横に座る長戸が、一瞬抵抗の姿勢を見せた。そんなあやふやな情報では動けないと、文句を言いたそうだった。

「構わん。他には？」谷口が先を急がせる。

「この振り込め詐欺グループですが、全容はまだはっきりしていません。他に割れているメンバーは、日向毅郎、二十二歳。氏原の大学の二年先輩でもあります」生年月日、住所と基礎データを告げた。

「大学の先輩後輩の関係で、振り込め詐欺を始めたのか？」谷口が眉《まゆ》を上げる。

「それはまだ分かりません。日向という男は、振り込め詐欺の本体グループの人間で、氏原はアルバイト的に出し子をやっていたようです」

「日向の所在は？」

「自宅は、今報告した通り、現場のすぐ近くです。しかし、家にはいませんでした」あの直後、かなりしつこくドアをノックしてみたのだ。居留守を使っているわけではなく、家にいないのは間違いない。

「よし。振り込め詐欺グループの中で、何かトラブルが起きたのかもしれん。この日向という男の所在確認、それと大学の方の人間関係の調査。当面、二方向で捜査を進める。澤村、流れがあるから、お前は日向を捜せ」谷口が、ぴしりと結論を出した。

無言でうなずき、着席する。会議室に微妙な空気が流れるのを、澤村は素早く感じ取った。自分と谷口の特殊な関係——一つの事件で生まれた、師弟関係とも言えるもの——を訝《いぶか》っている様子がありありと感じられる。しかし、そんなことには慣れっこだ。無視して腕組みをし、次の指示を待つ。谷口に代わって、長戸が捜査の割り振りをした。日向の捜索は、澤村と、所轄の今岡《いまおか》という若い刑事が担当。他の刑事たちは、近所と大学での聞き込みを命じられた。

長い一日になるな——散会して、刑事たちが出て行った会議室の中で、澤村は思い切り伸びをした。ファミレスのソファでうたた寝してしまったためか、肩の古傷が変な風に痛み、腕が伸び切らない。欠伸《あくび》を嚙《か》み殺したところで、谷口から声をかけられた。近くに人がいないのを確認して、そっと彼に近づく。ドアのところで、額を寄せるようにして谷口が切り出した。

「ネタの出所はどこだ」

黙っているつもりだったが、谷口には話しておいた方がいいだろう、と判断する。庁内の政治的な闘争に発展する可能性もある。

「二課です」

「二課？　振り込め詐欺を内偵中だったのか？」

さすがに話が早い。余計な説明をせずに済んだのでほっとして、話を続ける。

「氏原をマークしていた二課の刑事が、現場に来ていました。摑《つか》まえて話を聴いたら、状況が分かりました」

「誰だ？」

さすがに、名前を出すことは一瞬躊躇《ためら》った。しかし一度話してしまった以上、谷口には全てを打ち明けるべきだろう。

「末田という男なんですが」

「何だと」谷口の眉間《みけん》の皺《しわ》が深くなる。過去に、許しがたい因縁でもあったのだろうかと想像させるような剣幕だった。

「ご存じなんですか？」

「何かと悪い噂のある男だ。事件の関係者と不適切な形で接触がある、とかな」

「もしかしたら……」

澤村は親指と人指し指で丸を作った。金。谷口が素早くうなずく。

「あくまで噂だがな。ここの県警は、昔から悪い人間が多くて困る」

「ええ」過去の事件を思い出し、澤村は眉をひそめた。一年半前に捜査した、警察を辞めたばかりの人間が引き起こした連続殺人——澤村も谷口も、その騒動に巻きこまれた。辞職から数か月後の事件だったせいもあり、世間の見方はほとんど、「現職警官が起こした事件」だった。

「とにかく、いろいろと噂の多い男だ」谷口が繰り返し言って咳払《せきばら》いした。「ということは、この情報の確度も怪しいな」

「それも含めて調べます」

谷口が無言でうなずき、足早に去って行った。次の捜査会議がある。タフな男でなければ捜査一課長は務まらないな、と澤村は彼の背中を見送った。自分たちヒラの刑事は一つの現場を見ていればいいが、一課長は複数の現場を広く見渡し、場合によっては同時に複数の方針を決断しなければならない。難儀して眉間に皺を寄せる谷口を見る度に、これ以上出世せず、一生現場にいたいと思う。

「澤村さん」声をかけられ、振り向く。やけに体の大きな男が立っていた。

「今岡か」

今岡は、元々柔道の選手として県警に入って来た男だ。無差別級で活躍し、全日本選手権で優勝の経験もある。引退後は警察を辞め、指導者の道へ進むのではと誰もが思っていたのだが、予想に反して本人は県警に残り、刑事になった。体格——百八十五センチ、百キロ超——を見る限り、機動隊に配属した方がいい働きをしそうだが。どこにいても目立つので、澤村も顔だけは知っていた。
「いい用心棒になりそうだな」腹に軽くパンチを入れる。現役を退いて何年も経っているのに、固く引き締まっていた。

「任せて下さい」いかつい顔に笑みを浮かべる。それでなくても細い目は、さらに細く、二本の筋になってしまった。

「よし。じゃあ、まずは家を調べよう」

「二人で大丈夫ですか?」

「今のところは」

「本人がいなかったら、中に入るのはまずいですよね。任意ですから」

「その時はその時で考えよう」

今岡の顔に不安の色が過《よぎ》るのを澤村は見た。心配している。俺のことを何だと思っているのか——評判は聞いているはずで、一々確認する気にはなれなかった。

何度ノックしても、返事はない。本当に氏原を殺したとしたら、家に寄りつくはずがないだろう。二人の家は、直線距離にして百メートルも離れていないのだ。マンションのオーナーは、少し離れた場所に住んでおり、すぐには会って話を聴けない。二人揃ってオーナーの所に顔を出すのも無駄な気がした。

「オーナーの方は君に任せていいか?」車に戻ってすぐに訊《たず》ねる。

「二人で行かなくていいんですか」今岡が眉をひそめる。細い目に比して、眉はクレヨンで子どもが描いたように黒々と太かった。「決まりでは……」

「決まりなんか、どうでもいいんだよ。そっちは任せる。俺は大学の方に回ってみるから」他の刑事たちも行っているのだが、構うものか。どうしても自分を、この事件の中心に置きたかった。「俺は電車で行く。君は車で動いてくれ」

「いや、自分は歩きます」

「朝から渋滞に巻きこまれたくないんだ。何か分かったら連絡してくれ」

「分かりました」意外にあっさり引いて、今岡が車を出す。「じゃあ、駅まで送ります」

「頼む」

　ふと、後ろを振り向いて日向のマンションを見た。真菜や氏原のワンルームマンションと違い、普通の家族向けだ。大学生が一人で住むには広過ぎる——あるいは家賃が高過ぎるのではないか。それだけ、日向が振り込め詐欺で儲《もう》けていたということだろう。古いマンションで、一階部分は駐車場。

「オーナーに会ったら、日向が駐車場を契約していたかどうか、確認してくれ」

「車を割り出すんですね」

　体格に見合った太い声で今岡が応じる。澤村は少しだけ安心した。図体《ずうたい》がでかい、体力勝負だけの男だと思っていたのだが、刑事としての基本はできているようだ。

「ああ。本人の名義で車を持っているかどうか分からないからな。駐車場で当たった方が確実だ……頼むぞ」

通勤客で賑《にぎ》わい始めた駅前で車を降り、今岡と別れる。軽いラッシュに揉《も》まれながら、澤村は三十分ほどかけて日向の通う大学の最寄り駅に辿《たど》りついた。ここからさらに歩いて十五分ほど……ずいぶん遠い所に住んでいるな、と思った。学生は身軽だし、住むなら大学に近い部屋を選んで、通学時間を節約するのが普通ではないだろうか。澤村自身、学生時代は大学まで歩いて十分ほどのマンションに住んでいたし、多くの友人たちが同じようにしていた。日向が臨港町に住まねばならなかった理由――仕事絡みだろう、と想像がつく。自分の部屋か、あるいはあの近くにアジトを用意して、スタッフを使っていたのではないか。だとすると、相当大規模なビジネスだ。大学生一人でできるものではない。裏に誰か、恐らく暴力団関係者がいるのでは、と想像する。

寒気が渦巻く中、背中を丸めて急ぐ。途中二度、大学行きのバスに追い越された。駅からスクールバスのような形で出ているのか……満員のバスを羨《うらや》む視線を送りながら、澤村は歩くスピードをさらに上げた。緩い上り坂なので、脹脛《ふくらはぎ》に緊張が走る。

学生課で、澤村は他の刑事たちと一緒になった。あからさまに嫌な顔をされたが、無視して自分が前に出て話を進める。

日向の在籍はすぐに確認できた。応対してくれた学生課長が妙に気さくな男で、協力的だったのである。普通、大学はここまで警察に愛想良くしない。学園闘争が盛んだった数十年前は、それこそ警察は敵と見なされていた、と澤村は聞かされていた。警察と直接対峙《たいじ》していたのは学生だが、当局も学生には同情的な目を向けていたのか。いずれにせよ、四十年以上も昔の話で、いつまでも警察を白い目で見るのは馬鹿馬鹿しい、ということだろう。「捜査のために」の一言で、学生課長は迷いもなく日向のデータを出してくれた。

「どんな学生さんか、分かりますか」

「いやあ、さすがにそこまでは」

学生課長が、ほとんど髪のなくなった頭を撫《な》でる。澤村は彼の席の横に立ったまま、メモを広げて次の言葉を待った。

「でも、優秀だったみたいですよ。三年までに、ほとんどの単位を取り終えてますから。あとは、ゼミの方と卒論だけですね」

「そんなに簡単にできるものなんですか」十数年前の自分の学生時代を思い出し、澤村は首を捻《ひね》った。

「やる気があって優秀なら、難しくないですよ」

「だったらもう、就職も決まってたんでしょうね」

「いや」学生課長が首を捻る。「それは……就職の件はデータがないな」

「最近の学生さんなら、四年生になる頃にはもう決まってるんじゃないですか」

「それまでに決まらないと、逆に大変ですよ。ちょっと待って下さい、就職課に確認しますから」

学生課長が受話器を取り上げ、短縮ボタンを押した。相手と二言三言話し、受話器を耳に押し当てたまま、相手の答えを待つ。やがて向こうが話し出すと、眉《まゆ》を吊《つ》り上げながらメモを取った。かなり長い話になる。最後に、「そうか、ありがとう」と一言言って電話を切った。

「確認できましたか？」

「決まってない、というか、就職課としては把握してないですね」

「そんなこと、あるんですか」

「いや、普通は……ないです」学生課長の顔に困惑が広がる。「こういうご時世ですから、就職課も学生一人一人に接触して、進路を確認するんですよ。日向君に関しては、去年の十月に面談しているそうですけど、『ご心配なく』と返事された、という話で……」

「それはちょっと変じゃないですか？　就職はもう決まってるように聞こえますけど」

「ところが、就職先については何も言ってないようですね」学生課長が、ボールペンをデスクの上に転がした。「確かに何か変だな……もちろん、家業を継いだり、早々と今年の就職を諦《あきら》めて浪人を決める学生もいますけど、そういう感じでもない。それなら、そういう風に言うでしょうしね。隠すことでもないんだから」

「じゃあ、どういうことなんでしょう」あまりにも他人行儀な彼の態度に、少しだけかちんときた。

「それは何とも言えません」学生課長が肩をすくめる。「とにかく、うちの大学としては特に問題のない学生だった、としか言いようがないですね。単位を落としたわけでも留年したわけでもないし。就職のことは別ですが」

それが一番問題なんだ、と澤村は心の中で叫んだ。日向は、就職する必要がなかったに違いない。自分で既に、大金を動かす商売をしていたのだから、馬鹿馬鹿しくて、普通にサラリーマンなどやる気にはなれないだろう。

澤村は気に食わないが、二課の刑事の中には、詐欺師の才能を認める者もいる。人を騙《だま》すのはそれなりの能力が必要であり、時には切れ者に出会うこともあるのだ、と。日向もそういう人間の一人だったのかもしれない。それにしても馬鹿だ。高い能力があるなら、別の、もっと世の中の役に立つことに使うべきではないか。何人も人を使って振り込め詐欺のグループを運営していたとしたら、リーダーシップもあるだろう。それこそ、まっとうに起業するという選択肢もあったはずだ。

「サークル関係とかはどうですか？」

「うちの資料にはないですね。ということは、大学公認の運動部などには入っていないわけです」

「そうですか……」会話が途切れたタイミングで、澤村はメモを見返した。その瞬間、偶然の一致に突然気づく。いや、これは偶然なのだろうか。

日向の出身校は、真菜と一緒だった。東北の小さな街の、公立高校。学年も同じだ。

この二人は、どこかでつながっているのか？

澤村は県警本部に上がり——大学からは、捜査本部のある所轄に行くより近かった——電話作戦を開始した。捜査共助課経由で、二人の地元の警察と連絡を取り、背景を調べてもらうことにする。学校にも直接電話を入れ、二人の様子を聞き出そうとした。こちらはあまりきちんと対応してもらえず、有益な情報は得られなかったが。

そうこうしているうちに、今岡から電話が入ってきた。

「すみません、遅くなりました」

「大変だったのか？」壁の時計を見上げる。もう十時近い。別れてから三時間ほどが経っていた。

「オーナーが、その、かなりご高齢の方で……」

「記憶がはっきりしない？」

「まだらと言うんですかね。奥さんや不動産屋にも協力してもらって、ようやくいろいろ分かりました」

「教えてくれ」携帯電話を左耳に押し当てたまま、澤村は右手でボールペンを構えた。

「契約者は日向本人です。入居は一年前、正確には去年の一月十日。部屋の広さは2LDKで、家賃は月十五万円。駐車場も借りています。車種はベンツのCLS、ナンバーは……」

簡潔な報告を、澤村は次々とメモに落としていった。ベンツのCLS……ベンツといってもそれほど高くない車もあるが、これは間違いなく高級車だ。

「家賃その他は銀行引き落としで、これまで問題は一切ありません」

「よし」口座もチェックすること、と頭の中でメモする。「まず、車があるかどうか調べてくれ」

「もう調べました。ないですね」

「銀行の口座、洗えないだろうか。金の流れが見えれば、何か分かってくるかもしれない。もちろん、ああいう連中だから、全部現金で決済していた可能性もあるけど」

「分かりました。取り敢《あ》えずやってみます。それともう一つ、日向は近くに事務所を借りています。雑居ビルの一室ですが、同じ不動産屋を使っていました。契約は、今月末で切れる予定です」

「その不動産屋、何とも思わなかったのか？」澤村は顔をしかめた。どの程度の事務所かは分からないが、学生がそんな場所を借りに来ることに、疑問は持たなかったのだろうか。ＩＴ系の若い起業家だとでも思ったのか……この事務所は調べてみたい。

「他に何か、自分が知っておいた方がいいことはありますか？」

澤村は今岡の言い方が気に入った。「自分が知っておいた方がいいこと」。上手に自分を下に置く喋《しゃべ》り方は、上の人間からは受けがいいはずだ。可愛がられて、案外出世するのではないか、と想像する。

「昨夜のもう一件の事件、聞いたか？」

「子どもの虐待死の件ですか？」今岡が声を潜める。彼にすれば、男が滅多刺しにされたことより、子どもが凍死した事件の方が重いのだろう。

「ああ。事件現場の部屋を借りていた井沢真菜という女と日向は、高校の同級生だった」高校に電話をかけた際、三年生の時に二人が同じクラスにいた、ということだけは確認できていた。

「どういうことです？」落ち着いた今岡の声が裏返る。

「それは何とも言えないが……高校の同級生二人が絡んだ事件が、同じようなタイミングで起きている。偶然とは思えない」

「二人が共謀したんでしょうか」

「それは……ないと思うけどな」否定はしてみたものの、自信はなかった。偶然の一致と思われていたことが、実は必然だったという経験は、何度もしている。「現地の所轄には連絡を取った。何か拾ってくれるかもしれない」

「場合によっては、こっちから行った方がいいかもしれませんね」

「そうだな。いつでも動けるようにしておいてくれ」

「了解です」

今岡が勢いよく言って電話を切る。澤村はすぐに、日向の車の手配を流した。動き回っているとしたら、どこかで記録が残っている可能性もある。手配を済ませてから、澤村はデスクの受話器を取り上げた。捜査本部に詰めている長戸を呼び出し、状況を説明する。

「たまたまだな」長戸の判断は素っ気なかった。「高校の同級生というだけでは、関係は弱い」

「ただ、確実な接点ではありますよね」

「そこにあまりこだわるな。それより、氏原が何度か出入りしていたビルが見つかった」

長戸が言うより先に、澤村は、今岡が教えてくれたビルの名前と住所を告げた。途端に、長戸が不機嫌に沈黙する。

「……何で知ってる？」

「今岡が割り出してくれました。優秀ですね、あいつ」

「査定に盛りこむように、所轄の課長に言っておく。どうやらそのビルが、振り込め詐欺の本部みたいだな」

「ええ。何とか中を見られないですかね」

「現段階では任意だからな……振り込め詐欺の他のメンバーが分かっていれば、そいつらを立ち会わせることもできるんだが……はい？　ええ、澤村です」途中から、澤村との会話を無視して誰かと話し出す。「ちょっと待て。課長と代わる」

「谷口だ」声が弾んでいた。もう一つの捜査本部からこちらにとんぼ返りしてきたのか。

「はい」

「末田を絞れ」

「いいんですか？」

「あいつは、もっと情報を持っているはずだ。死ななければ何をしてもいい。全部吐かせろ」

無茶なことを……一課と二課はあまり仲がいいとは言えないが、これでは谷口は、二課に戦争をしかけようとしているようなものである。いや、あるいは二課も既に末田を見切ったと分かった上での命令か。

「今岡も使え」

「あいつが本気を出したら、本当に死ぬかもしれませんよ」末田は小柄な男だ。対して今岡は百キロ超級。払い腰でもかけられたら、あばらの一本や二本が折れるぐらいでは済まないだろう。

「死なない程度にやってくれ。何としても全部吐かせろ。吐いたら、殺してもいい」これほど無茶を言う谷口も初めてだった。

「……課長」

「事故に見せかけろ」

どうして谷口はこんなにむきになっているのだろうと不思議に思いながら、澤村は電話を切った。すぐに今岡に電話をして県警本部に呼び戻してから、今度は暴対課にいる同期の浅羽《あさば》に電話をかける。

「何か情報が欲しいなら、コーヒーを奢《おご》れよ」浅羽がいきなり切り出した。この男は度を超したコーヒー中毒で、味にも煩《うるさ》い。

「後払いで頼む。取り敢えず、すぐに教えて欲しいことがあるんだ」やることなすこと気に障ることが多い男なのだが、何故か県警内の情報に詳しい。

「何だよ……お前はいつもいきなりだな」面倒臭そうに非難する。

「二課の末田さんのことなんだが」

「その件は、電話では話せない」末田の名前が出た途端に、浅羽が声を潜めた。「ヤバい話なんだろう？」

「たぶん」

「だったら、外で会おう。そうだな……取り敢えず県警本部の前、道路を渡った向かいにコイン式の駐車場があるだろう？　そこに来いよ。飯でも食いに行こう」

そんな所にいたら、逆に目立つのではないか――県警の正面玄関を警戒している制服警官から、もろに見える場所だ。指摘しようと思ったが、浅羽は既に電話を切ってしまっていた。ほとんど隣の部屋にいるのに、わざわざ外で会わなければならない訳とは……谷口が、金に関する噂をほのめかしていたのを思い出す。あれは単なる噂ではなかったということか。クソ、どうしてこの県警には、腐った奴が多いんだ。

類は友を呼ぶ、という言葉が頭に浮かぶ、自分だけはそういう影響を絶対に受けまい、と今さらながら心に誓った。

自分で「飯でも」と言ったのに、浅羽はどこかの店へ行こうという気配を見せなかった。澤村の顔を見た瞬間、いきなり背中を見せて歩き出す。よほど人に見られたくないのだと判断し、十メートルほどの距離を置いて後を追う。浅羽は狭い一方通行の道を迷わず歩き、官庁街へ向かった。県庁所在地である長浦は、戦災の影響をほとんど受けず、明治時代に造られたモダンな洋風の建物がまだ残っている。旧税関や開港記念館などが、その代表だ。県庁周辺では、新しい建物もレンガを多用し、クラシカルなイメージで統一している。景観を守るための条例があるわけではないが、古い港町の良識というやつだ。一方、県庁から少し離れた海沿いにある県警本部は、そういう無言の約束事を一切無視した、コンクリートとガラスの塊である。機能的だが、味気ないことこの上ない。

ほどなく、道路の両脇に中華料理屋が向かい合わせに並ぶ場所に出た。県警本部詰めの連中からは、「ミニ中華街」と呼ばれる場所である。右側が本格的な中華料理をランチ時には安く食べさせる店。左側は餃子《ぎょうざ》とラーメンを中心にした、気さくで量が多い店だ。昼飯時には、どちらの店にも行列ができる。昼時の客の大半が警察官なので、「長浦で一番安全な地域」とジョークのネタにされている。

浅羽は左側の店の角を曲がり、保険会社の支店ビルの前で立ち止まった。自動販売機で缶コーヒーを買い、ビルの陰に隠れるようにして飲み始める。

「俺には？」

「呼び出したのはお前だろうが。このコーヒーだって、お前が奢るのが筋なんだぜ」

「缶コーヒーなんか飲んでると、コーヒー好きの看板に傷がつくぞ」

「どうでもいいよ」浅羽がひらひらと手を振った。「それより、何が聞きたい？」

澤村は無言で、親指と人指し指でマルを作った。唇を歪《ゆが》めながら、浅羽が素早くうなずく。肯定する仕草さえ、人に見られたくないようだった。

「結構有名な話だぜ。言ってみればゆすりだよ……って、俺のことをそんな目で見るな。俺がやってるわけじゃないんだから」

澤村は両手で思い切り顔を擦《こす》った。どんな目だ、と思ったが、自分でも気持ちが攻撃的になっているのは意識する。寒いのに掌《てのひら》に汗をかいているのが分かり、ジーンズの腿《もも》に擦りつけた。

「そんなに有名で、よく今まで処分されなかったな」

「すり抜けるのだけは上手《うま》いオッサンらしい」

「具体的な話なんだけど……昨夜の殺しの件、聞いたか？」

「どっちの殺しだよ。昨夜は、一課の皆さんは大忙しだっただろう」皮肉っぽく言って、浅羽がコーヒーの缶を手の中で回す。「お前が担当してるのは、臨港町の方か？」

「ああ」

「殺されたのは、振り込め詐欺の出し子だったたな。どうでもいい事件じゃないか。ワルが一人減っただけだろう」

「その振り込め詐欺の関係者から、末田が金を受け取っていたっていう話があるんだけどな」

「まあ……」浅羽が足下に視線を落とした。「噂じゃないよ」

「事実？」

「あのオッサン、上手いところに食いついたんじゃないか。見逃す代わりに金を受け取ってたらしい」

「ひどい話だな」澤村は思わず顔をしかめた。

「この県警には、もっとひどい話はいくらでもあった。これからもなくならないだろうな」

澤村は顎《あご》に力をこめてうなずいた。残念だが、浅羽の言葉は正鵠《せいこく》を射ている。いくら上層部が責任を取って辞めようが、職員の半分が辞令を受け取るような大異動を敢行しようが、何故か体質は変わらない。こうなると、「場の力」のような物があるのでは、と考えてしまう。

「具体的な金額は？」

「そこまでは分からないけど」

「監察の連中は、まだ動いてないだろうな」

「あそこはあそこで、他の件で忙しいんじゃないか？　うちの県警の監察は、日本で一番仕事してるらしいぜ」浅羽が強烈な皮肉をかました。「ところで、その件がどこでどう関係してくるんだ？」

「これから末田のオッサンを揺さぶるんだ。事件の関係者について、情報を握ってるはずだから」

浅羽が身震いする真似をした。

「殺さない程度にしろよ」

「一課長は、『死ななければ何をしてもいい』と言っていた。吐かせたら、殺してもいいそうだけど」

「それ、冗談だって分かってるよな？　本気にするなよ。あの人、お前に負けず劣らず、危ないところがあるから」

「分かってる」だからこそ、自分が目標とする刑事なのだ。

座る位置が逆になっただけで、立場は激変する。取調室のドアに向かって座った末田は落ち着かない様子で、視線をうろうろさせた。普段、刑事はドアを背にして座る。そうすることで、逃げ場がないと相手に思い知らせるのだ。今、末田は「閉じこめられた」感じを強くしているだろう。

「取り調べじゃないですよ」澤村は最初に、軽い調子で言った。「あくまで情報提供を依頼しているだけです。警察官として、当然協力してもらえますね」

末田が歯を食いしばり、顎に力が入った。肩が強張《こわば》っているのを見ると、デスクの下に潜りこませた両手を、きつく握り締めているのだろう。一方澤村も、怒りを抑えようとするあまり、頭痛を感じ始めていた。自分が、手段を選ばないタイプの刑事だということは分かっている。谷口という後ろ盾がなかったら、とうにどこかへ飛ばされていたかもしれない。だが、末田のようなクソ野郎とは根本的に違う。この男は、職権を利用して小遣い稼ぎをしていたのだ。長い刑事生活——最初に所轄で刑事になってから二十五年以上が経っている——のどこで、悪の道に足を踏み入れてしまったのか。

「日向から金を巻き上げていたでしょう」

確定した情報ではないが、思い切ってぶつけてみた。末田の顔色の変化から、当たりだった、と確信する。血の気が引き、右目の端がひくひくと痙攣《けいれん》し出した。

「その件については、今は追及しません。俺の仕事でもないですからね。それで、どうなんですか？　日向と氏原の関係は。大学の先輩後輩だそうですけど、そういう縁で日向がこの仕事に引っ張りこんだんですか」

「そういう細かい事情までは、俺は知らないんだ」

「だったら、知ってることを話して下さい」

「……奴らに目をつけ始めてから、三か月ぐらいになる」覚悟を決めたのか、末田が小声で話し始めた。一度言葉を切り、周囲を見回した。「この話、外へは漏れないな？」

「殺しに関する情報が欲しいだけです」澤村は論点をずらして答えた。こんなクソ野郎を許すわけにはいかないのだが、ここで押し問答をしていると答えが出てこない。安心させておいて、後で他の人間に追及される方が精神的なダメージも大きいだろう。どうせなら、監察の連中には、精神崩壊まで追いこんで欲しいものだ、と思った。「通常の捜査の一環として、ですか？」

「いや」末田が素早く唇を舐《な》める。

「どういうことですか」

「最初は日向の方から接触があったんだ。ずいぶん前に」

「どういう接触ですか」

「飯を食ったり……まあ、そういうことだ。向こうは、こっちの出方を知りたかったんだと思う」

こんな言い分で誤魔化せると思っていたら、この男は完全な馬鹿だ。日向との接触は、金を媒介にしたものだったに違いない。捜査を抑える、あるいは捜査情報を得るために、日向は賄賂《わいろ》を贈っていたのだろう。

「それで、どうして捜査を始めようと思ったんですか」

「目に余ったからな」

どこか自慢気に末田が言った。自分にも刑事としての義務感、正義感が残っているのだとでもアピールしたがっているようだった。馬鹿野郎が……澤村は黙って、デジカメを取り出した。殺された氏原の写真を再生し、彼に示す。末田の顔面が一気に蒼白《そうはく》になった。金絡みの犯罪ばかり捜査していて、死体などしばらく見てもいないのだろう。

「こいつは、誰に殺されたんですか」

「知らん」

「誰がやったと思いますか」少しだけ質問の幅を広げた。

「日向、だろうな」

「何か具体的なことは知っているんですか」

「氏原と日向は、このところ何度か会っていた。その件で俺は、氏原から相談も受けていた」

「殺されそうだって?」

「そこまで具体的な話じゃない」末田が首を振った。「ただ、日向が何か疑っているようだ、商売を畳むつもりらしい、と聞いた」

「警察の動きを察知したんですかね。あなたに賄賂を贈ったのも効かなかったと分かったら、日向もショックだったんじゃないかな」

「賄賂じゃない!」

慌てて身を乗り出したが、澤村が冷たい表情で撃退したので、ゆっくりと身を引く。澤村はジーンズの腿でそっと両手を拭《ぬぐ》ってから、追及を再開しようとした。その瞬間、ノックもなしに扉が開き、見知った巨体の男が飛びこんで来る。瞬時に、澤村は怒りが沸騰するのを感じた。橋詰真之《はしづめまさゆき》。県警情報統計官で、階級は警部。プロファイリングの専門家——と、県警の上層部は考えている。あるいは考えようとしている。いずれ専門部署を作るために、このポストが用意されたのだ。橋詰がアメリカへの留学経験を持ち、向こうで本場のプロファイリングを学んできたのは事実である。しかし澤村はプロファイリングそのものを信じていなかったし——あれは単なる統計であり、犯罪は統計から外れたところで起きるのだ——この男の度外れた変人ぶりには散々悩まされてきた。

「やあやあ、どうも」

緊迫した雰囲気を一気にぶち壊すような、能天気な声。殴りつけてやろうか、と澤村は拳《こぶし》を握りしめた。実際一度、顔の真ん中に渾身《こんしん》のパンチをお見舞いしたことがある。澤村が何の処分も受けなかったのは、橋詰の性格が県警内に知れ渡っているからだ。

「何の用ですか。あなたには関係ないでしょう」澤村は冷たい声で言い放った。

「どこにでも首を突っこめるのが、こっちの特権でね」空いていた椅子を引いてきて、澤村の斜め向かいに座る。巨体な上に、アフロヘア——しばらく見ないうちに直径が大きくなったようだ——なので、圧迫感が強烈だ。膨らんだ腹が邪魔をして、デスクに近づけない。この男は何だかんだとダイエットをしているのだが、成功したという話は聞いたことがない。ダイエットを考える人は、この男が試した方法を全て排除することから始めるべきだ。

「出てってくれませんか」

「そうはいかないね。これはなかなかサンプルが採れない、特異なケースなんだから。

是非、こちらのデータにつけ加えたい。それに、久しぶりに澤村先生にも会いたかったしね」にやりと笑ったが、愛嬌《あいきょう》の欠片《かけら》もない。どうあっても女性にはもてないタイプだ。

この男の処置にはいつも困る。プロファイリングが必要な時に、特捜本部に呼ばれて意見を披露することもあるのだが、残念なことに大抵の場合は外れている。それに加えて、常軌を逸した行動の数々。それでも放り出されないのは、既得権の問題があるからだ。橋詰に与えられた役目は、プロファイリングの専門部署を作るために、データの蓄積をすること。最先端理論を研究すること。そのためのポストを作り、予算を組んでしまったからには、簡単には潰《つぶ》せないのだ。作るのは簡単だが潰すのは難しい——日本社会に共通する常識である。その結果、どこの組織でも役職だけは増えていく。成果が問われることはまずない。

とにかくこの部屋から追い出したかったが、誰に文句を言えばいいか分からないのが困る。情報統計官は、刑事部長直轄のポストで、命令できるのは部長本人だけだ。しかし部長に電話をかけて「さっさと排除して下さい」と言うわけにもいかない。そもそも、澤村のようなヒラの刑事が部長に電話しようとしても、その手前、刑事総務課でブロックされるのがオチだろう。

「まあまあ、こっちは大人しくしてるから。黙って、汚職警官の顔でも観察してるよ」

「誰が汚職警官だ！」

末田が顔を紅潮させて激昂《げっこう》したが、橋詰はまったく取り合わなかった。巨大な顔を少しだけ動かして末田の顔を覗《のぞ》きこみ、太い肩をぐっと寄せる。いないことにしよう。この男の強烈な存在感を無視するのは至難の業だが、精神を集中すれば何とかなる。これは捜査の神様が自分に課した難局、試練なのだと自分に言い聞かせ、末田との会話に集中しようとした。

しかし、得られた情報は多くはなかった。日向の車の話、事務所の話……いずれも基礎的な情報は、こちらで押さえてある。一番知りたかった日向の行方に関する情報は何もない。唯一使えそうなのは、振り込め詐欺グループのメンバーの名前だった。

「全部分かってるわけじゃない。捜査の途中で、こんなことになっちまったからな」

末田が愚図愚図と言い訳するのを、澤村は白けた思いで聞いていた。単に仕事が遅かっただけじゃないか？　あるいは——唐突に橋詰が口を開く。

「末田さん、あんた、『膨らんだパン理論』って知ってますか」

「は？」末田がきょとんと目を見開いた。

「パン種って、最初は小さいでしょう。それが、一次発酵、二次発酵とどんどん大きく膨らむ。人間の行動もそれと同じでね、発酵する時間を経て、より大きくなる——エスカレーションするわけですよ。あんた、今、二次発酵の途中ぐらいなんじゃないの？」

「意味が分からん」末田が首を振る。得体の知れない橋詰の理論——よく自分勝手な理論を披露する——が、ダメージを与えているようだった。

「これまでいくら受け取ってきたか知らないけど、欲望が二次発酵で膨れ上がってるんですよ。捜査してるなんて言ってたけど、それは、連中を脅迫する材料を探ってたって意味じゃないの？　本末転倒だけど、それは仕方ないよね。人間の心理なんて、枠にはめることはできないんだから。あんたは、出来上がってます。後はオープンに入れれば、完璧《かんぺき》な悪徳警官の焼き上がりだ。まあ、最後は誰かに食べられちゃうんだけどね」

橋詰が、喉《のど》の奥で低い笑い声を上げた。末田の表情が引き攣《つ》る。だがそれは、図星を突かれて焦っているからではなく、橋詰の気味悪さに直面したからだ、と澤村には分かっていた。この男とつき合うのは疲れるし、基本的にその態度に慣れることもない。人間社会で普通に生きていくために、心理分析が必要なのはこの男の方ではないか、と澤村は思った。思っただけで忠告はしない。いつかどこかで失敗して、人間社会からこぼれ落ちて欲しいと密《ひそ》かに願っているから。

4

末田を一旦《いったん》解放し――当然監視はつけた――澤村は取調室で橋詰と相対した。何を言っても無駄だと分かっているが、やはり言わずにいられない。

「観察だけって言ったでしょう。余計な口出しはしないで欲しかったですね」

「そうかい？　オッサン、ビビってぺらぺら喋《しゃべ》ってたじゃないか」

「意味のない情報をね」澤村は肩をすくめた。恐怖に襲われると、そこから逃げるためにひたすら喋り続ける人間がいる。末田はまさにそのタイプだった。「もう、いいでしょう？　汚職警官の情報収集は済んだはずですよね。今後は首を突っこまないで下さい」

「うーん、しかしこれは、非常に興味を惹《ひ》かれる事件だからねえ」

橋詰がもじゃもじゃの頭に指を突っこむ。中から何か出てくるのではないか、と澤村は密かに恐れた。しかし、髪から引き抜いた彼の指は、宙を摑《つか》んでいるだけだった。

「何がそんなに面白いんですか」

「むしろ、澤村先生の見解を聞きたいね」

ソーセージのように太い指を、澤村に突きつける。腕が長いせいか、顔のすぐ近くに迫っていた。澤村は、腕を振ってその指を払いのける。溜息《ためいき》を一つついて、「振り込め詐欺グループ内での仲間割れでしょう」と短くまとめた。

「そうそう、その通り。問題は、そこから先なんだな」いきなり橋詰が立ち上がり、狭い取調室の中を行きつ戻りつし始めた。後ろ手を組み、これから講義でも始めようという気配。ホワイトボードがあったら、間違いなく何か——得体の知れない理論を書きつけ始めるところだ。「もう一件、事件があるね」

「俺は、そっちは担当してない」

「最初に現場に行ったでしょう。ひどかったみたいだねえ」

「殺人の現場は、どこでもひどいですよ。あなたはろくに知らないだろうけど」

「仰《おつしや》る通り」

橋詰が太い指を再び澤村に突きつける。へし折ってやりたいという欲求を何とか抑え、澤村は歯を食いしばった。

「問題は、二つの事件の関係者の関係だ」

誤解を招きそうなややこしい言い方だが、彼の言いたいことは理解できた。井沢真菜。日向毅郎。高校の同級生が、ほぼタイミングを同じくして、二つの事件に関係した可能性が高い。一見したところでは、まったく異質の事件だ。片や、虐待と男女関係のもつれに見える。もう一つは、振り込め詐欺グループという反社会的な組織内のトラブルと類推される。

しかし、どちらの事件にも、同じ高校に在籍していた人間が絡んでいた。

世の中には、まったくの偶然というのは非常に少ない。ほとんどの出来事が、必然的に起きるのだ。とはいえ、この重なりはあまりにも唐突過ぎる。二人の関係が分からない以上、何ともしようがないではないか。

「いずれ、犯人は捕まるだろうね。しかしこっちとしては、そんなことより背景に興味がある」

「だったら、犯人を早く捕まえるために、あなたも聞き込みでも何でも協力して下さい。捜査が終わったら、じっくり好きにすればいいでしょう」

「冗談言っちゃいけない。犯人を捕まえるのは、澤村先生たちの仕事でしょうが」

澤村はゆっくりと首を振った。全身の力が抜けていくようだった。この男はいつもこうである。他人と会話を同調させようとしない。自分の脳内で全ての理論を完結させ、押しつけてくるだけなのだ。コミュニケーションについてどう考えているのか、一度聞いてみたい――また、下らない持論を延々と押しつけてくるだけだろうが。

「とにかく、よろしく頼む。捕まえたら、取り調べに同席させてもらいたいんでね」

「書記役ならいいですよ」

「まさか」彼が首を振ると、アフロヘアがわさわさと揺れた。やはり、以前より大きく膨らんでいる。「そんなことで給料を貰《もら》ってるわけじゃないから」

訳の分からない理論をこねくり回し、かえって捜査を混乱させることで給料を貰っているのは問題ないのか。腹の底で毒づきながら、澤村は立ち上がった。

この男に対処する方法は一つしかない。会わないようにすることだ。

所轄の捜査本部に顔を出そうと庁舎を出た途端、携帯が鳴り出す。車の照会を頼んだ、交通捜査課の若い刑事だった。

「高速の通行記録が分かりました」興奮のせいか、声がひび割れている。

「よし」言ったものの、突っ立ったままではメモも取れない。澤村は慌ててその場にしゃがみこみ、膝《ひざ》の上で手帳を広げた。

「昨日の午後五時、東北道から首都高へ入ったところを、確認されています」

「東北からこっち方面へ来た？　逆じゃないのか」一瞬、澤村は混乱した。事件を起こしたなら、長浦を離れて東北方面へ逃げるのは自然である。しかしわざわざ、こちらへ向かって来たとは……もちろん、首都高を迂回《うかい》して、どこか全く別の方向へ逃げた可能性もあるが。

「いえ、間違いないです」若い刑事の興奮は消えなかった。「料金所で聞き込みができますけど、どうしますか？」

「それは是非やってもらいたいけど、ちゃんと上から筋を通すよ」

「割れる可能性は高いと思います」

「どうして」

「この容疑者――容疑者かどうかはともかく、日向という男はETCを使っていません。現金で払っています」

「料金所の係員が見ている、か」澤村は一瞬期待したものの、無理だろうと思い直した。ETCの利用者が多くなったとはいえ、まだ現金払いの人も少なくない。多くの車が通り過ぎる料金所で、一々ドライバーの顔を覚えている係員がいるとは思えなかった。

「車が目立ちますから。ベンツのCLSなんて、そんなに多くないですよ。長浦や東京ならともかく、東北方面から来る車だったら、特に……」

「分かった。正式に依頼する」若い後輩の熱意を挫《くじ》かないようにと、澤村は丁寧に言って電話を切った。切った瞬間にまた鳴り出す。今度は今岡だった。

「ホテルです」比較的冷静なイメージがあった今岡の声は、今回ばかりは興奮で甲高くなっていた。

「見つけたのか？」澤村も鼓動が高鳴るのを意識する。まだホテルにいるというなら、これから急襲して押さえればいい。

「いや、もうチェックアウトしてます……ただ、車が確認できてますから、間違いないですよ。それともう一点、女が一緒だったようです」

「女？」澤村はゆっくり立ち上がった。まさか……想像が当たった快感はなく、事態が面倒になりつつあるという認識で頭が一杯になった。「その女が何者かは……」

「それはまだ分かりません。これから調べます」

「分かった。俺も行くから現地で落ち合おう。ところで、井沢真菜の写真は持ってるか？」

「自分は持ってません」

「俺が持っていく」履歴書からのコピーだが、それでも人相を確認するぐらいには使えるだろう。「じゃあ、できるだけ早く」

「長浦駅前の『スターホテル』です。こっちは十分で行けます」

電話を切り、澤村は駆け出した。ここからだと最寄りの地下鉄で一本、十分もかからない。しかし駅まで歩いている時間が惜しく、県警前を走っているタクシーをすぐに摑まえた。「長浦駅東口のスターホテルまで」と告げる自分の声が弾むのを意識する。だがそれも一瞬で、あれこれ想像し始めると、不安が先に立つのだった。

その女が真菜だったら？

その女は真菜だった。ホテルのフロント係は、履歴書からコピーしてきた写真を見せると、日向に同道していた女性は真菜だったとあっさり言い切った。

チェックインで賑《にぎ》わう時間のロビーの一角、フロントを離れてソファで向き合いながら、澤村は次々と質問をぶつけた。

「チェックインは？」

「三日前です」

「その時、女は一緒だったんですか」

「いえ、チェックインはお一人で……昨日戻られた時、お連れ様がいらっしゃいました」

ずいぶんしっかりした記憶だ。だがそれ故、目の前にいる若いハンサムなフロント係が、こちらの話に合わせて記憶を改竄《かいざん》しているのでは、という疑念が浮かぶ。警察の機嫌を取るために、嘘をついてでも、こちらのシナリオに乗って演技してしまう人はいる。悪意はないのだが、後で修正するのが面倒だ。

「女性の服装はどうでしたか？」

一瞬、フロント係が黙りこむ。その間を利用して、澤村は彼の名札を読んだ。「本郷《ほんごう》」。

役に立つ情報が出てきたら、今後はこのホテルを贔屓《ひいき》にしよう。泊まる用事はないが、レストランぐらいは利用することがあるはずだ。

「腰まである、黒いダウンジャケットですね。あと、細身のジーンズを穿《は》いていました。裾《すそ》をブーツの中に入れて」

「どんな様子でした？」

「お疲れのようでしたが、あまり顔を上げなかったので、はっきりとは……」

「でも、間違いないんですね」澤村は彼の顔の前に、もう一度写真を掲げた。

「それは、間違いないです」本郷がやけに力強くうなずく。「こういう女性ですから、印象に残りますよね」

「分かりました。後でまた確認させていただくことがあるかもしれませんが、その時はよろしくお願いします」

一礼して立ち上がり、今岡に目配せして、ロビーの反対側にあるソファに腰を下ろした。殴り書きした手帳に視線を落とし、時間の流れを整理する。

三日前──十日の夜遅くにチェックイン。

十一日、昼過ぎにカードキーをフロントに預けて出発。その日は戻った記録がない。

十二日、夜になって車が戻り、日向はカードキーを受け取った。その日の深夜、再度車が動いたことは確認されているが、この時日向はキーをフロントに預けていない。日向は日付が変わって一時間ほどしてから、ホテルの駐車場に帰っている。

十三日、午前十一時にチェックアウト。

「クソ」澤村は手帳を拳《こぶし》で軽く叩《たた》いた。もう一歩だったのだ。もう少し早くこのホテルが割れていれば、日向を押さえることができた。ふと思いつき、今岡に声をかける。

「駐車場の監視カメラ、確認できないかどうか調べてくれ」

「分かりました」瞬時に事情を理解して、今岡が立ち上がる。チェックインの列に並ぶ人たちを巨体で蹴《け》散《ち》らすようにしながら、業務に戻っている本郷のところへ突進した。

本郷が思い切り顔を引き攣《つ》らせているのが、相当離れた場所にいる澤村からも見えた。

これで、本郷の記憶だけではなく真菜を確認できたとして……これからどうする？　あの二人の関係を探る？　あまり行きたいとも思わない雪国に、思いが飛んだ。

午後遅く、正式の捜査会議とは別に、谷口が数人の刑事を招集した。ざっくばらんに話し合うための臨時作戦会議で、谷口は時折こういうことをする。体面よりも実。しかし、会場になった所轄署の会議室に橋詰がいるのが、澤村の癇《かん》に障った。

「何か用ですか」思い切って声をかけると、橋詰がにやにや笑い、一方で谷口は苦虫を嚙《か》み潰《つぶ》したような表情を浮かべる。どうやら橋詰は、呼ばれたわけではないようだ。権限を利用してこの捜査に首を突っこむつもりらしい。プロファイリングはまだ研究段階であり、事件に関するデータが必要となれば、彼は個人の判断で捜査本部に出入りする権限を与えられているのだ。その運用規則に、「自由にアドバイスできる」という項目がないことを澤村は祈った。
「まあまあ、どうぞ先へ進めて下さい」
丁寧に、右手を差し出す仕草をする。もう一発ぐらい皮肉をぶつけてやりたかったが、彼に対しては効果がないと思い出し、疲れることはやめにした。
正式の捜査会議ではないので、話がしやすいよう、会議室の一角にテーブルを集めて着席する。谷口、長戸、澤村、今岡の他に、福住町の事件を担当する捜査本部からも人が来ている。初美も混じっていた。緊迫した、あるいは困惑した雰囲気。その中に橋詰がいるのが、どうにも気に入らない。
谷口が切り出した。
「時間軸を整理してくれ」
澤村が立ち上がり、ホワイトボードを引っ張ってきて、現在分かっている事実を次々に書き殴った。
10日夕〜夜、氏原殺害
10日夜、日向がスターホテルにチェックイン
11日、駐車場から出る
12日、ホテルに戻る。真菜が同行
13日、チェックアウト

そこまで書いて、監視カメラの映像から起こしてきた二人の画像を、ホワイトボードに張りつけた。画素は粗いが、日向がハンドルを握り、助手席に真菜がいるのは確認できる。その場にいる全員が、言葉を失っていた。

沈黙を破ったのは初美だった。

「こっちの現場ですが……二人の死亡推定時刻が絞りこめています。子どもの方が、十日午前四時から六時の間、男が午前七時から九時の間と推定されています」

澤村はうなずき、ホワイトボードの上方の空いたスペースにその事実を書きつける。改めて考えても、ひどい話だ。明け方、子どもが凍死。その直後に、男が殺されている。あの籠《かご》のように狭い部屋の中で、いったい何が起きていたのか。

「二人が会ったのは、十二日前後なんだな」谷口が確認する。

「それは分かりません。日向は十二日に東北方面から東京方面へ戻って来ていますが、二人がいつ会ったかはまだはっきりしません」説明しながら、二人が共謀して二つの事件を起こしたのでは、という可能性を検討する。目的は分からないが、一人よりも二人の方が確実、と考えたのかもしれない。だとしたら二人は、もっとずっと前——高校時代から知り合いで、昔から何かを企《たくら》んでいた可能性もある。何か——人を殺すこと？

「奇妙だな」谷口が腕組みをする。「日向は一度東北方面へ逃げて、その後こっちへ戻って来たわけか？　何のためだ」

「それはまだ、何とも」自分の台詞《せりふ》が歯痒《はがゆ》い。

「どこまで行ってたんだ？」

「分かりませんが、一つ気になるのは、日向と井沢真菜の出身地が、同じ街だということですね。東北道のインターチェンジからは離れていますけど、実家へ戻るのに高速を利用したのかもしれませんせん」

「人を殺してから、わざわざ実家へ戻る？　しかもその後でまた、長浦に舞い戻っているとしたら、意味不明だ」さすがの谷口も、澤村の推論に面食らったようだった。

「課長、それは『ブーメラン効果』と呼ばれています」橋詰が嬉《うれ》しそうに手を挙げ、説明を始める。谷口が制そうとしたが、無視して立ち上がり、早口でまくしたて始めた。

「放火犯は必ず現場に戻ると言われていますが、それは首尾よくいったかどうか、確認するためです。何かを燃やすことが目的ですから、きちんと燃えたかどうか確認しないと満足できない。これは性的な欲求不満と深い関係があり――」

「これは放火じゃない！」

澤村は平手をホワイトボードに叩きつけたが、橋詰は気にする様子もない。嬉々《きき》とした調子で続けた。

「性的な部分はともかく、殺しの犯人も同じです。ただしこの場合は、自分の成果を確認したいというよりも、まずい点がないか、警察に何か気づかれていないかが気になって、確認のために現場に戻るわけですよ。それを確かめて、安心するわけですな。別名、

『鍵《かぎ》を閉め忘れたかどうか気になる症候群』とも言われています」

「それは、あんたの独自理論だよな？」谷口が冷たく念押しする。

「今まで誰もまとめていないのが不思議ですねえ……こういうこと、よくありませんか？　家を出てしばらくすると、鍵を閉めたか、ガスの元栓を閉めたかどうかが気になって、家まで引き返すようなことが。それと同じ理屈です。現場に証拠を残していないか、気になって仕方がなくなる。だから日向も、わざわざ長浦に戻って来た」

「実家の方に何か用事があったのかもしれませんね」いい加減にしろ、と思いながら、澤村は谷口に向かって言った。「持ってこないといけないもの、それも親には頼めないようなものがあったとか」

「その線はあり得る。実家も調べた方がいいな」谷口がうなずき、手元の手帳に何か書きこんだ。

自説を無視され、橋詰がしょげ返って席につく。ざまあみろと思いながら、澤村はふとあることに気づいた。

「髪の毛だ」

「髪の毛、ですか？」初美が自分の髪に触れながら言った。

「そう、氏原の部屋に、本人の物じゃないらしい髪の毛が落ちていた。長さは三十センチほど」ホワイトボードに歩み寄り、ベンツのハンドルを握る日向の顔を確認する。短髪でないが、耳は完全に出ている程度の長さだ。一方真菜は、後ろで髪を縛っているぐらいで、短くはない。「井沢真菜の部屋から、彼女の頭髪は採取できているか？」

「と思いますけど」少しだけ不安そうに、初美が答える。

「DNA鑑定だ。もしかしたら、氏原の家に落ちていた髪の毛は、真菜の物かもしれない。照合すればすぐ分かる」

「それは想像が飛び過ぎだぞ」谷口が釘《くぎ》を刺す。

「考えられないことじゃありません。俺たちが知らないだけで、日向と真菜には何か接点があるかもしれない……真菜が日向に誘われて、氏原の死体を見たとか」

「まさか。何のために？」谷口の口調は強張《こわば》っている。

「分かりません」谷口の追及に対しては、澤村は首を振るしかなかったが、頭の中ではある考えが渦巻いている。血の誓約——自分の最大の秘密を見せ合うことで、二人の関係をより強いものにする。その理屈からすると、日向も真菜の部屋の遺体を見ているかもしれない。しかし、そんなことで本当に絆《きずな》が固くなるのか？　むしろ互いの弱点に噛みつき合うことで、身動きが取れなくなるだけではないだろうか。

「現状、日向が氏原殺害に関与している確証はない。しかし井沢真菜に関しては、容疑者とみなしていいだろう」谷口がまとめにかかった。「二人が一緒にいるなら、行方を捜すのが最優先だ。日向の車の捜索を強化」

電話の近くにいた初美が受話器を取り上げた。低い、きびきびした声で捜査共助課に連絡を取り始めるのを確認してから、谷口が続けた。

「日向の家と、契約していた事務所に関しては、捜索令状を取ろう」

「ちょっと無理があるんじゃないですか」澤村は異議を唱えた。「まだ容疑者と決まったわけじゃない」心証はかなり黒いのだが。

「いや、氏原殺しの関係者として、裁判官には説明する。令状は間違いなく出る」長年の経験から、確信を持っている様子だった。「それと澤村、末田の方はどうだ。どこまで喋《しゃべ》った」

澤村は、末田と日向の不適切な関係、それに最近の動きについて説明した。話が進むに連れ、谷口の眉《まゆ》の間隔がどんどん狭くなる。

「いずれ、殺す」物騒なことを平気で言って、澤村の報告を打ち切った。「澤村と今岡は、引き続き日向の周辺を捜査。長戸は令状の請求を頼む。永沢は緊急配備のチェックだ」

「それはやりますけど、井沢真菜の周辺も調べたいんですが……」

初美が遠慮がちに切り出す。谷口はしばし思案した末、初美の申し出を許可した。谷口にしては珍しいことだった。融通が利かない、自分が絶対の存在だと威張っているわけではなく、一度決めた方針を簡単には変えないのが、彼の原則なのだ。そうすることで、指揮官としての方針を示している。

「結構だ。その線で動いてくれ」

「ちょっといいですかね」

ニコニコしながら橋詰が切り出す。谷口の表情が険しいまま固まり、その場の空気も凍りついた。

「よくない」谷口がぴしりと言った。

「まあまあ、そう言わずにお聞き下さい」

眉間《みけん》に深い皺《しわ》を作ったまま、谷口が引き下がった。刑事部長肝煎《きもい》りで情報統計官のポストについている橋詰に対しては、正面切っての批判はタブーになっている。橋詰が立ち上がり、気取った仕草でホワイトボードの文字を消した。小指を立ててペンを握り、気取った動きで、「相互増幅理論」と書きつける。また始まったか……澤村は脚を組んで橋詰を睨《にら》みつけたが、いつものように、意に介する気配もない。

「何だ、それは」谷口が低い声で訊《たず》ねる。

「ご覧の通りです。ご説明するまでもないと思いますが、一応お話ししましょう」ペンを置き、ぱっと両手を広げた。「一足す一は？　澤村先生？」

「時間がないんですよ。言いたいことがあるならさっさと言って、帰って下さい」澤村の怒りは爆発寸前になっていた。

「幼稚園レベルの算数だけどなあ。素直に二って言ってもらえれば、話が上手《うま》く転がるのに……まあ、いいか」

ホワイトボードに「1＋1＝2」とつけ加える。

「普通はこれが常識ですな。純粋に数学的に考えれば、これ以外の答えはあり得ない。

ただし、この数字『1』が示す物が、概念ではなく人だとしたらどうか。例えば、犯罪者同士です。同じ犯罪の共犯者というわけではなく、別の罪を犯した人間がたまたま出会ったようなケース。このような場合、互いに悪影響を与え合って、暴走する可能性が捨て切れません。つまり、相互に悪意が増幅するわけです」

「そういうケースが過去にあったんですか？」澤村は訊ねた。

「こっちの手持ちのデータにはないね。そんな偶然、簡単にはあり得ないものだから。しかし、澤村先生、どう思う？　以前からの知り合いが、たまたま同じ時期に事件を起こした。そして偶然どこかで出会い、互いに事情を明かし合って、隠れているか逃亡するかしている……これは、面白いことじゃない。というより、暴走の行く先が読めない」

「過去にケースがないとしたら、あなたお得意のプロファイリングも通用しないじゃないですか」

「これは純粋に心理学的な問題でね。決して事件に限った話じゃないんだよ。似たような環境にいる人間がたまたま一緒になると、同情、共感、何でもいいけどそのような感情が動いて、一人で行動している時よりも大胆な行動に出る可能性がある。これは、過去のデータから明らかだ」

「で、どんな結果が？」馬鹿馬鹿しいと思う一方、澤村は彼の仮説に引き寄せられている自分に気づいた。

「心中。逆のパターンなら、さらにエスカレートして、次の犯行に取りかかる。あるいは大胆な逃亡」

「逃亡って、例えば」

「海外」橋詰がきっぱりと言い切った。「日向という男は、振り込め詐欺で、濡《ぬ》れ手に粟《あわ》の金を儲けてるんじゃないかな。だとしたら、儲けた金を使って、安全な海外へ逃亡しようと考えるのは不思議じゃない。そこに女が乗ったら？　どこかから舟を漕《こ》ぎ出して、二人で新天地目指して出発、というのはあり得ない話じゃない」

まさか、とつぶやこうとしたが、言葉が出てこなかった。橋詰の言うことを簡単に真に受けるわけにはいかないが、今の話は筋が通っている。絶望して心中……十分あり得る。金さえあれば、海外逃亡もリアルな想像だ。二人揃って銀行強盗をする、というのが一番考えにくい。

谷口の顔を見ると、いつもの表情――苦虫を嚙《か》み潰《つぶ》したような顔をしていた。しかしその目に、怒りだけではなく焦りの色が浮かんでいるのを、澤村は確かに見て取った。

5

末田は、刑事として決して無能ではなかった。その証拠に、振り込め詐欺グループのメンバーを、それなりに割り出していた。

そのうちの一人、高塚という男を、澤村はすぐに捕捉《ほそく》した。事務所のある繁華街のパチンコ店にいるところを発見し、強引に連れ出したのである。その際、今岡が大きな力を発揮したのは言うまでもない。さほど大柄ではない高塚は、今岡に対して何の抵抗もできなかった。パチンコ店の裏の路地――この繁華街にはやたらと路地がある――に連れこむ。今岡は高塚の背中をパチンコ店の壁に押しつけ、胸ぐらを絞り上げた。ナイロン製のフライトジャケットがよじれ、高塚の顔に苦悶《くもん》の表情が浮かぶ。

「痛めつけるなよ」

澤村の忠告に、高塚の唇が引き攣《つ》る。今岡がわずかに力を緩めると、高塚が大きく息を吐き、ようやく顔に血の気が戻った。

「何だよ、いきなり」

「俺たちは、お前をパクるつもりはない」

澤村の言葉を理解しきれない様子で、高塚が首を傾げた。

「俺たちは捜査一課だ。お前が人殺しをしていない限り、関係ない」

高塚の目の下がぴくぴくと動いた。ばれている、と分かったはずで、ここからどんな反応を示すか、澤村はジーンズのポケットに両の親指を突っこんだまま言葉を待った。反応がないので、仕方なく続ける。

「振り込め詐欺をやってるんだろう？　だけど俺は、そんなことに興味はない」

「じゃあ、何なんだよ」

「日向毅郎を知ってるな？　お前たちのリーダー」

「知らないな」

「知ってるよな」

　型通りの言葉のやり取りの後、澤村は高塚を睨みつけた。彼の肩をぽん、と叩《たた》き、今岡に目配せをする。彼がわずかに力を入れただけで、高塚の顔が瞬時に蒼白《そうはく》になった。完全にツボを押さえているな、と判断し、今度は今岡の顔を平手で撫《な》でるように叩く。

「痛めつけちゃ駄目だって言っただろう」

「こういういい加減な奴を見てると、何だかむかつくんですよ」

「それは俺も同じだけどな」澤村は高塚の頭を叩いた。「いつまでも適当なことを言ってると、どうなるか分からないぞ」

「刑事が脅すのかよ」不貞腐《ふてくさ》れて言ったが、澤村の目を見ようとしない。

「捜査のためなら、何でもするさ。で、どうなんだ？　日向毅郎のことは、知ってるだろう」

　かすかにうなずく。今岡がさらに手を緩めたので、高塚が深く溜息《ためいき》をついた。

「詳しくは知らないね」

「二年近く、一緒にやってたんじゃないのか」

「お互いのことは詮索《せんさく》しないのがルールでね。所詮、ネットで会った人間だし」

　澤村はうなずいた。最近の犯罪者は、しばしばネットを介して知り合う。裏バイトの掲示板などが、犯罪の温床だ。そう言えば以前、若いＯＬを共謀して殺した三人組が逮捕された事件があったが、この時も三人は、それぞれの本名すら知らなかった。

「発覚した時に、互いに影響が及ばないようにするためだな?」

「何だ、もう全部ばれてんじゃん」皮肉に言って、高塚が足下に唾《つば》を吐く。「警察も、馬鹿じゃないんだろう?」

「日向本人が、警察と接触してたからな」

「何だって」高塚の顔が怒りで蒼褪《あおざ》める。拳《こぶし》を振り上げようとしたが、すぐ前に今岡が立ちはだかっているので、腰の高さまで上がっただけだった。

「知らないのか?」澤村は鼻を鳴らした。「日向は、捜査二課の刑事と定期的に接触して、賄賂《わいろ》を贈っていた。これが何を意味するか、分かるだろう」

「野郎、自分だけ助かろうとしたのか?」

「いざという時、自分だけは見逃してもらおうと思ってたんだろうな。汚い奴だよ。そんな人間と一緒に仕事をしていて、何か怪しいと思わなかったか? それともあいつは天性の詐欺師で、そういう素振りも見せなかったのか?」

「気取った奴だからよ」高塚が吐き捨てる。「あいつは、自分は俺たちとは違うと思ってたんだ」

「どういうことだ?」

「奴はさ、悪いことをしている意識が薄いんだよ。起業でもしたみたいに考えてたんじゃないか? よく演説をぶってたよ。チームとはかくあるべし、とかね。馬鹿馬鹿しい……ドラッカーとか真面目に読んでた口だね、あれは」

「だけど、リーダーとしては優秀だったんじゃないか？　ずいぶん儲けたんだろう。二年で、どれぐらい騙《だま》し取ったんだ？」

「知らないね。奴がCEO兼CFOだったんだから」

「最高経営責任者にして最高財務責任者か。難しい言葉、知ってるじゃないか」

わざとらしく笑ってやると、高塚も皮肉な笑みを浮かべる。

「奴に教わったんだ。これが悪いことじゃなければ、本当に会社の経営でもしてるつもりだったんだろうな」

悪の意識が薄い？　人が悪に足を踏み入れる時には、様々なパターンがある。周りに悪い人間がいて、知らぬ間にその道に入ってしまう人間がいる一方、脅されて無理矢理引きずりこまれる人間がいる。日向のような人間が、一番扱いにくい。おそらくあの男は、自分がやっていることが犯罪だという意識もなかったのではないか。それこそ、新手のビジネスに乗り出した、という程度に思っていたのかもしれない。

カジュアルな犯罪者？

「日向は学生だろう？　何でこんなことを始めたんだ」

「スカウトされたらしいよ。奴も、最初はそんなにワルじゃなかったんだろうな。それを言えば俺も同じだけど」怒りのせいか、高塚の口調は滑らかになってきた。

「日向は誰に引きこまれた？」

「さあ、ね」

澤村は高塚の頰を軽く張った。軽いつもりだったが、やけに甲高い音が響き、驚いたように高塚が目を見開く。

「こういうの、ヤバイんじゃないの？　暴力つきの取り調べなんか、許されないぜ」顔を背け、アスファルトに唾を吐いた。

「これは取り調べじゃない。俺はただ情報が欲しいだけだ。何だったら、殴られましたって訴え出てみるか？　誰に言う？　弁護士か？　自分の立場をどう説明するんだ」

「汚ねえ……」

「それは承知の上だ。俺は分かってやってるんだから、まだましだと思えよ。で、日向は誰にスカウトされたんだ？」

「本多とかいう男だ」

「やっぱり知ってるじゃないか……お互いに詮索しないとか言ってるくせに、結構日向のことを調べてるな」

「自分の身を守るためだよ」

「逆に、日向もお前のことをよく知ってるだろうな。個人情報なんか、丸裸にされてると思った方がいい」

「別に問題ないよ。もう会わないし」

「詐欺はやめたのか」

「こんなこと、いつまでも続けられる訳、ないだろう」

澤村は一気に本題に入った。

「お前らが出し子で使っていた氏原という男が殺されたのは、知ってるな？」

「新聞で読んだよ」高塚が目を背ける。

「新聞に出る前から知ってたんじゃないか？　もっとはっきり言えば、氏原殺しにはお前も絡んでたんじゃないか？」

「冗談じゃない。あれは日向が一人でやったんだ」高塚の顔から、一気に血の気が引いた。

「そうか」かかった、と澤村はにやりとした。「あいつが殺したって、知ってるのか」

「いや、それは……そうじゃなくて、日向と氏原が金の問題でトラブってたのは、何となく聞いてたし。日向がやったとしか考えられないだろう」

「推測じゃなくて、本当はもっと詳しく知ってるんじゃないか？　なんだったら、取調室でじっくり話を聴いてもいいんだぞ。お前は共犯かもしれないしな」

「冗談じゃない」

「だったら、ここで全部話すんだな」澤村はポン、と彼の肩を小突いた。「その方が、俺たちも手間が省けていい。今、留置場は満杯なんだ。お前みたいなクソッタレを突っこんでおく余裕はないんだよ」

本多は、案外あっさりと面会を承諾した。指定してきたのは、臨港町の繁華街から少し離れたビルの二階にあるクラブ。まだ午後で、営業時間になっていないことを考えると、自分の影響力を見せびらかすためのパフォーマンスだろう。俺が一声かければ、自由にならないことはない——非常に限定された地域での、限定された力。

客が誰もいないのに、個室に通された。店員が一人だけ、カウンターの中に陣取っていたが、その目に怯《おび》えが走るのを澤村は見逃さなかった。早く終わって欲しい、あるいは別の場所でやって欲しいと、心から願っている。

本多は、高塚より何枚も上手だった。まず、百八十センチ近い長身で上半身もがっしりしているため、今岡の肉体的な脅しが通用しない。警察とやり取りするのにも慣れているようだった。高塚の口からその名前が出た後で、すぐに前歴照会をした結果、逮捕歴がないことは分かっていたが……何度も殴られ、その度に壊れた記録が、顔に歴然と残っている。こういうタイプはいるものだ。物心ついた頃から常にトラブルに巻きこまれ、腕一つで難局を乗り切って次第に力をつけてきたタイプ。あるいはしっかりした後ろ盾がいるか、だ。この辺りだと、地元の暴力団の一親会《いっしんかい》か。

本多が煙草に火を点《つ》け、澤村たちなど存在しないように、平然と煙を吹き出した。狭い個室が、すぐに煙で白くなる。煙の向こうから目を細めてこちらを見ているのは、澤村たちを値踏みしているのだ。

「で、ご用件は」

「日向毅郎を知ってるな」

「まあね」

「あんたの手下か？」

「そういうわけじゃない。ビジネスパートナーになる予定の男、という感じかな」

本多が名刺をテーブルに置いた。今岡が巨体を折り曲げるようにして、拾い上げる。澤村に渡し、肩書きを確認した。「有限会社　アダージョ　代表取締役」とある。

「具体的な仕事は？」名刺を指で弾《はじ》いてやる。

「店を何軒かやってる。風俗関係もあるけど、許認可関係は何も問題ないからな」

「警察の適当な部署に金を摑《つか》ませているからか？」

本多が薄《うっす》らと笑みを浮かべた。煙草を灰皿に置き、足を組んで膝《ひざ》の上に手を乗せる。

「あんた、そういうことを調べてるわけじゃないだろう？　そもそも、そういう事実はないし。で、日向がどうかしたのか」

「人を殺したかもしれない」

「それはそれは」首を振りながら、本多が煙草を取り上げる。「あいつが、乱暴なことをするタイプだとは思わなかったな」

「あまり驚いていないように見えるな」この男が指示したのか、と突拍子もない考えが頭に浮かぶ。

「世の中、どんなことでも起こり得るからね。一々驚いてちゃ、心臓が持たない」本多が肩をすくめた。真冬なのに薄いTシャツ一枚で、盛り上がった肩と腕の筋肉を誇張している。

「奴が振り込め詐欺をやってたのは知ってるな？　お前が指示したのか」

「黒幕扱いかい？」面白そうに言って、本多が再び煙草を灰皿に置く。「そんなことはない、と言っておこうかな。それで問題ないだろう？　あんたたち、詐欺の捜査をしているわけじゃないだろう」

「場合によっては、調べることになるかもしれない。その時はあんたにも、きっちり話を聴くことになるだろうな。日向はビジネスパートナーなんだな？」

「今は違う」本多が乾いた笑い声を上げる。「奴には、春から店を任せる予定になってるんだ」

「まともな店なのか」

「警察に目をつけられるような店じゃない。そんなことは、調べればすぐに分かるだろう……それより、知りたいのは日向のことじゃないのか」

「ああ」

「奴が殺しを？」

「その可能性がある」

「あいつは野心が過ぎるんだよ」また煙草を取り上げ——指に挟んでおくのが嫌いなのかもしれない——組んでいた足を解《ほど》いて、だらしなくソファに腰かけ直した。

「野心？」

「俺の後釜《あとがま》を狙ってたのは、分かってたんだよ。目を見れば一発で分かる」本多が自分の両目を指差した。「そういうのを上手《うま》く隠しておかないと、駄目なんだけどな」

「普通の大学生の考えじゃないな」

「居場所がないんじゃないかな、あいつには。ずっと浮いてるような感じを持ってたんだと思う。優秀だよ。打てば響く反応の良さもあるし、記憶力もいい。その気になれば、何をやっても成功できるタイプだけど、普通の仕事じゃつまらないとでも思ってたのかね」

大都会・長浦で暮らす孤独な若者の姿を、澤村は思い浮かべた。高校でも大学でも、優秀なのに友だちができないタイプ。おそらく、抱いているのは違和感だ。自分は他の人間と何か違う。しかし、その差異が理解できない。説明できない。こういう人間は、若いうちはしばしば非行に走るのだが、日向の場合、逮捕歴も補導歴もないことは分かっていた。普通の、優等生の仮面を被《かぶ》って大学へ進み、そこで悪の道に目覚めたか……。

「ああいうタイプは、他の人間と違うことをやりたくて仕方がないんだ。自分の能力を証明したいんだろうな」

「それで、振り込め詐欺の仕事を紹介したのか？」

「今の話は一般論だぜ」本多が平然と打ち消した。「言葉尻《じり》を捉《とら》えないで欲しいね」

この男は場慣れしている。ここでさらに突っこんでも、のらりくらりとかわされるだけだろうと思い、澤村は話題を変えた。

「井沢真菜という女を知らないか」

「井沢真菜？　聞いたことがないな」本多は真顔だった。

「今、日向と一緒にいる可能性が高いんだが」

「そりゃ驚いたね」本多が目を見開く。本気で驚いているように見えた。「奴は、女っ気はないと思ってたけどな。別に、ゲイってわけじゃないだろうけど……その気になったら風俗へ行くタイプだ。その方が、後腐れがないからな」

「女と一緒に逃げるようなタイプじゃない？」

「女が一緒だと、何かとリスクがでかくなるじゃないか」そんなことも分からないのかと言いたげに、本多が肩をすくめる。「足を引っ張るからな、女は」

「高校の同級生なんだ」

「あの、田舎のね」本多が鼻を鳴らす。「奴、自分の田舎を徹底して嫌ってたからな。いつも冷静な男なんだけど、一度その話をした時に、本気で怒り出したことがあった。この俺でさえ、びびったね」

「向こうで何かあったのか？」

「知らないな。黒歴史ってやつじゃないか？　人に話したくないことぐらい、誰にでもあるだろう」

澤村は首を振った。高校時代までの日向が何をしていたか……それに、嫌っていた田舎に立ち寄った可能性があるのも気になる。切羽詰まって、逃亡先に郷里を選ぶ可能性もないではない。

「日向が逃亡しようとしたら、誰に頼る？　あんたか？」

「俺はそんな話は一言も聞いてない。それに、逃亡するってことは、俺を裏切ることにもなるんだぜ。一緒に仕事を始める約束を反故《ほご》にするわけだから。逃げるとしたら、別の人間に頼るだろうな」

「例えば」

「そうねえ」本多が顎《あご》を撫《な》でる。何か知っているのは明らかだった。「俺も、あいつの交友関係を全部知ってるわけじゃないし」

「知ってる範囲でいいから、教えてくれ」

「只《ただ》で？」

「只で。当然だ」

おうむ返しにして、反応を待つ。本多の顔には薄らと笑みが張りついたままだったが、それが少しずつ薄れてきた。澤村の隣に座る今岡が、いつの間にかぐっと身を乗り出し、無言で本多に圧力をかけている。

「あんた、捜査一課の人だって言ったよな」本多が澤村の名刺を手に取る。

「ああ」

「殺しの捜査が仕事なわけだ」

「そうだ」

「だったら、俺には用はないよな」

「あんたが人を殺さない限りは」

「俺は、そんなことはしない」本多が肩をすくめた。「警察との関係は、ないに越したことはないしな。今後も、そうありたい。そういう風にしてもらえるかな」

「俺は、あんたが何をしようが、興味はない」保護を、あるいは無視を求めているわけか。この男が、何か裏の商売をしている――風俗関係を通じて暴力団ともつながっているはずだ――のは間違いない。そういう人間は、いずれ一課が面倒を見る可能性も高いのだ。それに自分が何もしなくても、興味を持つ人間はいるだろう。浅羽とか。あの男なら、喜んで本多を丸裸にするだろう。

だが、俺がやるわけではない。嘘はついていないな、と自問する。問題なし。もっとも、こんな男に、こちらから義理を通す必要はないのだが。沈黙の間に、本多が「この男は自分に手を出さない」と勘違いしてくれることを祈った。

「で、日向が頼るとしたら誰だ？」

本多が一人の人間の名前を挙げた。どこか不機嫌そうな顔つきである。

「こいつは、中国人の間でも顔が広い。信じられるか？ 元々外大で中国語をやってた奴らしいぜ。それが流れ流れて、長浦で……まあ、そんなことはどうでもいいけど」

「日向とはどういう関係なんだ」

「詳しくは知らんが、何度か接触してるのは間違いないな」本多が、右手の親指と人指し指を擦《こす》り合わせた。「金さえ払えば、何でもやる男だよ」

「逃亡の手助けとか？」

「あり得るね。こいつは何でも屋のクズ野郎だ。日向の奴も、たっぷり搾り取られてるんじゃないか」

「分かった。そいつはどこで捕まる？」

「それは分からないな。事務所を持ってるわけでもないし、四六時中動き回っている。俺が知ってるのは携帯の番号だけだ」

「それで十分だ」

本多が携帯電話を取り出し、あっさりと番号を告げた。妙に協力的なのが気になったが、ここで今、話題にすべきことではないだろう。

「あんたらは、お互いに詮索《せんさく》し合わないのかと思ってたよ」

「日向はそんなことを言ってたな。振り込め詐欺をやってる連中とも、必要以上には話をしないってよ。だけど奴は、自分が使ってる人間のことは徹底して調べたはずだぜ。変な人間が混じってると、仕事が危なくなるからな」

「あんたも同じだろう？」澤村は本多の顔を指差した。「日向の身辺は徹底的に調べてるはずだよな？　危ない男と、ビジネスだか何だかを一緒にやれるはずがない。だから、日向が普段どんな人間とつき合ってるかも分かってる」

「その件については、これ以上言うつもりはない。そろそろいいか？　あんまり長く刑事と一緒にいると、蕁麻疹《じんましん》になるんだ」

「それは俺も一緒だ。クズ野郎といると、アレルギーの反応が出る」

本多の目元がひくひくと動いた。だがこの男には、怒りを露骨にぶちまけないだけの用心深さがあった。

悪の世界で、案外長生きするのではないか、と澤村は思った。

落合という男は、簡単には捕まらなかった。「四六時中動き回っている」という本多の話は本当のようである。この男が本当に日向の逃亡を手伝っているとすれば——今のところ、確証はまったくない——どうしても捕まえなければならない。一種のブローカーなのだろうが、金で動くタイプの人間は、基本的に脅しに弱いのだ。少し揺さぶれば、すぐに屈するはずだという計算があった。

夕方近くになり、一度捜査本部に戻ろうかと思った。もう少し人手が必要だが、その辺は長戸に相談しなければならない。今岡にそう告げようとした瞬間、携帯電話が鳴り出した。初美だった。雑踏の騒音を避けるために、ビルとビルの細い隙間に入ってから電話に出る。

「井沢真菜の前の旦那《だんな》と会えますよ」

「君一人で行く気か？」

「まさか。だから、澤村さんを誘ったんです。話、聴きたくないですか？」

頭の中で様々な要素を考えた。会っておいてもいい。真菜を良く知る人物なのは間違いないし、何か情報を知っている可能性もある。この件で独断で動いても、谷口なら見逃してくれるだろう、という甘えもあった。

「分かった。どこに何時に行けばいい？」

「三十分後、長浦駅前のホテルで会う約束なんですけど、大丈夫ですか？」

「ホテル？」

「勤め先には来てもらいたくないようですね」

それはそうだろう。刑事が会社まで押しかけたら……同僚に知られたらまずい、と考えるのが普通だ。

「分かった。ロビーで落ち合おう」ホテルの名前を聞いてから、澤村は電話を切った。じっと待っていた今岡に告げる。

「落合の捜索、続けてくれ。必要なら、そっちに人を割り振るように長戸さんに交渉するんだ。俺は、井沢真菜の前の旦那に話を聴いてくる」

「分かりました」

今岡がすぐに駆け出して行った。その背中を見送りながら、今岡の正義感、義務感に思いを馳《は》せる。この男はまだ、髪の毛ほども傷ついていないのではないか。素直で反応のいい態度がその証拠だ。一方、自分は多くの引っ掻《か》き傷や切り傷を負っている。最初は鏡のように滑らかだったのに、今は自分の顔を映すことすらできまい。刑事は誰でも、いずれそうなる。避け得ないことなのだ。

この男は真菜には不釣り合いだな、と澤村は思った。ルックスはいい。すっきりした今風の顔立ちで、女の子に声をかければ、かなり高い確率でナンパに成功するだろう。だが、どこか薄っぺらい。二十代のサラリーマンとしてごく普通の格好――細身のスーツに、先が尖《とが》ったやけに長い靴――で、どういうわけか仕事ができそうには見えなかった。ただし、要領はよさそうだ。

見た目だけの印象だぞ、と澤村は自分を戒める。自分だって、いつもジーンズだ。動きやすいようにと考えてのことなのだが――現場では汚れることも多いし――こういう格好に顔をしかめる上司も少なくない。澤村から見れば、くたびれた背広によれよれのシャツ、ネクタイをきちんと締めていない一部の上司たちの方が、よほどだらしないのだが。

「真菜のことですよね」

蘆田《あしだ》光司《こうじ》が切り出した。生臭い話をするにはそぐわない、ホテル一階の喫茶店。天井まである窓ガラスのせいで、冬の陽射しが増幅されて中に入りこんでいるようでもあった。三人の前にはコーヒー。メニューの中でこれが一番安いのだが、刑事総務課の連中は、伝票を見て嫌な顔をするだろうな、と澤村は思った。

「あなたは今、どうしているんですか？　離婚してから、別の人と結婚した？」初美が尖った口調で訊《たず》ねる。既に手帳とボールペンを構えて臨戦態勢だ。何故か口調は攻撃的である。

「いや、結婚なんてね……」蘆田が顔をしかめる。「今は一人です」

「真菜さんと結婚したのは、ずいぶん若い時でしたよね」

「俺が二十四ですから……若くもないでしょう」

「真菜さんは十九歳になったばかりでしたよ」

「別に、悪いことじゃないでしょう。法的に問題があるわけでもないし」蘆田が反論したが、言葉に力がない。急に声を潜めて訊ねた。「あの、真菜がどうかしたんですか？」

「人を殺した、かもしれない。あなたの子どもを」

告げてから、蘆田は取り乱すのではないかと澤村は思った。殺された子どもの名前は、マスコミにはまだ伏せている。蘆田はこの事実自体を初めて聞くはずだが、態度にほとんど変化はなかった。「そうですか」と短く言って、溜息《ためいき》をついただけである。

「それだけ？」澤村はテーブルに両手をついて、ぐっと身を乗り出した。冷たい大理石の感触が意識を尖らせる。「あなたの子どもでしょう」

「だけど、別れてるし」何を責められているのか分からないといった調子で、蘆田が首を傾げる。

「あなたの子どもでしょう」澤村はきつい調子で繰り返した。

「そんなこと言われても……好きで作った子どもじゃないから」

「そういうのを無責任って言うんですよ」初美が鋭く突っこんだ。ちらりと横顔を見ると、涙が盛り上がってこぼれ落ちそうになっている。「どういうことなんですか？　娘さんが殺されて……母親が犯人かもしれない。それなのに何とも思わないんですか？　あなたが離婚なんかしなければ、こんなことにはならなかったでしょう」

澤村は初美の腕に手を置いた。少しだけ声が大きく、周囲の注目を集めている。初美が肩を大きく上下させ、息を吐いた。落ち着け……澤村は話を引き取った。

「責任は、後でゆっくり考えればいい」

「俺には責任、ないですよ。離婚を言い出したのはあっちだし。勝手な話なんだ」

「何で離婚することになったんですか」

「そりゃあ、子どもなんかがいると……分からないですか？　俺の年で子どもがいても、邪魔になるだけなんだ。邪魔とか言ったら悪いかもしれないけど、自分の生活もちゃんとできていないのに、子どもなんかいたら滅茶苦茶《めちゃ》でしょう」

「でも、結婚はした？」

「仕方なくですよ、仕方なく。俺は別に、結婚なんかしなくてもよかったんだ。だけど、あっちが……」

「あなたには主体性がないんですか？」澤村もさすがに頭にきた。もしもこの男が犯人なら、取り押さえる際に、腕か脚の一本ぐらい折ってやりたい。

「主体性って……」戸惑いを隠そうともせず、蘆田が目を瞬《しばたた》かせた。「真菜は確かに、まあ、綺麗《きれい》ですよ。だけど、それだけだから。俺は最初から、結婚するつもりなんかなかったし。妊娠したのも、あいつに騙《だま》されたんだ」

「騙された？」

「今日は大丈夫だからって……そんな騙しに引っかかって、馬鹿みたいですよね。それでこっちの人生、狂ったんだから」

「どんな風に」

「それは……」蘆田が口を閉じる。言葉遊びだ、とすぐに分かった。子どもができた、結婚して家族を養っていかなければならないという事実を、受け入れられなかっただけに違いない。要するに、ガキだ。そういうことになったら、普通の男は覚悟ができるのに。

「真菜さんとは、最初から真剣にはつき合ってなかったんですか」

「何か違うんですよ、あいつ」

「何と比べて」

「他の女と。美人だけど、あいつの心の中は泥沼みたいなんだ。基本、ただの田舎者なのにさ、自分だけは特別の人間だと思ってる。そういう人間、いるでしょう？　ちょっと美人な女に多いタイプじゃないですか。勘違いしてるんですよ」

「ずいぶん悪く言いますね」

「むかつくことばかりだったから。俺を馬鹿にするんだ。稼ぎが少ないとか、覇気がないとか……要するに、自分は最高の人間で、夫もそれに見合うだけの人間じゃないと駄目だ、とか思ってたんじゃない？　あり得ないでしょう。大した女じゃないんだよ」

どこかで聞いたような話だ……そう、日向に対して、似たような評価がある。「他の人間と違うことをやりたくて仕方がないんだ。自分の能力を証明したいんだ」という本多の言葉が脳裏に蘇《よみがえ》った。これはつまり、日向は自分が他人よりも優れた人間だと信じている証拠ではないだろうか。高慢な人間同士が一緒にいる……橋詰の持ち出した怪しげな理論が、脳裏で渦を巻いた。マイナスとマイナスがぶつかり合ってプラスに転じるような、あるいは激しい化学反応が起きるような。二人の間でどんな会話が交わされているか、想像するとぞっとした。無事に逮捕できればいいが、さらに過激な犯行にでも走られたら……二人がぶつかり合って、自爆してくれればいいと、いつの間にか考えている自分に腹が立った。犯人を捕まえてこそ、警察。自滅を望んではいけない。

「真菜さんは、娘さんを可愛がってた？」

「さあ、よく知らないけど」蘆田が耳に触れた。「子どもが生まれてからは、ほとんど家に寄りつかなかったですから、俺」

「じゃあ、一緒に住んでいたのは？」

「短いですよ」しれっとした表情で、蘆田が指を折った。「ほんの何か月か、ですね」

「それじゃ、そもそも結婚した意味がないじゃないか」

「だから、結婚する気なんてなかったから。何とか断ろうとしたんだけど、あいつ、包丁で脅したんですよ？　それって犯罪にならないんですか」

真菜は何に執着していたのだろう。子ども？　それとも蘆田との結婚生活？　いずれにせよ、包丁を持ち出してまで脅すとは、尋常ではない。それで蘆田が結婚する気になったぐらいだから、真菜は本気だったのだろう。イエスの返事が貰《もら》えなかったら、本当に刺すつもりだったのだ。

「娘さんに対する真菜さんの態度は、どんな感じでした？」澤村は話を引き戻した。

「普通、かな。普通に可愛がってた。だけど、溺愛《できあい》って感じじゃないですよ」

とすると、真菜が執着していたのは蘆田自身か？　しかしこの男の態度を見る限り、真菜が「どうしても一緒に暮らしたい」と望む男とは思えない。真菜の態度も、そうではなかったようだ。

「結局、何で離婚したんですか」

「知りませんよ」鼻を鳴らして腕を組む。「訳が分からないんだ。こっちは家に寄りつかないで、電話にも出ないように息を凝らしてたんですよ。それで向こうは、会社にまで押しかけてくるんだから、何かおかしいでしょう？　弁護士でも頼んで何とかしなくちゃいけないかと思ってた矢先に、いきなり向こうから離婚を切り出してきたから、びっくりしましたよ。喜んで判子を押したけどね」

「理由は？」

「はっきり言わなかったけど、別の男でもできたんじゃないですか？　もっと面倒見のいい男が」

「それは推測ですか、事実ですか？」

「想像、です」蘆田が一音ずつ区切るように言葉を叩《たた》きつけた。「俺は、あいつのことなんか全然知らないから」

「真菜さんの部屋では、もう一人、男が殺されていました」

「え？」それまで軽い調子で喋《しゃべ》っていた蘆田の声が、急に低くなる。

「最近つき合っていた相手らしい。包丁で滅多刺しでした。それと、娘さんが殺されていた件との関係が、よく分からない。ちなみに娘さんは、凍死です」

「凍死？」事情が読めずに、蘆田が目を細めた。「それって、どういう……」

「二人で暮らしていくのに、娘さんが邪魔になったのかもしれない。ベランダに放置されていたようです。このところ、寒い日が続きましたからね……娘さんが亡くなった後で、男が殺されている。ひどい現場でしたよ、血塗《ちまみ》れで。俺も刑事になって十年以上になるけど、五本の指に入るひどい現場だった」

「だけど……」

「何が『だけど』か分かりませんけど、よかったですね」澤村の指摘に、蘆田が首を傾げる。「もしかしたら、全身を十数か所も刺されて殺されたのは、あなただったかもしれない。生きてるだけでも、感謝した方がいいんじゃないですか」

蘆田の顔が思い切り引き攣《つ》り、笑っているのか泣いているのか分からなくなってしまった。

6

「ずいぶん手ひどくやっつけましたね」蘆田と別れてホテルを出ると、初美が嬉《うれ》しそうに言った。

「ああいう奴は気に食わないんだ」真菜も。日向も。皆どこか、たがが緩んで、人生を舐《な》めているようにしか思えない。

「私も気に食わないですけど、あそこまで叩き潰《つぶ》すのは、やり過ぎじゃないんですか」

初美が表情を引き締める。

「俺に言われたことなんて、ここを出て三分もすれば忘れちまうよ。あれは、正真正銘の馬鹿だ」

苛立《いらだ》ちを発散させようと、澤村は両手を大きく広げた。長浦駅のすぐ近くにあるこのホテルは、目の前がバスとタクシーの発着場になっている。立っているだけで、冷たく汚れた空気が肺を満たすのを感じた。緩慢な自殺のようなものだが、それでも心の中で淀《よど》んだ嫌な空気が、少しは追い出されたような感じがする。

「これからどうしますか？」初美が腕時計を見た。

「取り敢えず、落合を捕まえないと……日向の車の手配も、上手くいってないようだな」何かあれば連絡が入るはずだ。「一度、捜査本部に戻ろうか。他の情報を仕入れたいし、今聴いた話も報告しないと」

「そうですね。どうせ近くですし……それより、捜査本部、一緒にしないんでしょうか」

「そういう手続きをやってる暇があるなら、さっさと事件を解決すればいい」澤村は、駅に向かって歩き出した。ここから臨港署へは、地下鉄を使うのが一番早い。振り返り、少し遅れて付いて来る初美に声をかける。「福住町の捜査本部に戻らなくていいのか？」

「いいんじゃないですか？　私は一つの事件と見てますし、どうせ後で情報は一本になるんだから」

「そうやって勝手に判断して歩いてると、後で痛い目に遭うぞ」

「澤村さんみたいに？」からかうように初美が言った。彼女は時々、生意気になる。

「俺は痛い目には遭っていない」

「本当にそう思ってるなら、かなり鈍いですね」

「痛みに敏感になっても仕方ないだろう。そういう仕事なんだから」

毎日、紙ヤスリで心を擦《こす》られるような日々なのだ。一々痛がっていては、その場から動けない。実体験から、間違いなくそれは言える。

「車の方は、今のところ何も引っかかってこない」長戸がぶっきらぼうに告げた。

「ガサの方はどうですか」少しがっかりしながら、澤村は訊《たず》ねた。

「まだ継続中だが、めぼしい物は出てないな。事務所にも自宅にも、まとまった金はない。特に事務所は、完全に片づけられていた」

「銀行はどうなんですか？」

「何もないと考えた方がいいだろうな。おそらく、今まで儲《もう》けた金は、全て現金で持っているはずだ。あるいは、銀行以外の場所に隠してあるか」

「それは危険です」

「他に保管方法がないんだろう。逃亡を考えているなら、まず現金がないと話にならない……それより、海外逃亡だとして、肝心の落合という男はまだ見つかっていない」

「クソ」本多が嘘を教えたのか……しかし彼が告げた携帯電話の番号は、確かに落合のものだった。もう少し本多を揺さぶって、情報を引っ張りだすべきだったかもしれない。

「落合というのは、外事の人間の間ではそれなりに有名らしい。中国人社会にネットワークを持っているようだ」

「外大で中国語を学んだそうですよ」

「阿呆《あほ》か」長戸が吐き捨てる。

「お気持ちは分かりますけど、落合を叩くなら、捕捉《ほそく》してからですよ」澤村はたしなめた。

「分かってる」苛立った口調で言って、長戸が拳《こぶし》をテーブルにうち下ろした。「澤村、お前も落合の確保に走れ。永沢も援護。向こうの捜査本部には俺から言っておく」

「分かりました」素直に反応して、初美が捜査本部を出て行く。

二人きりになったところで、澤村は切り出した。長戸は、澤村が知る限り、最も冷静な人間である。彼の判断を聞いておきたかった。

「二人はもう、日本にいない可能性もありますよね」

「ああ」

「どれぐらいの確率だと思います？」

長戸が黙りこむ。腕組みをし、顎《あご》に手を当てて、真剣な表情で床を睨《にら》んだ。澤村は、既に手遅れになっている可能性が高いと思っていた。世の中はいつの間にか監視社会になっている。車が動き回っていれば、どこかで必ず引っかかるものだ。既に日向はベンツをどこかに乗り捨て、別の手段で逃走を図っているのではないだろうか。

「動きます」

答えの出ない質問をしてしまったのに気づき、澤村は一礼して捜査本部を出た。廊下で、谷口とばったり出くわす。何を言っていいのか分からず、挨拶《あいさつ》だけして立ち去ろうとしたが、谷口が引き止めた。

「結局、どういう事件だと思う？」

「まだ分かりません」

「お前の観察眼を以《もっ》てしても、か」

「本人たちを見たわけじゃありませんから、まだ何とも」普通の事件は、現場を見れば色々と想像できる。だが今回は違った。

「感触でいい」今日の谷口は少しだけしつこかった。

「日向は――」言いかけて、澤村は口をつぐんだ。考え直し、何とか一言にまとめようとする。「野心は強い。能力もあると思います。でも、自分で想像、あるいは期待しているよりは小さな人間ではないかと」

「小悪党ということか」

「そういうわけでもないんですが……すみません、俺の知っている犯罪者の範疇《はんちゅう》にはいないタイプですね」

「井沢真菜は」

「居場所を見つけられない、という感じです。結婚したのも、行き当たりばったりだったんじゃないでしょうか」

「二人とも、似たようなところがあるな。同級生という共通点以外に……田舎が嫌いで飛び出してきた」

「そう、かもしれません」

「橋詰じゃないが、危険な状態であることに変わりはない。似た者同士が一緒にいると、悪影響を及ぼし合うことは確かにある。特に今回のような状況では、その危険性は高いんじゃないか」

「分かってます。一刻も早く、捕捉します」

「頼む……それと、氏原の家から見つかった髪の毛だがな」

「ええ」澤村は唾《つば》を呑《の》んだ。

「井沢真菜の物だった。井沢真菜の部屋でブラシから採取した髪の毛と、DNAが一致した」

「分かりました」予想した範囲内のことだ。素早く頭を下げて立ち去ろうとしたが、谷口はすぐには放してくれなかった。やはり、今日はしつこい。

「もう一つある」

「何ですか」少しだけ苛立ちが募った。普段の彼は、もう少してきぱきと、まず結論から口にするタイプだ。もったいぶった口ぶりとは無縁の男である。

「井沢真菜の部屋……あそこから採取した物の中に、やはり髪の毛があったんだが」

「ええ」嫌な予感が、一気に広がる。

「選《え》り分けるのに時間がかかったんだが、日向もあの部屋にいたようだ」

「日向が殺したんでしょうか」

「その可能性はある」

滅多刺し——言うのは簡単だが、実際にやるのは難しい。かなり力がいるし、抵抗もされるだろう。女性では、あんな風にできないのではないか、と澤村はずっと引っかかっていた。日向がやった、あるいは手伝ったとすると、筋がすっきりする。

「最初から共謀して、二人——三人を殺したのかもしれません」澤村はゆっくり喋《しゃべ》りながら、ストーリーを練った。「日向は、真菜が陥った面倒な状況から彼女を助けるために、男を殺した。真菜も同じかもしれません。日向は、振り込め詐欺のグループを畳んで、一応はまともな仕事に就こうとしていました。それを氏原が妨害したとしたら、邪魔者ということになります。自分の人生を左右しかねない存在ですから、思い切って排除してしまえ、という風にも考えるでしょう。それで真菜が手を貸した」

「二人で三件の殺人か」谷口が喉《のど》の奥で唸《うな》り声を上げた。「互いの手を血で染めた二人、だな」

谷口らしからぬ叙情的な表現に、澤村は警戒を強めた。こういう時、谷口は大抵不機嫌なのだ。何でも言い合える仲だが、八つ当たりされたらたまらない。今度こそ、澤村は走り出した。谷口は追ってこなかったし、声もかけてこなかったが、それでも彼の存在そのものが、大きなプレッシャーになっている。

落合の捜索は、予想外に難航した。外事では有名といっても、これまで一度も警察の捜査網には引っかかってこなかった人間である。住所までは割り出したものの、足取りがたどれない。澤村たちは、落合のマンションの前に集合し、今後の方針を話し合った。午後からずっと落合を追っていた今岡が、状況を説明する。

「奴の部屋は、ここの三〇二号室です」今岡が、道路を挟んだ向かいからマンションを見上げる。五階建て、道路に面して横に長い造りだ。大きさと部屋数を見る限り、一般の家族向けの賃貸物件だろう。「いないことは確認しています。ただ、電気のメーターは回ってますから、住んでいるのは間違いありません」

「他に立ち回り先は？」澤村は訊ねた。

「それは今、探っていますが……」今岡の口調は歯切れが悪い。

「中国人とコネクションがあると言ったな？　中華街の方はどうなんだ」

「まだ手をつけていません。すみません、自分、あの辺は不案内なもので」今岡が巨体を丸めるようにして恐縮した。

「分かった。気にするな」澤村もそれほど詳しいわけではない——長浦の中華街は全国的にも有名で大きな規模を誇るのだが、澤村は時折昼飯を食べに行く時ぐらいしか利用していなかった。「だけど、何かしら手がかりはあるはずだ。そっちに人を割り振ろう。このマンションは、監視下に置いた方がいい」

この場で最年長の澤村は、所轄の若い刑事二人に、マンションの監視を命じた。覆面パトカーが二台あるから、一台を監視用に使えばいい。残るメンバーは、澤村と今岡、初美。澤村は、もう一台の覆面パトカーに乗り、自らハンドルを握った。中華街での聞き込みが待っている。

落合のマンションは、山江町《やまえちょう》にある。中華街は、丘の上にある高級住宅街の花輪町《はなわちょう》を挟んで反対側だ。花輪町は、長浦の住宅街でもっとも地価の高い場所の一つで、古い広大な邸宅が建ち並んでいる。外国人の居住者も多い。他には、明治時代から続く教会と、港が一望できる公園があるぐらいだが、豪邸を見るだけでも歩き回る価値がある場所だ。ただし道路がごちゃごちゃしていて一方通行も多いので、澤村は花輪町を迂回《うかい》して、丘の麓《ふもと》の国道を走った。夕方のラッシュに巻きこまれ、車の動きは鈍い。

「すみません、落合が捕まらなくて」助手席に座った今岡が、恐縮しきって謝った。

「そう簡単にはいかないだろう。落合は、一種のブローカーなんじゃないか？　そういう人間は相当用心してるから、簡単には尻尾《しっぽ》を摑《つか》ませないさ」

「澤村さん、この事件、どこに行くんでしょうね」後部座席から、初美が訊《たず》ねた。不安というよりは、不満そうな口調である。

「さあ」

「今度は置いていかないで下さいよ」

「別に、一人で突っ走るつもりはないさ」

彼女が何を言っているのか、すぐに理解できた。以前、連続殺人犯と対峙《たいじ》した時、澤村は彼女をわざと外して現場に帯同しなかった。危険だったし、あの時自分は命令を無視して勝手に動いていたから、後から問題になる可能性が極めて高かった。自分より若い刑事を、面倒に巻きこむわけにはいかなかった。

「本当ですか？　何か、隠してません？」

「まさか。俺だって反省するよ」

実際あの一件以来、自分の判断で勝手に走り出す回数は減っていた。一歩間違えば死んでいた——そんな経験をして、なおかつ勝手に暴走して捜査を続けていたら、死の恐怖すら分からない馬鹿者ではないか。

「澤村さんが簡単に反省するとは思えませんけどね」

初美の皮肉には反応せず、澤村はぐっとアクセルを踏みこんだ。背中がシートに押しつけられ、道路と並走するJRの電車と競走するような形になった。今、澤村が感じているのは胸騒ぎだけ。二つの事件が一つにつながる可能性があり、しかも三人も死んでいるというのに、日向と真菜に対する怒りが湧いてこないのが謎だった。普通は、容疑者に対する怒りを糧に、突っ走るのだが……今回は何かが違う。確かに走ってはいるのだが、間違ったギアを選んでしまったような違和感が消えない。エンジンの回転数が上がらないのに、惰性でスピードだけは上がっているような。

クソ、こんなことじゃ駄目だ。

澤村は、電車を追い越そうかというスピードまでアクセルを踏み続けた。前の車のテールランプが間近に迫ってきて、慌ててブレーキを踏みこむ。

空回り。

俺は空回りしている。

中国人とのつながりを求め、澤村は中華街で聞き込みを続けた。しかし、簡単には表に出てこない関係のようで、名前を出しても反応は皆無だった。これは、本格的に外事の力を借りるしかないかもしれない——弱気になりながら、多くの店が閉まる十時過ぎまで捜索を続けたが、何の手がかりも得られなかった。

捜査会議には間に合わないと、長戸に事前に告げておいた。マンションの前で張りこんでいる刑事たちと連絡を取り合ったが、やはり落合は帰って来ていない。こちらの動きを察知して、捕まらないように動き回っているのか、あるいは何かやることがあるのか。今のところは、張り込み組の粘りに期待するしかない。

捜査本部へ戻る途中、澤村の頭にふと別の考えが浮かんだ。地元だ。二人の地元へ行かなければ。日向は数日前にそちらに立ち寄っていた可能性が高いし、二人の過去を知ることで、現在につながる手がかりが得られるかもしれない。現地の県警には捜査依頼を出していたが、ろくな報告はなかった。しかし、何もないのに現地に向かうわけには……一人で動こう、と決めた。この事件は、普通とは何かが違う。ルールに従っているだけでは、解決できないような気がした。

それに澤村の勘は、二人が故郷に立ち寄る可能性がある、と告げていた。あそこに、二人が捨てたはずの故郷に、何かがあるはずだ。

報告を終え、残っていた他の刑事たちと情報交換をしてから、澤村は捜査本部を出た。午後十一時。やけに胸がざわめく。長戸からの指示は、「明日《あした》も引き続き、落合の捜索を続行」だったが、無視する腹は固まっていた。いずれ連絡するつもりだったが、その時には既に、引き返せない場所まで行っていないといけない。

自宅へ戻り、久しぶりにシャワーを浴びて一息ついた。道路地図を取り出し、二人の故郷への行き方を確認する。首都高で都心を抜けて、そのまま東北道。途中で高速を乗り換え、片道四時間というところだろうか。ただ、この時期は雪が心配だ。携帯電話で、明日の東北地方の天気を確認する。降雪確率九十パーセント。そういえば今年は、例年になく雪が多い、と聞いていた。自分の車はノーマルタイヤだから、話にならない。どこかから覆面パトカーを駆り出すしかないか……携帯電話の画面を見ながらぼんやりと考えていると、いきなり鳴り出したので、取り落としそうになる。慌てて握り締め、着信を確認すると橋詰だった。あの男は……妙に馴《な》れ馴れしい。どうも澤村を友人だと思っている節があるのだが、一度手ひどく殴られたことを忘れているのだろうか。

「興味深い。非常に興味深い」

挨拶《あいさつ》もなしに、いきなり切り出す。そのまま電話を切ってやろうかと思ったが、彼の叫んだ言葉の末尾が耳に入ってしまった。

「――行くから」

「どこへですか？」

「あの二人、哀れな逃亡者の故郷に決まってるじゃないか。いいかね、二十歳を過ぎたとはいっても、二人はまだ子どものようなものだ。心理状態、育ち方を調べるのは、現在の彼らを知る最高の方法になる。それで、澤村先生には運転手を頼みたいんだが」

「冗談じゃない。何で俺が、あなたの運転手をしなくちゃいけないんですか。そんなことを押しつけるつもりなら、切りますよ」

「ああ、待った、待った」橋詰が急に真面目な調子になる。「一人で行ってもいいんだが、道中長いからな。途中で運転を交代してくれる人間がいると助かる」

「あなたが車を出すんですか」

「県警の車を使うわけにはいかないだろう。大丈夫、問題ない。休暇も取った」

馬鹿な……だが、一瞬で考えは変わった。橋詰はいい隠れ蓑《みの》になる。明日の朝、長戸に電話を入れて、「橋詰に無理矢理連れ出された」と言えばいい。現地へ着いたら、この男と離れて自由に動けばいいのだ。この男が現地で何をしようが、こっちには関係ない。

「だったら、午前三時発にしましょう」

「ああ？」橋詰が疑わしげな声を上げた。「何なんだ、その中途半端な時間は」

「三時に出れば、向こうには朝方に着けます。丸一日、自由に動けるでしょう。それに、雪が心配ですからね。時間に余裕を持って動く方がいい」

「結構、結構。じゃあ、こっちの家へ――」

「あなたが迎えに来て下さい」澤村は冷たく言い切った。「誘ったのはそっちだし、車を出すのもあなたなんだから。俺の家は知ってますよね」

「何で俺が……」

橋詰がぶつぶつと文句を言ったが、澤村は無視して電話を切った。無理矢理にでも寝ておかないと。濡《ぬ》れた髪のまま、ベッドに潜りこんだ。もしも少しでも早く起きられたら、写真の整理をしよう。一昨日《おととい》の夜から今朝にかけて写した二つの現場の写真が、デジカメに入ったままなのだ。

三人の遺体写真を、コレクションに加える。パソコンに入っている直近の写真は——借金の問題から、妻に刺殺された夫。事務所の前で射殺された暴力団組員。つき合っていた男に首を絞められて殺された、若い女性。

自分がかかわった全ての事件の記録に、新たな三件が加わる。これは単なる趣味ではなく、自分に対する罰なのだ、と意識していた。いつまでも事件を忘れないように。死者の表情を記憶に残すように。死者の無念な表情は、ケツを蹴飛《けと》ばしてくれる。

7

東北道は、途中から雪になった。それほど大粒ではないが、かなり激しい降りで、視界をぼんやりと滲《にじ》ませる。街灯を見ると、オレンジ色に染まった雪が間断なく降り続いているのが分かった。

朝が近くなる頃、橋詰はパーキングエリアに車を乗り入れた。駐車場の一番端に雑に車を停めると、澤村を見て「交代」と軽い口調で告げる。

クソ、いい感じで寝ていたのに。ラジオでずっとかかっていた七〇年代のウエストコースト・ロック――イーグルスにリンダ・ロンシュタットにJ・D・サウザー――が、眠りを誘うBGMになっていたのだ。

車を降りて外に出ると、長浦では経験できない激しい寒さが体を貫いた。パーキングエリアには、ルーフまで雪で埋まってしまっている車もある。仮眠しているのかもしれないが、危険だ。雪に埋もれて凍死する可能性もある。

運転席に落ち着くと、シートを調整した。橋詰は丸い腹が邪魔になるのか、シートをかなり後ろに下げていたのである。そのせいで、澤村の両手は完全に伸び切っていた。橋詰もさぞかし運転しづらかっただろうが、それでもここまで、二百キロ近い距離を刻んでいる。残り、百五十キロほどだ。

橋詰の車は、少し背の高いスバルの四駆で、古い割に走行距離は伸びていない。普段は、あまり車で動き回っていないのだろう。長浦は東京並みに公共交通機関が発達しているから、その気なら車なしでも生活していける。なのに車を持っているのは、家族のためなのか。そういえば自分は、この男のことを何も知らない。結婚しているのか、子どもはいるのか――独身だろうと想像してはいたが、肉の余った指の隙間に、指輪が埋もれて見えない可能性もある。

まあ、どうでもいい。俺は橋詰と違って、人の私生活を詮索《せんさく》する趣味はないからな――

―犯人以外に対しては。

車を出すと、橋詰がいきなり「停めて」と言い出した。慌てて急ブレーキを踏むと、スタッドレスタイヤを履いているにもかかわらず車が少し滑り、肝を冷やす。そういえば、雪の中を運転した経験などほとんどないのだ、と思い出した。長浦で、この前タイヤチェーンが必要なほど雪が降ったのはいつ以来だろう。

「何ですか」ブレーキを踏んだまま訊《たず》ねる。

「トイレだけど」きょとんとした表情で橋詰が答える。

「さっき停まった時に行けばよかったじゃないですか」

「あそこからだと、トイレまで遠いだろう？　澤村先生も済ませておいた方がいいよ。まだ先は長いし」

「ご心配なく」

「そう？」

無視すると、橋詰がドアを押し開け、雪の中に足を踏み出した。「ひゃあ」という甲高い悲鳴が聞こえる。すぐに小さくなる彼の背中を見送った。このまま雪にまみれたら、雪だるまに間違われそうな体形だな、と皮肉に思う。

トイレと売店、レストランが入るパーキングエリアの建物は、半ば雪に埋もれていた。除雪した雪を建物の前側に積み上げているので、建物自体がほとんど見えなくなっているほどである。看板を見ると、脇の方には展望台に至る道があるようだが、そこも完全に雪に消えている。そちらは除雪もされていないようで、柔らかく降り積もった雪は、建物の屋根の高さに達していた。自動販売機の光がかすかに外に零《こぼ》れてきて、雪をさらに白く見せている。

橋詰はなかなか戻って来なかった。何度か腕時計を見て、このままここに置き去りにしようかと考え始めた頃、ようやく建物から飛び出して来る。両手に何かを持っていた。慌ててドアを開けて車内に飛びこみ、外部の寒さを追い出すように勢いよくドアを閉める。それから「土産」と言って紙コップ入りのコーヒーを差し出した。

「どうも」彼から奢《おご》って貰《もら》うのも珍しいと思いながら受け取り、カップホルダーに入れた。眠気覚ましにはちょうどいい。

一方橋詰は、よりによってソフトクリームだった。乱暴に紙を破き、かぶりつく。こんな寒い時にソフトクリームを売っているのも意外だが、それを食べようとする人間の心理は理解できない。それこそ、橋詰に自己分析して欲しかった。

「何か？」

口の端に白い物をつけたまま、橋詰が訊ねる。澤村はゆっくりと視線を前に戻し、車を出した。

「いや」非難の言葉を探す気にすらならなかった。

「真冬にソフトクリームは、人類が生み出した最高の享楽だね。この堕落した感じが堪《たま》らない。これでどれだけエネルギーを消費していると思う？　環境推進派に張り飛ばされそうだ」

「ソフトクリームの分のカロリーを摂《と》らなければ、とっくに痩《や》せてるはずですよ」

「それを言うな、同志」

「俺はあなたの同志じゃない」

「乗りが悪いね」

「乗りで仕事をしているわけじゃないんだ」怒りに任せ、アクセルを踏みこむ。何とかタイヤは路面を捉《とら》えていたが、これ以上スピードを上げると滑り出すだろう。四輪駆動にスタッドレスタイヤは、普通の車が望み得る最高の雪対策だが、限界はある。

橋詰は静かになった。自分と言い合いをしているよりも、ソフトクリームに集中したいのだろう、と判断する。実際、ちらりと横を見ると、一心不乱に食べていた。馬鹿馬鹿しい。コーヒーを一口啜《すす》り、ラジオのボリュームを上げる。曲はイーグルスの「テイク・イット・トゥ・ザ・リミット」。真冬の雪に全く合わない、温かな感じだ。穏やかなメロディは、横に鬱陶《うっとう》しい人間が乗ってるという事実を忘れさせてくれる。まったく、何でこの男の誘いに乗ってしまったのだろう。一人で長い距離を走った方が、よほど気持ちは楽だったはずだ。

「日向も真菜も複雑な人間だったんだろうね」橋詰がいきなり真面目な調子で切り出した。

「何で分かるんですか」

「澤村先生たちが調べ上げたことは、こっちの耳にも逐一入ってくるよ。あの二人は、非常に興味深い」

「そうですか？」

「そうそう」橋詰がソフトクリームの包み紙を丸め、灰皿に押しこんだ。「妙な自信、自己中心的で他者を見下した態度、それにしては幼稚な行動。これらは全て、中学生ぐらいに顕著に見られるパターンなんだ。澤村先生も、そういう覚え、ない？」

「さあ」

「普通はどこかで、自分がつまらない人間だと気づくんだよね」

「ああ」彼の言いたいことは、何となく理解できた。

「中学生ぐらいになって、ある程度自我が固まると、人間は誰でも限界に気づく。自分は、何ら特別な人間じゃないって分かるわけですよ。で、多くの人はそれで納得して、できる範囲で頑張って生きていこうと思う。でも中には——実際にはかなり高い確率で——自分は他人とは違う、特別な人間だって思いこむタイプがいるんだよね。それで、人と違う奇矯な行動をしてみたり、友だちを見下したりする」

「それで？」

「大抵は、高校生になる頃には収まるんだ。そういうことをしているのさえ、幼稚だと気づくわけですよ。それに、高校生になると、周りにはもっと凄《すご》い人間がたくさんいるのが分かって、突っ張っているのも馬鹿馬鹿しくなる。大抵の人は、そこで卒業なんだね」

「あの二人は卒業してない?」

「そんな感じがするんだなあ。日向が振り込め詐欺なんかやってたのは、自分の能力を証明しようとしたからかもしれないよ。稼いだ金の額は、資本主義社会では常に能力の指標になるから。自分はこんなに金を稼いでいる、同世代の人間に比べてずっと先を行ってるって、胸を張れる」

「能力があれば、普通に起業して、金を儲《もう》けることだってできたはずだ」

「何かきっかけがあれば、悪の道に入るのは簡単なんだよ。たぶん日向の場合、そのきっかけは本多という男だと思うけどね。本多って奴は、しっかり叩《たた》いた方がいいよ。絶対埃《ほこり》が出るから」

「今のところ、あいつの担当は俺じゃない」

沈黙。澤村は、ますます悪化する視界を何とかクリアにしようと、ライトをハイビームに切り替えた。視界に飛びこむ雪が増えただけで、かえって前が見えにくくなったので、ライトを戻して少しだけスピードを落とす。事故でも起こしたら、洒落《しゃれ》にならない。

「分からないのは、井沢真菜の方なんだよなあ」不思議そうに橋詰が言った。呑気《のんき》そうに、頭の後ろで両手を組んでいる。「大学のレベルを見る限り、彼女は優秀だし、ルックスもいい。明るく振る舞ってれば、仲間内でアイドルになれたと思う。皆にちやほやされて、というのは悪くないはずなんだけどね。普通、女子は、自分にそういう力があれば、積極的に利用しようとするもんじゃない？」

「井沢真菜は、そういう感じじゃないと思う」まさにそれを——彼女がどういう人間だったかを、これから現地で調べようとしているのだが、澤村の勘は、橋詰の推理とは反対の方向へ行っていた。

「それがさ、つまらない男に引っかかって子どもを産んで、すぐに別れて金で苦労してるっていうのがね……で、またどうしようもない男に引っかかって、殺しちゃう。普通真菜みたいなタイプは、そういうマイナスのスパイラルに陥るはずがないんだ」

「ルックスがよければ、それで何とかなるもんでもないでしょう」

「いや、大抵、何とかなるんだよ。人間、見た目は大事だから。どうも彼女には、男を見る目がないのか、あるいは破滅願望があるのか……是非、差し向かいで話してみたいね」

「そのためには見つけなくちゃいけないんですから、しっかり協力して下さいよ」

「捜し出すのは、澤村先生の仕事でしょう」言って、橋詰がいきなりシートを倒した。

「着いたら起こしてよ」と言った次の瞬間には、軽い鼾《いびき》をかき始める。

苛《いら》ついて、ラジオのボリュームをさらに上げる。番組は八〇年代のヒット曲を紹介するプログラムに変わっており、ハートの「アローン」が流れ始めていた。ピアノのイントロから静かに始まる曲は、途中から曲調が激しくなるので、それで目が覚めるのではないかと思ったが、橋詰はまったく動じない。この男の神経はまったく理解できない…

……澤村は首を振ってから、ラジオのボリュームを下げ、運転に集中した。時折手探りでカップを取り上げ、コーヒーをちびちび飲みながら、眠気を追い払う。北へ進むに連れて雪は激しくなり、道路も白く染まり始める。まだタイヤの下でぼこぼこと音を立てるほどではないが、そうなるのも時間の問題だろう。

雪の運転に慣れていないので、緊張感はずっと高いままで、額に冷や汗が滲《にじ》む。少しエアコンの温度設定を下げ、右手、左手の順にジーンズに擦《こす》りつけて汗を拭《ぬぐ》う。現在のスピードは八十キロ……次第に、前の車が作る轍《わだち》以外の場所を走れなくなる。そこを外れると、ハンドルのコントロールが利かなくなるのだ。バックミラーを覗《のぞ》くと、後続の車がいないのが分かる。確かに交通量も少ない時間帯だが、少しスピードを出し過ぎかもしれない。澤村はアクセルに置いた足から力を抜き、七十キロまでスピードを落とした。あと四十キロほどで、ジャンクションから別の高速に乗り継ぎ、日向の生まれ故郷を目指すことになる。通行止めにはなっていないから、このまま高速を走れるだろうが、予想よりも時間はかかりそうだ。

雪道の運転にも、次第に慣れてきた。無理にアクセルを踏みこまない限り、四輪駆動システムとスタッドレスタイヤが、安定して車を前へ進めてくれる。時折、轍の乱れにハンドルを取られることもあるが、力を入れて復元しようとすると、かえって姿勢が乱れるのが分かった。緩く握ったまま放っておけば、ほとんど自然に元のルートへ戻る。

ジャンクションが近づく頃、次第に空が白くなってきた。ヘッドライトはまだ必要だが、街灯の光は、あまり目立たなくなっている。道路の様子を改めて見て、澤村は蒼《あお》くなった。夜間は交通量が少ないせいか、少なくとも数センチは積雪がある。このままでは本当に通行止めになってしまうだろう。そうなる前に、できるだけ先へ進もうと決めた。だが、アクセルを深く踏んでスピードを上げるわけにはいかない。ジレンマに悩まされながら、ジャンクションで方向転換し、一路西へ向かう。ここから高速をさらに五十キロほど走り、国道を北へ二十キロほど行けば、日向と真菜の生まれ故郷にたどり着く。晴れていれば、一時間ほどしかかからないだろうが、この雪だと先が読めない。到着予定は午前七時半頃と見積もっていたが、すぐに八時に訂正した。

ラジオからニュースが流れ始める。最初が気象情報。大規模な寒波が日本列島全体を覆っており、北陸から東北の日本海側は、この冬一番の大雪に見舞われそうだという。これまでに積もった雪と合わせ、雪崩の危険を警告していた。これから行く街は、山間地というわけではないが、背後に山を抱えている。狭い場所へ入っていくことになったら、運転は相当難しくなるはずだ。早めに所轄署に応援を求めて、運転を任せた方がいいかもしれない。警視庁の刑事が田舎町に来て、不慣れな道で事故でも起こしたら、お笑い種《ぐさ》だ。

西へ向かう高速道路は、さらに深く雪に包まれていた。次第に明るくなる空の下、今年の冬がいかに雪深かったかを痛感する。道路脇には除雪された雪が三メートルほども積もり、巨大な壁になって迫ってくる。時折見える近くの風景も雪に染まり、山肌は真っ白になっていた。ふと見つけたパネルには「只今《ただいま》の気温マイナス5度」の表示。試しに窓を開けてみると、冷たく湿った空気が一気に流れこんできて、車内の暖気を追い出した。

「何だ！」大声で叫んで橋詰が跳ね起きる。「凍死するぞ！」

窓を閉め、溜息《ためいき》をついた。

「これぐらいで死ぬわけないですよ」

「正気の沙汰《さた》じゃないぞ、この寒さは」

「しょうがないでしょう、こういう場所なんだから」

「まったく……目が覚めちまったよ」ぶつぶつ言いながら、橋詰が目を擦った。「しかし、これじゃ大変だな。歩き回ったりしたら、凍傷になるんじゃないか」

「長靴でも買って下さい」

「長靴なんか売ってるのかね。クソみたいな田舎なんだろう？」

「クソみたいな田舎だから、長靴ぐらい売ってるんじゃないですか。コンビニでも買えるかもしれませんよ」

「そもそもコンビニがあるかどうか、だ」橋詰が首を振りながら溜息を漏らす。

「コンビニぐらい、日本中どこにでもありますよ」左側に「右車線へ」と指示する赤地に白の矢印。澤村は慎重に右側にハンドルを切った。一車線だけの細い道路を走っているようになり、嫌でも緊張する。スピードは、自然に六十五キロまで落ちていた。

「あとどれぐらい？」橋詰が手首を持ち上げて時刻を確認する。

「一時間じゃ着かないでしょうね」

「電車の方がよかったかねえ」

自分が運転してきたのは、雪の少ない楽な区間だけだったくせに……文句を呑《の》みこみながら、澤村はハンドルを握る手に力を入れた。一瞬、雪壁が消えると、左側に一面の畑が見えた。真っ白。風が強く、吹き飛ばされた雪煙で風景は曇っている。遠くに見える森も、霞《かす》んでいた。人家がまったく見当たらない場所だが、日向たちの故郷はどんなところなのだろう。

「日向の出身地、どんなところか知ってますか？」

「ラーメンぐらいしか、印象がないな」

「行ったこと、あるんですか」

「行ったことはないけど、ラーメンは食べたよ。長浦にもチェーン店があるだろう」

「美味《うま》いんですか？」

「いやあ……」橋詰がくすくす笑った。「舌が肥えた現代人には、少しあっさりし過ぎてるね。基本、ボリュームがあるだけの醬油《しょうゆ》ラーメンという感じだから」

「他には？」

「印象、薄いね」

そう、澤村の抱くイメージもその程度である。他に何があるのか……位置関係も、地図を見るまではっきりとは分からなかった。影の薄い地方都市。そこに、澤村は自分の過去を重ね合わせてしまう。

「橋詰さん、出身は？」

「長浦生まれの長浦育ちだけど」

「じゃあ、地方出身者の気持ちは分からないですね」

「長浦こそが大いなる田舎だっていう説があるんだけど……」

「そんなこと、誰が言ってるんですか？」

「俺」

橋詰が低い声で言ったのに対し、澤村は溜息をついて返事をした。

「あなたの理論にはうんざりしてるんですよ。オーソライズされてない適当な思いつきに、いつも何とか理論とかいい加減な名前をつけてるだけでしょう」

「名前がついてないと、何も始まらないじゃないか」橋詰が平然とした口調で言った。

「だいたい理論なんて、一発で分かる名前がないと、何のことを指してるのかも分からないでしょうが」

この男と話していても、一歩も進まない。澤村は溜息を呑みこんで、前方の光景に注目した。何のために一車線規制になっていたかは分からないが、それが解除されている。また、慎重に左側の車線に車を戻した。轍を車輪が過ぎる時、不自然に車が揺らぎ、また冷や汗をかく。急激に滑り出すはずはないと頭では分かっていても、体が納得していないのだ。

「腹減ったなあ……」

橋詰がぼそりとつぶやく。確かに朝食のタイミングではあるが、パーキングエリアに寄っている時間ももったいない。何か仕入れて、走りながら食べるか。一日、無駄なく走り回るためには、エネルギーはきちんと補給しなければならない。

「次のパーキングで朝飯を仕入れましょう」

「お、いいね。温かいうどんか何か食べたいな」

「買うだけです。時間をロスしたくないから、食べるのは車の中にして下さい」

「冷たいねえ」

「事態は切迫してるんですよ？　それを理解してもらわないと」

「へいへい」不貞腐《ふてくさ》れたように言って、橋詰が頬杖《ほおづえ》をつく。腹が減ったと言っていたのを忘れたように、また軽い寝息を立て始めた。

十分ほど走り、澤村はパーキングエリアに車を乗り入れた。さすがにこの時間では、停まっている車はほとんどない。駐車場の除雪も済んでおらず、足首が埋まるほどの雪が積もっていた。念のためにと、踝《くるぶし》まであるブーツを履いてきたのだが、これ以上雪が深いと役に立ちそうにない。

温かい食べ物を売っている自動販売機で、澤村はホットドッグを二つ、橋詰は焼きおにぎりを買った。さらに、それぞれ温かい飲み物。すぐに車に戻り——橋詰が文句を言わないのが澤村には意外だった――食べながらさらに西を目指す。やたらと味つけの濃いホットドッグ二本は食べ過ぎの感じがしたが、次にいつ食べられるか分からないから、仕方なく、喉《のど》に押しこむように平らげる。

「こういうのも、なかなか美味いねえ。たまにはいいな」橋詰が満足したように言って、小さくげっぷを漏らす。

「食べたら、後は静かにしていて下さいよ」

「二人で運転してると、眠くならない？」

「心配無用です」本当は、すぐにでも眠りたかった。二日続けて寝不足が続き、しかも腹が膨れた状態。しかし、日向の生まれた街に近づいていると思うと、興奮で眠気は遠ざかる。

「さっきの話だけど」橋詰が低い声で切り出した。

「何でしたっけ？」

「俺の出身地、聞いただろう？　何が言いたかったわけ」

「ああ」考えをまとめようとしたが、頭は混乱するばかりだった。適当に、思いついたままを話す。「田舎を嫌に思うのは、普通の感覚だと思いませんか？」

「そういう気持ちは、誰でも多少なりとも持ってるだろうね」

「だから、何かタイミングがあれば出て行きたいと思う。その思いがあまりにも激しくなって、住んでいるうちから、自分の街を憎むようになることも、あり得る話でしょう」

「不自然ではないね」

「日向も真菜も、そんな感じだった……その感覚は、俺も分からないわけじゃないんです」

「澤村先生、田舎は？」

「名古屋の近くの小さな街ですよ。高校生の頃から、抜け出したくてたまらなかった。それも中途半端に名古屋なんかじゃなくて、もっと遠いところへ。一度抜け出して、二度と戻らないためには、遠ければ遠いほどいいと思ってました」

「それで長浦に？」

「本当は東京の方がよかったけど、そこはいろいろありました」

「要するに、東京の大学に合格しなかっただけでしょう、ねえ？」

皮肉っぽい口調で橋詰が指摘する。当たっているだけに、澤村は反論できなかった。

「とにかく……一度抜け出したら、それでほっとして、別に自分の田舎のことをどうこう思わなくなった。今は、年に一回ぐらいは帰省する場所があってもいい、ぐらいに考えてます」

「昔の仲間と会うのは？」

「帰省すれば会いますけど、どんどん話が合わなくなってきている感じですね」

「そういう心情は、日向に通じる、と」橋詰が簡単にまとめにかかった。

「それほど単純なものじゃないですよ」澤村は反論した。「だいたい、俺は刑事であの男は犯罪者だ」

「逆のパターンもあり得たんじゃないかなあ」汚い爪をいじりながら、橋詰がぽつりと言った。「志は全然違うにしても、澤村先生が犯罪者になって、日向が敏腕刑事として活躍していた可能性も否定できない」

「それは——」即座に反論しようとしたが、何故かできなかった。

「人生なんて、紙一重だよね。真面目に生きているつもりが、いつの間にか悪の道に堕《お》ちていたり、どうしようもない極道に、妙に優しいところがあったりさ」

「珍しく、誰でも納得できることを言いましたね」

「そう? じゃあ、これからは情緒的な方向でいこうかな」

「無理でしょう」

「まあねえ……」橋詰が組み合わせた両手を腹の上で動かした。「今さら看板を下ろすわけにもいかないしね。でも、日向の件は、意外にそういう程度の話かもしれない。ただ田舎を出て、自分の実力を試そうとした人間が、誘われて悪いことを始めただけとか」

「違いますね」澤村は拳《こぶし》を顎《あご》に押し当てた。「振り込め詐欺をやるぐらいなら、分からないでもない。小遣い稼ぎの感覚だったかもしれないし。でも、人を殺すのはレベルが違いますよ。あの殺し方は、偶発的なものじゃない。確実に息の根を止めようとしてます」

「それは否定できない」

「どういう心理状態だと思いますか？」

「完璧《かんぺき》な悪、かな。もちろん、悪いことをしている意識はあるんだろうけど、レベルの違いがない。普通、詐欺と殺しだったら、歴然とした違いがあることは分かると思う。分かるというか、本能で判断するんじゃないかな。だけど日向の場合は、悪のレベルの判定ができなくなっているのかもしれない」

「井沢真菜は？」

「研究材料としては、彼女の方が興味深いな。子どもの存在。新しい男の存在。どこで何が間違ってあんな風になってしまったのか、是非じっくり話を聴きたいね」

そっちは「研究」だから気楽なものだろう、と澤村は鼻白んだ。俺は、きちんと筋道が通るように立件しなければならない。それが相当面倒な作業になるのは、簡単に予想できた。単純な恨みや衝動ではなく、何かもっと、心の奥底から出た感情による殺人なのだ。

真相に近づけば近づくほど、気が重くなるかもしれない。

雪はますます激しく、視界はほとんどゼロに近くなってきた。高速を降り、北へ向かう国道を走り出した頃には、吹雪と言っていい降り具合だった。

「これは……ひどいな」さすがの橋詰も不安を口にする。「大丈夫なのか、澤村先生」

「行けるところまで行くしかないでしょう」

今や、ヘッドライトが必要だった。北へ向かうこの国道は、田園地帯を走る片側一車線で、周囲は全て白く染まった田んぼである。自分がどこにいるのか、分からなくなってしまいそうだ。時折すれ違う対向車のヘッドライトが、目を潰《つぶ》すほど眩《まぶ》しい。もしも長浦で動きがあったら、と不安に襲われる。この雪の中、引き返すには半日かかるかもしれない。完全に置き去りにされてしまうが……澤村は、自分の勘を信じることにした。あの街——日向の故郷には何かがある。自分を惹《ひ》きつける何かが。

電話が鳴り出した。

第三部　逃れの果て

1

磐石《ばんじゃく》だ、と日向は確信した。今は、一千万円をはるかに超える現金が手元にある。知り合いに貸しつけておいた金を回収したものだ。詐欺で儲《もう》けた余剰金を回す、という程度に考えていたのだが、一種の貯金になったわけだ。これで、当面の生活を心配する必要はない。

最終的な逃亡の準備のために、ほぼ一日かけて長浦市内、そして東京を走り回った。落合の方の準備も順調に進んでおり、明後日《あさって》の午前零時に日本を離れることが決まった。

「今夜、どうしたい？」日向は真菜に告げた。昨夜は都内のホテルに身を寄せたが、どうにも落ち着かなかったのだ。

「さあ」

「普通にホテルには泊まれない。車の中で夜明かしすることになるかもしれない」

「何でもいいわ」

頬杖《ほおづえ》をついたまま、真菜が素っ気無く答える。何となく会話に詰まり、日向は口をつぐんだ。磐石だが、事態は切迫している。真菜には詳しい事情を説明していないが、追われる状況になっているのは間違いなかった。追っ手——警察の目から逃れながら、然《しか》るべき時間に然るべき場所にたどり着く。それまで発見されないためには、ずっと動き回っているのがベストだ。早めに現地に行くのは危険である。おそらく人気がない場所だから、自分たちがいればそれだけで目立つ。

落合とは何度も連絡を取り合っていた。計画の詳細は、つい先ほど明らかになったばかりである。単純だが、実行するにはやや厄介に思えた。

明後日の午前零時——今から四十時間後だ——に、新潟市の海岸へ出向く。冬場は人のいない場所らしい。落合も、案内役として現場に来る予定だ。小型の舟——具体的にどんな舟が来るか、分からないのは不安だったが——に乗りこみ、沖へ出てから大型の漁船を二度乗り継ぎ、日本を離れる。中国入りしてから、偽造パスポートを受け取ってタイへ、という道程だった。安全にタイに入るには、数日、あるいは一週間ほどかかるようだが、そこまで行ってしまえば、もう誰にも見つけられないだろう。

タイ入りするまでの道程には、不安がないわけではなかった。知っている人間が道案内をしてくれるわけでもなく、言葉が通じるかどうかも分からない。それでも、何とかこの逃避行を乗り切れば——。

目下の最大の問題は、あと四十時間、どうやって身を隠しておくかだ。早めに新潟に入る、あるいは東京でずっと姿を隠しておくことも考えたが、警察は既に動き出している。一か所に留《とど》まっていると危ない。

昨日の夕刊の記事を思い出す。長浦で起きた二件の殺人事件。真菜の起こした事件が社会面のトップになっており、日向が氏原を殺した一件はそのおまけのようにくっついていたが、警察が事態を全て把握したのは間違いない。おそらく、自分たちの存在も割り出しているだろう。警察の存在を意識すると、どうしても行動を制約されてしまう。

自分たちの存在を「線」ではなく「点」としておきたい。落合との約束を反故《ほご》にして車を乗り捨て、新幹線などを使って新潟入りすることも考えたが、駅はもっと危険だろう。車で走り回って時間を潰《つぶ》す――それが一番、安全に思えた。通過記録が残る高速道路は駄目だ。一般道を走り回って、じりじりと新潟に近づく。それも、できるだけ大回りした方がいいだろう。

自分たちが出て来た街を経由する、という考えがふと頭に浮かんだ。あそこで、高速道路をわざと一度東京方面に走り、足跡を誤魔化せば……。

「悪くないな」

「何が？」真菜が関心なさそうに訊《たず》ねる。

日向は、思いついたばかりの計画を説明した。わずかに不安なのは、彼女が自分たちの行く末にあまり関心を寄せていない様子であることだ。逃亡を助けて欲しいといいながら、こちらの話をきちんと聞いている気配もない。意味が分からない……全てを諦《あきら》めてしまったかのような無気力な態度が心配だ。隅々まで気を配り、絶対に逃げ切ろうという強い意識を持たないと、どこかでヘマをしかねない。彼女の態度が原因で、自分まで捕まるのは勘弁して欲しかった。

「また、あそこへ行くの？」うんざりした口調で真菜が訊ねる。

「あの街へ行くつもりはない。ただのダミーだよ」

「面倒なことしないで、ずっとここにいればいいじゃない」

真菜が両手を軽く広げた。ここ——銀座の一角。平日の朝、午前八時で人通りは少ない。歩いているのは、地味なコート姿のサラリーマンだけである。一様に背中を丸めているのは、寒いからではないだろう。出勤して、これから憂鬱《ゆううつ》な日常を始めるのが辛《つら》いのだ。馬鹿馬鹿しい。あんな風に誰かにこき使われ、少ない給料に頼って一生を過ごすのは、何の意味もない人生だ。

「車の中にいれば、見つからないでしょう」

「まさか」日向は小さく笑った。「こんなところにずっといたら、逆に目立ってしょうがないよ」

「じゃあ、さっさとホテルに行くとか」

「ホテルは危ない……行くにしても、ぎりぎりにしたいんだ。眠るためだけだから、夜中に入った方がいいよ」

「怖いの？」挑みかかるような口調。

「警察に捕まるのは怖いね」

「人を殺したことは何とも思ってないのに？」

「それは君も一緒じゃないか」

真菜が口をつぐむ。責められて困っている様子ではなく、答えるのも面倒、という感じだった。日向は、不意に笑いを零《こぼ》した。

「何？」鬱陶しそうに真菜が訊ねる。

「ここ、銀座だよな」

「そうよ」

「銀座の真ん中で、こんな時間に、人を殺したとか何とか話してる。こんなの、日本中で俺たちぐらいだろうな」

「笑えないわね」

「どうして」

「下らな過ぎて」

反応できない答え。下らないのは間違いない。食物連鎖の一番下にいるような人間が死ぬのは、当然のことだ。生きていても何の意味もないような人間が殺されただけではないか。生きていることで消費するエネルギーと、生み出されるエネルギーの差……あの連中に関しては、明らかにマイナスだろう。そんな人間は、生きている意味がない。

自分の行為は「悪」ではない。害虫を駆除したようなものだ。

日向はエンジンをかけたまま、車を降りた。道路の向かい側の煙草屋——銀座に普通の煙草屋があるのも妙な感じだったが——で、マイルドセブンをワンカートン買う。金を払ってから、思い直してもうワンカートン。荷物にはなるが、日本の煙草を吸うことはもうないかもしれない。馴染《なじ》んだ味の記憶を、しばらくは手放したくなかった。

後部座席に座り、買ったばかりのスーツケースに煙草を入れる。その間、真菜は助手席でずっと頬杖をついたまま、黙っていた。本当に逃げる気があるのかどうか……日向はずっと戸惑いを感じていた。逃走用の荷物を買いこむ時にも、ほとんど関心を示さず、適当に品物を選んでいる感じだった。海外で暮らすことを、どう考えているのか。身一つで行けばいいというわけでもないのに……特に女性の場合、いろいろ身の回りの品物が必要なはずだ。

運転席に戻り、車を出す。どこへ行く当てもなく、昭和通りに車を乗り入れ、新橋方面へ向かった。取り敢《あ》えず車を流して、暗くなったら東北方面へ行こう。

「腹は減らない？」

「別に」

「あのさ、緊張してるのかもしれないけど、もう少し愛想よくできないかな」

「別に緊張はしてないけど」

「そうかな」

上辺だけ……彼女は分厚い殻を被《かぶ》っているようで、その奥にある素顔が、日向にはどうしても見えなかった。だいたい、素っ気無いというよりは冷静過ぎるのではないか。彼女は人を殺している――彼女に言わせれば、どうしようもない男を。だがその前段として、自分の娘が死ぬという経験をしているのだ。そのことについては、本当はどう思っているのか。

JR新橋駅前まで来ると、車が詰まり始めた。空は低く、重苦しい雲が立ちこめている。北へ行くとまた雪なんだろうな……取り敢えず、タイヤを履き替えないと。それが終わったらすぐに出発しよう。長浦の近くにいると、胸がざわつく感じがずっと消えないのだ。

しかし、時間はある。

時間だけは、まだたっぷりあるはずだ。

澤村は失敗を悟った。これほど悔いたことはないかもしれない。興奮した初美の声を聞きながら、思わず言葉を失っていた。

「落合を捕捉《ほそく》しました」

「そうか」

「明け方に家に戻って来て……あの、何でそんなに落ちこんでるんですか？」

「いや……後のことは頼む」

「澤村さん、落合を調べないんですか」初美の声に疑念が宿る。

「今ちょっと、長浦を離れてるから」

初美が沈黙する。やがて電話の向こうから溜息《ためいき》が漏れた。

「あの、もしかしたら、ものすごく遠くまで行ってます？」嫌そうな声だった。

「三百……四百キロ近いかな？」

「勘弁して下さい」事情を悟ったようで、初美が泣きそうな声を出した。「いいんですか、また勝手に動いて」

「日向たちの過去を、どうしても調べたかったんだ」言い訳しながらも、後悔が胸を突く。「それで落合は、喋《しゃべ》ったのか？」

「まだです。時間の問題でしょうけど」

澤村は右手でハンドルを、左手で携帯を握り締めたまま、しばし考える。完全に読み違えだ。落合は間違いなく喋るだろう。どんな男か知らないが、殺人犯の逃亡を手助けしていると意識すれば、自分の身を守るために喋らざるを得ないはずだ。

「で、落合のことはどうするんですか」

「だから、後は頼む」そうとしか言いようがない。今から長浦に戻ろうとしても、この雪が邪魔になる。半日以上かかってしまうかもしれないし、戻った頃には全てが終わっている可能性もある。落合を自分で揺さぶれないのは痛いが、体が一つしかない以上、仕方がない。ふと、思いついて初美に提案した。「落合を上手《うま》く使う方法がある」

澤村の説明を聞いた初美が「それ、違法じゃないですか」と心配そうに言った。

「ぎりぎりだな。だけどこれは、裁判で問題になるようなことじゃない。日向をあぶり出すための作戦だ」

「……そんなことより、どこにいるか、ちゃんと報告しておいた方がいいんじゃないですか」初美が冷たい調子で忠告した。

「分かってる」

「私は知りませんからね」

置いてきぼりにされた、と思っているかもしれない――以前と同じように。しかし彼女の声に、かすかな優越感が漂っているのを澤村は感じ取っていた。自分は事件の渦中にいる。澤村は、自ら進んでそこから去って行った。判断ミスだ、とほくそ笑んでいるかもしれない。

「分かってる」繰り返し言ってから、電話を切った。何とか自分の行動を正当化しようとする。二人が捕まっても、背景については調べなければならない。犯行に至った経緯……本人たちの供述だけではなく、周辺への聞き込みで、二人の歴史を再構築しなければならないのだ。これは絶対に外せない捜査で、それを少し早めにやるだけではないか。調査を依頼した現地の所轄署の動きが鈍いのが気になっていたので、いい機会である。

「ヘマしたねえ」橋詰が笑いながら言った。しっかり話を聞いていたらしい。

「誘ったのはそっちじゃないですか」責任を転嫁できる相手がいるので、澤村はきつい言葉をぶつけた。「捜査の流れを無視してるから、こんなことになるんですよ」

「だけど、澤村先生だって話に乗ってきたんだからねえ。判断ミスなのは間違いないよ」

「そんなことは分かってますけど、一々指摘されるとむかつきますね」

「で、どうする？　引き返す？」

駄目だ。自分がいる場所でベストを尽くすしかない。長浦に引き返すための数時間は、完全に無駄になってしまう。

「行きましょう」

「了解。では、慎重に、かつスピーディーに運転してくれたまえ」

上から目線の台詞《せりふ》にむっとしながら、ハンドルを握り直す。「スピーディー」は無理だ。雪はますます激しくなり、一メートル進むごとに一日寿命が縮むほど、神経をすり減らされる。

「あとどれぐらいですか？」

助手席で橋詰が地図を広げ、親指と人指し指で距離を測った。

「五キロぐらい、かな。それで市街地に入る」

「まず、どこへ？」

「日向の実家だね。その後で井沢真菜の実家にしよう」

「現地の所轄には？」

「状況に応じて連絡を入れる、って感じでいいんじゃないかな。だいたい、正規のルートで動いてるわけじゃないんだから、余計なことは言わない方がいい。ばれたら頭を下げればいいんじゃないの？」

彼の指摘はもっともだ。警察同士の関係は微妙である。例えば警視庁は、一地方警察の立場でありながら、他の県警に対して優位に立っている部分がある。首都の警察であること、警察庁の指示を受けて、しばしば他県警の応援に出ることなどがその理由だろう。学園紛争の時代、その後の過激派が暗躍していた時代には、機動隊が身を粉にして他県警の動きを支えた。そういう経緯もあってか、今でも地元に知らせず、平気で管轄を荒らし回ることがある。ただし、警視庁以外の県警は、立場は全て平等だ。捜査に入る時には事前に仁義を切り、必要ならば協力を仰ぐのが筋である。勝手に入ってきて捜査していれば、万が一何かあった時に助力は得られないものと、覚悟しなければならない。

しかし今回は、あくまで関係者への事情聴取だ。面倒なことにはならないだろう。

「しかし、日向たちが逃げ出したくなるのも分かるよなあ」橋詰が、アフロヘアの後ろで両手を組んだ。

「そうですか？」

「毎年、こんなに雪が降るんだろう？　冬の間ずっと籠《こも》ってたら、気持ちが荒《すさ》むよ。背伸びしようとしても、上から雪で押し潰《つぶ》されるような感じじゃないかね」

「でも、新潟や北海道の方が雪はひどいでしょう」

「それは、二メートルなのか三メートルなのかの違いでしかないんじゃないの？これぐらい積もってたら、十分気持ちは駄目になるよ」橋詰が、窓の外に向けて手を差し伸べた。一面の雪……白く染まった世界は、全てを覆い隠してしまう。「だから逃げ出したくなる。意外と簡単な話かもしれないな」

「簡単な話だったら、あなたの研究には役に立たないかもしれない」

「そんなことはない」いつもへらへらしている軽い調子が、いきなりかき消えた。「どんな殺しでも特別なんだ。あらゆる殺しが、参考になるんだよ。単なる統計上の数字じゃない」

意外な感想だった。橋詰の仕事は、事件を数値化し、統計として処理することだと思っていたのに。澤村の疑念を読んだかのように、橋詰がぼそりと繰り返した。

「殺しは、数字にして済ませられる問題じゃないんだよ」


日向は東京を南から北へ移動し、環七沿いのカーグッズ店でタイヤを購入した。よく知らない街だが、住居表示から、足立《あだち》区にいることだけは分かった。タイヤの取り替え作業の間に、スーツケースを引きずって、店の一角にある休憩スペースに入る。夕刊を広げ、事件に関する新たな情報が載っていないことを確認した。真菜は、少し離れたところで、ぶすっとしたまま煙草をふかしている。追われる恐怖を味わっている感じではなく、ただこの状況が何となく気に入らない、という様子だった。

「お待たせしました」

メカニックの男が、請求書を持ってやってきた。オレンジ色のつなぎはオイルで汚れ、まだ午前中だというのに、顔には疲労が貼りついている。人に使われ、疲れを募らせるだけの毎日。その馬鹿らしさに気づいても、仕事を放り出せないのは、能力がないからだ。

「現金ですか？」

日向は無言で財布を抜いた。タイヤの口径が大きいから、四本で十万円以上……それに交換代が加わる。痛い出費だが、ここで金を惜しんでいては、事故を起こしかねない。財布の中身――五十万円ほど入っている――を見られないように注意しながら、金を抜いて渡した。

真菜が煙草を揉《も》み消して立ち上がる。ひどくだるそうで、体の具合でも悪いのではないかと思えるほどだった。

「これでもう、出かける？」

「首都高を走る」日向は、休憩室の壁に貼られた地図を見た。六号線の加平《かへい》が一番近い。そこから首都高に乗って、環状線のどこか、都心部で一度降りよう。その後、夕方の渋滞が始まる前に東京を脱出、たっぷり時間をかけて北上し、自分たちの存在を点にしてしまうつもりだった。変なところに足跡が残っていれば、警察も混乱する。

「面倒臭いわ」

真菜が溜息《ためいき》をついた。それを見て、少しだけかちんとくる。彼女の腕を摑《つか》んで、外へ出た。広大な駐車場には、冷たい空気とかすかなオイルの臭いが満ちている。

「連れて行ってくれって頼んだのは君の方だぜ。俺は、一人で行く方が気楽なんだ」

「分かるけど、面倒臭いことに変わりはないし。そんなことで噓ついたり、愛想笑いしたりしても仕方ないじゃない」

「だったら、この話から降りるか？ 後は好きにすればいいじゃないか」少し金を渡して、ここで別れようかとも思った。しかしその程度の金では、真菜を買うことはできないだろう。自分の秘密を握った女なのだ。警察に捕まるようなことがあれば、自分の身を守るために絶対に喋《しゃべ》る。それだけは避けたかった。仮に放り出すにしても、日本海で舟に乗る直前だ。

「……一緒に行くわ」低い声で真菜がつぶやく。

「だったら、一々文句を言わないでくれ。計画は全部俺が立てたんだから、従ってもらう」

「日向君、仕切りたがる性格なんだ。知らなかったわ」真菜の口調に皮肉が滲《にじ》む。

「誰かが仕切らないと、やっていけないじゃないか」声を張り上げ、さらに文句を言おうとしたが、釣り銭を渡そうと日向を探すメカニックの姿が目に入ったので、口をつぐんだ。言い合いをしている場面などを見られたら、不審に思われる。できるだけ目立たず、空気に溶けこむようにして過ごしたかった。

「行くぞ」左手で真菜の腕を引き、右手でスーツケースを転がして車に向かう。真菜は抵抗しなかったが、彼女の腕の冷たさが何故か気になった。ダウンジャケットを着ているから直接体温を感じることはできないのだが、冷えた粘土を握っているような感じがする。

車に乗りこみ、すぐにエンジンをかけてスタートさせた。駐車場の中を走っているだけでも、違和感を感じる。少しタイヤが細くなったせいか、乗り心地がふわふわしているのだ。どうにも頼りないが、これは乾いたアスファルトの上だからだろう。雪の上を走ることになれば、これでないと話にならない。腕時計を見てからラジオをつけ、ニュースを流しているチャンネルを探す。予想した通り、日本海側、それに東北は大雪が続いていた。新潟を走るとなれば、スタッドレスタイヤどころではなくチェーンが必要かもしれない。そう考えながら、一度も新潟に行ったことがないのだ、と気づく。とにかく雪が降る、自分の故郷よりもずっと雪深いというイメージしかない。三メートルを超える積雪の中を走るのは、どんな感じなのだろうか。おそらく、道路の両脇は高い雪の壁になっているはずだ。

「……新潟県中越、上越地方には大雪警報が出されています。これまで積もった雪の影響で、特に山間部では全層雪崩に注意が必要です。この雪の影響で、関越道は水上《みなかみ》—六日町間が、上信越道は長野県の信濃町《しなのまち》から新潟県の妙高《みょうこう》高原までが通行止めとなっています」

冗談じゃないぞ……駐車場を出る前に車を停め、サイドブレーキを引いて地図を広げる。東京から新潟方面へ行くのに一番近いルートは、もちろん関越道を一直線だ。他には、群馬から長野を通って上越方面に出る上信越道だろう。どちらも雪で通れないとなると……一度東北に出てから新潟に入るという大回りのルートは、単に警察の目を誤魔化すために考えたものだったが、実際にそのルートでないと、新潟までたどり着けないかもしれない。

「どうかした？」真菜が冷たい口調で訊《たず》ねる。

「雪がひどい」

「スタッドレスを履いたから大丈夫なんでしょう？」

「ラジオ、聞いてなかったのか？」彼女の神経はどこを向いているのだろうと思いながら、日向は訊ねた。「高速が通行止めなんだよ。新潟は相当降ってるんだ」

「じゃあ、どうするの？」ようやく事情が呑《の》みこめたのか、真菜の声に焦りが滲む。

「諦《あきら》めるの？　それとも新幹線にする？」

「いや、やっぱり北回りだな」

もう一度地図を確認する。指先で地図をなぞり、大まかな距離を確認した。五百キロ……取るルートによっては六百キロになるかもしれない。それも、相当神経を遣いながらの運転だ。先の長さを考えるとうんざりするが、安全を期すためにも仕方がない。

「あなたを信じていいのね？」

「信じる信じないは君の勝手だけど、頑張るしかないんだ。ここで頑張らないと、俺は……俺たちは終わる」

「俺たち、とか言ってくれるんだ」

「二人しかいないじゃないか」

ふと、手の甲に温《ぬく》もりを感じる。シフトレバーに置いた手に、真菜が自分の手を重ねているのだ。先ほどの冷たい感じが信じられないような、温かさ。しかしそれは、愛情から出たものではない、と確信する。たぶん彼女が感じているのは、同志愛のようなものだ。世界で二人だけ、他に仲間はいないという感覚。真菜という人間のことは未《いま》だによく分からないが、言葉の端々にはかすかに共感できるものがある。育った環境も考えも全然違うのに、何故か共通点があるような……自分の立場に対する理解。

疎外感。

しかしそれは「仲間はずれにされた」と拗《す》ねるような感覚ではない。自分から人の輪を外れ、他人と交わろうとせずに送った高校時代。そこから先の人生をどう考えるべきか……何が人生だよ、と唇を歪《ゆが》ませて笑う。俺はまだ二十二歳なんだ。この二年間の経験は、普通に学生時代を送っていても、あるいは働いていても経験できないような濃密なものだったが、ほんの二年だけのことである。むしろ、人生の経験ということにおいては、真菜の方がはるかに上だろう。結婚して子どもを産み、離婚して別の男とくっつき……そしていつも、金と運がなかった。

首都高を走る計画を放棄し、環七を西へ、加平インターチェンジとは逆の方へ走り出す。国道四号を通って、できるだけ北を目指そう。

「君は……どうなんだ」真菜の手が離れたので、それをタイミングにして訊ねる。

「何が」

「こんな風に自分でコントロールできない状況、不安じゃないか？」

「コントロールしてるじゃない」真菜の声には不思議な力強さがあった。「私は人を殺した。娘も見殺しにした。それでも捕まってないんだから、まだ状況をコントロールしてるって言っていいと思う」

「後悔してない？」

「どうして後悔しなくちゃいけないの？」訊ね返す声は、子どものように無邪気で、自分の行動に何の疑問も抱いていないようだった。どうしてそこまで割り切れるのか……日向は、時間が経つに連れて、人を殺した実感が妙にはっきりと心に刻まれているのを意識するようになっている。「殺されて当然の人間だ」と、しばしば考えてしまうのがその証拠だ。そう思わないと、嫌な重圧で気持ちが潰《つぶ》れそうになる。

「してないんだ」

「計画通りの人生じゃないけど、そんなの、普通じゃない？　お金さえあれば、どんなことでも好きにできるけど、私にはお金がなかった」

俺の金を狙っているのか、と日向は後部座席に置いたスーツケースに意識を集中させた。一千万円は、彼女一人で人生をやり直すには十分な金額だろう。

「井沢って、そんなに貧乏だった？」見た目では何も分からなかった高校時代。いや、あまり見てもいなかったのが本当だ。

「うち、母親しかいなかったから」

「そうなんだ」これも初めて知る事実だった。

「小学一年生の時、父親が家を出て行って、それからずっと母親と二人きり。母親は、昼はスーパーでレジを打って、夜はスナックで働いて、全然家にはいなかった」

「仕事をかけ持ちしてたんだ」

「私も似たようなものだけど」

そういえば、そんなことを言っていた。昼はコンビニで、夜はファミレスで。仕事は違うが、生活パターンは自分の母親と同じようなものか。日向はハンドルを握る手からゆっくりと力を抜いた。

「抜け出せないんだろうな」

「え？」

「前に聞いたことがある。自分の親より金持ちになる子どもは、百人に一人もいないそうだ」

「貧乏人の子は貧乏人、か……」真菜の口調は、自嘲《じちょう》しているわけではなく、淡々と事実を認めるものだった。

「言葉は悪いけど、そういうことだろうな」

「そうだよね。何をしようとしても、まずお金がないと始まらないし」

「でも君は、普通に大学へ入ったじゃないか」

「相当無理してね。でも、すぐに分かったわ」真菜の声から力が抜ける。「大学へ行ったって、幸せになれるわけじゃないし。幸せになるためには、自分で頑張るしかないのよね」

「そのために男が必要だった？」

「日向君、結構きついね」

沈黙。車内は十分温まっているのに、何故か冷たい風が吹くような感じがした。日向は右手をハンドルから離し、サイドウィンドウに押しつける。自分はどうか。公務員の父親と専業主婦の母親、影の薄い弟。物心ついた頃から馬鹿にしていた。早く家族とは関係を切って、自分一人で新しい人生を始めたい――そんな思いが、本多との出会いで実現しかけた。もしかしたら二年で、父親がこれまでに受け取った給料以上の金を稼いだかもしれない。親より金持ちになる、百人に一人の子どもだ。

本当に？　自分は人を殺し、日本を逃げ出さざるを得なくなった。春から本多と新しい仕事を始めたら、少しは安定して安全に金を稼げると思っていたが、そういう予定も諦めねばならない。

俺は負けたのか？

どうでもいい。一度、俺は空になる。見知らぬ街で、一千万円の金を軍資金に、一からやり直すことになるが、撤退ではなく、まったく別のスタートラインに立つだけの話だ。歩いているだけで暑さで頭がぼうっとするであろう、タイという国のイメージを頭に思い浮かべる。一度も行ったことのない、言葉も通じないであろう国。自分はそこで何ができるか。隣に真菜がいて……。

彼女と歩いている自分の姿が想像もできない。

余計なことを考えるな、と自分に言い聞かせた。先のことを心配するのは、舟に乗って陸地を離れてからでいい。

まず、そこだけに集中しよう。情報を仕入れるため、そして安全を確認するために、落合と話す必要があった。前方にガソリンスタンドを見つけ、迷わず車を乗り入れる。ガソリンタンクはほぼ満タンだが、携帯電話を使うわけにはいかないのだ。長浦を出て以来、落合と連絡を取った時を除いて、携帯電話の電源は基本的に切ったままである。微弱電波を追跡されたら、居場所が割れてしまう。ガソリンスタンドなら、安全に使える公衆電話があるはずだ。

満タンにするよう店員に告げ、外へ出る。ガソリンの臭いが鼻を突き、日向はかすかに顔をしかめた。東京にしては寒さが厳しく、思わず背筋が丸まってしまう。建物までの短い距離を歩く間に、上に何も着てこなかったことを後悔した。

公衆電話を見つけ、自分の車に背を向ける格好で、落合の電話を鳴らした。出ない……七回鳴ったところで日向は電話を切った。電源を切っていない限り、あの男は必ず電話に出る。今まで、呼び出し音五回以上、待たされたことはなかった。

嫌な予感を覚える。もう一度……それが危険だとは分かっていたのだが、不安に駆られて電話せざるを得なかった。

三回。今度は出たか、とほっとしながら、落合が話し出すのを待った。しかし、日向の耳に入ってきたのは、聞いたことのない女性の声だった。

「もしもし？」

誰だ？　本当に聞き覚えはないか？　一瞬、どう対応していいのか分からず、体が固まってしまう。「誰ですか」という声を聞いて我に返り、慌てて受話器を置く。鼓動が高鳴り、頭の中が真っ白になっていた。女……落合の女、ということはないだろう。今まで一度も、あの男以外の人間が電話に出たことはない。

警察？

落合は既に、警察の手に落ちたのか？

とすると、俺にはもう時間はない。移動しつつ、ひたすら身を隠しているしかない。今までにない焦りを感じながら、日向は車に駆け戻った。店員は、呑気《のんき》にCLSの窓ガラスを拭《ふ》いている。

「もういい！」

怒鳴りつけると、高校生のアルバイトのような若い店員が、びっくりしたように日向の顔を見る。怒るな……変なトラブルを起こして、印象を残してはいけない。

「急いでるんだ。精算してくれ」一万円札を引き抜き、店員に渡す。困惑した顔を無視して車に滑りこみ、ドアを閉める。

「何かあったの?」ただならぬ気配に気づいたのか、真菜が声をかけてきた。

「何があったか分からないから、困ってる」正直に打ち明け、日向はハンドルを指先で叩《たた》いた。釣りを持った店員がウィンドウをノックした時には、驚きで飛び上がりそうになってしまう。ビビるな。普通に行け……そう自分に言い聞かせたが、道路に飛び出した瞬間、アクセルを踏む右足には、必要以上の力が入ってしまった。

2

「あの、息子が何かしたんでしょうか。昨日も警察の人が……」

日向の母親、登喜子は、皺《しわ》の目立つ顔に不安気な表情を浮かべ、澤村に訊《たず》ねた。日向の実家の、玄関先でのやり取り。澤村は家の中には入らず、ドアを開けたまま、外から話を聴いた。

「それはまだ分かりません。参考までに話を聴きたいだけです。最近、こちらには戻って来ませんでしたか」

た。

相手を緊張させないように距離を置いていたのだが、澤村はつい、玄関に足を踏み入れてしまった。それを見て、登喜子が目を見開いて固まる。無視して、質問を繰り返した。

「いつですか」

「来ましたけど……」

「いつですか」

「三日前に来て……次の日の朝、帰りました」

「一泊しただけですね」

「ええ」

「何をしに来たんですか」

「それは、ちょっと……分かりません」

「話してないんですか？」澤村は目を細めた。

「私たちと話したがりませんから、息子は」諦《あきら》めたように、登喜子が溜息《ためいき》をついた。

「あの子は、親を馬鹿にしきってるんです」

「どういうことですか」

「目を見れば分かるんですよ」登喜子が顔を伏せる。再び澤村の顔を見た時には、視線にわずかな怒りが混じっていた。「自分の息子の目じゃないみたいで」

「よく分からないんですが、そんなに親子仲、悪かったんですか」

「私たちは、普通に接してましたよ」急に登喜子の声に怒りが混じる。「でも息子は、高校生になった頃から、急に変わってしまって。ろくに話もしなくなったし、本当に、私たちを見る目が……馬鹿にしている感じだったから」

彼女の愚痴は、何を裏づけるのだろう。家庭の不和が、日向を犯罪に走らせた？　澤村は首を振って、質問を続けた。

「家に来た時に、何か変な様子はなかったですか」

「変でしたよ、もちろん」正座した腿《もも》の上で、登喜子が両手を拳《こぶし》に固める。「あんな大きな車……ベンツなんかに乗って来て。学生の身分でそんなの、おかしいでしょう」

澤村は首を捻《ひね》り、背後に控える橋詰と視線を交わした。橋詰は軽く肩をすくめただけで、口を出すつもりはないらしい。

「先輩から借りた、なんて言ってましたけど、きっと嘘ですよ。あんな車を貸す人なんか、いないでしょう」

「そもそも、何をしにきたんですか？」

「さあ」呆《あき》れたように登喜子が言った。「何も話さないから、分かりません。何か用があったんでしょうけど……本当は、来てすぐ帰るって言ってたんです。でも、雪がひどくて。車だと危ないから、一日だけ泊まっていったんですよ。次の日の朝、まだ暗いうちに出て行きました」

「こっちでは、誰かと会っていましたか？　昔の友だちとか」

「あの子には、友だちなんかいません」登喜子が鼻を鳴らした。「何であんな風になっちゃったのか……昔から、人とつき合わない子だったんです。殻に閉じこもってるわけじゃないけど、人づき合いが下手で。というより、周りを見下してたんです」

「成績がよかったからじゃないですか？　周りが馬鹿に見えたとか……」

「そんなことで人を見下したりするのは、許されません」

うなずき、彼女の愚痴に同意した。同意はしたが、だからと言って反射的に日向を責める気にはなれない。彼の感じた閉塞感《へいそく》は、澤村にも理解できないでもなかったから。

「帰って来たのは久しぶりだったんですか？」

「そうですね。何か月ぶりかで」

「以前と比べて、何か変化はありませんでしたか？　服装が派手になったとか……」

「そういうことはないですけど、車に驚いて」

「あれ、彼の車なんですよ」

「え？」登喜子が、虚を突かれたように口をぽかんと開けた。

「彼の名義で登録してある車なんです」

「意味が……分かりませんけど」

「私たちにも、よく分かりません。だから調べているんです……彼から連絡があったら、すぐに教えてもらえませんか？」

「車は、先輩から借りてきたって言ってたんですよ。あの、本当に、毅郎は何をしたんですか？」膝《ひざ》立ちになり、登喜子が身を乗り出した。泣く寸前で、表情が崩れている。

「何をしたかは、分かりません」澤村は意識して冷徹な声で告げた。「それを、彼自身の口から聴きたいんです……一つ、教えてもらえませんか？」

「……分かることなら」

「井沢真菜という女性の名前、聞いたことがありますか」

一瞬間が空いた後、登喜子は「いえ」と短く否定した。嘘をついている様子ではない。

「高校の同級生なんですけど」

「聞いたことのない名前です」

やはり嘘ではない、と判断する。小学校や中学校の同級生なら、近くに住んでいるから名前を知っていてもおかしくないが、高校の同級生となると話は別だろう。つき合いのあった人間ならともかく……日向と真菜は、高校の頃には特に関係がなかったか、日向が親には何も話していなかったか、どちらかだ。澤村は、二人の関係は昔から続いていた可能性がある、と睨《にら》んでいる。二人とも長浦に住んでいたのは、偶然とは思えない。しかしそうなると、真菜が別の男と結婚して、子どもまで産んでいたのが理解できなかった。

「彼の通っていた高校の場所、教えて下さい」

車に戻るなり、橋詰が澤村をからかい始めた。

「何だか、澤村先生にしては迫力がなかったね。普段はもっと、ぐいぐい押してくんじゃない？」

「親を脅しても仕方ないでしょう」今は話しかけて欲しくなかった。運転に集中したい。街中では除雪が行き届いているため、田園地帯を貫く国道を走っている時よりはましだったが、降り続く雪に気を遣わねばならないのに変わりはない。

それにしても、死んだような街だ。雪のせいもあるだろうが、人の姿を見かけない。日向の実家は、駅前から北の方へ続く目抜き通りを一本裏に入った通りにあるのだが、周囲の家はほとんど雪に埋もれていた。降り止まない雪と、道路脇の側溝を勢いよく流れる水を除けば、ほとんど動きもない世界。狭い道に苦労しながら目抜き通りに出ると、タイヤが水を跳ね上げ、サイドウィンドウの高さまで濡《ぬ》れて汚れるのが分かった。消雪パイプは雪を溶かしてくれるが、道路は終始びしょ濡れなのだ。目の前にあるのは、蔵造りを模した小さな旅館、そして似たような造りの酒屋。どちらも急斜面の屋根で雪が積もらないように工夫してあるのだが、この豪雪にはほとんど効果がなかった。屋根に張りついた雪は、厚さが一メートル以上もある。

確かに、こんなところで十八歳まで暮らしていたら、一刻も早く抜け出したいと考えるのもおかしくない——理解はできるが、同情はできなかった。気持ちは許せても、行動は許せない。

「あれは、親も諦めてる感じだね」

「心理学的な分析だと、そうなるんですか？」

「心理学も何も、聞いてりゃ分かるでしょう。相手にされなくなったら親は悲しむけど、そのうち現実を受け入れるようになるよ。嫌われてるのが分かってるのに、機嫌を取ったりするのは馬鹿馬鹿しい」

「……そうかもしれない」

「学校へ行っても、同じ話の繰り返しになると思うけどね」

「それでも、行かないと」

「その後は、井沢真菜の親だね」橋詰が地図を広げた。「この通りをこのまま駅の方に。線路を越えてしばらく行ってから右折すると、高校に出るよ」

「了解」澤村は、わずかに右足に力を入れた。ワイパーの動きが雪の舞いに追いつかず、視界が白く塞《ふさ》がれる。それでも、アクセルを緩めはしなかった。

日向の母校では、三年当時の担任だったという化学の教師、佐川《さがわ》と話ができた。電話で一度話していたが、実際に会うと澤村よりも若かった――ということは、日向が高校にいた頃には、まだ教師に成り立てだっただろう。耳が隠れるほどの長髪のせいで暗い影が落ちた表情には、どこか弱々しい印象がある。職員室では話し辛《づら》い様子だったので、三人で玄関まで出た。佐川は、橋詰のアフロヘアに驚いて警戒している様子で、取り敢《あ》えず無視して澤村と話すことにしたようだ。

「日向の話、ですよねえ」どこか困った様子で首を傾げる。

「そうです。高校時代の印象を聴きたいんです」

「といっても……」ちらりと舌を舐《な》め、何故か助けを求めるように澤村を見る。

「何か、問題でも？」

「そういうわけじゃないですけど、担任としてはちょっとどうかな、と」

訳が分からない。禅問答をしている暇はないと、澤村はすぐに突っこんだ。

「担任として、何なんですか」

「この前電話で名前を聞かされた時、一瞬誰だか分からなかったんですよ」

「卒業したの、たった四年前じゃないですか」それから学年は一回りしているとはいえ、つい先日のようなものである。佐川の記憶力の悪さに、澤村は啞然《あぜん》とした。

「いや、本当に、情けない話ですけど……こんなこと言いたくないけど、影の薄い男だったんですよ」

「そうなんですか？」在籍している大学のレベルを考えれば、日向の成績はよかったはずだ。この高校でも、かなり上位に入っていたのは間違いない。その疑問をそのまま、質問としてぶつけた。

「ええ、成績はよかったです……思い出しました」佐川があっさり認めた。「常に学年で上位十人ぐらいには入ってましたよ。でも、ろくに話したこと、なかったなあ。初めて三年の担任を持って、いろいろあったんですけど、日向とは特に……」

「だけど、三年の担任といったら、話をすることはたくさんあったでしょう。それこそ受験のこととか」どうにも彼の態度に納得がいかず、澤村は食い下がった。よほど無能か、記憶力の悪い男かもしれない。

「印象は薄い男でしたけど、勉強はできた。普通は進路指導でいろいろ話すものなんですけど、それほど相談も必要なかったですからね。そんなこんなで……一年間つき合って、直接話したことなんか、一度か二度じゃないかな。それも、すごく無難な話題ですよ。内容を全然覚えてないぐらいだから」

イメージが歪《ゆが》む。振り込め詐欺のグループを率い、最後には、おそらく仲間割れから出し子を殺してしまった男。しかも、男を殺した女と逃げている。そんな男が、ほんの四年前まで田舎の優等生で、担任の印象にも残らない地味な生徒というのは……大学の四年間、あるいは振り込め詐欺に手を出すまでの二年間に、よほど大きな変化があったのだろう。

澤村は、転落する人間を数多く見てきた。若い容疑者の場合、短い期間に悪の道に落ちてしまうケースが少なくない。容疑者の親に会いに行って、「あんな真面目な子が」と涙を流されたことも、一度や二度ではなかった。友人たちは、「そんな奴じゃない」と憤る。

「日向がどうかしたんですか？」佐川が、澤村の名刺に視線を落としてから、不安そうに震える声で訊《たず》ねた。「わざわざ長浦から来られたのは……」

「彼が今何をしているか、ご存じですか？」澤村は佐川の質問を無視した。

「いや、恥ずかしい話ですけど、卒業してから一度も会ってないんです。この春に、就職のはずですよね」

「ええ、まあ」

「何か事件でも起こしたんじゃないでしょうね」

「それは、申し上げられません。捜査の秘密がありますので」

そう言ったことで、日向が犯罪を起こしたと認めてしまったも同然だと気づく。当然佐川も悟って、表情を引き攣《つ》らせたが、口にしようとはしなかった。黙って、校舎内用のスニーカーを履いたまま、外に出て行く。背中を追っていくと、佐川の頭と肩があっという間に白くなるのが見えた。上はジャージを羽織っているだけなのだが、寒さには慣れているということなのだろうか。佐川が振り返り、寂しそうな笑みを浮かべた。

「教え子が事件や事故っていうのは、嫌なものですよ」

黙ってうなずく。ほとんど印象がなく、名前を聞いてもすぐに顔が思い浮かばなかった相手でもそうなのだろうか、と澤村は皮肉に考えた。

「二年前に、卒業したばかりの子が、学校の近くでオートバイで事故を起こしましてね。即死でした。教え子の葬式に出たのはあれが最初ですけど、本当に嫌なものでした」

「井沢真菜は、覚えていますか」感傷的な方向に走りかけた佐川を、澤村は強引に現実に引き戻した。

「ええ」今度は即答。

「彼女はどうだったんですか？　影の薄い生徒じゃなかったですか」

「それは……ないですね。うちのクラスは女子が少なくて、それだけでも目立ってましたから」

「どんな生徒でした？」

「大人しい、周りと交わろうとしないタイプでした。成績はよかったですけどね。そういう意味では、日向と似ていたかもしれない」

「二人が、高校時代につき合っていたというようなことは？」

「まさか」一笑に付したが、すぐに不安な表情に変わった。「そんな話があるんですか？」

「二人は今、一緒にいる可能性があります」

「どういう意味ですか？」佐川が一歩前に出た。状況を理解できず――何も話していないのだから当然だ――困惑している。

「それは、捜査の都合で――」

「逃避行ってやつですかねえ」それまで黙っていた橋詰が、突然声を上げた。「二人で逃げてるんですよ。我々は、二人とも捕まえないといけないわけで。話を聴く必要がありましてね」

「橋詰さん――」澤村は忠告を飛ばしたが、橋詰は口を閉ざそうとしない。

「昔からの知り合いだったら――例えば恋人とかだったら、そういう風に逃避行っていうのも考えられないじゃないけど、違うんですか？」

「私の知っている限りでは、ないですね。でも、生徒たちがつき合ってるとかどうとか、そんなこと、案外分からないものですよ」佐川が首を振る。

「ふうん」橋詰が顎《あご》を撫《な》でた。朝早く、というより夜中に長浦を出て来たせいか、髭《ひげ》も剃《そ》っていない。顔の下半分に黴《かび》が生えたようになっているのに澤村は気づいた。「じゃあ、井沢真菜が結婚してたこともご存じない？」

「そうなんですか？」佐川の顔が本当に白くなった。「それは全然知らなかった……」

橋詰を放っておくと、余計なことまでどんどん喋《しゃべ》ってしまう。澤村は振り返ってきつい視線を送り、彼を黙らせた。橋詰は平然とした顔で、肩をすくめるだけだった。

「ということは、井沢真菜とも、卒業後はまったく連絡を取っていなかった？　他の生徒さんはどうなんですか？」

「地元に残った子たちは、今も遊びに来たりしますけど、東京へ出て行った子たちは、なかなかね……一度出て行ったら、故郷なんて思い出さないものですよ。すぐに忘れてしまうんです」

それは間違いない。ろくな情報は手に入らなかったが、それだけは確かだと澤村は思った。

クソ、さっきの女は何なんだ。

電話を切り、車を出してからもずっと、日向は胸の中にもやもやした気持ちを抱えていた。

「どうかした？」不安を敏感に感じ取ったのか、真菜も心配そうな口調で訊ねる。

「いや、何でもない」低い声で否定し、煙草をくわえる。窓を全開にして、冷たい空気を全身に浴びながら、煙草を深々と吸い続けた。落合はどうしたのか……既に警察の捜査はかなり先へ進み、落合も奴らの手に落ちてしまったかもしれない。だとしたら、自分たちまで手が伸びるのは時間の問題だ。落合とは、人間的なつながりは何もない。金の関係だけだ。だからこそあの男が、警察の追及にいつまでも耐えられるとは思えない。

「何か心配なら、話したら？」

「君に話しても、どうにもならないよ」

「これから一緒に逃げるんだから、隠し事はなしにしてくれない？」不満を滲《にじ》ませながら、真菜が言った。「ずっと一緒にいるんだから、隠し事なんかしてると、ストレスになるわよ」

ずっと一緒、か。彼女はどんな意味で言ったのだろう。取り敢《あ》えず一緒に逃げるということなのか、それ以上の深い意味があるのか。日向は、まだ長い煙草を投げ捨て、窓を閉めた。横から投げかけられる真菜の強い視線を何とか無視しながら、現在自分が置かれている状況を考える。

このまま真っ直ぐ新潟に入るのは、やはり難しい。高速道路が通行止めということは、下の国道を通っても難儀させられるだろう。天気が回復するまで待つという手はあるが、明日《あした》になれば絶対に雪が止む保証はない。逆に天気予報によれば、明日以降もますます激しくなりそうな気配だ。となると、どういう形でもいいから、新潟に近づいておかなければならない。もちろん、落合が喋れば、警察は新潟で罠《わな》をかけるだろう。むざむざそこへ飛びこむのは馬鹿馬鹿しい気がしたが、かといって、行かなければいずれはどこかで捕まってしまう。八方塞《はっぽうふさ》がりの状態だが、それでも動かざるを得なかった。動くことで、多少は目くらましになるはずだ。

「まずい状況かもしれない。はっきりしたことは分からないけど」

「どういうこと？」

簡単に事情を説明した。これから先、何が起きるかは分からない。新潟まで行っても、無事に逃げられる保証もない――話し終えると、真菜が深く溜息《ためいき》をついた。

「何で、大したことじゃないのに、こんなに苦労して逃げなくちゃいけないのかな」

大したことだろう、と突っこみたかった。人を一人、殺しているんだぞ？　自分がそんなことを考えているという事実に、日向は驚いてしまった。死んで当然の人間が死んだだけ、と簡単に割り切っていたではないか――いや、あれは自分を納得させるための方便だ。恐怖から逃れるために、無茶苦茶な理屈をつけていただけなのだ。

「何とも思わないのか」

「何が」髪をいじりながら、真菜が聞き返す。

「人を殺したこと」

「別に。面倒なだけ」

「面倒？」

「あんな奴、死んで当然だったけど、私が警察に捕まって色々聞かれるのは嫌」

その気持ちは分からないでもない。実際自分も、同じように考えて、口に出していたのだから。捕まれば、これから先の長い年月を奪われてしまう。可能性は消え失《う》せ、社会に復帰する頃には全てが変わってしまうだろう。

「日本を離れている間に……」

「何？」

「いろいろ変わるんだろうな」

「変わるでしょうね。でも、刑務所に入るよりはましよ。情報ぐらい、世界のどこにいても手に入るし、置いていかれることはないと思うわ」

「そうかもしれないけど……」

「日向君、何か怖がってるの？」

「そうだよ！」日向は拳《こぶし》をハンドルに叩《たた》きつけた。クラクションが間抜けな音を立てる。「計画はちゃんとできてたんだ。それが崩れ始めてる。怖くないわけ、ないだろう！」

「そうなんだ」馬鹿にしたように言って、真菜が吐息を漏らした。「でも、考えても仕方ないじゃない」

「捕まるのは嫌なんだろう？　逃げ切れないかもしれないぜ」

「中途半端に、努力もしないで文句ばかり言わないで」

何なんだ、この女は……日向は呆《あき》れてハンドルから手を離し、両手を小さく広げた。怖いのか怖くないのか。行きたいのか行きたくないのか。しかも全ての責任をこちらに押しつけ、自分は尻《しり》を叩くだけで、何もしようとしない。どうして、こんな面倒な女と一緒にいるのだろう……たぶん真菜は、ずっとこうやって——少なくとも高校を卒業してからは——生きてきたのではないか。彼女は気づいているのだろうか……そういうやり方がことごとく失敗したことに。失敗から何かを学んでいないとしたら、彼女の行く先に待っているのは破滅だ。

そして、一緒にいる自分も破滅する。

「あ」真菜が突然、小さな声を上げた。それまでの、人生を投げてしまったような口調と違い、幼ささえ感じさせる、無邪気な言い方。「雪、降ってきた」

確かに。舞い始めた雪の最初の一片が、フロントガラスに張りつき、すぐに溶けて消えてなくなる。まだ東京を出たばかりなのに、もう東北の寒さが侵攻してきたようだった。ずっと消していたラジオのスイッチを入れたが、天気予報はやっていない。どうするか……危険は覚悟の上で、携帯の電源を入れた。留守番電話に何件かメッセージが残っていたが、全て落合からだった。俺に連絡を取ろうとしていた？　だったら、まだ自由なのか？　しかし、さっきの女の声は、何だったのだろう。

携帯サイトで天気予報を確認する。やはり明日にかけて、日本海側や東北地方ではずっと降り続くようで、関東地方でもこれから夕方、夜にかけてまとまった雪になるようだった。東京でも積雪五センチ……ということは、かなりの混乱になる。ちょっと雪が積もっただけで、道路は駐車場と化し、交通網は完全に麻痺《まひ》してしまう。

これはチャンスだ。日向は少しだけ表情が緩むのを感じた。警察とて、雪に振り回されるのは間違いない。追跡は困難になるはずで、逃げ切れる可能性が高くなる。雪が、自分たちの存在を隠してくれるかもしれない。

携帯の電源を切ろうとした瞬間、呼び出し音が響く。びくりとして、一瞬真菜の表情を窺《うかが》ってしまった。彼女も驚いた様子で、大きな目を一杯に見開いて日向を見詰め返してくる。出るか、無視するか……しかし、画面に「落合」の名前が浮かんでいるのを見た瞬間、覚悟して通話ボタンを押した。罠だと判断したら、すぐに切ればいい。携帯を左耳に押し当て、相手の声が流れ出すのを待った。

「大丈夫か？」

「ああ……」落合だった。ほっとして、胸の奥から体が溶け出すような感覚を味わう。

「無事に逃げてるな？」

「あんたは？　まさか、警察に捕まってないよな」

「ご冗談を」落合が笑いながら言った。「俺がそんなヘマ、するわけがない。無事だよ。で、今どこにいる」

「まだ東京だ」嘘をついた。既に、県境を過ぎてから三十分近く走っている。

「そうか。時間通りで大丈夫か？」

「今のところは」

「こっちも予定に変更はない。明日の夜中に現地で会おう……それより、雪は大丈夫そうか？　長浦でも結構降ってきたみたいだぞ」

「新潟には、真っ直ぐは入らない。高速が通行止めになってる」

「どうする？」

「東北道経由で……うちの田舎の方を通る感じかな。そっちの方がまだ、雪の心配がないと思う」

「上手《うま》くやれよ。雪に引っかからないように気をつけて、時間を稼げ。それと、警察はまだお前には気づいていない」

「どうして分かる？」日向は眉《まゆ》をひそめた。「さっき、女が電話に出たよな。あれは何なんだ」

「ああ」落合が小さく笑った。「あれ、俺の女だ。勝手に出たんだよ。心配するな。とにかく俺にだって情報源があるんだ。警察の動きもちゃんと調べてるから、心配するな」

「分かった」ようやく、胸の奥で温かな物が流れ出す。「だけど、あんたの方は、ちゃんと新潟に入れるのか？」

「もう新潟へ来て待ってるよ」落合が笑いながら言った。「俺がヘマするわけないだろう。準備は万端だ」

「そうか」よかった、という言葉を呑《の》みこむ。こんなことで、一々喜んでいられない。

「じゃあ、後で会おう」

「そうだな。こっちは本当に雪がひどいぞ。新潟市はあまり降らないって聞いてたんだけど、今日は真っ白だ。動きようがないね」

「そんな雪で、舟は大丈夫なのか?」

「こういうことには慣れてる連中だから、心配いらない。じゃあな」

電話は一方的に切られた。溜息をつき、携帯電話をシャツの胸ポケットに落としこむ。気になることはたくさんある。だが、何度も電話する気にはなれない。

「誰?」真菜が素っ気無い声で訊《たず》ねる。

「手配してくれた人間だ。もう、新潟に行ってるから、後は俺たちが無事に到着すれば何とかなる」

「そう」

「よかった。向こうで金さえ渡せば、それで終わりだよ」

「そうね」相変わらず感情が感じられない声。「じゃあ、行って」

この命令口調は何なんだ。イラっとしたが、マイナスの気持ちを呑みこみ、前方を睨《にら》みつける。大粒の雪が乱れ舞っているが、まだ視界が悪化するまではいかない。所詮《しょせん》関東の雪はこんなものだ。しかしどうせなら、もっと激しく降って欲しかった。降れば降るほど、めくらましになる。

3

店の外へ出て一分も経たないうちに、井沢亮子《りょうこ》の頭は白くなった。元々、髪に少し白い物が混じっているのだが、雪のせいでほとんど白髪のように見える。小太りの体型で、何かに遠慮するように背中を丸めていた。そして、疲れている。本当の年齢は分からないが、六十歳だったとしても不思議ではない。

「娘とは、全然会ってませんから」予防線を張るように切り出した。それで解放してもらえると思ったのか、振り返って今出て来たばかりの店を見上げる。よくある、寂れた地方のスーパー。店の前には特売品のトイレットペーパーや野菜が並べてあるが、雪を避《よ》けるためにビニールを被《かぶ》せてあるので、単に保管してあるだけにしか見えない。看板は色褪《いろあ》せ、駐車場にもほとんど車はなかった。

「いつからですか」

「もう、何年にもなります」

「娘さんが結婚したのはご存じですよね」

「……ええ」うつむき、荒れた指先をいじる。首を動かした拍子に、頭に積もった雪が下に落ちずに舞った。それだけで、相当気温が低いのが分かる。

「子どもを産んだことも？」

「知ってますけど、知りません」矛盾だらけの言葉。自分でもそれに気づいたようで、

「だから、その子には会ったこともないですから」と慌てて言い訳する。

「一度も？」

「ないです」一瞬だけ顔を上げ、亮子が強い視線で澤村を睨んだ。

「離婚したことは？」

「知ってます。馬鹿なんですよ」いきなり強い口調で吐き捨てる。「二十歳にもならないうちに子どもを産んで、すぐ別れて……何で、母親が失敗したのを真似するんですかね」

「そんなに若い時に、真菜さんを産まれたんですか？」

「二十歳でした」溜息《ためいき》。「離婚したのは、それから何年も経ってからだったけど、結局真菜も同じことをして」

澤村は、亮子が背負った歳月の重さを感じて唖然《あぜん》とした。彼女の言葉が本当だとすれば——嘘をつく理由は見当たらない——亮子はまだ四十代前半である。ずっと老けて見えるのには、当然理由があるのだ。苦労は、人から若さを奪ってしまう。

「そういうことがあったから、お孫さんにも会わなかったんですか」

「孫って……連れて来ようともしなかったから。私に会わせたくなかったんでしょう。

あの子、この街が嫌いなんです。大学へ入ったのだって、この街を出て行くための言い訳だったんですよ」

愚痴は永遠に続きそうだった。母娘の関係は、一度罅《ひび》が入ると――ずっと昔からそうだったのかもしれないが――修復が難しいのかもしれない。亮子はおそらく、真菜が長浦で何をしているか、ほとんど知らない。ショックを与えるのは覚悟のうえで、澤村は敢《あ》えて爆弾を落とした。

「お孫さんは、亡くなりました」

「はい?」事情が分からない様子で、亮子が首を傾げる。「あの、病気か何かで?」

口をつぐむ。沈黙が、亮子に事態の深刻さを意識させたようだ。やがて、諦《あきら》めたような台詞《せりふ》が口を突いて出る。

「何かあったんですよね……そうですよね、警察の人がわざわざ来るぐらいですから。どういうことなんですか?」

「殺された、と見られています。おそらく育児放棄ということになりますが、その辺は真菜さんから事情を聴いてみないと分かりません」

「あの子が殺したんですか」亮子の顔が瞬時に蒼褪《あおざ》め、唇が震え始める。「自分の子どもを? まさか……」

「彼女が殺したと決まったわけではありません。一緒にいた男かもしれない」

「男って……あの子は離婚したんですよ」

「一緒にいたのは、結婚していたのとは別の男です」

亮子が額に手を当ててうつむき、溜息をついた。静かに全身で雪を受け止め、やがて顔を上げる。

「何してたんですか、あの子は」声は低く、押し潰《つぶ》された感情が醜く覗《のぞ》いた。

「それを知りたいんです」

「その男っていうのは、何者なんですか？　変な男に引っかかったんですか」

「その男も死んでいます」

「え？」亮子の口が半開きになった。「それは、どういう……」

まだ推測に過ぎない段階で告げるには、重過ぎる事実だ。しかし、ここまで話してしまった以上、隠し通すわけにはいかない。澤村はできるだけ冷静な口調で告げた。

「真菜さんの部屋で、刺されて死んでいました」

「それは、真菜が？」

「分かりません」

「真菜が殺したんですか？」亮子が両手を伸ばして澤村にすがりつく。「あの子が、そんなことをしたんですか？」

「彼女に直接聴いてみないと分かりません。そのために捜しているんです」

ふいに、澤村の腕を握る亮子の手から力が抜けた。慌てて手を差し伸べ、体を支える。亮子の体はぐにゃりとへし折れ、今にも崩れ落ちそうになっている。

「橋詰さん！」ぼんやり立っていた橋詰に声をかけると、彼は困ったような表情を浮かべて肩をすくめた。「ぼんやりしてないで、手伝って下さい！」

「力仕事は担当じゃないんだけど」

「余計なこと言ってると、殺しますよ」

ぶつぶつ言いながら、橋詰がようやく手を貸してくれた。二人で彼女を両脇から支えながら、店内に連れこむ。いきなり店員が気を失った状態で運びこまれてきたので、他の店員が目を剝《む》いたが、追及されないうちに「どこか寝かせられるところを！」と叫ぶ。まだ高校生にしか見えない女性店員が、慌てて先導してくれた。

こういうことは予期しておくべきだったが……油断していた。亮子の娘に対する冷たい、どこか諦めたような態度を見て、これなら少しはショッキングなことを言っても大丈夫だろうと思ったが、甘かった。やはり娘は娘、母親は母親ということか。

いっそ、完全に切れてしまえば気も楽なのだろうが、切ろうと思っても切れないのが人間——特に親子の関係だ。これから亮子は一生、胸の中にざわめきを抱えたまま生きていかなければならないだろう。しかも、周りの人間からは「人殺しの母親」と後ろ指を指される。彼女はまだ四十代。平均寿命を考えると、人生はまだ半分だ。おそらく、二十歳を過ぎてからはずっと下り坂の人生だったのだろうが、これからはさらに転げ落ちるスピードに加速がつく。

最高の刑事とは何なのだろう。犯人を捕まえるだけなら、誰にでもできるかもしれない。それは能力による物ではなく、主にバッジの力だ。もう一つ、それと表裏になる大事な役割——関係者の気持ちを癒《いや》すことに関しては、軽く見られがちだが、本当はそちらの方が重要かもしれない。被害者の家族、容疑者の家族。事件で傷つく人間は少なくない。被害者の家族に対しては、犯人の逮捕こそが最大の癒しになるのだが、直接事件に関係ない容疑者の家族に関しては……自分はいつも、空の教条を口にしているだけではないか、と空しくなった。最高の刑事の理想像など、ないのかもしれない。

休憩室で五分ほど休むと、亮子は意識を取り戻した。一人がけのソファの上でもぞもぞと体を動かし、ゆっくりと目を開ける。橋詰が勝手にインスタントコーヒーを用意し、紙コップを彼女に手渡した。一口飲んで咳《せ》きこみ、顔をしかめる。澤村も、橋詰が渡してくれたコップに口をつけたが、薬のような苦さが口中に広がった。遠慮なく粉を使い過ぎて、あまりにも濃くなってしまったのだ。泥のような粘度さえ感じる。

「落ち着きましたか」澤村は彼女の前で片膝《かたひざ》をついた。緊張した顔を見て、少し近過ぎたと気づき、一歩後ろへ下がる。

「すみません、私……」

亮子が髪を撫《な》でつけた。溶けた雪で湿ったせいか、白髪が目立たなくなっている。気を利かせたつもりか、橋詰がティッシュペーパーを乱暴に引き抜いて彼女に渡した。亮子はぼんやりと頭を下げながら受け取ったが、頭を拭《ふ》こうとはせず、手の中で丸めてしまう。

「ちょっといきなり過ぎたかもしれませんね」

澤村は自分の非を認めたが、彼女の心には届かない様子だった。亮子の目は空《うつ》ろで、視線は壁のどこかを彷徨《さまよ》っている。手を上げてティッシュで顔を拭くと、人が飲める代物とも思えないコーヒーを一気に飲み干す。一瞬躊躇《ためら》った後、ようやく言葉を押し出した。

「真菜が人を殺したんですか」

「それは分かりません。事実を知っているのは彼女一人です」

「でも、疑っているから、捜してるんでしょう？　そうじゃなければ……警察が疑っているんだから、間違いないんでしょう？」

「真菜さんの娘さんが死んだのは、間違いのない事実です。私たちは、殺された男と真菜さんの間に、その関係でトラブルが起きたんじゃないかと考えています」

「その男が娘を――孫を殺したから、真菜が男を殺した？」

澤村は何も言わず、うなずきもせずに亮子の顔を真っ直ぐに見た。一瞬、亮子が燃えるような視線を向けてきたが、すぐに力なく顔を背けてしまう。

「真菜さん、こちらにいる頃は、どんな感じだったんですか？」

「何を言わせたいんですか」亮子の声が怒りに染まる。「男関係にだらしないとか、そういうことを言いたいんですか」

「故郷を離れて都会に住めば、いろいろなことが変わります。でも、本質的なことは、そう簡単には変わらないでしょう。真菜さんのことが知りたいだけです」

「あの子は、しっかりした子でしたよ」亮子が、はっきりとした口調で断言する。「しっかりし過ぎてて、心配なぐらいでしたから。頑《かたく》な過ぎて、人を寄せつけない……自分のことは全部自分でやる子でした」

「あなたも、だいぶ苦労したんじゃないですか」

「それは……」言いかけ、亮子が口を閉ざす。「苦労は苦労かもしれませんけどね。昼間はここで働いて、夜はスナック勤めです。でも、離婚した女は、それぐらいやらないと生きていけないんですよ」

「それで真菜さんを大学までやったんだから、立派じゃないですか」

「反対しておけばよかった」後悔が口調に滲《にじ》む。「本当は、大学にやるお金の余裕なんかなかったんです。でも、どうしてもって言われて、止められなくて。結局私も、仕方ないかなと思ったんです。今は就職が難しい時代ですから……大卒でも厳しいのに、高卒で就職しようとしたら、もっと大変なんですよ。特にこんな田舎では」

「分かります」

「自立するためには、大学へ行った方がいいと思ったんでしょうね」

「お母さん思いじゃないですか」

「違います」亮子が妙に力強く首を振った。「本当は、この街から……私から離れたかったんだと思います。私、あの子には嫌われていたから。離婚したのだって、私の責任だと思ってましたからね」

「そうなんですか？」

「離婚なんて、どっちの責任でもないことがほとんどでしょう。でもあの子は、何も言わなかったけど、間違いなく私を恨んでました。だから、結婚するって聞いた時、これはあてつけだな、と思って」

「あてつけ？」

「嫌いな母親と同じようなことをしてるんですよ？　どう考えてもあてつけじゃないですか。私は不幸になったけど、自分は幸せになってみせるとでもいうつもりだったのか……結局失敗してるんだけど。親子ですね」皮肉に唇を歪《ゆが》めて笑う。「でも、あれで完全にこの街と縁が切れたんだから、あの娘《こ》にとってはそれでよかったんじゃないですか」

「そんなに嫌ってたんですか？」

「刑事さんみたいに……長浦みたいな都会にずっと住んでいる人には分からないでしょうけど、誰が好き好んでこんな所に住みます？　私だって、離婚した時は出て行こうと本気で考えましたよ。でも、お金がなかったから」

真菜が嫌っていたのは、故郷ではなく母親だったのかもしれない。あるいは、母親という存在に代表される故郷、と言うべきか。故郷と家族は密接に結びついており、時にはイコールの関係になる。

「真菜は、いったいどうしたんですか。何があったんですか」

「心配ですか？」

「当たり前じゃないですか！」亮子が紙コップを握り潰《つぶ》す。「真菜がどう思っているか知らないけど、私は母親なんですよ」

きつい台詞《せりふ》が、休憩室の空気を凍りつかせる。澤村はふと、この部屋には生活の匂いがあるな、と思った。おそらく店員は、ここで昼食を食べ、順番にお茶の休憩をして、時には居眠りすることもあるのだろう。雑多な料理の香りが入り混じり、家にいるような気楽な感じさえ漂っている。しかし亮子にとっては、今は居心地の悪い空間でしかないようだった。

「連絡があったら、必ず教えて下さい」

「ないでしょう」亮子がぴしゃりと言い切る。今や、辛《つら》いというより怒っている感じだ。「あの子はもう、私には頼ってきませんよ。結婚して子どもを産んで、大学を辞める時、嬉《うれ》しそうに電話してきましたから。あれは、これで私の世話にならなくて済むと思ったからですよ」

「……日向という男をご存じですか？　日向毅郎。娘さんとは、高校の同級生なんですけど」

「いいえ」亮子が首を振った。「聞いたこと、ありません。もともと真菜は、学校であったことを話すようなタイプじゃなかったし。私と話すのなんか、馬鹿馬鹿しいと思ってたんでしょう」

親子の間に渦巻くどす黒い物に、気持ちを侵されるのを感じる。それは澤村の心を挫《くじ》きそうにさえなったが、何とかこらえて立ち上がった。寒さ、長時間の運転、それに加えてこの重苦しい雰囲気のせいか、膝が文句を言う。亮子を一人ここに残すのは気が進まなかったが、いつまでも慰めているわけにはいかない。第一亮子の方が、慰めを拒否している雰囲気だった。おそらく彼女は、誰の厚意にも頼らず、女手一つで真菜を育て上げたのだろう。それは意地だったかもしれないし、新しい男に頼るのが面倒臭いだけだったかもしれない。その引き換えとして得たものが、髪に混じる白髪だったとしたら、悲し過ぎる。

だが、これも現実なのだ。間違いなく、一つの家族の形なのだ。

駐車場に停めたスバルに乗りこむと、澤村はエンジンをかけたまま、しばらく目を閉じた。雪は少しだけ小降りになっているが、このスーパーに来た時に比べて、明らかに駐車場の雪は深くなっている。一晩停めておいたら、車は完全に雪に埋もれてしまうかもしれない。

「あれは、何だねえ……」

ふいに橋詰が口を開く。その声、言い方が鬱陶《うっとう》しく、殴ってでも黙らせてやりたくなった。

「故郷を出たかった理由が、母親との確執かどうかはさておいて、井沢真菜は、故郷との縁を完全に切るために、男を利用しようと考えたんだろうね」

「助け舟だったんでしょう」つい相槌《あいづち》を打ってしまう。同時に、彼女が摑《つか》まえた男の情けなさを思い出す。結局真菜には、男を見る目がなかったのか。

「経済的に頼りになる男がいれば、摑まえて……故郷から離れるには、それが一番簡単だからね。新しい家族ができれば、自然と実家とは別の生活を構築していくことになるわけだし」

「子どもも、そのために利用した」

「そこまで計画して産んだかどうかは分からないけど、一つの手になるとは思ったんだろうね。だけど残念なことに、父親は子どもにまったく興味がなかった。そこが彼女の最初の誤算で、そこから段々人生が狂っていったんじゃないかな」

「簡単にまとめないで下さい」

澤村の文句を、橋詰はあっさり無視した。

「人生なんて、石に躓《つまず》いただけで変わるからね。一度転んだら立ち上がれない人もいる。手を差し伸べる人がいれば別だけど、その人間がどうしようもない奴だったら、同じことの繰り返し……あるいは、もっとひどくなる。それはともかく、彼女と日向の内面が心配だな」

「どういうことですか」

「あの二人の精神は、表面と内部で離反している可能性がある」ホワイトボードがあったら、すぐに得体の知れない数式でも書きだしそうな雰囲気だった。「人を殺したことを、何とも思っていないかもしれない」

「どうしてですか？」

「澤村先生が人を殺したら、どうする」

「俺は人殺しなんかしませんよ」この男は、俺の記憶を突いて嫌がらせをしようとしているのだろうか。銃を撃てず、幼い女の子を見殺しにしてしまったのは、一種の殺人だ。いつまでも薄れない記憶……。「最高の刑事にならなければいけない」と、今も澤村を急《せ》かし続ける出来事。

「仮定の話だよ。仮定の話ができなかったら、学問なんて成立しない」澤村の気持ちを読んだのか、橋詰が低い、冷静な声で言った。「人を殺したら、どうするかね」

「逃げる」

「すぐ逃げる、だね」形容詞を加えて繰り返した。「それが普通の人間の感覚だ。警察に捕まりたくないし、自分の犯した罪の重さが分かっているから、一刻も早く現場から立ち去ろうとするもんです。でもあの二人は何をやってる？　長浦に舞い戻ったり、ホテルに泊まったり、明らかにおかしい」

「高飛びの準備をしてるんでしょう」

「それにしたって、事件を起こした場所の近くにいる必要はないんじゃないかね……放火犯が必ず現場に戻るっていう話、あるよね」

「ええ」昨日聞いた彼の理論「ブーメラン効果」を思い出した。「実はあれ、ちゃんと統計的に証明されているんだ。一昨年《おととし》だったかな、警視庁と東京消防庁が合同で調べたことがある。逮捕された放火犯のうち、八十七パーセントが現場にそのままいたか、一度立ち去ってから戻るかしている。要するに、ちゃんと燃えたかどうか、確認したいんだよ。放火犯っていうのは、基本的に火を見るのが好きな奴とか、人が慌てて騒いでいると喜ぶような奴だから、自分のやったことの結果を見ないと満足しない。でも、殺しは違うでしょうが」

「そうですね」いつの間にか、橋詰の言葉が頭に染みこんでいた。

「ほとんどの殺しは、何の計画もなしに、突発的に発生するわけですよ。アリバイ工作なんか、やってる暇はない。焦って、ひたすら遠くへ逃げようとする……でも、今回の場合は違うね。もしかしたら日向は、事前に逃走方法を計画していたかもしれないけど、それにしたって、あの動きはおかしい。田舎に帰ってきたことだって、そうだ。何でわざわざ、あんな危ないことをしたと思う？」

「たぶん、実家かどこかに金を隠してあったんだと思います」澤村は前方を睨《にら》みつけながら答えた。「ああいう金は、銀行には預けにくい。現金で持っているしかないでしょうけど、隠し場所には困るはずですよね。長浦から遠く離れた実家なら、安心できると思ったんじゃないですか」

「あの家族もねえ……」橋詰が溜息《ためいき》をついた。「仲が悪いわけじゃない。少なくとも母親は、息子のことをそれなりに心配してるのに、息子が一方的に嫌ってる感じじゃないかな。たぶん、家では会話は成立しなかっただろうね」

「だからこそ、安全だと思った？」

「親は自分の部屋を調べたりしないと確信してたんじゃないかね。澤村先生、あの家はもう一度きっちり調べた方がいいよ。何か隠してあるかもしれない」

「そうですね」それは手だ。確証はないが、何かが出てくる可能性もある。「行ってみますか」

「ガサは任せるよ。こっちは、そういう力仕事は苦手だから」

「好きにして下さい」と言ってシフトレバーに手を伸ばした時、電話が鳴った。シャツの胸ポケットから引っ張り出し、初美からの電話だと確かめてから出る。

「作戦成功です。澤村さん、いい場所にいますよ」

4

時間を潰しつつ、定時には間に合うようにする。普段なら簡単なことだが、雪という不確定要素があるために、日向は時間の調整に苦労していた。適当に国道を走って北上し、夜はどこかで休んで、明日《あした》になったら一気に新潟に入る――そんなルートを考えていたのだが、雪のために先行きが見えない。

今できるのは、できるだけ新潟に近づいておくことだ。雪による通行止めを恐れ、日向は高速に乗った。五十キロ規制になってはいたが、何とか走れる。粒の大きい雪は、いかにも積もりそうな感じがしたが、スタッドレスタイヤが威力を発揮している。雪の上を走る感覚にも慣れてきた。これが、凍りついたアイスバーンだと相当気を遣うのだが、柔らかい雪は意外に滑りにくい。ラジオをつけっ放しにし、大雪の情報を仕入れながら、ひたすら北を目指す。

午後遅く、ようやく関東を抜けて東北に入った。雪の勢いは、県境を越えても特に変わることはなく、依然として強い。視界は最悪で、早々と灯《とも》った街灯が、ぼんやりとオレンジ色に霞《かす》んでいた。

「何か食べよう」

「どこで?」

「パーキングエリア。ゆっくり食事はできないから、何か買って、車の中で」

「この車、目立つからね」皮肉っぽく真菜が言った。「ねえ、どうしてこんな大きい車、選んだの? 車なんて何でも同じじゃない」

「成果、かな」

「振り込め詐欺で儲《もう》けた成果? 何か、変だけど」

「金を貯めこむ習慣はないから。使わないと、経済が停滞する」

「もしかして、経済学部?」

「ああ。知ってるか？　タンス預金っていうのは、経済学的には最低なんだぜ。それで金持ちになったつもりでいても、金が市場を回るのを邪魔することになるから、実際には日本経済の地盤を低下させることになる」

「へえ」

「でも、日本人は基本的に貧乏性なんだろうな。金があっても、何に使っていいか、分からないんだ」自嘲《じちょう》気味に日向は言った。これは自分のことでもある。何代も続く本当の金持ち以外、金の使い方は知らないものだ。

「いくら稼いだの？」

「俺の手元に残った金なんて、大したことはないよ。結局、この車に使った金が一番大きかったんじゃないかな」

「何か、分かるわ……日向君の実家って、仕事は何？」

「オヤジは公務員」三百六十五日、何年も変わらない日々。一生懸命働けば給料が上がるわけでもなく、よほど変なことをしない限り馘《くび》にならないという、甘えた保障があるだけだ。

「じゃあ、お金には困らないでしょう」

「決まった給料以上の金はない。それが嫌なんだ。頑張った分だけ儲けられなかったら、つまらないじゃないか」

真菜が、たっぷりとしたシートの上で、ゆっくりと足を組み替えた。最初に会った時に穿《は》いていたジーンズから、カーキ色の細いパンツに替えている。足下も新しく買ったムートンブーツだ。暖かそうだが、舟での逃避行には合わないのではないだろうか。防水性に問題がありそうだ。買い物をする時、そう指摘したのだが、彼女はこちらの忠告を聞こうとしなかった。本気で逃げ切ろうという気持ちがあるかどうか、その時から日向は疑問に思っている。

「ゼロからやり直しね。今度はどうやってお金を儲けるつもり？　タイで振り込め詐欺？」

「言葉が通じないと、無理だ。しばらくは大人しくしてるよ。日本に帰ったら、また何か考える」

「日本に戻ったら、その後はどこへ行くの？」結婚したらどこに住む、と相談するような気軽さだった。

「どうだろう。東京じゃないな。大阪か九州か、西日本の大きな街に行くことになると思う」

「関西か。ぴんとこないわね」

「大きい街ほどいいんだ。目立たないからね」

「札幌とか、どう？」

「雪が深いところは嫌だな」日向は苦笑した。あの雪……故郷を飛び出した理由の一つが、あの雪なのだ。十八歳まで、毎年冬の数か月は雪に閉じこめられ、うんざりしていた。息が詰まる。

「一度、札幌に行ったことがあるんだ」

「へえ。いつ？」

「結婚してすぐ。お腹が大きかったから大変だったけど」

「新婚旅行？」何故か違和感を覚えながら日向は訊《たず》ねた。

「そういうわけじゃないけど、動けなくなる前に、と思って。食べ物が安くて美味《おい》しくて、すごくよかった。観光客向けであんな感じだから、住んだらもっといいと思うわ。それに冬の雪のことばかり目立つけど、他の季節は最高よ。あんなに住みやすい場所、日本では他にないんじゃないかな」声が弾んでいる。

旦那《だんな》とは、結婚してすぐにぎすぎすしていたのではないか？　違和感の原因に気づき、日向は口を閉ざした。それに、嫌なことしかなかったはずの時代のことを、朗らかな口調で話しているのも引っかかる。それはそれ、これはこれと割り切れる性格なのかもしれないが……。

「次のパーキングエリアに入る」雪で見えにくくなっている標識が、辛うじて読み取れた。話題が変わったせいか、真菜が黙りこむ。それでほっとして、日向は運転に専念した。

日向はパーキングエリアで、そそくさと食料品を買いこんだ。運転しながらでも食べられるパンやペットボトルの飲み物。真菜は手伝おうとせず、ぶらぶらと土産物売り場を見ている。彼女が周囲の視線を集めているのに、日向は気づいた。疲労と苦労で本来の美しさが失われているにもかかわらず、彼女には人目を引く魅力がある。うろうろしていて欲しくないんだが……心配しながら会計を終えると、彼女の姿が消えていた。トイレか？　だったら確認できない。慌てて捜し始めると、小さなフードコートの一角に腰を下ろして、コーヒーを飲んでいた。冗談じゃないぞ。こんなところで、時間を潰《つぶ》している暇はない。

大股《おおまた》で彼女が座っているベンチに近づき、「行くぞ」と声をかける。真菜はカップ――紙コップではなくちゃんとしたカップだった――を口の高さまで持ち上げ、「焦ってもしょうがないじゃない」と穏やかな声で告げた。日向は彼女の前に座り、身を乗り出して小声で忠告した。

「何のつもりなんだ？　俺たち、追われてるんだぞ」声を潜めて忠告する。落合は、「警察はまだお前には気づいていない」と言っていたが、用心に越したことはない。落合がどれぐらい正確に警察の動きを摑《つか》んでいるかは、分からないのだ。

「日向君がいるんだから、大丈夫でしょう」

「そんなに安心されても困る。もう少し緊張していてくれ」

「だって、私にできることなんて、何もないから」

「そうかもしれないけど……」神経をすり減らしているのは俺なんだ。もっと気を遣って、優しくしてくれてもいいじゃないか。こんなことでは、これから続く長い逃亡生活を一緒に送るのは難しい。

まさか、中国なりタイなりに上陸した瞬間、俺を捨てて勝手に動くつもりじゃないだろうな……いや、彼女はそんなことをする力も金もないはずだ。

「とにかく、早く行こう。食べ物は買ったから、車の中で食べればいい」

「そんなにお腹、空《す》いてないから」両手でカップを包みこみ、ゆっくりと飲む。傍らに、空になった砂糖の袋とミルクの容器が転がっていた。

「いいから。何考えてるんだよ」

「何も」カップから顔を離す。やけにすっきりとした、悩みの感じられない表情だった。

「なるようにしかならないから」

「そんな投げやりじゃ、助かるものも助からないぞ」

「自分の力でできることなんて、ほんの少し。流されてるだけなんだから。流木が流れてきたら、摑まるだけよ」

「何言ってるのか、全然分からない」

「日向君は、自分の力でいろんなことを切り開いてきたんでしょう？　私は違うから。私にできることなんて、高が知れてる」

澤村と橋詰は、地元の所轄署を訪ねて、刑事課長に談判していた。刑事課長は、いかにも朴訥《ぼくとつ》とした田舎の警察官といった感じで、二人に対して不満そうな表情は見せなかったが、言葉の端々に皮肉が滲《にじ》むのまでは我慢できなかったようだ。

「まあ、分かるんですけど、筋としては、最初にここに顔を出してもらわないと、ねえ」

「その件は謝ります」澤村はデスクに両手をつき、覆い被《かぶ》さるようにしながら言った。

「とにかく人手が必要なんです。この辺りを通過するのは間違いない。網を張っておけば、必ず捕まります」

「だけど、それがいつになるかは分からないんでしょう?」課長が冷静に指摘した。

「今日なのか、明日《あした》になるのか、そこまで長く検問は続けられませんよ。それに、どういうルートで来るかも分からないんだから」

「想定できるルート全てに網をかけて下さい」

「無茶苦茶言わないで」課長が苦笑して、椅子に背中を押しつける。「おたくらが焦ってるのは分かりますけど、そんな無計画なことじゃ……もう少し情報を絞りこんでくれないと、どうしようもないですよ」

「殺人犯が、二人で逃亡してるんですよ。GPSで、この辺に足跡があることも分かっています」澤村は声を張り上げた。「二つの事件が絡んでるんだから、危険だと思いませんか? それに犯人は、二人ともこの街の出身なんだ。縁がある」

「何だか、こっちに責任があるように聞こえるけど」課長の顔から表情が消える。

「そんなことを言ったつもりはありません」

いしますよ」

「とにかく、強引に話を持ってこられても困る。人を動かすなら、正式なルートでお願

「こんなことをしているうちにも、奴らはこの街を通過しているかもしれないんです

よ！」澤村は声を荒らげた。

「それは、今までに捕まえられなかったあんたたちの責任じゃないか」

「冗談じゃない！」澤村は右手の拳《こぶし》でデスクを叩《たた》いた。未決書類の箱が飛び上がり、狭

い刑事課の部屋に嫌な沈黙が訪れる。

「まあ、その……」橋詰が咳払《せきばら》いしてから割りこんだ。「貴重な研究材料ですんでね、

是非ご協力いただきたい」

「あんた、誰なんですか」課長が疑わしげな視線を向けた。

「失礼。県警情報統計官の橋詰です」

気取った仕草で橋詰が名刺を取り出す。課長が、汚い物でも受け取るように、嫌々手

を伸ばした。

「プロファイリングが専門です」

澤村が助け舟を出すと、課長がつまらなそうに「ああ」とつぶやいた。プロファイリ

ングを信用していないのは明らかだ。「私もそうなんです」と話を合わせて機嫌を取ろ

うとしたが、その瞬間、胸ポケットの中で携帯電話が鳴り出す。課長が睨《にら》みつけるのを

無視して出ると、谷口だった。

「今、どこだ？」

「所轄に協力をお願いしてます」

「代われ」

澤村は、「うちの捜査一課長です」と告げて電話を差し出した。逃げ場を失ったことを悟ったのか、課長が溜息《ためいき》をついて電話を受け取った。しばらく一方的に谷口の話を聞いていたが、最後に「分かりました」と言って電話を切った。

「あんたと話すことは、特にはないそうですよ」

皮肉っぽく言われ、澤村はうなずいて電話を受け取った。本当はあるはずだ——説教とか。

「最初から筋を通してくれれば早いのに……交通課と、県警の機動捜査隊にも連絡を取りますから、待って下さい。その前に、検問ポイントの確認だ」

立ち上がり、打ち合わせ用のテーブルに道路地図を広げる。かなり使いこまれてぼろぼろになった地図の上に屈《かが》みこみ、ボールペンで次々とチェックポイントをつけていった。それを確認しながら、澤村は、二人に会ったら最初に何を聴くべきか、と考えていた。

思い浮かばない。普通、犯罪者に対しては、屈折した気持ちが募るものである。一番聴きたいのは動機だ。だがあの二人に関しては、何故かそういう気持ちになれない。何を聴いていいのか分からない。

刑事になって十年以上、こんなに腰が引けた気持ちで捜査をするのは初めてだった。故郷が近づくと、ざわつく気持ちを抑えられない。近づきたくないのに、近くにいかなければならない状況。

日向は、高速を降りた後、新潟へ通じる最短の国道ルートを選ばなかった。ここは交通量も多く、目立つだろう。代わりに、この国道の裏道に当たる県道に車を乗り入れる。故郷の街の南側をかすめながら、山裾《やますそ》を通り、新潟との県境にまで至る。故郷ではほとんど車を運転したことがなかったので、道路がどんな状況になっているかは分からなかったが、交通量が少ないことは容易に想像できる。そちらを走った方が目立たないはずだ、という判断だった。

市の南端部をかすめるようなルートで県道に入ったのが、午後六時前。既に周囲は真っ暗で、カーブの多い片側一車線の道を走るには、細心の注意を要した。ラジオの音さえ邪魔に感じられ、途中でスイッチを切る。車の下腹がぼこぼこと雪を擦《こす》る音が耳障りだったが、これは仕方がない。スピードは、出せても三十キロ。狭いカーブでは、ほとんどアイドリング状態のまま、のろのろと進んで行くしかなかった。

「こんな道、あった？」

「さあ、俺もよく知らない」カーナビは間違いなく、西へ——新潟へ向かって進んでいる、と告げているが、自信はない。

「大丈夫なの？」真菜の声に苛立《いらだ》ちと不安が混じる。「他に車、一台も通ってないんだけど」

「道は間違いないんだ」地元の人しか使わない――こんな大雪の時は、地元の人ほど使わない道かもしれない。何しろ、ほとんど山の中を縫うように走るルートなのだ。民家も店もなく、真っ白に染まった山肌がすぐ横に迫っている。「とにかくここをひたすら真っ直ぐ進めば、新潟県境まで行ける。そこまで辿《たど》り着けば……」

「新潟の方が雪が深いんじゃない？」

「県境の辺りはそうでもないみたいだ。上越や中越の方は大変だけど」

「それならいいけど」

真菜がゆっくりと足を伸ばした。どうしてこんなにリラックスできる？　首を傾げながら、日向は前方に意識を集中させた。この辺りには街灯もほとんどなく、頼りになるのはヘッドライトの光のみ。しかし二筋の光の中に浮かび上がるのは、雪だけだった。道路と山肌に降り積もった雪と、我が物顔で全ての空間を覆い尽くさんばかりに降る雪……世界はほぼ白一色に染まり、自分がどこにいるのか、一瞬分からなくなった。道路と、両脇の斜面の境目さえ、はっきりしなくなっている。気をつけないと、ガードレール――これも雪で完全に消えていた――に突っこんで、山の斜面を落ちてしまいそうだった。

真菜がちらりと腕時計を見る。シートから背中をはがして腕を伸ばし、ラジオのスイッチを入れた。ラジオなど聞きたくもないのだが、ちょうど定時のニュースが始まる時刻だった。

トップニュースは、やはり大雪関連だった。とうとう上越新幹線も停まった。雪に強い上越新幹線が運休するのは珍しいのだが、群馬県内、上毛高原《じょうもうこうげん》駅付近の雪が激しく、ポイント故障の事故があったらしい。ということはやはり、車を使って正解だったのだ。一晩中、新幹線の中に閉じこめられるのは我慢できないし、予定も立たなくなる。

この県道に入ってどれぐらい走ったか……風景の変化がないので感覚が失われがちだが、もう二十キロか三十キロも走った感じがする。しかしカーナビを見ると、まだほとんど進んでいないようだった。時間を心配する必要はないだろうが、この道路を走ることで余計な神経を遣い続けなければならない。しかし後続車もいないし、対向車とも一度もすれ違っていないのだから、ここを選んだのは正解だったのだ、と自分に言い聞かせる。

「今夜中に新潟へ入れる？」

「ここを過ぎれば、何とかね」

「何か、嫌な感じがする」真菜が自分の両腕を擦《さす》った。

「何が」

「こんな誰もいない所を走ってるのって……追いかけられたら逃げられないでしょう」

「こんなところにいるなんて、誰にも分からないさ」

「根拠はあるの？」

「いや……」自分が落合の言葉にしがみついているだけだ、と気づく。この際、末田に連絡を取ってみるべきだろうか。あれから一度も話していないが、こういう時こそ情報を得たい。しかし事態が事態だけに、末田も見逃してくれるかどうか、予想がつかなかった。不安と期待が渦巻く中、日向は胸ポケットから無意識に携帯電話を取り出してしまった。

一瞬、顔が蒼褪《あおざ》める。電源を入れたままだった。警察はGPS機能を利用して、こちらの動きを追っているはずだ。右手でハンドルを持ち、震える左手で何とか携帯の電源をオフにする。これで追跡できなくなるはずだが……最後に電話したのは、もう数時間も前だ。落合と話したあの場所からここまで、警察はずっと自分たちの行方を追跡していたかもしれない。いや、それはないか。それならとうに、追いついて来ているはずだ。警察の網は、全国に広がっている。

左のきついカーブを慎重にクリアすると、久しぶりに道が真っ直ぐになった。周囲が暗闇なのではっきりしないが、ヘッドライトが何物にも邪魔されず先へ届くので、直線にいるのだと分かる。ほっとして、少しだけ右足に力を入れた。リアタイヤがずるりと滑ったが、この感覚にも既に馴染《なじ》んでおり、コントロールは容易だ。少しだけ右足から力を抜くと、すぐにタイヤがグリップ力を取り戻す。道路の上に張り出している木の枝から、雪が落ちて前方で砕けた。重みをなくした枝が跳ね上がり、まだ残っていた雪が飛び散って、降る雪と混じり合う。

その時、前方に赤く煌《きらめ》く光が見えた。他の車？　ここまで一台も見かけなかったのに、珍しいことだ。光は次第に大きくなってくる。停まっているのか？　こんな所に信号があるとも思えないが……停止した車のすぐ後ろにつける。大きなワンボックスカーが道を塞《ふさ》いでいるので、その先の様子が見えなかった。ブレーキを踏んだまま、日向は苛立ちを抑えるために煙草に火を点《つ》けた。窓を少しだけ開けたが、聞こえるのは静かな風の音だけである。煙草を一本灰にする間、待ったが、前のワンボックスカーは動き出す気配はない。マフラーから噴き上がる水蒸気が、冷たい空気と混じり合った。何してる？　故障か？　追い抜かそうと車を発進させ、わずかに右にハンドルを切ると、ワンボックスカーの前方にも車が停まっているのが見えた。それも一台ではない。見る限りずっと先まで、車列が続いていた。

慌ててサイドブレーキを引き、車の外へ出る。煙草を投げ捨て、踝《くるぶし》まで埋まる雪の中を歩き出すと、何人かのドライバーが固まって話をしているのが見えた。滑らないように気をつけながらそちらに急ぎ、彼らの会話に耳を傾ける。

「――動かないよ、これは」

「消防とか、来ないの？」

「この雪じゃ無理だろうね」

日向は、人の輪に割って入った。

「すみません、何があったんですか？」
頭にタオルを巻いた若い男が振り向き、肩をすくめた。
「この先で事故があったみたいなんだけど、詳しいことは分からない。ずいぶん先まで
つながってるみたいだよ」
事故か……だったら大したことはないだろう。日向は胸を撫《な》で下ろした。処理で一時
間や二時間は足止めを食うかもしれないが、誤差の範囲内だ。ゆっくり待って、抜け出
せばいい。
「ちょっとヤバイかもしれないよ、これ」煙草を口の端にぶら下げた中年の男がつけ加
えた。
「ヤバイって？」
「トレーラーだかトラックだかの事故だって話もある。本当にそうだったら、簡単には
片づかないぜ。何でこんな狭い道をでかい車が走ってたのか、分からないけどさ」
「いつからここにいるんですか？」
「十分か……二十分かな」
「ちょっと見てきます」
「やめとけって、兄ちゃん」中年の男が引きとめた。「そんな格好で走ってたら凍死す
るぞ」
仕方なく引き下がり、車に戻った。真菜が不安そうな視線を向けてくる。

「どうしたの？」

「事故だ。いつ動くか分からない。ちょっと調べてくるから」ダウンジャケットを着こみ、再び雪の中を走り出す。ブーツを履いているのに容赦なく雪が入りこみ、足先の感覚が薄くなった。まさかとは思うが……強い抵抗の中、日向は顔を下げて雪を避けながら、前へ、前へと進み続けた。足下で、雪がめりめりと音を立てる。


「県道？」

澤村は思わず声を張り上げた。電話の向こうで、初美が淡々とした声で説明する。

「そうです。高速から降りて、新潟へ向かう国道の裏道なんですけど。目立たないルートを選んだつもりなんでしょう」

「そこまで、携帯の追跡はできてるんだな？」

「県道に入ってすぐぐらいまでは。日向はそこで気づいて、電源を切ったんだと思います」

「その道は……」澤村は狭い運転席で地図を広げた。「ほとんど一本道だな」

「そうです。追いこめば、そこで捕まえられますよ。先で検問を徹底すれば完璧《かんぺき》でしょう」

「分かった」澤村は乱暴に地図を畳み、助手席でぼんやりしていた橋詰に声をかけた。

「逃げこんだ場所が分かりましたよ。予定通り、新潟方面へ向かっているようです」

「あ、そう。じゃあ、捕まるのも時間の問題だね」

「何だかつまらなそうですけど」

「捕まえるのはこっちの仕事じゃないんでねえ」太い肩を上下させる。「ま、頑張って下さい。逮捕劇に参加できれば、こっちの県警さんも喜ぶんじゃないかね」

彼を睨《にら》みつけてから、車を降りる。市境の、国道の待避所。よく検問などを行う場所だというのだが、今は白一色に染まっている。待機しているのは、澤村たちの他に、刑事課長自らが乗りこんだ機動捜査隊の覆面パトカーのみ。澤村は覆面パトカーのドアを勢いよく開け、腕組みをしてうつらうつらしていた課長を叩《たた》き起こした。

「県道の方に回ったようです。携帯電話の微弱電波で確認できました」

「県道って、国道の裏道の？」課長が妙な顔をした。既に日が落ち、室内灯で浮かび上がるだけなので、真意は読めない。

「ええ」

「それは……まずいのかまずくないのか、よく分からん事態になったな」

「どういうことです？」

「大型トレーラーが事故を起こして、道路を塞いでるんだ。その先で小さな雪崩が起きていて、動きようがない。警察も消防のレスキューも、現場に入れないんだ。全面通行止めになっている」

「日向が、そこに巻きこまれている可能性もある？」

「あり得るね」

「じゃあ、すぐにそっちへ転進しましょう」閉じこめられた車の列ができているかもしれないが、だったら背後から迫って行けばいい。動けない人間を摑《つか》まえるのは容易《たやす》いのだ。

「お勧めできないな。危険だ。あんた、雪道を舐《な》めてるだろう」課長の顔色が変わった。

「そんなつもりはないですよ」反論したが、すぐに彼の忠告ももっともだと思い直した。

「一緒に来てもらえませんか。自分たちだけだと不安です」

「了解」

課長が身を乗り出し、無線を握った。手早く指示を飛ばすと、「じゃあ、後についてきてくれ」と言ってドアを閉めた。すぐに車が発進し、澤村も橋詰のスバルに飛び乗る。

日向を追ってきたのはごく短い時間なのに、ひどく長い時間が過ぎている感じがした。

5

閉じこめられて三時間が過ぎた。午後九時……雪の中、車列が動き出す気配はない。すぐ後ろに後続の車がついているので、完全に動きが取れなくなっていた。Uターンして引き返そうかとも思ったが、道路の両脇に雪が積もって幅が狭くなっているので、車を動かしようがない。

ガソリンの残量を確かめて、日向はエンジンを切った。まったく動いていないのに、いつの間にかタンクの中身は減っていく。馬鹿でかい車だから燃費も悪いのだが……とにかく今は、ガソリンを節約しなくてはならない。いつになったら動き出すか分からないのだから、エネルギーを消費しないようにするのが一番だ——車だけではなく、自分も。日向はシートを倒して目を瞑《つむ》り、少しでも眠ろうとした。ここ数日、ろくに睡眠を取っておらず、休憩を取るにはいいチャンスだったのだが、いざ目を瞑ると眠気が遠ざかってしまう。

それでも、切れ切れに眠っただろうか。ふと、煙草の香りに引きずられて意識が鮮明になる。ゆっくり体を起こすと、真菜が煙草を吹かしていた。窓は開いていなかったが、寒気が車内を支配している。二人分の体温も、大きな車を暖めるまではいかないようだ。午前零時……三時間も寝てしまった？　シートを起こして左右を見たが、雪がサイドウィンドウに張りつき、フロントガラスにも分厚く降り積もっているので、白い壁の中に閉じこめられてしまったようだった。雪明かりで車内は薄ぼんやりと明るくなっている。煙草をくわえてみたが、口の中がいがらっぽく、火を点ける気にはなれない。パッケージに戻して、真菜に向かって体を捻《ひね》った。

「別に、何もないわよ」彼女が先んじて言った。「車も動かないし……このままここにいて、大丈夫？」

「動けないんだから、仕方ないだろう」

「でも、警察は来るかもしれないわよね」

彼女の言う通りだ。車では無理でも、徒歩での追跡なら……警察は、簡単には諦《あきら》めないはずだ。

「追ってるなら、とっくにここまで来てるはずだよ」自分を安心させるように、日向は考えているのとは反対のことを言った。「警察も、この雪で身動きが取れないんじゃないか」

ちょうどニュースの時間だと気づき、エンジンに火を入れ、ラジオをつける。冷たい風がエアコンから噴き出して身震いしたが、少し暖機運転を続ければ温風になるだろう。それで車内を一度暖めてから、動き出すのを待つ。今のところ、雪の降り方に変化はないが、明け方には弱くなるという天気予報を聞いて、日向は少しだけほっとした。約束の時間まで、ちょうど二十四時間。ここさえ抜け出せれば何とかなるのだ。遅くとも、明け方ぐらいから復旧作業が始まれば……。

ワイパーがぎしぎしと嫌な音を立てている。ウィンドウに雪が降り積もってしまい、動かないのだ。このままでは壊れると、慌ててスイッチを切り、外へ出る。依然として車列はつながっていたが、ほとんどの車はガソリンを節約するためにエンジンを切っており、道路は長大な白い駐車場のようになっていた。フロントガラスに厚さ三十センチほども降り積もった雪を素手で払い落とすと、刺すような冷たさが伝わってくる。助手席で煙草をふかしている真菜と目が合ったが、彼女はにこりともしない。ここしばらく、まともな会話を交わしていなかった。彼女は、感情を完全に失ってしまったように見える。こんな閉塞《へいそく》状況だったら、焦りと怒りで泣きわめいてもおかしくないのに、まったく平然としているのがかえって不気味だった。俺は、「何とかなる」と自分に言い聞かせていないと、精神の安定を失ってしまいそうなのに。

ふと、前方に人影が見えた。こちらへ向かって来るようで、懐中電灯の光が不安定に上下している。警察か……慌てて車の中に滑りこむ。日向の焦りが真菜に伝わったようだった。

「何？」声には怯《おび》えがあった。

「警察かもしれない」

真菜は無言で、煙草を灰皿に押しつけた。ドアハンドルに手を置き、体重をそちら側にかける。

「何してるんだ？」

「警察だったら、逃げるの」

「歩いて？　無理だよ」

「無理じゃないわ」

「この雪の中を？」

「命以外に、なくす物なんかないから。生きていれば、何とかなるから」

「無理だ」理屈が滅茶《めちゃ》苦茶だ。この大雪の中を歩いて逃げるのは、まさに自殺行為である。それほど気温は下がっていないはずだが、どこかに迷いこめば、間違いなく凍死する。しかもここは山の中。他の道路へ出るためには、道なき道を行かなければならない。真菜の中に巣くった狂気を、日向ははっきりと感じ取った。

日向はエンジンを切って目を閉じ、寝た振りをした。警察だとしても、これで逃げられるのではないか、と思う。甘い考えかもしれないが、他に対策の立てようがない。

フロントガラスに当たる雪の音に混じって、サクサクと積雪を踏む音が近づいて来る。緊張しながらも、日向は無理に目を瞑り続けた。やがて、ドアをノックする音がして、緊張が頂点に達する。腹の上で握り合わせた両手から、血の気が引いた。

「警察じゃないわ」

真菜のささやき声で、ふいに緊張が途切れる。ゆっくり目を開け、サイドウィンドウに目をやると、フードを深々と被《かぶ》った女性が車内を覗《のぞ》きこんでいるのが見えた。年格好から見て、警察官ではあり得ない。顔に深々と刻まれた皺《しわ》は、とうに還暦を過ぎている人間のそれだ。何者か、と考えているうちに、またノック。無視し続けるのも不自然だと思い、日向はドアを細く開けた。途端に、柔らかな湯気が車内に入りこんでくる。

「これ、ほら」低い、しゃがれた声と同時に、手が差し出された。四角い盆の上に、大量の握り飯。

「何……ですか」日向は戸惑いながら訊《たず》ねた。

「差し入れ。お茶もあるから」

「いや、あの……」

「大丈夫、怪しいもんじゃないから」女性が低い声で笑った。「大変だから、この辺の者《もん》で炊き出ししたのよ」

「あ」つい間抜けな声が出てしまう。「あの、いいんですか？」

「困った時はお互い様だし」

盆が何度か突き出される。無視するわけにもいかず、かといって受け取るのも躊躇《ためら》われ、日向はその場で動けなくなった。

「どうもすみません」真菜が突然、妙に明るい声で言った。

「いいのよ。冷えてない？　毛布とか、あるわよ」老女が、日向ではなく真菜に話しかける。

「大丈夫です。でも……お腹が減って」真菜が恥じらうような口調で答える。

「ほら、彼女がそう言ってるんだから。取って」

操られるように、日向は盆の上にかかったラップを外し、握り飯を二個取った。胡麻《ごま》をまぶしただけだが、ずいぶん大振りの握り飯で、女性だったら一個で腹が一杯になってしまうだろう。柔らかく、まだかすかに温かみが残る握り飯の感触に、日向は唐突に空腹を意識した。そういえば、最後に何か口にしてから、ずいぶん長い時間が経っている。真菜に握り飯を一つ渡す。片手が空いたのを見計らったように、老女が紙コップに注いだお茶を渡してくれた。火傷《やけど》しそうな熱さが、ひどく心地好《よ》い。

「あの、どうなってるんですか？　全然情報が入らなくて」日向は遠慮がちに訊ねた。

「朝までこのままみたいよ。雪崩があって、救助の車も入れないし」

「そうなんですか……」先ほどの話が裏づけられる。あまりの寒さに、日向は確認するのを諦め、途中で引き返していたのだ。地元の人が言っているのだから、間違いないだろう。

「五キロ先まで詰まってるから、動き出すのはずいぶん先になるでしょうね」

「参ったな……」

「急ぐの？」

日向は無言でうなずいた。老女が首を横に振る。

「でも、どうしようもないから。Ｕターンしようにも、後ろも雪崩なのよ」

「そうなんですか？」日向は目を剝《む》いた。道幅が狭くてＵターンできないのは分かっていたが、これで完全に前後を塞《ふさ》がれた形になる。

「本当に、毛布、いらない？」

「大丈夫です」下を向いたまま話した。はっきりと顔を見られたくない。

「皆大変だけど、別に遭難したわけじゃないから。トイレを使いたいなら、この先に何軒か家が固まってるから、そこで借りて。二百メートルぐらい行けば、すぐ分かるから」

「すみません」

「じゃあ、気をつけてね」

老女が、すぐに後ろの車に向かった。ドアを閉め、溜息《ためいき》を一ついてから握り飯にかぶりつく。ほのかに温かい握り飯は、塩と胡麻の味つけだけだ。中には何もなし。それでも、米本来の甘みと塩気が口の中で混じり合い、空腹には最高のごちそうになった。火傷しそうなお茶で口の中を洗い、人心地つく。真菜はゆっくりと、味わうように食べていた。

腹がある程度満たされると、急に安心感が訪れる。いや、安心感ではない……もっと温かい何かだ。こんな雪の中、自分たちとは関係ない人間のために、手を尽くしてくれる人がいる。放っておけばいいのに。あり得ない話、お節介だと揶揄《やゆ》しながら、何故か感謝の念が溢《あふ》れてくる。紙コップが歪《ゆが》むほど強く握っているのに気づいた。

今まで、一人きりで生きてきた。親に育てられた事実は、今さらどうでもいいように思える。動物だって、親が子どもの面倒を見るのは当たり前だ。だが、物心ついた頃から抱いていた孤独感——世界中で自分は一人きり——は、今かすかに揺らいでいる。何の見返りも期待できないのに、助けてくれる人がいるではないか。被災地で、被災者同士が助け合ったり、ボランティアが身を粉にして働く姿をテレビの画面で見ても、白けるばかりだったのに、半分遭難したような状態で差し伸べられた手のぬくもりは、人とのつながりを意識させた。

同じような立場——罪を犯して一緒に逃亡している真菜との間には決して成立しない

この安心感は、何なのだろう。

馬鹿馬鹿しい。握り飯一個でこんなに感傷的になるのは、精神的に追いこまれている証拠だ。精神的に追いこまれている証拠だ。今の窮地を抜け出せば、こんなことはすぐに忘れてしまうだろう。

ふと、真菜の顔を見る。まったく無表情で、まだ握り飯を食べていた。見られているのに気づくと、ゆっくりと顔を上げて見詰め返してきた。その目は、底なしの穴のように見える。

「さっきの人、私の顔を覚えてないといいけど」

私たち、ではなく私、か。

日向は、この女の本音を垣間見《かいま》た気がした。心に抱える孤独感は、たぶん彼女の方がずっと深い。

「クソ、冗談じゃない」澤村は、両手をハンドルに叩《たた》きつけた。

「まあ、焦ってもしょうがないんじゃないの」橋詰が、アフロヘアの後ろで両手を組み、欠伸《あくび》を嚙《か》み殺しながら言った。「自然には勝てないよねえ」

「呑気《のんき》なこと言ってないで、歩いて斥候でもしてきたらどうですか」

「ご冗談を」橋詰が大袈裟《おおげさ》に身を震わせた。「寒さに弱いんだ」

「そんなに脂肪がついてるなら、Tシャツ一枚でも平気でしょう」

「馬鹿言っちゃいかんよ」

失敗だった。日向を追うことは自分の仕事だが、何も橋詰の誘いに乗る必要はなかったのだ。この男といると、いつも精神的にダメージを受けるのは分かっているのに……澤村はドアを押し開け、脛《すね》まで埋まる雪の中に一歩を踏み出した。長靴を仕入れておいて、本当に正解だったと思う。三十メートルほど車列に沿って進み、雪崩の現場をもう一度確認する。右の山側から崩れ落ちた雪の塊は、道路を完全に埋めて、左側の谷に落ちている。高さは、低いところでも三メートルほど。山側は五メートルもある。どれぐらいの幅で続いているのかは、見当もつかなかった。一台のセダンの前半分が、雪に埋もれている。もう少し早くこの場所にさしかかっていたら、完全に下敷きになっていたはずだ。後部ドアを開けて、何とか運転手を救助したのは二時間ほど前。寒さよりも恐怖で震えが止まらない中年の男は、他の車に居候している。

構うものか。澤村は雪に埋もれた車のトランクの上に乗って高さを稼ぎ、前方の様子を観察した。闇に目が慣れてきた今、見渡す限り、雪の山。相当広範囲に渡って、雪が崩れ落ちたようだ。これを片づけ、車が通れるようになるのに、どれぐらいかかるのか。絶望的な気分になり、雪を握って顔にこすりつける。痺《しび》れるような寒さで一気に目が覚めたが、怒りと焦りの感覚も明敏になってしまった。

トランクから飛び降り、雪で滑りそうになるのを何とか立て直して、刑事課長が乗っている覆面パトカーに向かう。後部座席で腕組みしたまま固まっているが、寝ているわけではないようだった。ドアを開けると、迷惑そうに澤村を睨《にら》む。無愛想な課長に、懇願するように訊ねた。

「これ、何とかならないんですか」

「どうしようもない」

「ヘリとか……」

「こんな山の中で、しかも夜で雪が降ってるのに、ヘリが使えるわけがない。二重遭難するのが関の山だよ」

「抜け道はないんですか」

「無理だね」課長の返事はにべもない。まるでこんなことは日常茶飯事で、自然に逆らうだけエネルギーの無駄だ、と諦《あきら》めているようだった。

「こんな雪ぐらい、何とでもなるでしょう」

「無理な物は無理。都会の人は、雪の怖さを知らないから困る」課長が怒りを滲《にじ》ませながら、目を背けた。だがすぐに、何かに気づいたのか、にやにやしながら澤村に視線を向ける。「そんなに行きたけりゃ、トランクにスノーシューが入ってるけど」

「スノーシュー？」

「かんじきみたいなもんだよ。それがあれば、新雪の上でも普通に歩ける」

「歩いたとしたら、ここからどこかに出られますか」

「一度、下の林に下りて、そこを南の方へ抜けて行けば、別の道があるけど」

からかうだけのつもりが、澤村が本気になったのが分かったのか、声がわずかに引けている。迂回路《うかい》があるなら、日向たちは歩いてそちらを目指しているかもしれない。

「ルートを教えて下さい。何とかこの先に行きたいんです」

「本当に行く気か？」

「このままここで待ってたら、いつ動けるか分からないでしょう。日向たちも巻きこまれている可能性が高いんだから、確認しないと。奴らが歩いて逃げ出そうとする前に……スノーシューなら、あれぐらいの雪崩は乗り越えられるんじゃないですか」

「それは駄目だ。危ない」

「じゃあ、崖下《がけした》を迂回していきます。そんなに急斜面じゃないでしょう」

「無茶だ」

「俺は慣れてませんけど、課長たちが先導してくれれば、問題ないですよ」

「冗談じゃない。自分から遭難しに行くみたいな物だぞ」課長が目を剝いた。

「だったら、スノーシューを貸して下さい。一人で行きます」澤村は、運転している若い刑事に声をかけた。「トランク、開けてくれ」

「駄目だ」課長が硬い声で拒否する。

「開けないなら、鍵《かぎ》を壊してでも出しますよ」

「馬鹿な……」吐き捨てたが、澤村の本気度は頭に染みこんだようだった。部下にトランクを開けるよう、命じる。

トランクの中には、赤い色も鮮やかなスノーシューが、何セットか入っていた。さっそく課長の教えに従い、装着する。小さなスキー板を履いているようなもので、確かにこれなら、雪に沈む心配はないだろう。

「澤村先生、俺も行こうかね」突然、背後から声をかけられた。橋詰が、にやにやしながら立っている。

「駄目です。あなたが来ると、足手まといになる」

「一人よりは二人の方がいいんだが……」課長が困ったように言った。

「だったら、誰か人を出して下さい」

覆面パトカーには三人が乗っている。しばらく睨み合いが続いたが、ほどなく課長が折れた。

「あんた、何でそんなに執着するのかね」課長が溜息《ためいき》をついた。

「犯人がすぐ近くにいるんですよ。手をこまねいて見てるわけにはいかないんです」

課長が橋詰に視線を向ける。

「この人、いつもこんな感じなのかね」

「許してやって下さい。一種の病気みたいなものですから」言って、橋詰がわざとらしく溜息をつく。

二人のやり取りを無視して、澤村は道路左側の斜面に向かった。長靴を履いているだけの時よりもずっと歩きやすかったが、足を確実に上げないと、スノーシューが雪に突っこんでしまう。体重移動に慣れるまでは、少し時間がかかりそうだった。

「ああ、分かった、分かった」諦めたような課長の声。振り向くと「若い奴を出すから。三人いれば遭難することもないでしょう。うちの無線を持って行って」

「ありがとうございます」

一礼してから、澤村は覆面パトカーの横を回りこみ、斜面に足を踏み入れた。スノーシューを履いていても、踏み固められていない新雪に足がめりこんだが、すぐに止まる。体が宙に浮いているような感じが不気味だったが、前を向いたまま、左から順番に足を下ろして、横向きで斜面を下る。傾斜はそれほど急ではなく、ゆっくり歩けば転げ落ちる心配はなさそうだった。太い木の幹を摑《つか》んでバランスを取り、何とか傾斜を下りきった。見上げると、降りしきる雪の中、覆面パトカーが三メートルほど上にあるのが分かる。斜面のすぐ下は林になっており、積雪もやや少ない。大きく張り出す枝が傘の役目を果たし、ある程度は雪を遮断してくれたのだ。雪の重みに耐えかねた枝が大きく揺れ、白く冷たい塊が落ちる。それが、ちょうど斜面を下り始めた橋詰の頭を直撃した。彼の悪態を聞きながら、澤村は歩幅を広くし、スピードを速める。急いでいるのは、次の雪崩を恐れたせいでもあった。下から見上げる雪崩の跡は小山のようであり、澤村が今歩いている斜面に向かって、少しずつ崩れ落ちている。もう一度雪崩があったら、逃げ切れないだろう。

できる限り早く、崩れた雪の山を乗り越えた。何とか林の中の平らな場所に戻ると、ダウンジャケットの下で汗をびっしょりかいているのを意識する。むき出しの両手がかじかむ寒さだったが、辛《つら》いのはそこだけだ。頭に降りかかる雪の冷たさは、むしろ心地好《よ》い。しかし、足先の感覚が消え始めているのが心配だった。凍傷に至る段階——冷たさから痛み、さらに無感覚。雪に不慣れな澤村は、自分は危険な状態にあるのだろうか、と心配になった。

雪崩の跡から十メートルほど進み、傾斜が緩くなっている場所を見つけた。斜面に生えている木を手がかりにすれば、何とか道路に戻れるだろう。背後から橋詰の荒い息遣いが聞こえてくるが、無視する。勝手について来ただけなのだから、どうなっても自分で責任を負うべきだ。雪を蹴《け》る音が二重に重なって聞こえる。若い刑事が橋詰を追い越したようだ。こいつは現地の人間だし、頼りになるだろう——振り返って小さくうなずき、目で合図する。向こうも真剣な表情でうなずき返してきた。

「君、名前は」

「権藤《ごんどう》です」

「先行できるか?」

「行きます」

権藤は小柄な男で、動きが俊敏だった。雪の中から突き出た松の幹に手をかけると、腕の力を利用して一気に斜面を駆け上がる。動きが止まりそうになった瞬間、次の松の木に手をかけ、体を引き上げた。次々と立ち木を伝って、あっという間に道路まで辿《たど》り着く。澤村も彼の真似をして、同じルートを使った。ざらざらした松の表皮が手に食いこみ、冷たさが染みたが、何とか耐える。これは腕のトレーニングだと自分に言い聞かせながら、何とか斜面を登り切った。振り返ると、三メートルほど下で橋詰が両腕を振り回している。

「おーい、澤村先生、引っ張り上げてくれよ」

「自分で何とかして下さい」澤村は冷たく言い放った。

「いいんですか？」権藤が、少年らしさが残る顔に戸惑いの表情を浮かべる。

「いいんだ。そうは見えないかもしれないけど、彼も一応は警察官なんだから。自分の身は自分で守れると思うよ……たぶん。それより、早く行こう。連中がどの辺にいるか、分からないんだから」

「分かりました」権藤が無線に向かい、雪崩の箇所を突破した、と報告する。澤村に向かってうなずきかけると、乾いたアスファルトの上を行くようなスピードで歩き始めた。慣れている……澤村は、ともすればバランスを崩しそうになりながら、何とか彼の後に続いた。

　この車列がどこまで続いているか、県警も完全には把握しきれていないようだった。刑事課長の話によると、ずっと先の交差点で大型のトレーラーが横転したのが全ての原因だというのだが、その地点まで六キロはあるという。日向が巻きこまれているとしても、どの辺りにいるのか。

　もしかしたら、既に車を乗り捨て、徒歩で逃げているかもしれない。

だが女と二人で、この雪の中、どこまで逃げられる？　もちろん、二人ともこの近くの出身で、雪に慣れているという利点はあるだろう。それでもスノーシューのような装備がなくては、この雪と寒さの中、歩いて逃走を続けるわけにはいくまい。いつか車が動き出すと信じて、車中に籠《こも》っているのではないか、と澤村は読んでいた。

奴らは、どこまで生に執着しているか。

先行する権藤の背中を追いながら、澤村は二人に会った時にかける言葉を、未《いま》だに思い浮かべられずにいた。こんなことは初めてだった。


手の中には、まだ握り飯のぬくもりがある。持ち重りがするほど大きな握り飯は、空腹と不安を拭《ぬぐ》い去ってくれた。あんなに美味《うま》い握り飯を食べたことがあったか……塩と胡麻《ごま》だけの味つけなのに、食べていると気持ちが解《ほぐ》れてくるようだった。

ああいう握り飯を食べることは、この先ないかもしれないな。

食後の煙草を吹かしながら、日向は暗い気分になっていた。タイへ身を隠して、それから先、どうなるのだろう。日本へ戻ることができるのか……ハードルは高い。別の身分証明書が必要だし、新たなビジネスを始め、生活を立て直すための資金もいる。もう本多や落合――過去の自分を知る人間には、何も頼めまい。自力で何とかできるのか、ビジョンはまったくなかった。金が尽きるまで、うだるようなタイの暑さの中でただだらだらと生きていくか……そんな生き方に意味があるとは思えない。そして何事かを成し遂げない人生など、捨ててしまった方がいいのではないか。

「変な人、いるのね」

「何が」真菜の白けた言い方が気になる。

「だって、お握りとか配ってるのよ？　あり得ない。何か、馬鹿みたいじゃない」真菜が鼻で笑った。

「だけど、助かったじゃないか」

「別に、飢え死にしそうになってたわけじゃないし」真菜が肩をすくめた。「田舎のこういうお節介なところが嫌いなのよ」

「もう、関係なくなるからいいだろう。文句ばかり言うなよ」

「そう、ね」素っ気なく言って、真菜がドアに身を預ける。サイドウィンドウに側頭部を凭《もた》せかけ、頭に伝わる冷たさを楽しんでいるようだった。

「だいたい、人とのつながりは簡単には切れないよ。こっちが望んでなくても、あんな風に勝手に寄ってくる人もいるし」

「そういうのが嫌だから、あの街を出たんじゃないの？　何か、意外。日向君って、子分か敵しかいないタイプだと思ってたのに。友だちとか必要ないって思ってない？　お握りを食べさせてもらったぐらいで、変に感傷的になって、おかしいよ」

「別に、そんなつもりじゃない」

「そうかな。本気で逃げ切る気、ある？　諭されたら、諦《あきら》めちゃうんじゃない？」

「まさか」

否定しながら、日向は彼女の言葉の意味を吟味した。誰かに諭されたら……信頼できる人間など一人もいないが、もしかしたら自分は、そういう人間が現れるのを期待しているのかもしれない。お前は悪くない、ちょっと間違っただけだ、まだやり直せる——己の行為を悪だと感じていたが故に、日向は許しを求めている自分に気づいていた。人を殺したという行為そのものに関しては何とも思っていないのに、何故か許しが欲しい。それが誰から与えられる物かも分からなかったが、温かな言葉が必要だった。

思えば昔から、そうだった。

周りを見下し、自分から殻に閉じこもっていたものの、本当は誰かに、それを破って欲しかったのだと思う。本多はまさにそういう存在だった。持ちかけてきた話はろくでもないものだったが、俺を認めてくれたのは間違いないのだから。だからこそ、あの男を裏切らないよう、怒らせないよう、気を遣ってきた。いつかは乗り越え、踏み台にするかもしれないが、それはまだ先だ、という意識もあった。

しかし最近は、本多も自分を特別な目で見てはいなかった、と確信している。便利に使える若い奴がいた——ただそれだけ。自分が振り込め詐欺グループにいた人間に対して抱いていたのと、同じような感情だろう。上から下へ永遠に続く、悪の支配の連鎖。

自分はその途中にいたに過ぎない。

「君はどうなんだ。誰かに温かい言葉をかけられたら、どう思う？」

「別に。私の心、空っぽだから」

「どういう意味だ？」

「何も入ってないから。自分でも馬鹿だと思ってる。もう少し頭がいいか、もっと美人なら、変な男に引っかかることもなくて、全然違う道が開けていたと思う。こんな風になったのは、全部私の責任。でも、何とも思わない。反省もしない。私の心は、空っぽだから」

意味を摑《つか》みかねた。何も考えていない——それを認めるには大変な努力が必要なはずだが、真菜はごくさらりと言う。他人の性格を淡々と説明するような口ぶりだった。

彼女はおかしい。少なくとも、俺が理解できるような人間ではない。このまま一緒に逃げていいのか……シャツの腹の中には、万が一のために、二百万円ほどを別に隠してある。残りの金は諦め、彼女をこの場に置いて、一人で逃げ出した方がいいのではないか。生きたい、何とかやり直したいと願う自分の気持ちが、いずれ彼女の空疎な心に浸食されてしまうかもしれない、と恐れた。

少し頭を冷やそう。ドアを開け、一層冷えこむ外気に身を晒《さら》す。真夜中をだいぶ過ぎ、少しだけ雪の降りが穏やかになってきたようだ。この分なら、あと何時間かすれば抜け出せるかもしれない、と安堵《あんど》の吐息を吐く。閉じこめられた状況に、弱気になっていただけだ。

煙草に火を点《つ》けようとした瞬間、後ろの動きに気づいた。三人組の男が、路肩に停まった車のドアをノックし続けている。まさか――レスキュー隊員などでないことは、制服を着ていないのですぐに分かった。

警察。

ここまで追って来た？

鼓動が速まり、顔に血が上って、雪の冷たさが気にならなくなる。

三人は車のナンバーをチェックし、ドライバーたちと一言二言会話を交わしてから次の車に向かう。早く逃げなければ……しかし何者なのか、確認しておきたい。日向は車のボディに背中を預け、耳を澄ませた。道路にぽつぽつと音を立てて降る雪の音が、邪魔である。だが、ノイズの隙間を縫うように、「警察……」と名乗る声が聞こえてくる。躊躇《ためら》っている余裕はない。日向は慌てて、助手席側に回りこんだ。ドアを開け、怪訝《けげん》そうな表情を浮かべている真菜に「警察だ」と告げる。瞬時に状況を把握した真菜が、外へ飛び出した。日向は後部座席からスーツケースを引っ張り出し、迷わず、左側の斜面へ投げ捨てた。頑丈さが売りのスーツケースなので、これぐらいの衝撃には耐えてくれるだろう。木にぶつかったのか、衝突音が鋭く聞こえてくる。

「行こう」真菜の背中を押し、雪が分厚く積もった斜面に足を踏み入れた。腿《もも》まで埋まってしまうが、子どもの頃から、こういう場所は何十回となく歩いてきた。いずれ、感覚を取り戻すだろう。

腿を高く上げ、雪をかき分けるように、何とか前へ歩く。やけに斜面が急に見え、崖《がけ》を一直線に落ちる感じさえしたが、今はその方が好都合だ。歩いて下りるより、落ちた方が速いし、積雪がクッションになる。

日向は思い切って身を投げ出した。急角度の斜面を転がり落ちながら、天地がひっくり返るのを意識したが、それでも自分は生き延びられると自信を持っていた。「日向!」と叫ぶ声がどこかから聞こえてきたが、それは空しい呼び声に過ぎない。奴らが、追いつけるわけがない。

6

間違いない、日向の車だ。澤村は、ナンバープレートにこびりついた雪を、手で払い落として確認した。もっとも、ナンバーを見ずとも、こんな雪の山道に停まっているベンツのCLSは、日向の車としか考えられない。お前は馬鹿だよ、と澤村は今さらながら呆《あき》れていた。どうしてこの車に固執した? こんなに目立つ馬鹿でかい車を最初に捨てていれば、もう少し俺たちの目を誤魔化せたのに。あるいはこれが、自分のアイデンティティだと思ったのかもしれない。振り込め詐欺で稼いだ金で買った車——つまり、事業の成果。

「こっちから逃げたみたいです!」権藤がよく通る声で叫ぶ。澤村はすぐに、路肩に回りこんだ。そちら側は前後ともドアが開いており、雪がシートに吹きこんでいる。権藤が懐中電灯で指す方には、明らかに人が滑り落ちたような跡があった。

「ここからどこかへ抜けられるのか？」

「林を抜ければ、市道に出られます。南の方へ、二キロか三キロですが」所轄の刑事らしく、権藤がすらすらと答えた。地元の警察官は、交通課勤務でなくても、あらゆる道路に精通していなければならない。

「追えるか？」

澤村の問いかけに、権藤が躊躇《ちゅうちょ》した。今まで、仮にも道路を走ってきたのとは訳が違う。遭難の危険があると考えているのは明らかだった。しかし答えが返って来る前に、彼の手から懐中電灯を奪い、斜面に飛び下りていた。

「澤村さん！」権藤の叫びが追ってきたが、澤村は最後は諦め、転がって背中から林の中に落ちる。雪がクッションになってはくれたが、背中を打って、一瞬息が詰まるような衝撃を味わった。

立ち上がり、雪明かりでほのかに明るくなっている周囲を、懐中電灯で照らし出す。林の中は道路よりも積雪が少なく、二人の足跡がランダムに続いているのが確認できた。よし、これなら見失うことはない。こちらはスノーシューを履いているし、絶対に有利だ。

追いかけようとした瞬間、背後から猛烈なショックが襲い、前方に押し倒された。何が……全身に走る痛みを我慢しながら立ち上がると、四つん這《ば》いになった橋詰がしきりに腰を撫《な》でていた。転げ落ちてきて、俺にぶつかったのか。

「何で邪魔するんですか！」澤村は反射的に怒鳴り声を上げた。懐中電灯は、どこかに吹っ飛んでしまっている。

「そう怒るなよ、相棒。一緒に行くからさ」

「邪魔しないで下さい！」痛みを堪《こら》えながら、橋詰を無視して走り出す。できたらこの男には、この場で春先まで凍りついていて欲しかった。

スーツケースは、何とか片手で脇に抱えこめるサイズだった。ハンドルを持つと底が雪に突っこんでしまうので、脇に抱き、疲れると肩に担ぎ上げて、必死で走った。呼吸が乱れ、ダウンジャケットの下で汗が肌を濡《ぬ》らすのが分かる。ブーツは何の役にも立たず、足は完全に冷え切っていた。むき出しの手も、凍えて感覚が消えている。顔に叩《たた》きつける雪は硬い感じがして、目に飛びこむと、しばらく視界がぼやけた。

同じような光景が延々と続く……木立と雪の白さ。わずかに斜面になっているので、先ほどの道路からは確実に離れていると分かるのだが、車に地図を置いてきてしまったので、自分がどこにいるのか、正確には分からない。

真菜は小さなバッグを一つ持っているだけだし、体重が軽いせいか、雪に埋もれることもなく、比較的楽そうに走っている。

「ちょっと……ちょっと待ってくれ！」

日向は何とか声を張り上げた。不審気な表情を浮かべて真菜が振り返り、歩調を緩める。さすがに疲れたようで、松の幹に手を当て、前屈《かが》みになって呼吸を整えた。日向も走るのをやめ、大股《おおまた》に歩きながら何とか彼女に近づく。胸の中で火が燃えるように熱く、喉《のど》がからからに渇いていた。無理な走り方をしていたので腿が痛い。脹脛《ふくらはぎ》も痙攣《けいれん》しそうだった。

スーツケースを雪の上に下ろし、両手で雪をすくい上げて顔に押し当てる。ぴりぴりする寒さで意識が鮮明になり、気合いを入れ直した。煙草をくわえ、震える手で火を点けて、思い切り吸いこむ。刺激に咳《せ》きこみながらも、何とか大声を出さないよう、押さえこんだ。クソ、煙草なんか吸ってる場合じゃない。雪に押しつけて火を消し、吸殻をダウンジャケットのポケットに落としこんだ。携帯電話を取り出し、電源を入れる。居場所が割れるのも仕方がない。GPS機能を使って自分の位置を確認しようとしたが、はっきりしなかった。道もない林の中にいるのだから当たり前か……呼吸を整えながら、真菜の顔を見る。

「大丈夫か?」

「スーツケース、捨てて行ったら?」

「これは、逃げるのに必要なんだ」

「服なんかいらないじゃない。お金だけあれば何とかなるでしょう。半分、持つから」

「駄目だ。ここにスーツケースを残していったら、証拠になる」

「でも、このままじゃ、逃げ切れないわよ」真っ直ぐ日向の顔を見る真菜の目は、何故か澄み切っていた。雪に溶けこみそうなほど白い肌。疲れ切り、絶望の淵《ふち》に近いところを彷徨《さまよ》っているはずなのに、何故か美しい。高校の頃の孤独に毅然《きぜん》とした美しさとも、今回会った時最初に感じた脆《もろ》い美しさとも違う、絶対的な美しさ。全てを読み切り、知恵の女神のごとき存在になったような……日向は慌てて、奇妙な考えを頭から押し出した。まさか俺は、寒さにやられておかしくなってしまったんじゃないだろうな。

真菜は、ひどく真剣な目で日向を見詰め続けた。風が髪を吹き流し、時折表情を覆い隠す。逃げ切ること――生き延びること。そのために必要なのは、煙草でも着替えでもスーツケースでもない。彼女の言う通り、金さえあれば何とでもなるのだ。日向はのろのろとうなずき、雪の上でスーツケースを開けた。ビニール袋に入れた札束に雪が落ち、ぽつぽつと軽い音を立てる。震える手でビニール袋を開け、札束を分けた。百万円の束が十個……大した重さではない。半分の五個を真菜に渡すと、彼女はダウンジャケットのファスナーを少しだけ下ろして中へしまいこんだ。日向も同じようにする。

「少し暖かくならない？」

「新聞紙の方が効果的だと思うけどね」自分を鼓舞するように軽口を叩いて、スーツケースの中を改めた。他に持って行くべき物は……ない、と判断してスーツケースの蓋《ふた》を閉める。本当はどこかに隠してしまいたいが、そんな暇はないだろう。

ホワイトノイズのようなかすかな音が、ずっと消えない。硬い雪が、木の枝や積雪を打つ音だ。真菜が「行きましょう」と言ったが、日向は唇の前で人指し指を立てて彼女を黙らせた。息を殺し、耳を済ませて周囲の音に集中する。自分たちが逃げてきた方角に目を凝らし、追跡者の姿を捜したが、見つからない。ほとんど暗闇、雪明かりでわずかに視界が確保されているぐらいだから、懐中電灯でも使っていれば絶対に分かるはずだ。

いない。まだ追いついていないのだろう。あるいは全然別の方向を追っているのか。警察も、大したことはない。頬が緩むのを感じながら、日向は歩き出した。ダウンジャケットの中、腹の上で札束がごそごそ言う。ずいぶん高価な防寒対策だと思いながら、慎重に歩みを進めたが、真菜は動き出そうとしなかった。

「どうした？」

「先に行ってくれる？　暗いから、先を歩くの、怖いの」街灯からのかすかな光も既に届かなくなっており、雪明かりでぼんやりしているといっても、周囲はほとんど暗闇に近い。

「分かった」

肝が据わっているように見える彼女でも、さすがに怖いのか。普通の人ではない……どこかずれた感覚の持ち主だと思っていたのだが、そんな一面を見て少しだけ安心した。

歩き始めた途端、ひゅっと何かが空気を切る音が聞こえた。ここまでほとんど風は吹いていなかったのだが……次の瞬間、日向の首筋から後頭部にかけて激しく鋭い痛みが襲った。全身から力が抜け、前のめりに雪の上に倒れこんでしまう。何が……意識はある。痛みもはっきりと感じられる。だが、体は動かない。首を回すこともできず、顔が雪の中に埋もれたまま、鼻や口に雪が入ってきた。このままでは窒息する。恐怖に襲われたが、手足も動かせないので何もできない。

次第に薄れゆく意識の中、日向は自分が大海原を船で行く姿を思い浮かべていた。冬ではなく、立っているだけで汗が噴き出すような夏。しかし、乾いた風が、すぐに汗を引っこめてしまう。これは、アジアの風じゃないんだろうな……海外へなど行ったこともないのに、地中海かアメリカの西海岸ではないか、と妄想した。

まあ、いいか。このまま海の上を走っていけば、必ずどこかへたどり着ける。きっと安全で、何も考えずとも生きていける場所へ。地球は丸いのだ。

誰かいる。澤村は、前を行く権藤の腕を摑《つか》んだ。バランスを崩して倒れそうになった権藤が、振り返って睨《にら》みつける。

「前、見えるか？」

「何ですか」

「誰か倒れてるぞ」

権藤が懐中電灯を左右に動かした。光の輪が雪を照らし出し、その中に黒い人影が浮かび上がった。

日向？

澤村は必死で足を動かし、倒れた人影に駆け寄った。グレイのダウンジャケット。頭を向こうに向け、上半身は雪の上に投げ出しているが、下半身は雪に埋もれたままだ。

何だ、この格好は……スノーシューを履いたまま跪《ひざまず》くと、膝《ひざ》が雪の中にめりこみ、バランスを崩してしまう。何とか体勢を立て直し、男の首筋に手を当てた。鼓動はしっかりしている。血痕《けっこん》もない。

「手伝ってくれ」

澤村が声をかけた時には、権藤は既に男の反対側で跪いていた。日向だろうということは見当がついていたが、死んだように顔面が蒼白《そうはく》になっているので、確信が持てない。だいたい、澤村たちが押さえた日向の顔写真は、免許証のものだけなのだ。長浦の運転免許試験場で取得したのが、三年前。髪型は、その写真よりもだいぶ長い。ダウンジャケットのポケットを探ったが、煙草が出てきただけだった。ファスナーを開け、内ポケットを探ったが、何もない。

「ひっくり返そう」免許証を入れておくのは、たいてい財布だ。そして、ズボンの尻《しり》ポケットに財布を突っこんでおく男は多い。

権藤が、澤村と同じ側に回りこんで来た。二人で息を合わせ、男の体を半分だけひっくり返す。澤村は素早く尻ポケットから財布を引き抜いて、また男を雪の上に横たえた。見たところ怪我はないようだが……ショック症状なのか、内臓に重大な損傷を受けているのか、まったく反応がない。澤村は自分のダウンジャケットを脱いで、男の体にかけた。下は目の粗いセーターなので、寒風が容赦なく突き抜けて体を襲う。大きく震えながら、その場で財布を広げる。権藤が懐中電灯の光を手元に当ててくれた。

まず、入っている金額に驚く。分厚く膨れ上がっているからある程度の額だとは思っていたのだが……百万とは言わないが、五十万円ぐらいはありそうだ。怪しい。今時、こんな大金を現金で持ち歩いている人間など、まずいない。手がかじかんで自由に動かないので、金を正確に勘定するのは諦《あきら》め、中身を確認していく。手がかじかんで

あった。免許証は確かに日向のものだった。写真も、澤村が記憶に叩きこんだのと同じ。改めて顔と照らし合わせて確認したが、間違いなかった。

「日向ですか?」権藤が訊《たず》ねる。

「間違いない。救援を呼んでくれ」

どうやってここから運び出すのか、見当もつかなかったが、とにかく自分たちではどうしようもない。日向をようやく捕捉《ほそく》したというのに、興奮はまったくなかった。権藤が無線に向かって叫び始めたが、その声は雪原に消えてしまうようだった。

立ち上がり、周囲を見回す。すぐに、小型のスーツケースが近くに落ちているのに気づいた。蓋が開き、中身が散らばっている。マイルドセブンが二カートン。それに二つのビニール袋。権藤の懐中電灯を借りて中身を確認すると、ビニール袋の片方は男物、もう片方は女物の服のようだった。何かおかしい……必死で逃げようとしているなら、

こんな風に服を分けておくのは不自然ではないか。見ず知らずの人間が、仕方なく一緒に逃避行を始めたような感じがしないでもない。

ぜいぜい言う耳障りな音が、林の中に木霊《こだま》した。橋詰がようやく追いついて来たのだが、この男は何の役にも立たないだろう。

「今、救援が来ます」権藤が口から無線を放して、大声で報告する。

「分かった」怒鳴り返してから、周囲を見回した。ふと、小さな黒い穴に気づく。一面が滑らかな雪なのに、そこだけ汚れた感じ。近づいて懐中電灯の光を当てると、誰かが煙草を消すために突っこんだ跡だと分かった。かすかに黒い灰が残っている。その先に光を投げると、大きな穴が等間隔で続いている。これは……真菜が日向を残して、一人で逃げた？　日向はどうして倒れているんだ？

真菜が日向を襲い、金を奪って一人で逃げたのではないか、と想像した。凶器はおそらく、あのトランク。何ということを……真菜という女性の持つ思い切りの良さというか凶暴性に、澤村は驚いた。

「これは、女の方が一枚上手だねえ」

橋詰が呑気《のんき》な感想を述べた。その口調に苛立《いらだ》ちを覚えたが、彼が自分と同じ想像をしているのだと気づき、唇をきつく引き結ぶ。

「一人で逃げられるはずがない」

「かもね」橋詰が肩をすくめる。

「追いつける」澤村は、すぐに走り出した。実際は、早歩き程度のスピードしか出ていなかったが。

「日向はどうするんだ？　死んでるんじゃないのか」

「生きてますよ」振り返り、橋詰に声をかける。「そっちの面倒はお願いします」

「話が出来ない人間の相手をしても、仕方ないんだけどなあ」ぼやきながら、橋詰が日向の所に向かった。日向は依然として、死んだように動かない。気を失っているだけだとは思うが、勝手に動かしたら危険だろう。かといって、このまま雪の中に放置しておいたら、間違いなく死ぬ。

そういえば自分も、セーター一枚である。さすがにこのままでは、追跡は無理だ。引き返して、日向にかけておいたダウンジャケットを取り上げ、袖《そで》を通す。

「権藤君、火は熾《おこ》せないか？」

「どうでしょう。乾いた物がないから……」権藤が心配そうに周囲を見回す。

「ライターは持ってるか？」

「ええ」

「日向のポケットにもライターが入ってる。何とか頑張って火を熾してくれないか？　日向を温めたいし、目印にもなる」

「澤村さんは？」

「追跡する。できるだけやってみるよ」

言い残して、澤村は走り出した。あの足跡を見る限り、向こうはスノーシューなどは履いていないだろう。しかも体力的に劣る女性である。絶対に追いつける自信があった。

澤村は、林の中をひたすら真っ直ぐ歩き続けた。途中で足跡を見失ってしまったが、とにかく直進することだけを意識する。このまま行けば、市道に出られるはずなのだ。真菜がそれを分かっているかどうかは不明だが、とにかく道路に出たかった。彼女が自分の行き先を意識していないとすれば、この林の中で野垂れ死にするしかない。

スノーシューを履いているとはいえ、雪上の追跡は体力を消耗する。大きな瘤《こぶ》を乗り越えて行くのも面倒になり、迂回《うかい》することでさらに疲労が増した。息が荒くなり、目の前がちかちかしてくる。時折、木の枝に積もった雪が頭を直撃し、それで意識がはっきりする体たらくだった。

足跡がないのはどういうことか。真菜はスノーシューを履いていないのだから、小さく深い足跡が残っているはずなのに……全然違う方向を追っているのか、と不安になる。

一時間ほども歩いただろうか。林の中だから周りは白一色というわけではないのに、風景の変化に乏しいせいか、時間の感覚が消え失《う》せている。体幹は熱いのに手足がかじかみ、確実に足を運ぶことさえ億劫《おっくう》になってきた。二重遭難、という言葉が脳裏に浮かぶ。これは絶対、公傷は認められないだろうな。勝手にこんな街まで来て、指示を受けずに女を追いかけている。手足を失うことがあっても、何の補償もないのは悲しいことだ。そんなことになったら、もう体力勝負の刑事としてはやっていけないだろう。

前方に光が見えた。ごく淡い白色光だが、何かある……林が終わるのか。一度だけ立ち止まり、自分が歩いて来た距離を振り返る。気温が相当低いのか、柔らかく降り積もった細かな雪が時折風に飛ばされ、煙幕のようになっていた。遭難の条件は十分だな、と皮肉に思いながら、前に見える光を目指して歩き始める。腕時計で確認すると、日向を残して追跡を始めてから、三十分しか経っていないのに驚いた。時間の感覚が狂うのはまずい。携帯を取り出してみると、圏外になっていた。何かあっても助けは呼べない。

突然、足下の雪が崩れた。近くの木の幹を摑《つか》もうとしたが間に合わず、前のめりに倒れこんでしまう。スノーシューは、平らな場所を歩くには適しているが、斜面に弱いのは、これまでの経験で分かっている。踏ん張ろうとしたが間に合わず、澤村は転落の衝撃に備えた。前方に一回転してしまい、そのまま背中で雪上を滑る格好になる。まずい――覚悟したが、すぐに深い雪溜《だ》まりに放り出され、ほとんどショックもなく転落は止まった。ふわふわする雪の上なので手がかりもないが、何とか体を起こす。目の前は既に道路で、街灯の淡い光が林の中にまで射しこんでいた。

助かった――違う。気にすべきは、自分の身の安全ではない。澤村は気力を奮い起こして、最後の障害物に挑んだ。道路脇に積み重なった雪壁は、高さ約二メートル。屋根の上から飛び下りるほどではないが、かなりの高さがある。澤村は一度スノーシューを外して道路に放り投げ、思い切って飛び降りた。道路にもかなり雪が積もっているが、ショックを和らげてくれるほどではなく、膝《ひざ》から脳天にかけて衝撃が突き抜ける。それでも何とか転ぶことなく、無事に着地できた。

積雪は、踝《くるぶし》が埋まるほど。それでも車は通っているようで——上の県道が通行止めになっているので、こちらに迂回する車が多いようだ——上下の車線に合わせて四本の轍《わだち》ができている。

スノーシューを装着し直し、真菜の足跡を探した。この付近に下りてきたなら、どこかに足跡が残っているかもしれない。腰を屈《かが》め、権藤から借りてきた懐中電灯の光をあちこちに散らしながら慎重に探し回ったが、中々見つからない。

突然、背後で光が閃《ひらめ》いた。車のヘッドライトだとは分かっているが、一瞬心臓が止まりそうになる。澤村は雪壁に背中を押しつけるようにして、車が通過するのを待った。だが、車は澤村に近づくとスピードを落とし、最後はわずかにタイヤを滑らせながら停まった。窓が開き、中年男が心配そうな表情を浮かべて顔を突き出す。

「あんた、大丈夫か？」

何が？　どうしてこんな風に言われるのか分からなかったが、すぐに、相手は自分が遭難していると考えたのだ、と分かる。バッジを取り出し、相手に見えるように掲げた。

「警察？」

「公務中です」

「だけど、こんなところで歩いてると、凍死するよ」

「まだ生きてますから」

「まさか、遭難してるわけじゃないよね？」

「公務中です」冷たい声で繰り返す。

「いや、だけどさ」男は妙にしつこかった。「そんな格好でうろうろしてたら、本当に死ぬよ」

そんな格好？　澤村には、薄着だという意識がなかった。長浦にいれば、ダウンジャケット一枚で大抵の寒さは我慢できるのだ。だが、言われてみると急に震えが襲ってくる。体の芯《しん》が冷えている感じがした。

「ちょっと協力してもらえませんか？」

「いいけど……」男の顔が曇る。心配で声はかけてみたものの、面倒事には巻きこまれたくない、といった感じだ。

「少し先まで乗せて行って下さい。人を捜しているんです」

「こんな雪の中で？」男が両方の眉《まゆ》を吊《つ》り上げた。

「だから困ってるんですよ」

「しょうがねえな……じゃ、乗って」

渋々ながら、男が助手席のドアを開けた。ドアノブが握れないほど手の感覚が消えているのに驚く。助手席に座って両手をしきりに握って開いてを繰り返す。エアコンの噴き出し口にかざして温風で温めると、ようやく感覚が戻ってきた。じんじんする痛みが指先に走り、ほどなく痒《かゆ》みに変わる。

「出していい？」

「お願いします……ゆっくり走って下さい」

「どんな人を捜してるの」

「女です。若い女」

「それだけじゃねえ。だいたい、こんな時間にこんな場所を歩いている人がいるとは思えないけど」

「俺は歩いてましたよ」

「あんたは仕事でしょう」

ヘッドライトの光が、雪壁に反射して目をくらませる。澤村は目を細めて前方を注視した。ほどなく、滑らかな雪道の上の、小さな異変に気づく。自分の目の良さに感謝しながら、「停めて下さい！」と叫んだ。

男が急ブレーキを踏みこみ、車が一瞬コントロールを失った。澤村は車が完全に停まる前に飛び降り、走り出す。スノーシューを脱いでいたので、足を取られながら、何とか「異変」へ辿《たど》り着いた。

足跡だった。楕円《だえん》形の足跡が、進行方向へ向かって進んでいる。まだ形が残っていることから、新しい物だと分かった。うつむき、懐中電灯の光を頼りに足跡を追って行く。三十メートルほど追跡したところで、足跡は消えていた。その近くに、轍から少し外れたタイヤの跡がある。どうやら真菜は——この足跡が真菜の物だとすれば——ここで車を拾ったらしい。他に共犯者か、手助けする人間がいたとは考えにくい。ヒッチハイクか……簡単に人を乗せる人間がいるのは意外だったが、考えてみれば自分も、バッジの威力があるとはいえ車を拾っている。こんな雪の中を歩いている人間がいたら、助けてやろうとするのは、雪国の常識かもしれない。

「何か見つかったかね」

横に停まった車の助手席側の窓が開き、男が体を乗り出すようにして呼びかけた。

「半分ぐらいは」

「何だい、それ」

答えず、澤村は再び車に乗りこんだ。

「申し訳ないですけど、もう少し先まで行ってくれませんか」

「もう少しって……」男の顔が歪《ゆが》む。「この先、別に何もないよ」

「人通りがありそうな場所までお願いします」

「こんな田舎道で、こんな時間に人が歩いてるわけ、ない」冷たく言ったが、すぐに車を出した。「ちょっと先にドライブインがあるな。こんな時間じゃ、当然開いてないだろうけど」

「そこまでで結構です。お願いします」このまま、男に追跡を頼むわけにはいかない。どこかに前線基地を確保して、そこを拠点に捜索の輪を広げるつもりだった。ドライブインなら、敷地も広いしちょうどいいだろう。

二キロほど走って――その間、他の車は一切見なかった――駐車場だけがやたらと広いドライブインに辿り着いた。真四角な建物は真っ暗で、自動販売機の灯《あか》りだけがやけに明るく見える。男に礼を言い、澤村は車を降りた。踝まで埋まる雪の中をスノーシューなしで歩き、建物の入口まで達する。ドアの前にはベンチがあり、屋根びさしも突き出ているので、少なくとも雪に埋まることはなさそうだった。かじかむ手を擦《こす》り合わせてから、携帯で橋詰を呼ぶ。

「おお、澤村先生」夜中、零下という悪条件にもかかわらず、橋詰のテンションは妙に高かった。

「井沢真菜の逃走経路を発見しました」根拠はないが、言い切る。「林を抜けて、下の市道まで出たんです。そこでヒッチハイクしたらしい」

「スカートから脚でも見せたかな？」橋詰がからからと笑った。人を苛立《いらだ》たせる、自分勝手で場違いなジョーク。馴染《なじ》みのものではあるが、いつまで経っても慣れない。

「とにかく、市道とその周辺の緊配を強化して下さい」

「了解。刑事課長に言っておくよ」

「日向はどうなりました？」

「死ぬようなことはないと思うけど、まだ話はできない」

「現場からは引き上げたんですか？」

「何とかね」大袈裟《おおげさ》に息を切らした真似をする。どうせ本人は、手伝ってなどいないはずだ。「パトカーまで運んできた。でも、救急車は来られないし、明日《あした》の朝まで何とか生きててくれることを祈るだけだね。知ってるか？　怪我をした時、ポリネシアの祈禱《きとう》で——」

「いい加減にして下さい」澤村は言葉を叩《たた》きつけ、橋詰の雑学知識をへし折った。「それより、どういう具合なんですか？　意識はあるんですか」

「意識はある。ただ、喋《しゃべ》れないんだ」

「喋らない、じゃなく？」

「たぶん、後頭部と首筋を強打されている」ようやく橋詰の口調が真面目になった。

「やっぱり、あのスーツケースですかね」

「他に凶器になりそうなものはないからねえ。油断してたところを、背後からがつん、という感じじゃないかな。で、女は逃げた。仲間割れかね？」

「そういうことを分析するのが、あなたの仕事でしょう」

「情報がないからねえ」橋詰が溜息《ためいき》をついた。「それに、推測と分析は違う。適当なことは言いたくないんだ」

そういう割に、日向が襲われた時の状況については適当に話しているではないか。橋詰という男の言動不一致は毎度のことだが、いつまで経っても慣れない。一緒にいることで自分の寿命は確実に縮んでいる、と澤村は思う。

「とにかく、俺は今、下の市道沿いの——」一度外へ出て、屋根の上に掲げられた看板を確認する。『ふるさと食堂』というドライブインにいます」

「まさか、一人で温かい豚汁とか食べてるんじゃないだろうな」

橋詰の声に疑念が混じる。いつも「ダイエットだ」と言っている割に、食い意地が張っているのだ。澤村は返事をせずに、電話を切った。橋詰は当てにならないが、刑事課長はきちんとやってくれるだろう。

手の感覚が薄い……自動販売機で熱い缶コーヒーを買い、両手で握って熱を伝えた。次第に指先が温まってきたので、もう一度電話を取り出し、長戸に連絡を入れた。こんな時間なのでさすがに自宅へ戻っているだろうと思ったが、まだ捜査本部にいた——当然、今夜は泊まりこみになるだろう。

事情を説明すると、何とも言えない唸《うな》り声を上げた。

「半分解決か？」

「そうですね。女も、遠くへは逃げられないと思います。足がないですからね」

「その辺に、鉄道は？」澤村の答えを待たず、電話の向こうで、がさがさと紙を広げる音がした。地図を確認しているのだろう。「新潟へ通じる路線があるな。そこへ向かったんじゃないか」

「どっちにしても、この時間じゃ動いてませんよ。それに駅なら、網を張れます」

「駅の警戒を強化するように頼む。日向はどんな様子だ？」

説明したが、我ながらはっきりしない。橋詰の説明が適当だったから仕方ないのだが……自分で日向を尋問しようと決めた。真菜の捜索は、人海戦術になるが、そこは県警に頭を下げるしかない。

「分かった。お前は日向の尋問を担当しろ。こっちからも応援は出してあるから、女の捜索はそいつらに任せるんだ。俺も、朝になったらこっちを出る」

「分かりました」

電話を切り、少し温《ぬる》くなった缶コーヒーを開けた。甘ったるい液体を喉《のど》に流しこみながら、溜息を一つつく。缶をベンチに置いて、両手で顔を擦《さす》った。手よりも顔の方が冷たく、頬にひりひりする痛みが走るだけで、感覚が薄かった。本格的な凍傷じゃないだろうな、と心配しながら顔を擦り続けると、ようやく筋肉が動くようになってくる。いろいろと表情を作ってみたが、最後には必ず怒りになってしまった。

たった一つの救いは、ついに雪が降り止んだことである。これで通行止めになっていた県道の復旧作業が始まり、日向も救出されるはずである。

助け出されたところで、あの男の前途には今より厳しい現実が待っているだけだが。

7

午前八時、澤村は、日向が担ぎこまれた病院にいた。明け方前から現場の処理が行われ、ようやく車が動けるようになったのだ。

真菜の捜索は、今のところ不発に終わっている。近くの駅には全て警察官を張りつけ、始発から乗客をチェックしているのだが、まだ発見には至っていない。ヒッチハイクしたまま逃げているのか、別の手段を使ったのか、あるいは雪原で遭難したのか……次々と入ってくる空振りの報告は、澤村を苛立たせるだけだった。

澤村は長靴と靴下を脱ぎ、ジーンズを膝《ひざ》のところまで捲《まく》り上げていた。長靴の効果はなく、ジーンズも靴下もすっかり濡《ぬ》れており、そのままでは風邪を引きそうだった。権藤が気を利かせて、靴下を調達しに行ってくれたのだが、まだ帰って来ない。この辺にはコンビニエンスストアもほとんどないのだろう。足裏を廊下の床にぺたりとつけると、冷たく硬い感触が這《は》い上がってくる。

「奴《やっこ》さん、死ぬかねえ」病院に着いてから三杯目の紙コップのコーヒーを飲み干してから、橋詰が呑気《のんき》な声で言った。

「黙ってて下さい」

「黙ってても、いいことはないよ。人間、会話からコミュニケーションが始まるんだから」

「あなたと今、コミュニケーションを取る必要はない。少しは捜査の役に立って下さい」

「澤村先生を救出してやったじゃないか」

橋詰が下唇を子どものように突き出す。さらに文句を言おうとした瞬間、処置室から医師が出てきた。マスクを外すと、若い顔が露《あらわ》になる。澤村はベンチから立ち上がり、軽く一礼した。

「命に別状はありません。ただ、頭を強打して、脳震盪《のうしんとう》を起こしていますね。しばらく経過観察が必要です。それと、体温が下がっています」

「低体温症ですか？」

「いや、そこまでは」医師が首を振った。「雪の中にいたのは、それほど長い時間じゃなかったんでしょう。そっちの方は心配いりませんよ」

「今、話せますか？」たき火は正解だった、と澤村は胸を撫《な》で下ろした。

「きちんと話ができるかどうかは分かりませんけど」医師が、処置室のカーテンを引いた。「長くは駄目ですよ」

うなずいたが、はっきりした話が聴けるまで、日向を放すつもりはなかった。

アルコール臭い処置室に足を踏み入れると、日向はベッドの上で静かに横たわっていた。目は瞑《つぶ》っており、胸が規則正しく上下している。澤村が覗《のぞ》きこむと、光を恐れるようにゆっくりと目を開けた。

「県警の澤村だ」

「ああ」ぼうっとした声。

「氏原を殺したのはお前か」

「まあね」

　とぼけた返事に、澤村は瞬時に怒りが沸騰するのを意識した。だが、日向はまだ頭がはっきりしていないのだろうと思い直し、辛抱強く質問を続ける。

「殺した氏原を、振り込め詐欺の出し子で使ってたんだな？」

「あいつには、それぐらいしかできないし」露骨に馬鹿にする口調。雪の中で襲われ、死にかけていた男のそれとは思えない。

「どうして殺した？」

「やめるつもりだったから」

「振り込め詐欺を？」

「あんなこと、いつまでも続けられない」日向が首を振った。「俺は……あんなんじゃないんだ」

「どういう意味だ？」

「ヘマして捕まるような人間じゃない。氏原が、警察に圧力をかけられて喋《しゃべ》りそうになっていたから……殺すしかなかった」

　澤村は、胸の奥から黒い怒りが沸き出すのを感じた。殺人者が犯行を自供する決定的な瞬間には、何度も立ち会ったことがある。反応は様々だった。殺したという事実そのものを恐れて泣き崩れる者、開き直って「正当防衛だ」と言い切る者、全てを諦《あきら》め、淡々と喋る者。あるいは、「クズのような人間は殺して当然だ」と、ねじ曲がった正義感を開陳する者すらいる。日向は、どのタイプとも違っていた。自分ではなく他人がやったことを、冷静に説明している感じである。他人事《ひとごと》……というわけでもないのだが、とにかく澤村が経験したことのない、冷たい口調だった。

「邪魔だから殺したのか」

「あんな奴に邪魔されるわけにはいかなかった……俺、死刑かな」

「それは、俺が決めることじゃない」死を意識すれば、人は必ず怯《おび》える。裁判を経て何年か、あるいは何十年か先に訪れる死……緩慢な最期を想像して、恐慌を起こさない人間などいない。しかし日向は、平然としていた。

「金は？」

「金？」

「一千万……じゃないか、五百万あったんだけど」

「そんな金、どこにもないぞ」

「ダウンジャケットの中に入れておいたんだけど……そうか」日向が溜息《ためいき》をついた。

「あいつか」

「井沢真菜か？」

「あいつ、おかしいんだよ」日向の口調に、初めて恐怖が滲《にじ》む。「俺を利用して逃げるつもりで……最後は俺の金を盗んでいった。とんでもない女だよ」

「そんなに悪い人間なのか？」澤村は、真菜に関しては同情すべき点があるのでは、と無意識のうちに考えていた。子どもを亡くせば、まともな精神状態ではいられない。そういう中で起きた事件だったはずだ、と思っていたのだ。

「悪いとか悪くないとか、そういうレベルじゃない。あいつの心の中は空っぽなんだと思う」

「どういうことだ?」

「空っぽの心のことなんか、説明できると思う?」日向の唇が皮肉に歪《ゆが》む。

お前の心も空っぽじゃないのか、と澤村は思った。だが、そこで医師のストップが入り、事情聴取は打ち切らざるを得なかった。まあ、いい。一応の自供は得たのだし、この男を調べる時間はいくらでもある、問題は、いくら話を聴いても、澤村自身が理解できない可能性があることだ。ましてや、裁判員を納得させられるかどうか……この一件は、あくまで法に則《のっと》って処理されなければならない。だが、この男の心は法の埒外《らちがい》にあるのではないか、と澤村は思った。

現場指揮官の長戸は、本当に長浦を離れてこちら――前線本部に指定された所轄署にやって来た。捜査本部が混乱するから谷口が止めるのでは、と予想していた澤村は驚いた。

「動きはないようだな」前置き抜きでいきなり切り出し、腕時計を確認する。

「ええ」澤村は、全身にだるさを感じていた。風邪を引いたわけではなく、昨夜の無理な追跡行で、あちこちが筋肉痛になってしまったようだ。あれぐらいでだらしないと思ったが、スノーシューを履いて雪の上を移動するには、それまで経験したことのない体の使い方が必要だった。

県西部、新潟県との県境にあるこの署は、権藤たちが勤務する署に隣接している。平時は凶悪事件と無縁の、のんびりした署のようだったが、澤村たちの登場で、普段はあり得ないような騒ぎに巻きこまれた。対策本部的に提供された二階の会議室では、大きなテーブルを二つ合わせた上に、道路地図が広がっている。マーカー片手にその上に屈《かが》みこんでいるのは、刑事課長だ。長戸を紹介すると、疲れも見せずにぴしりと敬礼する。そういえば、昨夜あの県道に閉じこめられている間、結構呑気に居眠りしていたのだ、と思い出す。休養は十分だろう。

長戸が馬鹿丁寧に、面倒をかけていることに対して礼を言った。それを受けて、刑事課長が検問と緊配の状況を説明する。澤村はぼんやりと二人のやり取りを聞いていたが、おそらくこの捜索は無駄に終わるだろう、と諦めていた。真菜はとうに、どこか遠くへ逃げてしまっているはずである。日向の供述によると、軍資金は一千万円。車から逃げ出した後、荷物を軽くするために五百万円ずつ分けて持っていたというのだが、真菜は日向の分の五百万円も奪って逃げたようだ。

日向は彼女を、「空っぽ」と評していた。澤村にはむしろ、むき出しの生存本能に従って動いている動物のように思えた。

このまま放っておいていいわけがない。だが、どうやって捕捉《ほそく》するか……普通に考えれば、当初日向が立てた海外逃亡の計画を、真菜が遂行するとは思えない。女一人では危険過ぎるし、これはあくまで日向の計画である。真菜は、ただ全てを日向に任せて同行するつもりだったのだろう。おそらく、長浦か東京へ向かっている。あるいはこの近くだと仙台か……大阪や札幌に身を隠す可能性もある。昨夜の寒さと雪を無事に生き延びていれば、この付近からはとうに離れているはずだ。

獣の本能に従って。

刑事課長との話し合いを終えた長戸が、澤村のところへ戻って来た。澤村はしばしばする目を擦《こす》りながら、訊《たず》ねる。

「新潟の方はどうしてますか？」

「向こうの県警に監視を頼んでる」

「それにしても上手《うま》く引っかけましたね」

「落合のことか？　お前こそ、すれすれの作戦を立てたな」長戸がにやりと笑う。珍しいことだった。「あいつも大したもんじゃない。一種のブローカーだから、義理も人情もないんだな。まず自分の身を守ることしか考えていない。少し揺さぶったら、すぐにこっちの計画に乗ったよ」

落合から日向に電話をかけさせ、居場所を探らせる——澤村の立てた作戦は、半分は成功だった。真菜を逃がしてしまったのだから、万歳はできない。

「密航にかかわった中国人グループの方は、どうなんですか」

「分からん」長戸が首を振る。「落合も連絡が取れないんだ。もうスタンバイしてるかもしれん」

「いずれにせよ、その方法で逃げるとは考えられませんね」

「まあな」長戸の言葉は歯切れが悪かった。「しかし、他の方法と言っても、な……」

「何を心配してるんですか？　東京か大阪に逃げこむでしょう、普通は」

「それはどうかねえ」橋詰が割って入ってきた。「どうもこの女の考え方や行動は、我々の常識では測れない。予定通り、新潟へ行くかもしれないね」

「まさか」澤村は笑い飛ばしてやったが、一抹の不安が心に滲み出すのを意識した。

「意地でも海外へ行こうとするかもしれない。新潟のチェックは絶対継続だねえ」

橋詰の呑気《のんき》な言葉が、澤村を自然に動かした。会議室を出て行こうとすると、長戸が声をかけてくる。

「何をするつもりだ」

「日向をもう一度揺さぶります」

「やめておけ。怪我してるんだろう？　問題になるぞ」

「何かあったら俺のせいにすればいい」

「簡単に言うな」

怒りが滲んだ声に振り返ると、長戸が腕組みをしてこちらを睨《にら》みつけていた。

「お前が勝手に走り回ってる間、こっちがどれだけ尻拭《しりぬぐ》いしてると思ってるんだ」

「自分のやったことの責任ぐらい、自分で取ります。それより長戸さん、落合をもう少し揺さぶるように指示してもらえませんか？　具体的にどこで落ち合うのか、どんな風にやり取りするのか、決まっていると思うんです」

「本当に新潟へ行くと思ってるのか？」

「可能性が消えない限りは、詰めないと」

「ああ、じゃあ、お目つけ役をしましょう」橋詰が何故か嬉《うれ》しそうに言って手を挙げた。

「私がいれば、澤村先生も無茶しないでしょうし」

長戸は盛大に溜息を漏らし、澤村は睨みつけたのだが、橋詰はまったく気にしていない様子だった。心が空っぽなのは、実はこの男なのではないか、と澤村は訝《いぶか》った。

日向は眠っていた。予《あらかじ》め医師に話を聴いて、事情聴取に支障がないことは分かっている。澤村は椅子を使わず、日向の上に覆い被《かぶ》さるようにして声をかけた。

「起きろ」

反応なし。しかし、こうして見ていると本当に若い……まだ少年の面影が残っており、振り込め詐欺のグループを率いたり、人を殺したりするような人間にはまったく見えなかった。もっとも、犯罪は常識が途切れたところで起きるものであり、外見とはまったく関係ないのだが。

「起きろ」

繰り返すと、今度はゆっくりと目を開けた。いかにも面倒臭そうに、顔を背ける。

「井沢真菜はどこへ行った」

「知らない」素っ気無い口調に、演技臭さはなかった。

「金を盗《と》られて悔しいだろう」

「もう、どうでもいいわ」日向は溜息を漏らし、枕の上でゆっくり頭を動かして澤村の顔を見た。その言葉に嘘はないようで、目が空《うつ》ろで焦点が合っていない。「俺は終わりだから」

「諦《あきら》めたんなら、少しはこっちに協力して欲しいな。どこから密航するつもりだったのか、正確に教えてくれ」

「知らない」

「知らないわけがないだろう」

「現場でブローカーと落ち合う予定だったから。そこからどこかへ連れて行くつもりだったんだろう。詳しいことは聞いてない」

「落ち合う現場はどこだったんだ」

日向が目を閉じた。顔面は蒼白《そうはく》で疲れ切り、今にも死んでしまいそうだったが、澤村は容赦しなかった。

「落合はもう、こっちの手にある。新潟へは行けないんだよ」

「関係ないね」

「何が」

「俺には……もう関係ない」

澤村は唇を引き結んだ。日向のわずかな戸惑いが引っかかる。わざわざ「俺には」とつけ加えたことに、違和感がある。

「日向」澤村は膝《ひざ》を曲げ、彼に顔を近づけた。「悔しくないか？　お前は結果的に、あの女に利用されただけなんだぞ。このまま逃がしていいのか？　今ならまだ、俺たちが捕まえられる」

「知らないね。どうでもいいんだ」

「あの女に復讐《ふくしゅう》してやりたくないか？　逃げ切れると思ったところで、絶望させてやりたくないか？」

「捕まっても何とも思わないかもしれないな、真菜は」

「どうして」

「心が空っぽだから」

「前もそう言ってたな。どういう意味なんだ？」膝を曲げた姿勢が苦しくなり、澤村は立ち上がった。「人を殺して何とも思わない人間なんて、いないんだぞ」

「俺は何ともないけど」

「怖くないか？　これから先、殺した瞬間の記憶が何度も蘇《よみがえ》ってくるぞ。罪を償っても、それは一生終わらない」

日向の喉《のど》が上下した。「水、貰《もら》えないか？」と懇願——水がないと死にそうな感じだった——する口調に、弱気が滲《にじ》む。

澤村はサイドテーブルに置いてあったペットボトルの蓋《ふた》を開け、渡してやった。日向が首だけ起こして、水を啜《すす》る。零《こぼ》れた水が喉を濡《ぬ》らし、病室の照明に照らされて鈍く光った。ペットボトルを握りしめたまま、話し始めた。

「真菜は、自分は他の人間とは違うと思ってる。実際、そうだよ。でもそれは、あいつが優れているとか、そういう意味じゃない。寄生虫なんだ」

「寄生虫？」眉《まゆ》をひそめて澤村は繰り返した。「どういうことだ」

「利用できる物は何でも利用する。それが男だろうが何だろうが……でも、利用しきれない。あいつだって、そこまでずるくないんだ。悪《ワル》になり切れてないんだ。だから、男で失敗した」

「離婚して、また別の男に裏切られて」余計なことにも思えたが、澤村は合いの手を入れた。

「あいつ、きっと、どこかで壊れたんだよ」日向の喉仏がまた上下した。ぎゅっと目を瞑《つぶ》ると、端から涙が一粒零れる。「たぶん、自分の子どもが死んでいることを知った時に。だから迷わずに、男を殺したんだと思う。そのことについては、何とも思っていないみたいだ」

「お前もか」

「俺も……そうだな。でも、屑《くず》を殺して、何か問題があるのか？　命には、重い軽いがあると思う。あんな奴の命は軽いんだ。俺に殺されなくても、いつかは誰かに殺されてたよ。そうじゃなくても、死ぬよりひどい目に遭っていたかもしれない」

「そんな風に言うお前の命が軽いと考える人間が、いるかもしれないな……例えば、井沢真菜とか」

日向が大きく目を見開いた。澤村の言葉が信じられない様子で、唇が震え出す。痛みに耐えるように目を瞑ると、また目の端から涙が零れ落ち、今度は一筋の跡をつけた。弱々しく目を開けると、涙で潤んでいる。

「井沢真菜は、お前を利用しようとしただけだよ。自分より軽い価値しかない人間だと思っていたから。男を利用しようとして失敗したけど、今度はまんまと成功したんじゃないか……なあ、このままでいいのかよ」

車内は気まずい雰囲気に包まれた。午後遅く、雪は降っていないものの雲は低く垂れこめ、道路は暗い。いつもお喋《しゃべ》りの橋詰が口をつぐんでいるのが、既に異常事態だった。澤村は橋詰の車を借り、長浦へ向かっていた。今日は雪の心配がないので、途中から高速に乗って、一気に走ってしまうつもりである。真菜を追い詰めるために、落合にも一役かませることにしていた。おそらくこれが、最後のチャンスになるだろう。

「あれは、精神的な拷問だよ」急に口を開いた橋詰が、露骨に非難するような調子で言った。いつも本気かふざけているのか分からない彼にしては、極めて真面目な口調だった。

「何が」

「一つ、『お前の命が軽いと考える人間がいる』。二つ、『自分より軽い価値しかない人間だと思っていた』。三つ——」

「もう、いいですよ。いい加減にして下さい」

インターチェンジの入口を示す看板が見えてきた。左へウィンカーを出し、進入路を目指す。

「澤村先生らしくないねえ。精神的に圧迫するようなやり方をする人だとは思わなかった」

「日向みたいな人間に、人権はない。喋らせるためなら何でもしますよ。それにどうせ、病院での一件は記録に残らない」

「俺が喋らなければ、だけどね」

「喋りたければ、好きにどうぞ」澤村は吐き捨てた。橋詰が中途半端な正義感を振りかざすのが我慢できなかった。「あなたがそんなことを言っても、説得力がないですよ。あなたの価値観は、面白いか面白くないか、だけじゃないですか」

「俺の価値観は関係ないよ。俺が心配してるのはね、澤村先生のことなんだ」

「俺のこと？」

「犯罪者と同じレベルに落ちちゃいけないな。精神的な拷問をするのは、それこそ相手が価値のない人間だと思っているからじゃないか」

澤村はきつく唇を結んだ。そう、日向も真菜も人間の屑だ――しかし、こんな風に感じたことは、今まで一度もない。犯罪者には犯罪者の理があり、じっくり話を聴けば、ある程度は動機にも納得できたのだ。

しかしこの二人に関しては、今まで自分が培ってきた常識が通用しない。

「罪を犯した人間は、裁かれなければならない――違いますか？　その原則は、どんな状況でも変わらないはずだ」

「そう考える方が、刑事としては簡単だね」橋詰がさらりと言った。「原理原則に従って行動して、他に何も余計なことをしなければ、こんな楽なことはない」

「それじゃまるで、俺が前例主義の公務員みたいじゃないですか」

橋詰が突然、声を上げて笑った。甲高い笑い声は澤村を苛立《いらだ》たせたが、橋詰の笑いがどこか苦しそうだったのにすぐ気づく。ちらりと横を見ると、今まで澤村が見たことのないない、歪《ゆが》んだ表情を浮かべている。

「前例……俺もそうなんだよね」

「どういうことですか？」

「プロファイリングは、ただの傾向調査だ。こういうタイプの人間が、こういう犯罪に走る——それを統計的にまとめたのが、プロファイリングってもんでしょう。でも、そういう枠に——タイプに当てはまらない人間は、必ずいるんだよね。そういう時、こっちはどうすると思う？　異分子として弾《はじ》くんだ。統計上のデータに入れずに、特殊ケースとして扱う。統計学的に、一つしかないデータっていうのは、有意性がないんです。無視していい」

「だったら、日向も真菜も無視ですか」

「統計学的には、ね」橋詰が暗い声で言った。「でも、あの二人は、俺の研究にとっては、喉に引っかかった棘《とげ》みたいになるだろうな」

棘程度で済めばいいのだが——いや、小さな棘でも、思いも寄らぬ怪我をもたらすことがある。

「澤村先生は、井沢真菜をどう処置するつもりかな」

「どうって、逮捕するだけですよ。そのために罠《わな》を張ってるんだし」

「その後だよ」橋詰が苛立たしげに言った。「逮捕して、調べる。送検する。検事の指示で証拠を固める。その後で何がある？　あの女と話しても、まともな供述が取れるとは思えない」

「そんな事件、今まで何回も経験してます」

「今回は、違うね」言葉を切り、橋詰はしばし黙考している様子だった。「空っぽ、か。日向は、少なくとも空っぽじゃない。自分のことをそういう風に考えられるんだから。

でも、井沢真菜に関してはどうかな。本当に空っぽかもしれない。もちろん、自分がやったことは説明できるだろうし、動機についても、それっぽいことは言うだろう。でもそれが、本気から出たものとは思えない。何故なら、本気がないから。空っぽだから」

「何言ってるんですか」澤村は笑い飛ばしたが、一抹の不安は消えなかった。橋詰が一言喋るごとに、心に黒い闇が広がっていく。「話してもいないのに、そんなこと、分かるわけないでしょう」

「そうかな」

「何なんですか。言いたいことがあるなら、はっきり言って下さい」

「刑事の仕事って何だと思う？　法体系に組みこまれた仕事の解釈なら、簡単だよ。犯人を捕まえて、裁判に持っていけるまで容疑を固める。その間に徹底的に話し合い、改心させるのも大事なことだよな。それでこそ、裁判では事実関係はひっくり返らず、スムーズに進むんだし。世間の人間も、警察に対してそういうイメージを持っている。じゃあ、最高の刑事って何だ？」喋りながら自問自答して、澤村に口を挟む暇《いとま》を与えない。

「どんなに難しい事件でも解決する刑事のことか？　ひねくれた犯人の心を解きほぐして、改心の涙を流させることか？　それだけかな」

「他に何があるんです？」

「この前――鬼塚《おにづか》の事件で、澤村先生は最高の刑事に近づけたかな」

澤村は思わず顔を歪めた。連続殺人犯の鬼塚は、警察に恨みを抱いて辞めていった元刑事だった。その出来事が彼の精神をねじ曲げ、犯行に向かわせたのである。澤村から見れば、自分と共通点の多い男だった。自分の能力だけを信じて突っ走り、孤立も恐れなかった一匹狼。ただ澤村の場合、自分のミスでなくしてしまった幼い命に対する償いの意味がある。鬼塚の場合、ただ自分の能力を周囲に誇示したかっただけなのだ。自分は誰よりも優秀な刑事であり、周りの人間は全員、自分に対して跪《ひざまず》くべきなのだ、という傲慢《ごうまん》な本音。

ふいに気づく。日向も真菜も、鬼塚のケースの変形なのだ。犯罪の種類、スケールの差こそあれ、自分だけが特別な人間だと思いこんでいたことが、それぞれの犯罪の根底にある。特別な人間だから、何をやっても許される。だからこそ日向も、澤村が絞り上げるまで、自分の犯した罪の重さをまったく理解していなかった――今でも理解したかどうかは分からないが。

「自分だけが偉いと思ってる人間は、絶対に勘違いしてるよね。澤村先生が言ったことと似てるんだよ。自分より価値があるとかないとか……そんなこと、簡単に変わるのにさ。あの二人の場合は、ずっと夢想の世界に生きてたのかもしれない」

「夢想」澤村はぽつりと繰り返した。

「子どもの頃――高校生ぐらいまでは、周りの人間が全部馬鹿ばかりだと思ってたんじゃないかな。それが長浦に来て、現実の壁にぶつかった。真菜は男を利用しようとして、二度失敗している。日向は金儲《かねもう》けには成功したけど、あれで成功したと思ってるなら、もう考えがおかしくなってるよ。あいつは単なる犯罪者だ。悪と正義の線引きができなくなって、金という尺度でしか物事を判断できなくなっている。そういう人間が、改心すると思うか？」

「それは、やってみなければ分からない」珍しく橋詰が正論を吐いている、と思った。普段の独善的な、根拠があやふやな理論ではなく、しっかりした人間観察に基づいた推論だ。とするとこの男も、単なる税金泥棒というわけではない。

「やるだけ無駄だと思うな。もちろん、誰かがやらなくちゃいけないけど、澤村先生が神経をすり減らすことはない。他の人間に任せなさいよ」

「どうして」

「定義はともかく、澤村先生は最高の刑事になるべきだと思うんだな。そのためには、下手に傷つかないことも大事なのさ。俺の理想を言おうか？　日向の取り調べは他の人間に担当させる。真菜に関しては……」

「関しては？」

「捕まらない方がいいな。理想は、自殺してもらって、ちゃんと遺体が見つかることだ。そうすれば、これ以上調べなくていいんだぜ。被疑者死亡で送検して、それで終わり」

馬鹿な。反論しようと思ったが、言葉が出てこない。それどころか、橋詰の言葉が正論に思えてならないのだった。

8

　ゆっくりと眠りから引っ張り出される。睡眠は短かったが深く快適で、疲れは完全に消えていた。真菜は素早くベッドから抜け出すと、新しい下着を身につけ、顔だけ洗った。ホテルに備えつけのブラシで丁寧に髪をブラッシングし、鏡を覗《のぞ》きこむ。久しぶりに美容院に行ったせいか、ずっと傷んでいた髪も少しは見られるようになっている。そこには、しばらく見たことのない自分がいた。自信に溢《あふ》れた冷たい笑みを浮かべる自分が。顔色がよくないのは、自分では意識していない疲れのせいだろう、と思う。何にしろ、何も考えずに眠れたのはよかった。

　午後八時。ここまで来るのにかかった十数時間を思い出すと、体の芯《しん》から冷たさが湧き出てくるようだった。幸運がなければ、たどり着けなかったかもしれない。

　最大の幸運は、最初の段階でヒッチハイクしてくれる車が見つかったことだ。中年の夫婦二人連れ、というのもついていたと思う。妻の方はやたらとお喋《しゃべ》りな女で、あんな時間、あんな場所を一人で歩いている真菜に質問を浴びせかけてきたので、彼女の好奇心を満足させられるような嘘を並べてやった。一年前に結婚したのだが、夫の暴力がひどい。同居している姑《しゅうとめ》とも折り合いが悪く、生まれたばかりの子どもを残して、とうとう家を飛び出してきた。新潟市の実家に帰るつもりだったが、足もなく、凍えて死ぬところだった、と。

妻の方は涙ぐみながら、同情して自分のコートまで貸してくれた。後部座席でコートにくるまり、眠気に襲われながらも、真菜は自分の先行きに関して、必死で考えていた。夫婦は、親戚《しんせき》を訪ねて——叔父《おじ》が大病で死にそうなのだという——新潟の家に帰る途中だという。自宅の場所を聞くと、新潟市ではなく、五泉《ごせん》市という街だった。こちらから行くと途中になるので、そこまで乗せて行ってもらう手も考えたが、リスクが大き過ぎる。小刻みに移動手段を変えた方がいいだろう、と判断した。

それで、県境を越えた所で降ろしてもらった。自分の実家がある辺りと変わらない田舎だったが、駅もコンビニエンスストアもあったので、少しだけほっとする。

本当に大丈夫か、と何度も念押しをする夫婦に、このまま新潟へ直行すると夫が待ち伏せしているかもしれない、少し遠回りして時間稼ぎをしたいのだと言い訳すると、納得してくれた。あまつさえ、「困《こま》ったことがあったら」と夫が名刺を渡してくれたのだが、警察官だと知って、笑いを堪えるのに必死になった。警察の捜査網も、大したことはない。後でこの事実を知ったら、あの警官はどんな表情を浮かべるだろう。

コンビニエンスストアに入ったのが、午前四時。ずっと車の中にいたせいで、体はすっかり温まっていた。疲労と眠気だけはどうしようもなかったが、体調に異常はない。温かいお茶とサンドウィッチを買い、外のベンチで背中を丸めて食べた。夜半過ぎに食べた握り飯は、ひどかった。あんな田舎臭い握り飯……日向は何か感じていたようだが、だとしたらあの男は、所詮《しょせん》田舎から逃れられない人間だ。生きているだろうか。スーツケースで後頭部を殴りつけた時、かなりの手応《てごた》えがあった。出血こそなかったが、致命傷になったかもしれない。だとしても、どうでもいいことだ。自分以外の人間が死のうが生きようが、関係ない。ただ、役に立ってくれたことだけは感謝すべきかもしれないが。

日向は変な男だ、と思っていた。前の夫は、自分を遠ざけた。その次の男も、家庭を望んではいなかった。一方日向は終始、紳士的に振る舞っていた。ずっと一緒にいたのに手を出そうともせず、自分の中に閉じこもっているようにも感じた。もちろん、自分にとってはその方が好都合だったが、男の臭いが一切しなかったのが、妙な感じだった。生命力が旺盛《おうせい》ではないというか……いつかは使えなくなる、と予想してた。そうなったから、捨てただけ。

問題は、これからどうやって生き延びるかだ。中国からタイへ渡る考えは、未《いま》だに魅力的である。もちろん、警察が既に手を回しているかもしれないが、真菜はわずかな可能性に賭《か》けていた。日向は落合と連絡を取り、予定通りだと言っていたのだから、それを頼ってみるべきではないか。手元には十分な金がある。これを使えば、何とでもなるはずだ。大抵のことは金で解決できるということを、長年の貧乏暮らしの中で真菜は学んでいた。子どもの頃から、「金さえあれば」と何度思ったことか。生活が苦しかったわけではない。飢えた記憶など一度もないのだから。ただ、余分に金があれば——そしてそれを自分のために使えれば、何かが変わっていたはずである。

そんな惨めな暮らしも、変わる。物価の安い海外なら、今手元にある金は、相当使い手があるはずだ。整形して帰国してもいいし、あるいは開き直って、向こうでずっと暮らすのもいい。どっちにしても、自分の前には未来が開けているはずだ。これまでとは全然違う人生が。

真菜は、様々な交通手段を使って、じりじりと新潟市へ近づいた。コンビニエンスストアを離れる時が一番大変だったが、タクシーを呼んで少しだけ移動し、その後鉄道は避けて路線バスを使った。さらにタクシー。ファミリーレストランで時間潰《つぶ》し。徒歩での移動。不思議と、捕まる恐怖は感じなかった。車や電車を使えば、警察の網にかかる可能性は高くなるはずだが、こうやって小刻みに動いている限りは、警察も追い切れないだろうと確信した。

そうして昼過ぎ、やっと新潟市へ到着した。美容院に飛びこんで髪を思い切り短くカットし、新しい服やバッグを買いこむ。準備を整えておいてから、信濃川沿いにあるホテルにチェックインし、真夜中まで時間を潰すことにした。午前零時に、日向が言っていた場所まで行けば、日本とお別れだ。

シャワーを浴びよう。これから、いつ風呂《ふろ》に入れるか分からないのだから。それに、もう一度ちゃんと髪を洗いたかった。このホテルに備えつけのシャンプーやリンスが、自分の髪に合うといいのだけど……それから買ってきた服に着替え、何か食べて出発。

不思議と心が沸き立つのを感じた。こんな興奮は、故郷を出た時以来だ。

あの後、私は幻滅した。失敗した。だからこそ、同じ失敗は二度と繰り返さない。鏡を覗きこむと、髪型が変わっているせいで、見慣れぬ顔が見返してきた。それは、新しい自分、生まれ変わりつつある自分だと確信する。


長浦へ、そして今度は新潟へ——数百キロに及ぶ、長いドライブになった。長浦から新潟へ向かう時には、大型のワゴン車の運転を他人に任せたが、澤村は実際にはほとんど休めなかった。車内で落合を突き続けたからである。この男を使って真菜を罠《わな》にかけるためには、徹底した打ち合わせをしなければならなかった。

だが澤村は、落合が明かした逃亡計画を、にわかには信じられなかった。いかにも素人が考えそうな感じである。あまりにも無謀で、危険過ぎる。

「本当ですよ」しまいには、落合はほとんど泣き出さんばかりになっていた。「そういうやり方で、今までも何人も成功してるんです」

「冬のこんな時期にも？　日本海は大荒れだろう」

「だけど実際、何度も成功してるんだから」

疲れ果て、落合がワゴン車のサイドウィンドウに頭を凭《もた》せかける。澤村は彼の腕を引いて、無理矢理真っ直ぐ座らせた。

「勘弁して下さいよ。昨夜もほとんど寝てないんですから……これって、問題ありじゃないんですか」

「殺人の事後共犯で逮捕してもいいんだぞ。そうなったら、何年食らいこむことになるか、考えてみろ」

落合が唾《つば》を呑《の》む。この男は基本的に、人の動きをサポートして利益をかすめ取るブローカーだ。自分では手を汚さず、人と人を結びつけるだけの仕事。悪の商社。それ故、自分がこれまで犯してきた違法行為の重さを意識していないのだろう。ここにも一人、カジュアルな犯罪者がいる。澤村の印象では、暴力団関係者の方がよほど扱いやすい。あの連中は、引き際——諦《あきら》め時を心得ている。

「とにかく、お前の話を一応は信じる。少しでも間違いがあったら、その時は覚悟しておけよ」

脅しつけながら、澤村は頭の中で、落合が立てた密航計画を反芻《はんすう》した。新潟市内の海水浴場にある突堤が、真菜と——本当は日向と——落ち合う場所だった。タイミングは日付が変わる今夜十二時。真菜は突堤に横付けした小型ボートに乗り、沖合を目指す。二キロほど突堤から離れたところで、大型の漁船——これは日本船籍だ——に乗り移り、さらに領海を出るタイミングで、中国船籍の船に乗り換える。後はそのまま中国本土へ。向こうで偽造パスポートを入手し、タイへ渡る手はずになっているという。

おそらく荒れているであろう日本海で、船を三回も乗り継ぐというのが、まず無謀に思えた。落合としては、金を受け取ってボートに乗せてしまえば、後は知ったことではないのかもしれないが、いくら不法とはいえ、ビジネスのやり方としては不誠実過ぎる。だいたい、突堤から小型のボートに乗るのさえ、大変だろう。高性能のパワーボートがくる予定だというが、そんなもので日本海の荒波を乗り越えられるのか。日向が彼を頼ったのは、他に頼める人間がいなかったからか、あるいは実際に落合が何度も成功している人間だからか。

まあ、いい。落合の話が嘘だったら、こいつを海に突き落として、心底後悔させればいいだけだ。真菜を捕まえる方法は別に考えよう。

車の中から、真菜が持ち去ったと見られる日向の携帯電話に何度も連絡を入れさせる。電源は入っていなかったが、奇跡的に一度だけつながったので、「万事順調」のメッセージを残させた。それを聞いて、真菜がどう思うか……疑《うたぐ》り深くなっているなら、罠だと気づくかもしれない。だが彼女は、警察の動きを知りようがないのだから、全て上手《うま》くいっていると勘違いしてくれる可能性もある。澤村はそれに賭けた。

窓の外に目をやる。長岡インターチェンジを過ぎた辺りで、新潟市まではあと三十分ほどだろう。落合には少しだけ休憩をやることにした。サイドウィンドウに体を預けた落合が、疲れ切ってすぐに目を閉じる。澤村は腕を組んだまま、窓にかかったカーテンを開け、外の光景を眺めた。関越道は、この辺りでは既に山間地を抜け、平野を貫いている。カーブもアップダウンもなく、車は雪に覆われた田園地帯をひたすら真っ直ぐ行く。「自殺してもらって」という橋詰の言葉が、頭の中で何度も繰り返し聞こえた。事件の全容を明らかにしないまま葬れ——そんなことは、刑事として許されない。
だがその言葉は、呪文《じゅもん》のように澤村を捉《とら》えて放さないのだった。別の車で追走してきている橋詰は、本気であんなことを言ったのだろうか。

この寒さは、自分の故郷とは異質の物だ、と真菜は実感していた。あの街は山間《やまあい》の盆地にあり、寒さは体にしがみついて常時離れないような、重苦しいものだった。対して新潟の寒さは、常に風と一緒にやってくる。体に風が叩《たた》きつけられる度に、周囲の気温が下がっていくようだった。風が止めば、我慢できる。真菜は両腕できつく自分の体を抱きながら、吹きつける海風に対向して目を細めた。寒さはきついが、我慢できないほどではない。むしろ風の強さが問題だった。肩にかけたトートバッグが風に舞いそうになり、ずっと脇で挟みこんでいなければならない。真菜自身も、足下がふらついていた。この突堤は、夏なら釣り客などで賑《にぎ》わうのだろうが、今は人っ子一人いない。誰かに見つかる心配はなさそうだが、本当に落合は来るのだろうかと心配になり、何度も時計を確認した。

そうだ、日向の携帯。つい奪ってしまったが、こんなものはすぐに必要なくなるはずだ。一度電源を入れた時に、誰かから電話がかかってきたようだが、もう関係ない。捨ててしまおうと思ってバッグから取り出したが、その前に電源を入れてみた。留守電が入っていたので確かめると、落合だった。「万事順調」という短いメッセージに安心して、体が中から温かくなってきた。どうやら落合は、日向の事情を知らないらしい。念のため、落合と会うまで、日向の携帯は持っていよう。こちらからかけるつもりはないが、向こうから連絡してくる可能性がある。バッグに落としこんだ瞬間、遠くにヘッドライトが見えた。粉雪が舞う中、ぼんやりと霞《かす》んでいるが、車がこちらに近づいているのは間違いない。目を凝らし、動きを注意深く見守った。車は突堤の方に近づいてきて、岸壁に向かってフロント側を向けて停まる。すぐにドアが開いて、落合らしき男が運転席から下りてきた。車は新潟ナンバー……現地で用意したレンタカーだろう。

男が背中を丸め、小走りでこちらに近づいて来た。風に吹き飛ばされ、髪が盛大に乱れる。コートのポケットに両手を突っこんだままなので、見ていて危なっかしくて仕方がなかった。突堤に足を踏み入れると、落合がスピードを落とす。その目が自分の右側に向くのに気づき、真菜は体を捻《ひね》って海を見た。黄色い小型のボートが、白い航跡を残しながら、ゆっくりと突堤に近づいている。計画は上手くいったんだ……真菜は大きく肩を上下させて深呼吸した。これで面倒なことは全て終わる。真冬の日本海での逃亡には不安もあったが、これで警察の手は及ばなくなる。後は、懐に忍ばせた金と思い切りさえあれば、何とかやっていけるはずだ。

「時間通りだ」男が顔を引き攣《つ》らせながら言った。寒さには慣れていないらしい。「落合だ。あんた、井沢さんだね」

「お金」トートバッグに手を突っこむ。

「ああ、それはいいんだ」落合がコートから手を引っ張り出し、顔の前で振った。「日向から貰《もら》ってる」

「本当に？」

真菜は途端に、疑念に襲われた。おかしい……日向は、金を新潟で支払うと言っていたはずだ。そこで車も引き渡す予定なのではないか。なのにこの男は、全て終わったかのように話している。落合が、すっと視線を外した。寒さのせいばかりでなく、頬が引き攣っている。

「嘘ね」自分の声が、強張《こわば》って聞こえた。

「何が？」落合が、落ち着きなく周囲を見回す。

「警察、いるの？」

「まさか」

「罠だったんだ」罠、という言葉が自分の口から出たのが信じられない。「どうして？」落合は何も答えない。二人の間を沈黙が流れ、それを引き裂くように風の音が割りこんだ。さらに全ての音を圧倒するように、「井沢真菜！」と叫ぶ声が耳に届く。

真菜は一瞬たりとも躊躇《ちゅうちょ》しなかった。バッグを抱えたまま、眼下のボートめがけて飛び降りる。

「クソ！」澤村は、突堤から真菜の姿が消えたのを見て、全力疾走に切り替えた。まさか、海へ飛びこむとは……突堤の上で呆然《ぼうぜん》と突っ立っている落合を突き飛ばし、海を覗《のぞ》きこむ。

彼女はボートの上にいた。数メートルの高さから飛び降りたので、ボートは危なっかしく揺れていたが、彼女自身は無事な様子である。操縦する男に向かって、「出して！　早く！」と叫ぶ。言葉が分からないのか、状況を把握しきれていないのか、ボートが動き出す気配はなかったが、真菜は諦めなかった。「お金はあるから！　早く出して！」と叫び続け、男の背中を何度も拳《こぶし》で殴りつけた。

一か八《ばち》か、澤村は自分もボートに飛び降りようと決めた。だが、足を踏み出しかけた瞬間、ボートが動き出す。突堤から離れ、大きくUターンして、外海へ向かって滑っていった。すぐにスピードに乗り、白い航跡以外には何も見えなくなる。

まさか……こんなことが……澤村はその場で膝《ひざ》をついてへたりこんだ。ここまで追いこんでおきながら、取り逃がすとは。立ち上がり、落合の首根っこを摑《つか》まえて、無理矢理引っ張り上げた。胸ぐらを摑んで揺さぶる。

「何をやった！」

「何もやってないよ」落合の唇は紫色になり、震えていた。「あの女が勝手に飛びこんだんだ」

「澤村先生、この男を絞っても無駄だよ」いつの間にか近づいて来た橋詰が、諦《あきら》めの台詞《せりふ》を吐いた。

「しかし……」

突然、体を揺らす強風が背中から吹きつけ、澤村は両足を踏ん張った。足にぴったり合っているジーンズなのに、腿《もも》の辺りがはためくような感じがする。体重のある橋詰は、さほど風の影響を受けなかったが、アフロヘアが後ろから吹き流されて、ひどく前衛的な髪型になっていた。

「無駄だ。少なくとも、こっちの手は届かない。海上保安庁に連絡しよう。上手くいけば、どこかで捕まえられるよ……え?」

橋詰が突然、奇声を発する。澤村は落合を放し、消波ブロックの付近に目を向けた。湾内なのに突然大波が襲い、パワーボートの横腹に叩きつける。ボートが横に流され、危うく揺らいだ後に、ゆっくり転覆した。船底を上に向けたまま、堤防の隙間から外海へ流されて行く。スクリューが高速で回転しているのが見えた。

「まさか」澤村は呆然とつぶやいた。

急に周囲が騒がしくなる。海保への連絡……救助用の船の手配……二人を助けようと周囲が忙しく動き回る中、澤村は一人、暗闇の中に取り残された気分だった。


体が動かない。

四方八方から圧力に押し潰《つぶ》され、指先さえ自由に動かせない。ダウンジャケットに水が染みこみ、あっという間に体が水中に引きずりこまれる。辛うじて首を動かし、上を見ると、転覆したボートが漂っているのが分かった。そして、ふわふわと水中を舞う札……ああ、と必死で手を伸ばしたが、一枚も摑めない。ボートを操縦していた男がどこにいるかは、まったく分からなかった。

頭が締めつけられるように痛む。足を動かしてみたものの、ブーツの中に海水が入りこんで、かえって下に引っ張られるようだった。

これで終わり？　どうして？　どこで間違ったの？

答えのない質問が頭の中で渦巻く。体からあっさり力が抜け、自分が海と同化するような錯覚を味わった。辛うじて手を伸ばし、漂う札を一枚だけ摑んだ。一万円札。一万円を手に入れるのに、死ぬほど苦労したこともあった。

日向君、生きてるのかな。私だけ死ぬのかな。

分からない。私の方が、生き延びるべき人間のはずなのに。


二日続きの、ほぼ徹夜。一晩中風に吹かれ続け、澤村は寒さで完全に固まっていた。だが、海上保安庁、さらに所轄がボートを出して突堤付近を捜索する様子を、見逃したくなかった。夜が明けると風が強くなり、白い波頭が目立ってくる。海は、長浦でお馴《な》染《じ》みの穏やかな青ではなくくすんだ灰色で、水平線で曇り空と完全に溶け合っていた。

ボートは比較的早く引き揚げられたのだが、乗っていた二人はまだ見つかっていない。間もなくフロッグマンが作業を始めることになっているが、海保の職員は悲観的な見方をしている。潮の流れがどうこうと説明したのだが、澤村はほとんど聞いていなかった。

「澤村先生、そこに突っ立っていても、井沢真菜が見つかるわけじゃないよ」

橋詰がすっと横に立った。どこで調達してきたのか、いつの間にかマフラーに顎《あご》を埋《うず》めている。差し出した右手には、缶コーヒーを握り締めていた。

「そんなもの、いりませんよ」澤村はつぶやくように言った。

「少し体を温めた方がいいんだけど」

「あなたのおごりは、後が怖い」

「まあ、説教ぐらいで勘弁してあげよう」

首を捻って——冷え切ってぎしぎしと音がするようだった——橋詰の顔を見る。珍しく真顔だった。

「俺が失敗したとでも?」

「澤村先生だけじゃないよ。県警全部が、あの二人にやられたんだ。たかが二十歳そこそこのガキ二人にね……俺たちは、あまりにも常識に囚《とら》われ過ぎたんじゃないかな。警察官としての常識に」

「……そうかもしれない」

「こっちもそうだけどねえ」橋詰が、悔しそうに唇を嚙《か》み締める。「こっちの仕事は、一種の統計調査だよ。犯罪の、犯罪者の傾向を調べることだ。そこからはみ出す人間は、何の役にも立たない。データを補強してくれないんだからね」

「ああいうタイプの犯罪者は……」

「何て説明したらいいのか、分からないけど」橋詰が首を振る。

「罪の感覚が、俺たちと違う。俺たちが知っている典型的なタイプじゃないんだ。何かが抜けてる」

「その感じ、分かるな」橋詰がうなずいた。「その何かは……恐怖心とか倫理観かもしれない」

「そうですね」

「こういう犯罪者は、いつの時代でも一定の割合でいたんだと思う。今の時代だから、じゃないいんだ。こういう連中に出くわす度に、我々の先輩も難儀してきたんじゃないかな。肝心の動機、情状酌量について、合理的に説明できない。例外であるが故に、きちんと分析もされてこなかった」

「でも、それを理由に逃げたんじゃ、刑事失格だ」

「そう考えるのは、澤村先生の自由だよ」

橋詰がもう一度手を差し出した。澤村は、今度は素直に缶コーヒーを受け取った。まだ十分熱く、手に焼ける感覚が伝わる。しかし、その熱を自分の中に封じこめようと、澤村は缶をきつく握り締めた。

二隻のボートが、波に揺られている。上から長い棒を海中に突き入れて捜しているが、無駄な行為にしか見えなかった。海中から遺体が見つかって……おそらく、そうはならない。根拠はないが、遺体は永遠に見つからない気がした。だったらこうやって、捜索の様子を眺めていることに意味はない。自分で海に飛びこんで捜せるわけでもないし。

澤村は踵《きびす》を返した。一瞬、橋詰と向き合う格好になる。

「どこへ?」

「もう一人、面倒を見なくちゃいけない相手がいる」日向の心を、どこまで掘り返せるかは分からなかったが。

「精神的には、よろしくない行為ですな。日向みたいに、理解できない人間の相手をするのは疲れる。お勧めできないよ」

「それでも——」

「まあ、あれだな……こっちもつき合いますよ」

「どうして」

「例外を研究するのも、大事なことだから」

日向という男を理解できるかどうかは分からない。たぶん、できないだろう。あの男と自分の価値観は、こちらがどんなに歩み寄っても接近しないような気がした。

それでも努力はやめられない。

自分は、そういう男だから。日向があんな男であるのと同じように。どんなに意識しても、変えられない物はあるのだ。

本書は二〇一二年一月に小社より刊行された単行本『歪』を改題の上、加筆・修正し、文庫化したものです。

歪《ひずみ》

捜査一課《そうさいつか》・澤村慶司《さわむらけいじ》

堂場瞬一《どうばしゆんいち》

平成25年 11月25日　初版発行
令和６年 11月25日　13版発行

発行者●山下直久

発行●株式会社KADOKAWA
〒102-8177　東京都千代田区富士見2-13-3
電話　0570-002-301（ナビダイヤル）

角川文庫 18247

印刷所●株式会社KADOKAWA
製本所●株式会社KADOKAWA

表紙画●和田三造

●お問い合わせ
https://www.kadokawa.co.jp/（「お問い合わせ」へお進みください）
※内容によっては、お答えできない場合があります。
※サポートは日本国内のみとさせていただきます。
※Japanese text only

ISBN978-4-04-101086-0　C0193

◆◇◇

角川文庫発刊に際して

角川源義

第二次世界大戦の敗北は、軍事力の敗北であった以上に、私たちの若い文化力の敗退であった。私たちの文化が戦争に対して如何に無力であり、単なるあだ花に過ぎなかったかを、私たちは身を以て体験し痛感した。西洋近代文化の摂取にとって、明治以後八十年の歳月は決して短かすぎたとは言えない。にもかかわらず、近代文化の伝統を確立し、自由な批判と柔軟な良識に富む文化層として自らを形成することに私たちは失敗して来た。そしてこれは、各層への文化の普及滲透を任務とする出版人の責任でもあった。

一九四五年以来、私たちは再び振出しに戻り、第一歩から踏み出すことを余儀なくされた。これは大きな不幸ではあるが、反面、これまでの混沌・未熟・歪曲の中にあった我が国の文化に秩序と確たる基礎を齎らすためには絶好の機会でもある。角川書店は、このような祖国の文化的危機にあたり、微力をも顧みず再建の礎石たるべき抱負と決意とをもって出発したが、ここに創立以来の念願を果すべく角川文庫を発刊する。これまで刊行されたあらゆる全集叢書文庫類の長所と短所とを検討し、古今東西の不朽の典籍を、良心的編集のもとに、廉価に、そして書架にふさわしい美本として、多くのひとびとに提供しようとする。しかし私たちは徒らに百科全書的な知識のジレッタントを作ることを目的とせず、あくまで祖国の文化に秩序と再建への道を示し、この文庫を角川書店の栄ある事業として、今後永久に継続発展せしめ、学芸と教養との殿堂として大成せんことを期したい。多くの読書子の愛情ある忠言と支持とによって、この希望と抱負とを完遂せしめられんことを願う。

一九四九年五月三日